朱镕基讲话实录

第 三 卷

人 民 出 版 社

1998 年 3 月 17 日，九届全国人大一次会议决定朱镕基为中华人民共和国国务院总理。图为江泽民向朱镕基表示祝贺。

（新华社记者王建民摄）

1998 年 3 月 24 日，朱镕基在北京中南海主持召开国务院第一次全体会议并讲话。右为中共中央政治局常委、国务院副总理李岚清。 （新华社记者刘建国摄）

1998 年 3 月 19 日，朱镕基在九届全国人大一次会议举行的记者招待会上回答中外记者提问。

（新华社记者赵迎新摄）

1999 年 3 月 5 日，朱镕基在九届全国人大二次会议上作《政府工作报告》。

（新华社记者鞠鹏摄）

编辑说明

《朱镕基讲话实录》选入的是朱镕基同志担任国务院副总理（1991年4月至1998年3月）、国务院总理（1998年3月至2003年3月）期间的重要讲话、谈话、文章、信件、批语等348篇，照片272幅，批语、书信及题词影印件30件。

《朱镕基讲话实录》分为四卷，其中，前两卷为朱镕基同志担任副总理期间的文稿，后两卷为他担任总理期间的文稿。各卷文稿均按时间顺序编排：第一卷为1991年5月至1994年7月，第二卷为1994年8月至1997年12月，第三卷为1998年3月至2000年6月，第四卷为2000年7月至2003年2月。

编入本书的文稿，均根据音像资料、文字记录稿和手迹编辑而成，绝大部分是第一次公开发表。有些曾经公开发表过的文稿，编入本书时为突出重点或避免重复，作了删节。有些过去曾经公开发表过的书面讲话稿，此次未编入本书，编入的是当时即席讲话的录音整理稿，其内容是对书面讲话稿的重点阐释和补充。编者对正文中涉及的部分人物、事件和专有名词等，作了简要注释。对专有名词在每卷首次出现时作注释，再次出现时只注明首次注释的页码。对担任党和国家领导职务的同志不再注释。本书文稿的多数标题为编者所加。

朱镕基同志逐篇审定了编入本书的全部文稿。

中央领导同志对本书提出了宝贵意见。中央有关部门和有关省、自治区、直辖市负责同志对本书的编辑工作提出了指导意见。中央有关部门，有关省、自治区、直辖市及有关单位提供了部分资料和照片。人民出版社对本书出版给予了大力协助。在此，一并表示谢忱。

参加本书编辑工作的有：李炳军、廉勇、张长义、谢明干、林兆木、鲁静、侯春同志。马东升、李立君同志参与了有关资料的收集整理等工作。

本书编辑组

2011 年 5 月 25 日

目 录

在国务院第一次全体会议上的讲话*

（1998年3月24日）

今天，我着重讲三个问题：第一个问题是今年亟须抓紧解决、迫在眉睫的几件事情；第二个问题是政府机构改革，当前如果不做好这项工作，会影响整个社会的稳定和政府职能的正常履行；第三个问题是本届政府在工作作风和工作方式上要有一个大的转变，否则不能完成任务。昨天晚上，我几乎彻夜未眠地在考虑今天的讲话。因为是国务院全体会议，我请国务院研究室准备了一个讲话稿子，已修改过几次，并征求了各位副总理、国务委员的意见；稿子很全面，今天我不念这个稿子，会后印发给大家。这是即席讲话，我个人对自己的讲话负责，仅供同志们参考。上述三个问题我倒过来讲，从后往前，先讲国务院的工作方式和工作作风问题。

一、转变政府的工作方式和工作作风

同志们可以看到，九届全国人大一次会议对我们这一届政府给

---

* 1998年3月24日，朱镕基同志在北京中南海主持召开国务院第一次全体会议。国务院全体会议组成人员出席了会议，国务院各直属机构、办事机构和直属事业单位的负责同志列席了会议。在会上正式印发的朱镕基同志讲话，曾发表于《十五大以来重要文献选编》上册，标题为《励精图治，廉洁高效，做好跨世纪的一届政府工作》。编入本书的是朱镕基同志在会上即席讲话的录音整理稿。

予了极大期待，海内外的舆论都对这一届政府寄予厚望。我们如何能完成人民对我们的重托？我在九届全国人大一次会议结束后的记者招待会上表达了我的真情。很多同志对我讲，你的讲话怎么没留一点余地？这是爱护我，也就是说，这些事情他们看来是不能完成的，别说三年，就是五年也完不成。但我为什么要这样讲呢？因为我深刻地感到，本届政府是跨世纪的政府，是一个承前启后、继往开来的政府，如果错过了这个历史的机遇，下个世纪中国的事情就不好办了。我们应该看到，邓小平同志开创的改革开放的事业取得了空前的成功，李鹏同志领导的两届政府为我们创造了好的宏观条件，我们国家的经济实力是比较强的，所有这些，为我们今后的工作打下了一个好的基础。但是，我们国家目前潜伏着很多危机，随时都可能爆发。我不是说政府危机，以江泽民同志为核心的党中央领导集体是坚强的、团结的，可以驾驭任何复杂的局势。搞经济工作的同志都知道，现在问题很严重，老百姓在很多方面对我们是不满意的。特别是对我们的干部腐败，贫富差距悬殊，一些基层干部作威作福，有的高级干部官僚主义、漠视群众的利益，人民对此很不满意！但有一条还是满意的，就是经济持续发展，物价只跌不涨，保持基本生活水平是没有问题的。如果本届政府对存在的弊端不进行一个根本的改革，打下一个良好的基础，我看下一个世纪中国的事情就很难办。

在座的人里面数我的年龄最大，在座的同志包括“年轻”同志也不年轻了。我们工作了几十年，深知从计划经济到社会主义市场经济的过渡是多么的艰难，知道计划经济的弊病。所以，我们要想出一个比较好的办法来逐步解决，过渡到真正的社会主义市场经济。我们需要在座的熟悉新旧两种体制的同志来担任主要领导。不能把那种夸夸其谈，理论讲一大套，根本不了解中国国情，不了解中国经济这几十年是怎么运转的人提上来，那是很危险的。对年轻有为的同志，看准了要选拔到上面来，甚至提到副手的位置上锻炼，准备提拔。但不能一步走完，解决这个问题是要靠一点权威的。第一代领导核心是毛主席，第二代领导核心是邓小平同志。现在树立了江泽民同志为第三代中央领导集体的核心，领导我们驾驭国内的经济形势，在邓小平同志逝世以后没有任何的波动，这是我们中国人民的幸运和幸福啊。本届政府可以说是集中了当今比较优秀的领导干部，我不是说这个班子是十全十美的，但中外一致认为是比较可靠的，是有能力的、有经验的，是可以应对复杂局势的。我们都应该为能参加这个跨世纪的领导班子感到自豪，感到骄傲。我讲本届政府前面是“地雷阵”、“万丈深渊”，我一点没讲错，当然我们要避开，不要掉下去。我们确实很艰难呢！同志们，从今天起，我们已经是一个“命运共同体”了，你们要下定决心跟我一起跳啊。不是往下跳，而是要用巧妙的办法，克服前面的各种困难，避开各种艰难险阻，到达胜利的彼岸。我们大家把命运拴在一起，都要有高度的责任感，赶快把这件事情办完，这样我们才好向人民交代。

我们一定要奋发图强，励精图治，把我们的政府建设成一个廉洁的、高效的、廉价的政府。马克思在《法兰西内战》中讲过“廉价政府”这个词，实际上就是指一个精简的、成本很低的、不浪费人民血汗的政府。我们一定要以身作则，变成这样一个政府，否则我们完不成这个任务。现在这样下去，是搞不好的。对于我们每个人，首先是我，同志们，你们后面也都跟着几十万人、几百万人，都要以身作则，做表率。只要国务院这个领导班子，包括我们在座的诸位，能够以身作则的话，就可以转变现在的不良社会风气。我一到上海工作，就信奉两句话：“民不服我能，而服我公。”就是说，老百姓并不是服我有多大的本事，有再大的本事也不见得比人家强啊，而是服我办事公正。“吏不畏我严，而畏我廉。”下面的官并不是怕我的严厉，怕的是我廉洁，屁股上没有屎。我行得正，坐得稳，我就敢于揭发你的歪风邪气。“公生明，廉生威。”公正才能明白，廉洁才能有威信，我在上海工作时一直就信服这个道理。我一直要求自己是公正的，尽管我并没有完全做到；我也要求自己是廉洁的，哪怕是一点小事，我都要考虑是否符合党的规定，不能有任何大意。我对自己的身边工作人员、家属都是这样要求。而且，我的秘书也经常这样提醒我，我们互相监督。我想，只要我们大家努力，是可以改变社会上的歪风邪气的。

我给大家提出五条要求以期共勉：

第一，要牢记自己是人民的公仆，全心全意为人民服务，不能搞特殊化。最近，中纪委派出巡视组到一些地区和部门进行检查，查出不少问题。我就想不到，其中很多人还是我的老朋友，这么无法无天，哪儿还有半点公仆的气味?！爬到这个地位，就以为可以为所欲为，就可以随便享受啊？这怎么得了！

第二，要恪尽职守，敢于说真话。如果本届政府都是“好好先生”，我们就对不起人民。要做“恶人”，不要说“我们现在这个社会已经变成庸人的社会，都不想得罪人，我不同流合污就行了”，这样想是不行的。首先，你们可以得罪我。我这个人气量不大，很容易发脾气，你要跟我辩论，我可能当场就会面红耳赤。所以，我记住了这句话：“有容乃大，无欲则刚。”你没有贪欲，你就刚强，什么也不怕。这是我的座右铭。虽然我的气量不大，但是我从不整人，从不记仇，这是事实可以证明的。相反的，对于那些敢于提意见的人，敢于当面反对、使我下不来台的人，我会重用他。当然，也不是对一切人都重用，如果他没有能力，我还是不能重用。但是，我绝对不会记仇。本届政府刘积斌[1]同志算一个，为了发国债的问题他曾跟我争得一塌糊涂，当时我对他很有意见。我到现在也认为，他还是错的，他那种发国债的办法是不行的，去年不是已经证明按我的办法做是正确的吗？不能搞市场招标，把利息抬得那么高，国家怎么负担呀？中国是特殊情况，国债利率比银行存款的利率高，世界上其他哪个国家有这种情况？你搞国债市场招标，只能把高利息给那些投机倒把的人。但是积斌同志很正直，很有能力，我认为选拔积斌同志担任国防科工委主任是很适合的。所以，请同志们对我放心。我当时可能会跟你们发脾气，跟你们争，甚至说一些很难听的话，因为“江山易改，本性难移”，我不是不愿意改，而是改不了了。但是，我这辈子只是被人整，从来没整过人。所以，我们都要变成这样的人，不仅敢于得罪像我们这样的领导，还要敢于得罪下面的人。不然，国家纪纲是树立不起来的。我对你们高度信任，我不担心你们打击报复，我担心你们不敢得罪人。你们首先要敢于得罪我们，其次要敢于得罪你们管的人，要把他们管起来。有些部门，处长在那里做主，地方的省长、市长来看他，他对人家连眼皮都不抬一下，这样做不好。国家计委就存在这种现象，地方有很强烈的反映。一个小姑娘坐在那里，地方的同志跑到她跟前去汇报，不但不让人家坐，而且连眼皮都不抬。变成“处长专政”，那还得了？我不是讲所有的处长都这样。如果有这样的同志，马上就把他换了。这些人都没有资格当处长，他们不是公仆，要送他们去学习。

第三，要从严治政，不怕得罪人。从严治政，要严格一点，不能随便就放过了。这不是放过一个人的问题，而是一个制度问题，否

〔1〕刘积斌，当时任国防科学技术工业委员会主任；1988年6月至1998年3月，任财政部副部长。

则，我们国家的命运可能就被“放掉”了。现在，我们很多同志怕说真话得罪人，怕别人不高兴，但是，你要糊弄我也不大容易。我们一定要养成敢于说真话的习惯。

第四，要清正廉洁，惩治腐败。我们自己要清正廉洁，才能惩治腐败，否则做不到。

第五，要勤奋学习，刻苦工作。确实要学习好多新知识。亚洲金融危机，我们过去没遇到过，那只有学习。各驻外大使馆发来的电报，我一份一份地看他们对亚洲金融危机的分析；虽然好多内容是雷同的，是从报纸上抄来的，但看一看，可以加深一下认识，100 多份电报我都看了。境外报纸分析亚洲金融危机的部分我都看，香港报纸我一天至少看 3 份，看的就是经济版，不然我怎么知道它的股票行情、石油多少钱一桶。你不学习，你怎么应对现在这样变幻莫测的形势？不看材料，不看电视，不看报纸，不看《焦点访谈》，民间疾苦你都不知道、不了解，你怎么工作？人民来信可能现在我批的是最多的。同志们一定要关心群众疾苦。你看了才知道，有许多事情荒谬得不得了，令人发指，看了以后血压都会升高。我到国务院工作八个年头了，深刻地感到，出个主意是非常容易的。主意可以出得很多，可以天上地下，博古通今，引经据典；定个政策也不是很难，只要你虚心听取各部门的意见，群策群力，也可以出台一个好政策，但是要落实就难得很。那不是你写一大篇批示，下面就会照着做，根本不是那么回事，最难就在于落实。我八年来的体会，就是要办一件事，不开八次、十次会议就没法落实。如果发一个文件，能兑现 20%就算成功了，不检查落实根本不行。部委作出的任何决定、政策，也要下去检查、落实，反复地讲，反复地考虑。比如新疆的棉花，根本销不掉，几百万担压在国家库里面，不收上来也不行，农民就不种棉花了。为新疆的棉花，国家财政作出了很大的贡献。由于新疆的棉花价

1998年3月24日，朱镕基主持召开国务院第一次全体会议并讲话。中共中央政治局常委、国务院副总理李岚清（右二），中共中央政治局委员、国务院副总理钱其琛（右四）、吴邦国（右一）、温家宝（右五），中共中央政治局委员、国务委员、中央政法委书记罗干（右六）等出席会议。

（新华社记者刘建国摄）

格比国外高，大家都愿意用进口棉花，我们自己棉花多了，却还拼命地进口棉花，走私猖獗。对这件事情我用过经济和行政办法，也不知开了多少次会，落实了没有呢？落实了，到目前为止，才卖出去几十万担新疆棉花。难哪！你们看没看3月15日那天电视的“3·15行动”节目？这次是对传销这种不法行为的集中报道。什么是传销？就是一个人发展10个人，10个人发展100个人，推销假冒伪劣产品，害得参与者家破人亡。推销给病人的所谓“医疗器械”，搞得人家倾家荡产，病人原来还能站起来，使用后躺在床上起不来了。那些参加到传销网络里的人，有的几天就可以赚几千元，一个月赚上万元。我看了这个电视节目以后感到痛心。但是李岚清同志告诉我，他去年就作了批示，要取缔传销，文件给我看了，我也同意。时间过去一年多了，看来处理这件事情的阻力大得很呢。王众孚〔1〕同志，我不是批评你，工商局下面好多机构不一定听你的，因为都是属于地方的，有的腐败得很呢！但是，你还是有一个小小的缺点。岚清同志作了重要的批示后，你又印发了一个关于对传销的管理办法，那不就是说传销可以不取缔了！传销往往牵涉到地方的利益，那都是官啊，还有社会上的不良分子，都牵涉到里面。参加到这个传销网络里面的人，一旦要退出来，就要被毒打一顿。这是什么市场经济？简直是最黑暗的封建社会行为，所以非取缔不行，还能让它继续害人吗？我回忆起刚到国务院工作时，深圳的“股灾”就给了我一个下马威，全国都在搞股票。当时成都的股市有十多万人。他们在房顶上拍的照片，我至今还保留着。照片上人山人海，十多万人在那里赶骡马大会似的炒股票。四川省领导问我怎么办？我说坚决取缔，就是不许搞，不下这个决心怎么行?！所以，同志们，要落实、落实、再落实，你的文件发下去以后，你不下去跟着检查，没有多少人理你。现在，我们一些公司的老总、地方上一些管经济的同志，既无知，又大胆，根本不懂经济，瞎指挥，胆子大得不得了。对这些公司不查不知道，一查吓一跳，报到我这里来的都是亏几十亿元的。中国农村发展信托投资公司亏 68 亿元，中国光大国际信托投资公司亏 50 亿元。最近，中国有色金属工业总公司炒国际期货，在伦敦期货市场上胡来，外国人都被吓坏了。后来，外国人看清楚了，这是一帮糊涂虫，就整了他们一下，结果亏了 7.7 亿美元，就是 60 亿元人民币，这不是对人民犯罪吗?！银行也是帮凶。中国有色金属工业总公司炒期货都是借外国的钱，也没有指标，这样做完全是违法的。谁给它担保的呢？

〔1〕王众孚，当时任国家工商行政管理局局长。

中国银行湖南省分行。这个行长不但要撤职，而且终身不能在银行任职，我看他应该坐牢。中国银行总行都无权这样担保，何况一个省分行。领导班子是非常重要的。就怕这些“半吊子”，你说他不懂吧，他滔滔不绝，还能说几句洋文，搞得你晕头晕脑；其实，他狗屁不懂，在外面胆子大得不得了，就应该把这样的人撤了！不能怕得罪人。

我们是“命运共同体”，大家互相激励、互相支持、互相帮助，就可以为全国的政府系统做个表率。因此，我们要共同“约法三章”：

第一条，在国内考察工作，要轻车简从，减少随行人员，简化接待礼仪，不陪餐、不迎送。我们带头做起，国务院的总理、副总理、国务委员下去考察工作，只带一个副部长以上的干部，其他有关的部门最多去一个司局长。很多问题在下面根本解决不了，没有必要带那么多人。不然，副部长不够用。国务院这么多副总理，他们怎么陪得起？不要一大帮子人下去，又吃又喝的，把风气带坏了。现在各省区市就这样，人民群众怨声载道。吃吃喝喝是不得了的，所以我加一句：不陪餐、不迎送。关于陪餐，我刚到国务院工作的时候，是非常严格的，要求不陪餐。到最后我没有办法，只同意陪餐一次，刚到地方的时候，省委书记、省长陪餐一次。后来，发展到去的时候吃一次，回来的时候还要吃一次。现在，我看不能再妥协了，还是各人吃各人的，搞到一起干什么？弄得谈话也不能谈话，搞得很庸俗。岚清同志说，把这个规定在报上公布，公布后，大家出去就都可以说，这是国务院的规定，我们不想违纪。其实有一个省领导陪同就可以了，像我们下去都是代表政府工作的，省委书记就不必陪了。

第二条，精简会议，压缩会议时间，减少会议人员，不在高级宾馆和风景名胜区开会。我们可以到穷一点的地方去开会，大家去访贫问苦，也可以表示国务院对人民群众的关怀。

第三条，除党中央、国务院统一组织安排的活动外，国务院领导同志一般不出席各部门、各地方、各单位召开的会议。我们要刹一下“会议风”，什么都开会，讲的都是空话，最后还是不落实。国务院组成部门召开的会议，部长去讲，事先可以向主管副总理、国务委员汇报一下，该对你提的意见，当面就跟你讲了，你回去开会就行了。过去，我们把很多时间都泡在这种会议上面，没法思考问题。

还要作一个规定：国务院领导同志不参加接见、照相、颁奖、剪彩、首发首映式等事务性活动。我们要停止剪彩活动，我们国务院领导同志出席类似的活动干什么？国外也没有在职政要参加类似的活动。除国务院统一安排的以外，一般都不要搞，也不为各部门的各种工作会议发贺信、贺电，不题词、题名，在信封上签名例外。这个规定只管在座的这些同志。要把精力集中到研究处理重大问题上来，特别是下基层调查研究，了解真实情况。我们现在下去很难看到真实情况，地方事先都布置好了，我们有时突然改变他们的安排，马上就会发现问题。大家今后下去得想个办法，事先不要打招呼，想看什么临时决定，地方就来不及弄虚作假，否则我们看不到真实情况，制定的政策也不符合实际。“五条要求”和“约法三章”，我们大家要共勉。

二、关于政府机构改革问题

当前，你们要把相当多的精力放到这方面来，部门一把手要亲自抓，否则机关工作不能正常操作运行，会出大问题，火箭不能上天，飞机要掉到地上。稳定机关干部的工作情绪，提高他们的思想认识，让他们心里有底，这是个很重要的问题。但是，也绝不能因为要考虑到这些问题，就不认真执行这项改革措施，或者打折扣，这些都是不允许的。这次会议以后，各部门要马上开始制定“三定”方案，先定职能，否则部门之间扯皮；再定编制，不定编制就不能定人。这个事情要抓在前面。这项工作由主管各部门的副总理和国务委员负责，亲自抓。我想，有几个部门是比较难办的，像国家计委、国家经贸委、外经贸部及国防科工委之间，彼此职能交叉。原则上一件事情只能由一个部门去办，不能由几个部门办。国家计委要尽可能在宏观调控，及时关注国民经济的总量平衡、总的走向等重大问题方面，帮助国务院出主意，少管些具体事情。

职能先定下来，然后定编制、定人数，国务院总人数要减一半，决心已定。首先，国务院要带头，副总理由上届的六位减到现在的四位；国务委员由八位减到五位，其中有两位还是兼职的。国务院副秘书长由十位减到五位，减了一半；机关工作人员减一半。如果国务院机关人员没有减一半，各部门也不会减。我们的国务院机关应该是高效率的，不减人就没有效率，老管一些不该管的事情，互相扯皮。精简机构以后，廉政建设方面相对好管一些。现在办任何事情都要钱，财政部门管收费的干部也要钱，最近人民来信反映，对企业的年检也要收费。现在财政和税务机关很不得人心，特别是直属税务局，你们要下去检查。人民群众最反感的是执法机关违法，腐败现象多半发生在这些单位。不客气地讲，公安、司法部门也是不得了。我看过一期《焦点访谈》，报道说山西某地公路收费，交警穿着军大衣，一来汽车就责令司机停下，开一张罚款单就是60元；司机稍有不服，马上加到120元；再不服，就是240元。你这不是“鱼肉人民”吗？这算什么执法机关？贾春旺[1]同志，我现在给你出一个“难题”，你那个公

〔1〕贾春旺，当时任公安部部长。

路收费工作一律交给交通部，公安部门要退出这个领域。你们因此减少了一笔很大的额外收入，今后国家可以考虑再补偿一点。这件事我们再商量，但是公路收费工作一定要交给交通部。一切工作都要实行“收支两条线”的政策，收钱的人不能管用钱。

国务院各部门定职能的事情要尽快分头定下来，定了的事谁也不能违背，力争到今年年底就开始正常运行，有的部门可以更快一些。分流出的一半人怎么办？这些人也是我们的宝贵财富，我们一定要把他们安排好，不能马上安排工作的，先安排定向学习，工资、补贴照发。中央国家机关3万多人里有54%的同志在40岁以下，还可以去学习。请宋德福〔1〕、陈至立〔2〕同志商量，统筹安排培训学习。要做细致的思想工作，要发挥他们最大的作用。据我了解，现在的机关干部并不是很恐慌，有下去的思想准备，下去的待遇还有可能提高。请大家一定要把政府机构改革的工作抓好，初战必胜，千万不要出问题。另外，也不要造成误会。有些同志跟我讲，听说事业单位同样要减一半人，部里直属企业也要减一半人，那怎么可能？如果那样，我们分流的干部往哪里去？企业的职工下岗分流，那是由于效益不好，不减人就不能增效。我们讲的是分流机关干部，对事业单位只有一个要求：逐步减少补贴额。教育系统不吃“皇粮”根本就活不下去，但要减掉闲人。有些科研机构的后勤人员不减也不行，否则科研人员的待遇难以提高。各部门所属企业、事业单位同样有一个改革和调整的问题，但我们没有对它们提出减一半人的要求。这一点要明确，不要引起不必要的恐慌。在整个政府机构改革过程中，我估计还会发生一些问题，请你们及时报告情况。

---

〔1〕宋德福，当时任人事部部长。

〔2〕陈至立，当时任教育部部长。

三、关于今年的工作

在昨天的中央财经领导小组会上，国务院汇报了几项当前急迫的工作。江泽民同志主持会议并作了重要讲话，原则上同意我们的汇报，并指示我们要抓紧落实。我们汇报的主要内容，与九届全国人大一次会议结束后的记者招待会上我讲的“一个确保，三个到位，五项改革”差不多。

第一是确保今年的经济发展速度达到8%。为什么要保8%？因为现在是骑虎难下，“九五”计划定的是8%，如果达不到，人民群众就会没有信心。我们初步估计今年经济增长8%并不难实现，经过努力还是能达到的。但是，有两件事情是千万不能做的：一是银行放松银根，生产积压产品，那等于“自杀”；再一个是搞“大干快上”，搞重复建设。现在就是要搞基础设施建设，但是含义可以更广泛一点，包括农、林、水、铁路、公路、高新技术、现有企业技术改造，还有大规模开展住房建设等等。我们在这些领域增加投入是有物质基础的，因为我们过去几年的货币政策比较紧，控制了货币的发行，现在我们可以多投放一点银行贷款，特别是因为外汇储备在今年不会再按往年的速度增加。今年到2月底，我们的外汇储备没有增加，反而减少，相应地减少了外汇占用的人民币。去年是每天增加1亿美元，今年就停止了增加，甚至还减少了一点。

第二是关于金融问题，主要是今晚将要公布银行降低利率0.6%。这样可以减轻国有企业的负担，折合一年将近300亿元，有利于推动国有企业更好地发展生产。同时，可能导致存款的减少，但长期利率未降，只是降短期利率，影响不大。

第三是关于再就业工作。国有企业改革的关键在于再就业，宣传部门在这方面做得不错，还要加强，要改变人们的择业观。“三三制”[1]资金上财政已早做准备，中央和地方财政都留出了一部分资金来保证这些下岗工人再就业前的基本生活水平。今天下午，我将同吴邦国同志去东北地区，受江泽民同志委托召开三省一区的省（区）委书记、省长（自治区主席）会议，也就是全国再就业工作会议的预备会，听取他们对我们方案的意见。今年5月，我们将召开全国性的再就业工作会议。我想，把再就业这个问题解释清楚、安排妥当，一定可以激励我们的国有企业自强，使下岗工人安心，为我们今年的工作创造一个好的条件。

第四是关于粮食流通体制改革问题。不改革不行，必须在夏收前解决问题。农业发展银行的收购资金一定要封闭式运行，准备在今年4月份召开会议。

第五是关于住房制度和医疗体制改革问题。各地试点都在进行，并且有自己的办法。我们现在要做的工作是对此进行规范，解决几个关键的、原则上的问题，推动住房制度和医疗体制改革更进一步。特别是住房制度改革，如果政策配套，对于今年的经济发展速度达到8%很有好处。

同志们，我们将共事五年，要精诚团结。国务院常务会议成员是团结的。我们是信任、支持你们的，你们也要相信我们是全心全意在这里工作的。我们大家没有矛盾，但会有意见分歧，不能保证在每个问题上都意见一致。我们受党教育多年，会服从大局，发扬民主，使我们国务院的领导工作能够符合实际情况。国务院领导同志之间会不会有矛盾、不团结？大家不要担心，没有！在大的问题上，我们是完

[1]“三三制”，指国务院规定对进入再就业服务中心的下岗职工，其基本生活费（包括缴医疗、养老保险金）由企业、社会、财政各负担三分之一。

全一致的，你们不要有任何顾虑。我们都是坦诚相见、畅所欲言，国务院一定会发扬民主，虚心听取大家的意见。我们现在建立了一种制度，停办国务院办公厅《昨日情况》刊物，改登国务院领导同志每天的批示，争取国务院领导同志的批示在两天内登出，这样，国务院领导同志之间随时可以沟通情况。现在，我对其他几位副总理的工作不是很清楚，清楚一点的就是财政和金融工作，就是这些有的也不是很了解。今后要解决这个问题，国务院领导同志之间每天要了解彼此的工作情况，并且尽量使我们对外的意见保持一致，以免使下面难以工作。请大家大胆工作，你们都是党经过慎重考虑选拔到领导岗位上来的，我们信任并支持你们。同时，也请你们监督我们，不要有任何顾忌。自觉接受同志们的监督，这一点我一定能做到。

妥善解决下岗职工的分流安置和再就业问题*

（1998年3月25日、26日）

一

（1998年3月25日）

党中央、国务院决定，用三年左右的时间，通过改革、改组、改造和加强企业管理，使大多数国有大中型亏损企业摆脱困境，力争到本世纪末使大多数国有大中型骨干企业初步建立起现代企业制度。这个目标完全有条件实现，关键是解决好下岗职工的分流安置和再就业问题。国有企业富余职工下岗分流，重新安置和再就业，虽然会给一部分职工带来暂时的困难，但从根本上说，有利于经济健康发展和社会全面进步，符合工人阶级的长远利益。妥善解决下岗职工的分流安置和再就业问题，是社会主义本质的要求，是党和政府应尽的责任。这不仅关系国有企业改革的成败，而且关系社会稳定和政权巩固，是我们当前最重要的任务之一。必须采取一切必要的措施，切实把这件事情办好。做好下岗职工分流安置和再就业工作，我想强调四个

* 1998年5月14日至16日，中共中央、国务院在北京召开国有企业下岗职工基本生活保障和再就业工作会议。为了摸清实际情况，并为会议的召开做准备，朱镕基同志于1998年3月24日至26日到吉林省考察、调研，并在长春主持召开了辽宁、吉林、黑龙江、内蒙古四省区党政主要负责同志座谈会，听取对企业下岗职工分流安置和再就业工作的意见和建议。这是朱镕基同志在两次座谈会上的讲话。

问题：

（一）**国有大中型亏损企业三年脱困，减人是关键**。造成国有企业困难的原因，实实在在地分析，主要有三个：一是重复建设，二是盲目建设，三是人员膨胀。重复建设的问题还在继续，因为“点”都铺开了，收不了场，不把它建成，几百亿元就浪费了，把它建成还要再投入几百亿元，而且会把原来生产同类产品的国有企业打垮。盲目建设，就是为了创造什么“政绩”，没钱也要干。根本就没有资本金，全部用银行贷款搞项目，又是搞重复建设，贷款根本还不起，结果只能是亏损。我曾多次就这两个问题提出过忠告：别再上一般工业

1998 年 3 月 25 日，朱镕基在吉林省长春市主持召开的辽宁、吉林、黑龙江和内蒙古四省区党政主要负责同志座谈会上强调，要千方百计做好企业下岗职工安置工作和实施再就业工程。前排右一为中共中央政治局委员、国务院副总理吴邦国，右三为国家经贸委主任盛华仁，右四为中国人民银行行长戴相龙。

项目了，没有哪一样工业产品是短缺的。但重复建设、盲目建设没有完全制止住。从现在开始，必须下决心制止重复建设和盲目建设，对一般工业项目，中央财政绝对不拿一块钱补充资本金。我们不能把财政的钱随随便便投到一个项目里去冒风险。财政的钱主要用于解决公众利益问题，如基础设施、公共福利等。实施再就业工程就是搞公共福利，财政的钱要用到这些方面，而不能去乱搞项目。当前国有企业的一个突出问题是富余人员过多，企业负担沉重，不仅人浮于事，而且互相扯皮，影响职工积极性的发挥和企业效益的提高。国有大中型亏损企业要实现三年摆脱困境的目标，除了制止重复建设和盲目建设外，减员是一个重要途径。随着社会主义市场经济的发展和对外开放的扩大，市场竞争日益激烈，继续沿用以行政的手段保护亏损企业的办法是行不通的，必须走鼓励兼并、规范破产、下岗分流、减员增效和实施再就业工程的路子。只有把人减下来，国有企业的亏损问题才能比较好地解决。

（二）富余职工下岗分流是一个方向，是一项大的政策，是振兴国有企业的根本性措施。绝对不能因为中国人多、要就业，国有企业就多招人，那不行。企业人员过多就会导致企业缺乏竞争力，没有竞争力的企业就无法生存。

我国有12亿多人口，到本世纪末将达到13亿，就业是个大问题。尽管这样，也不能把人都往国有企业里塞。我们一定要把国有企业建成现代企业，能用三个人的不能用五个人，使国有企业具有竞争力，能够参与竞争，这样才能够生存。国有企业真正有了效益后，才有条件去安置富余人员，去不断完善社会保障制度。不能让大家都在企业里混，“一个人干，一个人看，一个人捣蛋”，那样是干不好工作的，必须把另外那两个人请走，不叫他看了，更不让他捣蛋了，就留一个人在那里干。国有企业的改革和发展，减人是个方向，非减不可。因此，要实施再就业工程，负责对减下来的人进行妥善安置并逐步促进他们再就业。正是由于我国目前社会保障制度还不健全，远远不能满足需要，所以国有企业对减下来的人要自己负责安置和促进再就业，这是中国特色社会保障体系的重要内容。

（三）**对于符合政策的下岗职工，一定要保障其基本生活**。国务院提出对进入再就业服务中心的下岗职工，其基本生活费（包括缴医疗、养老保险金）由企业、社会、财政各负担三分之一，即“三三制”原则。按照目前企业、社会和财政的承受能力，是完全可以做到这一点的。对企业来说，这个负担比例并不高。上海市下岗职工的基本生活费包括医疗和养老保险一年是4000元，而职工年平均工资约1万元，4000元还不到全市年人均工资的一半。企业承担三分之一，实际上就负担原来工资的六分之一，一般企业完全可以承受。对一些特困企业，财政还要负责兜底。关于财政负担三分之一，这也不是很困难的。刚才讲你们四省区下岗职工加起来约200万人，其中国有企业职工只有110万人，要先解决国有企业的问题。实际上，你们这里的职工收入水平要比上海的低，基本生活费最多需要40亿元，财政负担三分之一，也就是13亿元左右，其中中央财政还要补助30%左右，剩下的由四个省区财政负担就没有多少了，你们应该负担得起。中央财政补助资金以专项转移支付方式补贴给中西部地区和东北地区等老工业基地。现在社会上有多种救济渠道，社会负担的三分之一，也是拿得出来的，特别是现在提高了失业保险金的提取比例，这个钱是可以保证的。总之，就中央和地方总体的财力来讲，这点钱是拿得出来的，少搞几个重复建设、盲目建设项目，少搞一点铺张浪费，这个问题就可以解决。

（四）**要千方百计地实施再就业工程，这是企业职工下岗分流安置的最终途径**。转变下岗职工的择业观念，是实施再就业工程的关键。我到天津、上海等地考察，感到现在不是没有就业岗位，而是有许多工作下岗职工不愿去干。现在有的企业亏损得一塌糊涂，到银行里去挂账，但是工厂内部的绿化、清洁工作却要雇外面的民工来干，下岗职工不愿干，这怎么能行？张立昌〔1〕同志在天津跟我讲，一些下岗职工认为送报纸一类的活比较“高尚”，可以干。我问去送外卖行不行？像美国买比萨饼，打个电话就送上门来。他说那就不会干了，至于绿化、清洁，那下岗职工更不愿意干了。我想将来开全国会议的时候，要请全国总工会的负责同志就这方面问题讲一讲。服务行业的就业潜力很大，比如保姆、钟点工等等。不能认为做这种工作

1998年2月12日，朱镕基在天津针织厂了解企业解困和职工再就业情况。前排右二为国务院副秘书长张左己，右三为天津市委书记张立昌。　（《天津日报》记者陈国兴摄）

〔1〕张立昌，当时任中共天津市委书记。

就低人一等，而应该看到这也同样是一种高尚的职业。对许多家庭来讲，也迫切需要这种服务，这样可以使职工把本职工作干得更好。这完全是个光荣的职业。昨天，张德江[1]同志告诉我，吉林的农村专门有人把活猪运到北京等大城市去卖。去年吉林农业减产100亿斤，农民收入却没减少，还略有增加，主要是因为发展了饲料加工、畜牧养殖等多种经营。把猪销到上海、北京，吉林农村专门有一批人干这件事，也不是政府组织的，他们不吃“皇粮”，既活跃了农村经济，增加了农民收入，也方便了城市居民生活。但是，传销不能做，传销会害得人家破人亡。国务院即将下发通知，坚决取缔传销活动。

我们相信，只要各级领导高度重视，采取切实、有效措施，再就业问题一定可以解决。

二

（1998年3月26日）

这次会议开得很好，充分发扬民主，达到了畅所欲言、沟通情况、摆出问题、进一步统一认识的目的。同志们提出了许多很好的意见，这些意见对我们很有启发。下面，我就保障企业下岗职工基本生活的范围、标准和离退休人员与再就业工程的关系问题再讲几点意见。

第一，关于范围问题。为什么党中央、国务院这么重视企业下岗职工的分流安置和再就业问题？为什么新一届政府刚刚成立就到这里来讨论这个问题？这里的着眼点是为了保障下岗职工的基本生活，促

〔1〕张德江，当时任中共吉林省委书记。

进再就业，以保持社会的稳定。没有社会的稳定，也就没有社会的发展。而如果下岗职工的基本生活得不到保障，他们长期不能实现再就业，社会就不可能稳定。因此，保障下岗职工的基本生活，千方百计地实施再就业工程，事关改革、发展、稳定的大局，是当前和今后一段时期各级党委、政府最重要的任务之一。我们的领导干部和各个部门，要把大量的精力用在这方面。

我在天津看了再就业服务中心，在上海也与有关方面座谈过这个问题，昨天又看了长春的再就业服务中心。这些地方的再就业服务中心利用现代技术手段，沟通求职者和用人单位的信息，把劳动力组织好、管理好，帮助下岗职工找到生活出路。这项工作意义重大，但刚刚起步，要进一步加强。

保障下岗职工的基本生活，一定要考虑重点在什么地方。如果我们制定一个政策，对所有下岗人员都要保障他们的基本生活，那么现在已经离开工厂好几年的人，也会回来要求“落实政策”，将给那些困难企业、亏损企业以及地方政府造成不应有的麻烦。

昨天，吴邦国同志讲了，企业职工下岗不是改革造成的。但一些人有误解，认为现在1000多万名职工下岗是因为党中央、国务院提出了“鼓励兼并、规范破产、下岗分流、减员增效和实施再就业工程”的方针造成的。这种观点是完全错误的。中央这个方针是在去年1月份提出的，3月份正式发的文件〔1〕，正是针对一些地方出现了擅自破产、兼并和下岗职工无人管等问题提出的解决对策。实际上，各地早就有职工下岗的情况存在，只是没有叫“下岗”，吉林叫“放假”，别的地方或者叫“停产半停产”，或者叫“关门”，其实

〔1〕 指1997年3月2日《国务院关于在若干城市试行国有企业兼并破产和职工再就业有关问题的补充通知》。

职工早就下岗了。好多企业从1994年以后就发不出工资了，那不就是下岗嘛，而且比下岗还厉害。职工下岗后，虽然名义上还在厂里，但实际上让他回家，工厂根本不管了。当时，中央对此还没有一套政策，企业没有办法，地方也没有财力。昨天，我在长春看了再就业服务中心，跟几个求职的职工谈了一下，他们基本上都“放假”了，企业什么都不管。只有长春第一食品厂的一个职工，在“放假”的第一个月从厂子领了130块钱，从此以后，好几年一个钱也没拿到过。这怎么能说是因为中央的政策引起下岗呢？再说，职工下岗也是个必然的过程，国有企业困难的三条原因，很重要的一条不就是人员膨胀吗？企业本来只能养活一个人，却让三个人在里面，不让那两个人下岗，这个厂子能办好吗？这样下去，企业根本就没有竞争力，根本就办不好。职工为什么下岗呢？那是因为企业亏损没有竞争力，不减人，就不能增效，道理很简单。现在有1000多万人下岗，也反映了这样一个必然的过程。所以，一定要把这个关系搞清楚，那都是过去造成的，有的是1993年经济过热引起的后遗症，有的是几十年的后遗症，是历史原因造成的。现在，谁也不要埋怨，关键是怎样把这个问题解决好。

国务院文件中要明确，保障下岗职工基本生活的范围和重点是：现在与工厂还没有解除劳动关系、已进入再就业服务中心的下岗职工。有好多企业至今没有建立再就业服务中心，这个问题要因地制宜地解决。那些离厂好几年的职工，尽管还没有与工厂解除劳动关系，但是不能够全回来。要对此做一点调查，比方说，有的职工已经找到职业了，就不能再回原来的企业领基本生活费。有的职工虽然离开企业好几年了，却一直没有跟企业解除劳动关系，现在“流离失所”，政府、企业、社会也要负责救济、补助。这是个复杂而具体的事，要制定一套具体办法，让各地因地制宜去搞这件事情。

关键还在再就业，如果实现了再就业，就没有人跑到企业来要求“落实政策”。建议东北地区在全国再就业工作会议结束以后，选择适当时候开个经验交流会，大家交流一下再就业方面的经验、做法。建立再就业服务中心，最重要的是要配备工作能力强的干部，利用好现代技术手段。对今后职工下岗，一定要建立下岗的申报制度。如果不成立再就业服务中心，不能保证下岗职工的基本生活费就强制性地让人家下岗，那绝对不行，政府和工会组织要进行干预。

今后，下岗职工一律要进入再就业服务中心，这要作为一种制度

1998 年 3 月 25 日，朱镕基在吉林汽车制动器厂下岗职工家中了解他们的生活情况。
（新华社记者兰红光摄）

确定下来。不是不允许职工下岗，而是下岗职工一定要进入再就业服务中心，保障其基本生活。企业要申报，因为政府要补助下岗职工基本生活费；企业如果不申报，怎么补助？另外，绝对不能把盈利企业减下来的职工也由政府补助基本生活费。不是亏损企业，不得向政府申请下岗职工基本生活费，只有很困难的企业，连职工下岗后六分之一的工资都拿不出来，才能够申请补助，这个原则要明确下来。保障下岗职工基本生活的范围问题，我在北京时就考虑过，恐怕将来召开全国再就业工作会议、听取各方面的意见后，制定办法时还要做修改。劳动和社会保障部以及国家经贸委要派人下去调查，到各省的再就业服务中心看一看搞得怎么样，要调查企业建立下岗职工再就业服务中心的普及面到底有多大。

第二，关于标准问题。我强调两点：一是“三三制”是个原则，不是绝对的。不是说对所有的企业都要财政补贴三分之一，这要看具体情况。如果这个企业确实困难，连三分之一也拿不出来，政府财政要兜底，要给这个企业更多一点的补助。如果这个企业虽然也困难，但不需补助三分之一，就不要给补助那么多。下岗职工每人每年补助的标准，应由各地根据本地情况确定。

第三，关于拖欠企业离退休职工工资和养老金问题。这个问题虽然不属于下岗职工的分流安置和再就业问题，但有的同志反映，这是各地当前矛盾比较多、容易引起社会同情、影响社会稳定的第一位问题。有的同志说，现在虽然下岗职工比较多，但像离退休职工那样的集体上访事件还不多。因为他们还年轻，多少还可以找到一点活儿干，或者还可以依靠父母。离退休人员一点没依靠，如果再领不到养老保险金，他们就“流离失所”了，所以，他们要讨个说法。这个问题值得我们高度重视，回北京后要认真研究。产生这一问题的主要原因是，养老保险基金入不敷出，又缺乏必要的积累。

我的基本看法是，拖欠企业离退休职工工资和养老金，涉及的问题比较多，是影响社会稳定的大事，一定要采取切实措施解决好。一是要提高养老保险的覆盖面。就是说，“三资”企业、合作企业等城镇各种所有制企业，都要参加统筹，都要交养老保险金。新建企业对养老保险金暂时是不需要的，交上来后就可统筹调剂，完全靠国有企业的养老保险搞不下去。现在有的地方，每两个在职职工就养一个离退休人员，还有个别的企业是一个人养一个人。面对国有企业这种一代人要养两三代人的状况，养老保险金根本不够，很大的危机是“寅吃卯粮”，所以，一定要提高养老保险覆盖面。要让那些新办企业的年轻人作贡献，特别是“三资”企业，对它们要严加监管，一定要交养老保险金。这与投资环境无关，在哪个国家都得交，发达国家的养老保险金标准还比我们高得多。二是提高养老保险基金的收缴率。企业有钱不交不行，要查账，劳动和社会保障部门一定要加强这方面的工作。三是加强养老保险的资金管理。到去年，养老保险金被挤占挪用了94亿元，这种情况不能再继续下去。现在中央已规定，不允许拿这个钱炒股票、搞房地产，自以为回报率高，其实风险很大，可能一下子就没了。我们硬性规定，养老保险金只能买国库券或存银行，不能干别的，干别的就是违法，相关人员就要被撤职。为了防止挪用、贪污，要实行“三驾马车”来管这个钱：劳动和社会保障部门负责收缴，存入财政在银行的专户；劳动和社会保障部门要给企业拨多少养老费，先开单子，经过财政部门审核同意，然后才能从银行财政专户中拨付；银行没看到财政部门审核的意见，不能给钱。这一条必须很明确。

本届政府要转变工作作风，不要把力量和精力用在搞项目上，以为搞项目就能搞出政绩，那是绝对错误的。那个“政绩”可能“成名于一时，骂名于一世”。搞的时候出了“政绩”，剪彩的时候风光得很，项目一投产就亏损、就关门；过几年以后，人走了，升官了，后人要骂你一辈子呢！本届政府绝不搞这一套，从我开始，就不去指定搞什么项目，精力要放在为人民谋福利上。群众的积极性高了，生产才能发展。我们要紧紧依靠人民群众，全心全意地为人民服务。社会保险问题已经非抓不行了。外国的失业率很高，欧洲达到百分之十几，比我们的高；但人家的社会保障制度完善，人即使失业了，也能活得下去。在目前我国社会保障制度不完善的情况下，国有企业改革是很困难的，动不了人，很难破产。现在企业破产要有指标，自己乱破不行，过去那种破产方法是行不通的。为什么呢？人为破产后，资产首先要还债、要交税，企业根本没有钱来安置人员。再说，资产也值不了几个钱，连欠账都还不清，怎么能破产呢？企业要破产，要有严格审批程序。现在养老保险金欠债很多，我想请财政部、劳动和社会保障部、国务院体改办等部门一起来研究。西方有个办法，为了弥补养老保险金的不足，发行一种不还本的国债。美国在历史上就发行过一种期限长达 100 年的国债，当时美国的社会保险制度还不完善，这种国债只给利息不还本。这带有一定的社会救济性质，很多有钱人还是愿意买的，因为有安全保证。再一个办法，就是将来要收社会保障税。最近，项怀诚〔1〕同志到美国考察，美国一年税收 1.6 万亿美元，其中 8000 亿美元是所得税和消费税，占一半；其他 8000 亿美元中有 4000 亿美元是社会保障税，是从个人那里收来的；而个人所得税很少，只有 2000 亿美元。将来，我们要完善税收制度，要考虑收社会保障税，不然，社会保险基金建立不起来。

总之，要从各方面加强管理，开源节流，把我国的社会保障制度

〔1〕 项怀诚，当时任财政部部长。

逐步健全起来。当然，如果把重复建设、粮食亏损挂账问题解决了，国家就可以腾出几百亿元用到这上面来，财政预算也可以增加安排一块到社会保险基金里去。但目前暂时的困难，企业还要承担，不能不发离退休职工的工资和养老金，借口交不起养老保险金不行，要提高收缴率。虽然一些企业还没有倒闭，但确实困难的，尽管一两年没交养老保险金，也要给这些企业的离退休职工发养老保险金。失业保险也要加强。增提的两个百分点，一个点由个人交，另一个点由企业交，主要还是要用于国有企业下岗职工再就业，失业救济就只能靠原来那一个百分点。

政府机构改革要决心大、步子稳、工作实*

（1998年4月10日）

这期省部级干部推进政府机构改革专题研究班，办得很及时，我非常支持。下面，我讲两点意见。

一、政府机构改革势在必行，政企必须分开

我先讲两件事情。第一件事是中央电视台《焦点访谈》节目报道的。某市有个葡萄酒厂生产“三梅酒”，是个名牌，企业被兼并后，商标也应该转让。但市委书记让市财政局把商标买下来，变成政府的商标。企业已被三九集团兼并，牌子就是不给人家，这个市委书记还振振有词。真是管得太宽了！如果我们的省委书记、省长、市长都这么干预经济，中国的经济怎么能搞好？怎么搞社会主义市场经济？企业都在长官意志的指挥下，还有什么竞争？还是吃“大锅饭”嘛！第二件事，最近上海搞“牛奶大战”，发人深省的地方在于企业把牛奶价格降到成本以下出售。这反映了一个机制问题，因为亏损了，工厂可以不负责任，可以挂在银行账上，由银行出钱。这也是行政干预的结果。同志们可以做点调查研究，如果哪一个企业亏得一塌糊涂还在

---

* 1998年3月31日至4月11日，国家行政学院与中共中央组织部、人事部、中央机构编制委员会办公室共同举办省部级干部推进政府机构改革专题研究班。这是朱镕基同志在研究班学员座谈会上讲话的主要部分。

生产，其后台不是市委书记就是市长。吃亏的是国家，账都挂在银行，一旦爆发金融危机，后果不堪设想。所以，再也不能搞政企合一了，再也不能搞行政直接干预了。

那么，政府管什么？政府首先是管市场，要把市场管住、管好。可是，现在政府不是管市场，而是办市场，政府同经济利益直接挂钩，也就没有公平竞争了。其次，政府要管质量。这次把质量技术监督局从国家经贸委划出来直属国务院领导，就是要提高它的地位。虽然没有升级，但国务院决定加强这个部门，准备派几名副部长去加强领导。政府该管的是市场和质量，不是去指挥企业的生产经营，不是去命令银行给企业贷款。这首先是个体制问题，但也说明政府机关人多了。如果人少一点，就没有那么多精力和时间去干预企业了。

转变政府职能的关键是政企分开。这次政府机构改革，为什么要把工业部门撤掉，改成国家经贸委管理的国家局呢？事实已经证明，靠工业部门管企业的方法是管不好的。过去设置八个机械工业部，也难以把机械工业管好。现在情况复杂多了，更难以管理。从机制上看，工业部门从本行业的利益出发，很难对自己管的企业认真进行监管，工作重点往往偏于向中央要钱、要政策。本届政府决定，工业部门没有管企业的任务，改为国家局，划归国家经贸委领导。这些工业局干什么呢？搞规划、搞行业政策、搞项目布点，防止重复建设等。总之，工业局和企业没有直接关系。

那么，今后政府对企业如何监管？就是要建立国有企业稽察特派员制度。实际上就是国务院派出的监事会，但是为了不同《公司法》规定的企业监事会相混淆，称为稽察特派员。由国务院派出，每个稽察特派员配专职助理四人，主要是配备懂审计、会计、金融和监察等方面的人员。这是企业管理机制的一个根本转变。

稽察特派员的任务主要是查账，不干预国有企业经营管理。稽察特派员一年去查两次账，对国有企业的财务状况进行分析、评估，搞清究竟是亏还是盈；同时，对企业主要领导成员的工作业绩进行评价。稽察报告经国家经贸委等部门审核后，向国务院呈报；然后，国务院通过人事部，根据情况决定对国有企业主要领导人的奖惩任免。为什么要这么做呢？我举几个例子。一个是某总公司，不经国家计委和国家外汇管理局批准，借了11亿美元的外债，做生意、搞期货。去年，我们发现它亏了1.5亿美元，赶快采取措施调整了总公司的领导班子。现在查出一共亏了7.7亿美元，简直是胆大包天！还有一个公司，原来说，这个单位好得很，多年都没有发现有什么问题。去年有人揭发，派人一查，亏损68亿元。我们当即决定，马上撤销了这个单位，由中国建设银行接管。这些亏损最后都由国家承担。同志们，如果我们的国有企业不是这样事先不请示、事后不报告，大把大把亏损，国家何至于像今天这样困难？国务院决定向国有大企业和企业集团派稽察特派员是经过深思熟虑的，是实现政企分开的重要举措，是对国有企业管理方式的重大转变，也是符合国际惯例的。不这样做，大多数国有大中型亏损企业三年脱困的目标就成了空话。

稽察特派员到企业查账，一要同国有企业财务会计制度的改革结合，逐步建立符合国际惯例的现代企业财务会计制度，派有稽察特派员的企业要先做起来。二要同审计、工商部门结合，要充分利用审计、工商部门的成果，如有必要也可以请合格的会计公司帮助。派有稽察特派员的国有企业不再搞财务大检查，通常的审计也就可以不做了。稽察特派员只要敢于讲真话，不怕得罪人，就能查出问题。

为什么要人事部管这件事？现在看来，国有企业能不能搞好，关键在于领导班子、在于一把手。有的人无法无天，对他不能没有约束。我们派人去盯住他，把那本账盯住，不行就把他撤下来，让能人上。派稽察特派员是一个新制度，一开始需要稳妥一点。首先要选好人。现在的稽察特派员和专职助理都是严格挑选的，人数先少一点，但他们必须公正廉洁，正己才能正人。有犯罪前科的人不能干，喜欢吃喝玩乐的人也不能干，不能一开始就把名声搞坏。二是要搞好培训。人事部组织国内外专家、学者，在很短的时间内把教材编出来了，这个月就可以开始对他们进行培训。三是要有奖惩和监督。对稽察特派员要加强教育，要有严格的纪律，对工作不得力、玩忽职守的要给予处分。总之，要初战必胜。

地方的国有企业如何管？今后也要采取这个办法。把那些工业厅、局合并起来，不要管企业了。选一些优秀的干部监管企业、监督厂长。对政府机关人员分流工作，我们提出了16字方针，即“带职分流，定向培训，加强企业，优化结构”。为什么要写上“加强企业”？开始，很多同志建议写“加强一线”、“加强基层”，后来还是坚持提“加强企业”，因为企业是根本，企业办不好，一切都是空的。加强企业，就要把最优秀的干部派到那里去。过去常把企业搞得好的企业家，调上来当副部长、当局长，把人都抽空了；现在要倒过来，把优秀人才派到企业里去，政府不要干预他们的生产经营活动，让他们放开手干，但要派稽察特派员盯住他们，能人也不能没有约束。所以，要从社会主义市场经济体制和企业机制上解决这个问题。政府机构改革是形势发展的必然要求和迫切需要，是解决深层矛盾、搞好各项改革和发展的一个关键。机构改革搞好了，各级政府真正做到精简、高效，把干部的积极性都调动起来，管政府该管的事，使该加强的薄弱环节得到加强，指挥系统要灵，工作效率要更高，党的方针、政策得到正确贯彻，其他的事情就好办了。大家对此要有足够的认识，提高自觉性，尽管有困难、有阻力、有风险，也要迎难而上，下工夫抓好。

二、推进政府机构改革决心要大、步子要稳、工作要实

第一，决心要大。我们提出政府机构减员50%不是没有根据。政府不直接管企业了，管理机制、工作方法都要从根本上改变，人就可以减下来。过去由于人浮于事，埋没了人才，干了些不该干的事，这种状况不能再继续下去了。必须转变政府职能，改进工作方法和工作作风，真正做到精简、高效。我这次出国回来后，首先就是赶着批文件，有十天没批了。我发现其中有一个文件是1月7日报到国务院的，这是中国残疾人联合会请示给它扶贫贷款，要财政部贴息。国务院办公厅把这个请示发给各部门去征求意见，到4月8日才有了结果，送给我批。用了三个月时间才拿出解决办法，这引起我很多感想。这不是孤立的一件事，类似的情况很多。本届政府绝对不能这么干下去了。首先，你要贷款，打报告来的单位要主动去联系，到银行去要这个贷款，看银行是什么意见；然后去财政部要贴息，看财政部是什么意见。你就得去跑，讲各种道理说服银行和财政部。他们同意了，再报国务院审批；他们不同意，你把他们的不同意见都写上。否则，国办就将这个文件退回去，说明这个打报告来的单位没有尽到责任。你把所有不同意见都报来了，该协调的都协调了，责任尽到了。国务院再对每个单位的意见进行核对，由主管的副总理作出判断，该不该办，就可以拍板，重大的政策决定最后报总理来批。过去，有事由国务院办公厅秘书局的局长、处长召集有关人员来协调，如果意见不一致，又由国务院副秘书长找有关部长协调。以后再也不能这样办事，国务院办公厅秘书局没有协调这个职能，也没有这个权力。协调是国务院各部门自己的职责，你自己应该找主管部门、左邻右舍去协调。意见不能统一、必须由国务院协调时，你应把自己协调的结果如实报

告国务院。这时，国务院领导同志就可以决策了；必要时，国务院副秘书长可受主管副总理的委托协调一下。不下决心转变工作作风，办事效率就不可能提高，人浮于事的现象就不可能改变。因此，这次精简政府机构，我要求国务院办公厅必须起表率作用。

分流的干部怎么办？国务院系统的干部是高素质的干部，应该把他们派到更有用的地方去，发挥他们的才能。现在我们很多部门的领导力量薄弱，需要充实、加强。如商业银行，要把得力的副部长派去当副行长。再如税务总局、国家工商局、国家质量技术监督局都需要加强，特别是这些部门的直属单位要加强。机构不升级，但干部可以高配，正部长可以到另一个部门当副部长，副部长也可以到一个副部级单位当副职，司局级的单位也是这样。我们还准备抽调一批年富力强的司局长，经过培训，到高校去任职，完善高校领导班子的结构；一部分年轻、有文化基础的同志，还可以去学习，取得更高层次的学历或就业资格，以便充实到需要的岗位上去。所以，在机关减人的同时，实际上是加强了整个政府机构、企业和有关单位。现在应该下这个决心了，大气候已经形成，包括机关干部本身都认识到现在这种状况是不行的，没有效率，财政不堪重负。人员放在企业与放在机关是不一样的，不吃“皇粮”了，他得自己找活路，就要想法把企业办好。

第二，步子要稳。这期研究班上，有些同志主张，省级政府的机构改革今年就开始。国务院系统才3万多人，机构改革的难度相对要小些。但地方政府的机构改革就不那么容易了，党政机关干部加在一起有800万人，仅政府公务员就有530万人，减一半就是260多万人，人员分流的难度是相当大的。我建议你们今年先不要动，国家机关先走一步，你们从中总结经验教训。你们要“谋定而后动”，今年先把规划和分流人员的出路都想好，把机构改革方案搞出来，明年再开始。明年年底前把“三定”方案搞好，把减掉的那部分人定下来。这还不能说到位，到位要三年，即到2001年，使所有的人都得到安排。就是说，国家机关到今年年底，地方政府到明年年底，减下来的那部分人都要离开工作岗位，工资照发，经过定向培训，大体上用三年时间，逐步调配到更需要的地方去。

地方政府的干部如何分流？除了加强国有企业外，一个很重要的途径就是加强基层。现在有些基层干部的素质太低，有的人简直无法无天、作威作福。当然，绝大多数基层干部还是好的，问题就出在那少数人身上。因此，要加强基层，要用合格的人去代替那些不合格的人。

不少同志提出，人员分流中要采取措施优化公务员队伍。如何优化？绝不是说合格的留下，不合格的才要走。我认为，要把那些优秀干部放到国有企业去，放到基层去，放到更需要的地方去。留在机关的应该强弱搭配，如果将几个强人放在一起也不一定搞得好。加强国有企业和基层才是我们的主要目的。

第三，工作要实。政府机构改革涉及广大干部的切身利益，思想上不出现波动是不可能的。我们一再强调，对分流的干部不能歧视，绝不能降低国家规定的待遇。原工资照发，这是保持干部队伍稳定的重要措施。同时，要切实加强思想政治工作，工作要做到每个人，要让所有的干部都感受到，组织对他们是负责任的。这次国家机关的调整，对正部级干部的安排，经过了反复研究；对副部级干部的安排，我和中央组织部的同志一起研究过两次，还没有完全定下来。我和很多部长、副部长都谈过话。希望各级地方政府也要按照这个精神，一级一级地把干部安排好，要把他们用在最合适的地方。这是对他们的信任，也是工作需要。要做思想政治工作，要谈话，要把他们的想法摸清楚，全面地考察，把工作做细、做实，这样才是对国家干部负责任的态度。

尽管这次政府机构改革是个中等方案，但步子也相当大。我出访时，外国领导人见到我都说，你们下这么大的决心真是不容易呀！这么大的步子，在北京没有引起什么大的波动，应该说是基本稳定的。只要做到决心大、步子稳、工作实，我想不会出什么大问题。总的看，我们的干部绝大部分确实是好的，是能服从组织决定的。如宋瑞祥同志，原任地质矿产部部长，是正部长级。新组建国土资源部后，对他的安排我们考虑了很久，最后决定派他去与他的工作有联系的环保总局，任党组副书记、常务副局长，保留正部长级。对这个决定他能接受下来是不容易的。最近，他给我写了一封信，表示完全服从组织的分配。我觉得这种顾全大局的精神值得学习！所以我认为，只要把工作做到干部心里，我们的干部是有觉悟、通情达理的。如果处之以官僚主义，工作大而化之，什么思想政治工作都不做，简单化地一宣布，那就要出事。

各大银行都要成立中小企业信贷部*

（1998年4月25日）

工商银行行长刘廷焕同志亲自下去抓项目信贷问题，这是值得推广的一种工作作风，各大银行行长都要下去调查研究，解决问题，落实中央3号文件〔1〕，不要只记得出国一件事，出国也是要出的，但主要工作在国内，尤其是今年的任务重，许多方面都没有落实。我昨天说过，各大银行都要成立中小企业信贷部，加强对各种所有制的中小企业特别是小型企业和个体生产单位的信贷工作。请工商银行带头筹建。

请岚清〔2〕、邦国〔3〕、家宝〔4〕同志并闻世震〔5〕同志阅。

朱镕基

4.25

---

* 这是朱镕基同志在中国工商银行行长刘廷焕《关于赴鞍钢、辽化调查情况的报告》上的批语。

〔1〕 中央3号文件，指1998年2月20日《中共中央、国务院关于转发〈国家计划委员会关于应对东南亚金融危机，保持国民经济持续快速健康发展的意见〉的通知》。

〔2〕 岚清，即李岚清。

〔3〕 邦国，即吴邦国。

〔4〕 家宝，即温家宝。

〔5〕 闻世震，当时任中共辽宁省委书记。

深化粮食流通体制改革刻不容缓*

（1998年4月29日）

一、深化粮食流通体制改革势在必行

这几年粮食工作取得了很大成绩，大家有目共睹。没有粮食工作的成绩，哪有今天这么好的形势？现在的问题是粮食企业的亏损在银行挂账严重，国家付出的代价太大，不堪重负。到今年3月底，粮食收购贷款余额是5431亿元，而粮食库存值只有3291亿元。亏损挂账和挤占挪用加起来是2140亿元，其中，粮食亏损挂账到去年年底为1210亿元，今年第一季度末，达到了1475亿元，新增亏损265亿元，有相当一部分是从挤占挪用部分划过去的，是造假账造出来的。对造假账的要追查，2000多亿元付诸东流啊！如果这2000多亿元真是给了农民，那倒是一件好事。但实际上并不是这样，而是有相当大的部分被浪费掉了。

之所以付出这么大不必要的代价，归根到底是个体制问题。我们早就看到了这个问题。1996年，全国粮食企业亏损280亿元，挤占挪用320亿元，当时问题已非常严重。为了刹住这个势头，1996年

---

* 1998年4月27日至29日，全国粮食流通体制改革工作会议在北京召开。出席会议的有各省、自治区、直辖市和计划单列市及国务院有关部门的负责同志，以及各地区计划、粮食、财政、物价工作和农业发展银行、农业银行的负责同志。这是朱镕基同志在会上讲话的主要部分。

1998 年 4 月 29 日，朱镕基在全国粮食流通体制改革工作会议上讲话。右为中共中央政治局常委、国务院副总理李岚清，左为中共中央政治局委员、国务院副总理吴邦国。

（新华社记者兰红光摄）

10 月份，我在大连主持召开部分地区粮食工作座谈会时，就提出要改革粮食流通体制，并提出了改革的基本原则。经过一年多的研究，去年召开的中央经济工作会议决定，今年夏收以前出台改革方案。中间又做了一些调查研究，请了许多地方的负责同志来座谈。在这个基础上，把改革方案向中央财经领导小组、中央政治局常委会做了汇报。常委会原则通过后，中央又召开了东北地区三省一区党政主要负责同志座谈会，再次听取地方同志意见，大家认为可行，最后才经中央政治局通过，就是现在的这个方案。现行粮食流通体制的根本问题在于：中央拿资金，地方管企业，敞开花钱，吃“大锅饭”。这个体制再也搞不下去了！

1210 亿元的粮食企业亏损挂账是怎样产生的呢？客观上讲，有粮食丰收、库存增加、利息和保管费用增加的因素。这早就预料到了，我们建立了粮食风险基金，实行了中央和地方两级粮食储备制度。中央专储粮全部由中央负担利息和保管费，由中央预算开支。地方储备粮的利息和保管费用是由粮食风险基金开支的。扣掉中央专储粮和地方储备粮增加的部分，粮食企业的周转粮最多也就多出 700 亿斤，利息和保管费最多也就是 70 亿元。粮食风险基金自 1994 年建立以来，到去年年初结存 150 亿元，足够补贴由于粮食丰收、库存增加而增加的利息和保管费。所以，亏损挂账 1210 亿元是没有理由的。

那么，亏损究竟亏到哪里去了呢？一是降价销售，亏掉了，这是最大的原因。应该说，我们已经有了在粮食歉收和丰收两种不同情况下，调控粮食市场的办法和经验。我记得，从 1992 年到 1993 年，农业连续遭灾，粮食歉收，但当时有些地方实行“三个放开”政策，即放开市场，放开价格，放开经营。当时许多公司、私商跑到农村去抢购粮食，粮食系统也跟着抬价抢购，粮食一天一个价。我在安徽发现这个情况，要求采取措施制止。一方面，采取经济手段，抛售专储粮；另一方面，再次强调国有粮食企业是主渠道，只允许当地的国有粮食收储企业到农村收购粮食，其他任何公司、私商不能到农村收购。这是粮食歉收情况下的经验。在粮食丰收情况下怎么做？1995 年、1996 年两年粮食丰收，1997 年粮食就多了。为此，去年出台了一个重大政策，就是按保护价敞开收购农民余粮。虽然保护价比定购价略低，农民还是满意的。但这个政策没有得到完全执行，有的地方执行得好，有的地方执行得差。正因为没有很好地贯彻这个政策，农民就到集贸市场低价出售粮食。国有粮食企业的费用那么高，粮食当然就卖不出去。这时候国有粮食企业着急了，也降价亏本销售粮食。这就是吃“大锅饭”的体制，亏本了有银行拿钱，再加上农业发展银行失于监管，才造成了今天这个局面。二是人多开销大，吃掉了。全国粮食系统现有 410 万人，近 10 年增加了 1 倍，310 万在职的，100

万离退休的。实际上，只有不到一半的人从事粮食收储工作。另外一半多的人（160 万）从事与粮食收购无关的业务，这些附营业务大量亏损，而且都算到粮食亏损账里面来了，这必然增加粮食经营费用。费用越高，粮食越卖不出去，亏损就越厉害。因此，这些业务必须与粮食收购业务脱钩，实行自负盈亏。

有 930 多亿元被挤占挪用，这又是怎样产生的呢？1994 年以前，挤占挪用 300 多亿元。1995 年到 1997 年 3 年时间，一下子增加了 455 亿元，现在达到了 930 多亿元。挤占挪用主要表现在四个方面：一是违规将粮食收购资金向非粮食收储企业发放贷款。例如，农业发展银行吉林省分行向乾安县植物油厂累计发放贷款 1500 万元，农业发展银行云南省元阳县支行向饲料加工厂、水果生产基地、仓储网点等发放贷款 1500 万元。尤其是一些地方违规向非生产性固定资产投资项目发放贷款，购买汽车、移动电话，建楼堂馆所等。二是违规向国有粮食收储企业发放贷款，搞附营业务。本来，附营业务是由农业银行发放贷款的，后来农业发展银行也向附营业务发放贷款，并没有得到国务院同意。发放附营业务贷款，粮食收购资金怎么封闭运行？我举一个最突出的例子：广西植物油贸易公司通过广西粮油储运公司，挪用 6500 万元粮食收购资金进口毛菜油加工，一下子亏掉 2347 万元。这样的人不处理，怎么对得起老百姓？安徽省蒙城县粮食系统挪用粮食收购资金 6775 万元，自办经济实体 85 个，都是些宾馆、招待所、澡堂子、加油站、液化气站等等。拿粮食收购资金搞这些东西，怎么收得回来？三是炒股票、炒期货。如长春市油脂油料公司从 1994 年开始，将收购贷款投入期货市场。这些钱能收回来吗？四是干部职工个人借款。有的地方还搞什么“带粮分流”。不是要下岗分流吗？那好，你下岗，我给你发两万斤粮食。这是分光吃净啊！

为什么粮食收购资金出现亏损挂账、挤占挪用，实现不了封闭运行？这里的确有农业发展银行的问题，但主要还是体制问题。我一直讲，成立农业发展银行，就是为了保证粮食收购资金封闭运行，可是农业发展银行成立四年来，并没有贯彻这个方针。尽管这两年我们一直强调要"库贷挂钩"、"钱粮挂钩"、封闭运行，但实际上没有得到认真贯彻。农业发展银行承受的压力很大，如果不给粮食收购资金，要钱的人就说他们不以农业为基础，要负"打白条"的责任。特别是农业发展银行铺摊子的1996年，一年搞了2000多个分支机构，什么人都进去了。进去了就做"好人"，一年挤占挪用320亿元，亏损280亿元。拿钱往外撒啊！一直到现在还没有建立起发放贷款的程序，没有一套规章制度。特别是多头开户，坐支现金，问题很大。比方说，今年第一季度粮食企业销售了320亿元的粮食，把费用扣掉，至少应该还贷300亿元。结果，只还给农业发展银行150亿元。粮食企业收回货款时不经过农业发展银行，怕经过农业发展银行会被扣下还贷，他们就跑到农业银行、工商银行等银行开户，把钱存在那里，再从那里把钱拿走。什么叫"封闭运行"？本来应该是，1斤粮食6角钱收购上来，7角钱卖掉之后，粮食企业自己留1角钱支付各种费用，另外6角钱还给银行。可某些粮食企业不这么做，1斤粮食5角钱就给卖掉，先补自己的亏损和费用，剩下2角钱还给银行；有的粮食企业甚至这2角钱也不还，还想方设法挤占挪用。这个问题不解决怎么行？

另一方面，产生亏损挂账、挤占挪用，国有粮食系统没有责任吗？我看也是有责任的。一些地方趁改革之机，加大亏损挂账基数，让中央多贴利息。国务院即将下发一个紧急通知[1]，有这么几条规

---

〔1〕紧急通知，指1998年5月3日《国务院关于坚决制止扩大粮食亏损挂账的紧急通知》。

定：一是严禁粮食部门和企业趁改革之机违规调账和不合理列支，扩大粮食亏损挂账。不许把那930多亿元被挤占挪用的资金都报为粮食收购亏损。二是粮食收储企业要严格执行粮食购销价格政策，不得进行“逆向操作”。这次会议后，大家要雷厉风行，所有的粮食企业一律顺价销售，不得低价销售。如果粮食顺价销售不出去，就坚决不卖。三是严格执行粮食收购资金专户管理制度，不准多头开户。从农业发展银行借的钱，卖掉粮食后，货款必须回到农业发展银行，不能流到别的银行。如果发现在哪家商业银行多头开户，就给哪家银行行长记大过一次。四是粮食企业不准以机构改革为名，搞“带粮分流”、“带钱分流”，或以兼并、改制、破产等名义侵吞国有资产和悬空、逃避银行债务。已经发生的，要立即纠正，并如数追回钱粮，挽回损失。五是农业发展银行对粮食企业收购资金的使用情况要严格监督管理，认真执行“库贷挂钩”原则，防止发生新的挤占挪用，切实做到收购贷款封闭运行。对今年第一季度的亏损情况，决定由审计署牵头，会同监察部、国家计委、财政部、中国人民银行、国家粮食储备局等部门，对粮食系统和农业发展银行进行一次全面审计，彻底查清问题。

二、改革的原则和要把握好的重点

这次改革要遵循“四分开一完善”的原则，即政企分开，中央与地方责任分开，粮食储备与经营分开，新老财务账目分开，完善粮食价格机制。在深化粮食流通体制改革的过程中，要切实把握好以下几个重点：

一是政企必须分开。政企不分是造成国有粮食企业吃财政和银行“大锅饭”的重要原因。今后，粮食行政主管部门代表政府对全社会粮食流通进行管理，与国有粮食企业在人、财、物等方面彻底脱钩，不得参与粮食经营，不得干预企业的经营活动。所有国有粮食企业，包括乡镇粮库，都要面向市场，实行独立核算，降低生产经营费用，增强竞争力，成为自主经营、自负盈亏、自我约束、自我发展的经济实体，不承担粮食行政管理职能。要按照这个分工，各尽其职，各负其责。

二是中央与地方责、权必须明确划分。中央要抓好全国粮食供求总量的宏观调控。地方政府要对本地区粮食生产和流通全面负责，发展粮食生产，搞好粮食收储，保证粮食供应，稳定粮食价格，这是各地政府的首要职责。

三是粮食储备和经营必须分开。中央和地方的储备粮要与企业经营周转粮在管理上分开，真正做到储得进、调得动、用得上，并节约储存费用。无论是产区还是销区的政府，都必须保有充足的合理粮食储备。销区应主动分担粮食储备的负担，减轻产区财政的压力。这对销区是有很大好处的，粮价涨上来后，销区就有稳定粮价的物质基础了。

四是消化国有粮食企业亏损在银行的挂账，必须由中央和地方财政共同分担，限期归还。中央财政将负担除少数主销区以外的亏损挂账在限期内的全部利息。国有粮食企业要通过减员增效、改善经营、降低费用、提高效益，尤其要坚持顺价销售的原则，保证不发生新的亏损，在还本期限内，从经营利润中逐步归还亏损挂账的本金。为确保今后不再出现新的挂账，要切实做到粮食收购资金封闭运行。今后，粮食收购资金要严格按照“库贷挂钩”的办法供应和管理，坚决实行“钱随粮走”的办法，确保粮食销售后国有粮食企业能及时足额将贷款本息归还农业发展银行。农业发展银行要切实加强对粮食收购、调销、储备资金的全过程监管。严禁再出现挤占挪用粮食收购资金的情况，对违反规定的，要坚决查处并停止贷款，还要它承担“打白条”的责任。

五是进一步完善粮食价格形成机制。今后在正常情况下，粮食价格主要由市场供求决定，国有粮食企业按市场价格经营粮食。为了保护生产者利益，政府制定粮食收购保护价，敞开收购农民的余粮；为了保护消费者利益，政府制定粮食销售限价，作为调控目标。当市场粮价低于收购保护价或超出销售限价时，政府主要依靠储备粮吞吐等经济手段，通过调节市场供求，促使市场粮价稳定在合理水平。

六是进一步健全粮食市场体系。要加强粮食市场体系建设，积极培育县以上粮食交易市场。要充分发挥国有粮食企业收购粮食的主渠道作用，严禁私商和其他企业直接到农村收购粮食；粮食销售市场要进一步放开、搞活，实行多渠道经营。

三、几个具体的政策问题

现在，有些地区认为没有能力消化亏损挂账本金；同时，对封闭运行、顺价销售、不挂新账缺乏信心，担心别人不坚持顺价，自己坚持顺价会吃亏。我想，应进一步统一思想，提高认识，明确以下几点：

第一，不允许发生新的亏损。要做到这一点，国有粮食企业必须严格执行国家粮食购销价格政策，不得“逆向操作”。各地要统一行动，实行粮食顺价销售，不准降价亏本销售。“顺价”就是粮食的收购价加上国有粮食企业的费用分摊和最低利润形成的销售价。国有粮食企业谁也不许低价卖粮，现在只要坚持一个月，粮价就会上去。开始时可能卖不出粮，费用怎么办？可以在农业发展银行设两个账户，一个购销账户，一个财务账户。购销账户，要实行“钱粮挂钩”，坚持“八个不贷”[1]，收一斤粮，给一斤粮的钱。卖掉一斤粮，连本带息还回农业发展银行，不允许挂账。在财务账户里，农业发展银行可以给国有粮食企业垫支一部分费用资金，以解决他们卖不出粮，但又必须发工资、支付费用的问题。不要担心别人不坚持顺价销售、自己顺价销售吃亏，现在已经把监督顺价销售的责任交给了农业发展银行。在“钱粮挂钩”的原则下，谁低价销售，谁的钱就回不来，农业发展银行马上就会发现，并立即通报给地方政府。要保证做到顺价销售，必须再次重申国务院的规定，只有国有粮食收储企业才能够到农村收购粮食，私商和其他企业不得到农村收购。用粮单位到县以上粮食交易市场去买粮。粮食收购是垄断的，不能放开。如放开收购，粮食丰收时没有人去收购，歉收时都去抢购，天下就会大乱。1994 年《国务院办公厅关于加强粮食市场管理，保持市场稳定的通知》中已经对此作了规定，后来又几次重申。同时，顺价销售要有一个保证条件，就是国有粮食企业一定要按收购保护价敞开收购农民余粮。如果不敞开收购，农民就会把粮食卖给私商，而私商的经营费用比粮食部门的低得多，他就能够低价销售，粮食部门就不能够顺价销售。应该指出，过去敞开收购的方针并没有得到很好贯彻。事先绝不要估计过高，不要轻易讲我那个地方是敞开收购的，没有降价销售；其实，好

---

[1] “八个不贷”，指：（一）虚报收购数量或库存套购收购贷款并挪用的，不予贷款；（二）粮棉油赊销直接造成亏损挂账的，不予贷款；（三）粮棉油销售收入不入账和坐支现金的，不予贷款；（四）利用多头开户等方式转移挪用粮棉油调销货款的，不予贷款；（五）违反国家规定降价销售粮棉，造成亏损无弥补来源，致使粮棉贷款不能足额归还的，不予贷款；（六）挤占挪用收购贷款购置固定资产、从事附营业务、投资有价证券、转借他人用于有关部门集资摊派等的，不予贷款；（七）不按国家规定将粮棉油调销货款存入农业发展银行专户，多头开户，挤占挪用粮食收购贷款的，不予贷款；（八）利用兼并、改制、破产等名义悬空、逃废银行债务以及带粮分流人员等直接挤占挪用粮食收购贷款的，不予贷款。

多地方都不是敞开收购粮食。如果真是敞开收购粮食了，农民就不会卖粮给私商或自己低价出售，那么国有粮食企业就可以按顺价原则决定市场价格了。总之，今后只要粮食收购是垄断的，而且是敞开收购，国有粮食企业自己不把粮食低价卖给个体户，社会上就不会有多少粮食，国有粮食企业就能够顺价销售。

有的同志讲，亏损消灭不了，理由是粮食库存太大，库存成本增加，顺价顺不了那么高。我认为不是这个情况。我在前面讲过，中央专储粮的利息和保管费用是中央预算拿钱，地方储备粮的利息和保管费用也打在粮食风险基金里了。扣掉中央和地方储备粮，全国周转粮最多也就多出 700 亿斤，所需费用和占用资金利息一年补贴 70 亿元足够了。现在粮食风险基金每年已有 70 多亿元，足够补贴超正常周转库存粮食的利息和保管费用。当然，我算的是总账，各地情况不一样。有的地方粮食风险基金不足以补贴超正常周转库存粮食的利息和保管费用，原因是支付地方储备粮的利息和保管费用占去一部分，甚至把粮食风险基金拿去干别的了。如果控制一下粮食风险基金的使用范围，就够了。如果还不够补贴超正常周转库存粮食的利息和保管费用，可以增加粮食风险基金规模，中央和地方按什么比例增加，请财政部研究一个办法。这样，粮食顺价销售就不会亏损，库存过多就用粮食风险基金补贴增加的利息和保管费用，粮食购销价格就理顺了。

第二，粮食企业要下岗分流，减员增效。如果不下岗分流，不减人，亏损挂账不要说 10 年，30 年也消化不了。那么多人搞名目繁多的附营业务，负盈不负亏，势必挤占挪用粮食收购资金，造成损失、浪费。所以，一定要按全国统一的政策，实施下岗分流、减员增效、再就业工程。对下岗的职工，要发基本生活费。要从机制上想办法，把这些人安置好。已分流出去搞附营业务的职工，应与粮食企业彻底分开，让他们自负盈亏。

第三，要积极消化粮食亏损挂账。一些地方反映消化挂账有困难。据我了解，几个沿海省市是有能力消化的。粮食主产区有些困难，有的地方可能10年也还不了，但10年以后的事现在不能说死。如果粮食流通体制改革见了成效，把粮食系统整顿好，国有粮食企业能够扭亏为盈，消化能力就会增强，就能消化亏损挂账本金。各地财政都很紧张，挂账亏损并不一定要靠财政来消化，主要靠粮食企业自己消化。除第一类地区〔1〕外，其他地区可以从明年1月1日起归还亏损挂账本金。但今年6月1日停息以后，不允许再出现新的亏损挂账。至于明年1月1日开始还本后，能否前两年少还一点，后几年多还一点，要根据各地情况酌情考虑，现在很难定一个统一的原则。

第四，关于今年粮食收购价格问题。中央已经决定，今年粮食的定购价由各地区参照去年价格水平自行确定。如果不参照去年价格水平，我担心会出问题。价格政策一旦出问题，农业形势就可能逆转。特别是近两年农民收入增加不多，如果粮价太低，影响农民的种粮积极性，不利于宏观经济形势稳定。价格不是一点不能降，关键是不能降得过多。现在有两种意见：一种是定购价和保护价同时降一点；另一种是定购价不动，保护价多降一点。对此，中央不作决定，由各地根据本地情况决定。毗邻的地区要注意搞好价格衔接，比如说早籼稻的定购价、保护价，江西、湖南、湖北三省就应该共同协商确定。各地政府要主动做好这项工作。

第五，粮食仓储设施一定要加强。要以扩建、改造为主，少搞新建的。国有企业、乡镇企业的厂房、仓库稍加改造，就可以利用。不

〔1〕第一类地区，指北京、天津、上海、广东等省市。财政部、国家发展计划委员会、审计署、中国农业发展银行于1998年5月11日联合制定的《关于清理消化国有粮食企业新增财务挂账和其他不合理占用贷款的办法》规定：这类地区粮食企业的新增财务挂账，“由省、直辖市人民政府统筹资金在3年内消化挂账本金和利息”。

要一说加强仓储设施，就大量地贷款去建新的。仓储设施贷款应予保证，由农业发展银行另开账户，严格审批。不少地方的国家专储粮没有专门仓库，和地方储备粮、周转粮放在一起。这些混库的粮库，中央暂时不收，但要做到账目分开、保管分开，未经国务院批准不得动用。将来中央新建专储粮库后，再把国家专储粮调出来，把仓库腾给地方。

国务院已明确，国家粮食储备局只管中央专储粮，中央的粮食宏观调控职能由国家计委行使。国家计委具有协调政策特别是价格政策的职能，所以，粮食宏观调控职能，也放在国家计委。

深化粮食流通体制改革，是党中央、国务院今年部署实施的一项重大改革，也是今年经济工作的一项重要任务。下一步的关键是抓好落实。各省区市要根据《国务院关于进一步深化粮食流通体制改革的决定》精神，结合本地实际情况，尽快制定贯彻实施的办法。各有关部门要顾全大局，紧密配合，齐心协力推进改革。希望大家统一思想，统一政策，统一行动，认真落实，确保各项改革措施顺利实施，务必达到预期的改革目标。

银行与所办公司必须彻底脱钩*

（1998年5月14日）

请家宝[1]同志批转相龙[2]、海旺[3]同志处理。银行(尤是人民银行）所办公司（房地产、信托、证券等）应与银行彻底脱钩或坚决撤并，政策早已在两年前确定。但是银行系统由于利益机制，贯彻很不得力，有的越办越大，违法乱纪，愈演愈烈，安徽省人民银行就属于这种情况，必须认真调整领导班子。我希望在这次金融改革中彻底解决这个问题，请人民银行和国家商业银行、政策性银行各级领导一体周知，不要低估中央和国务院的改革决心。

朱镕基

5.14

---

* 这是朱镕基同志在审计署《审计要情》1998年第2号《安徽省证券登记公司非法经营金融业务造成柜台兑付危机》一文上的批语。

〔1〕家宝，即温家宝。

〔2〕相龙，即戴相龙，当时任中国人民银行行长。

〔3〕海旺，即阎海旺，当时任中共中央金融工作委员会副书记、中国人民银行副行长。

把握粮食流通体制改革的重点*

（1998年6月3日）

今年4月底召开全国粮食流通体制改革工作会议以后，国务院派出了五个调查组到十几个省，对会议精神贯彻情况进行了督促检查。从各地情况看，各级领导都非常重视这项工作，抓得是很紧的。但是，工作进展不平衡，特别是县、乡两级抓得不够得力，会议精神还没有完全贯彻下去。我在安徽考察时，有一位县粮食局局长对“四分开一完善”对答如流，但是对当前工作的重点是什么，说不到点子上。可见，深刻领会《国务院关于进一步深化粮食流通体制改革的决定》精神，真正弄懂各项方针政策并落实下去，还要下很大工夫。

通过调查，我们感到，对有的政策细节，还需进一步完善。因此，我们调查回京后，对需要进一步明确的政策，又进行了研究，下发了一个补充通知。昨天，国务院常务会议又审议通过了《粮食收购条例》，很快就要发布。今后，还要制定粮食销售条例和其他相关条例，把粮食工作的方针政策都纳入法制的轨道。现在，中央关于粮食

---

* 1998年6月3日，国务院召开全国粮食购销工作电视电话会议。中共中央和国务院有关部门负责同志在北京主会场出席会议。各省、自治区、直辖市及各市（地）、县人民政府主要负责同志，分管粮食、财政、金融工作的负责同志，发展计划（经济）委员会、财政厅（局）、农业厅（局）、工商局、物价局、粮食局、农业发展银行、农业银行的负责同志在各地分会场出席会议。分会场一直设到县。这是朱镕基同志在会上讲话的主要部分。

流通体制改革和做好当前粮食购销工作的方针政策，已经比较配套，也很明确。今天的会议一直开到县，就是为了把中央关于粮食流通体制改革的一系列方针政策和这次调研情况通报给大家，并对进一步做好粮食流通体制改革工作和粮食购销工作做出部署。

各地首先要认真地学习中央的文件，真正吃透中央的精神，这是做好粮改工作的前提。我最近看到新华社的一份内参，刊登了某产粮大省一位粮食厅厅长的谈话，这个谈话的许多内容，是不符合实际情况的。他一股怨气，满腔委屈，夸大困难，只强调别人的责任，不检查自己的工作。这样的领导能做好粮改工作吗？这不是一个人的问题，而是反映了粮食系统一部分人的情绪。这次粮食流通体制改革，如果不换一批人，不撤一批人，不抓一批人，是很难取得成功的。不称职的就要换掉，问题严重的就要撤职，触犯刑律的就要抓起来，否则，粮食流通体制改革就搞不好。全国粮食系统已经亏损挂账和挤占挪用粮食收购资金高达2000多亿元，如果继续一年几百亿元地亏下去，国家、地方和银行都不堪重负。做好粮食流通体制改革工作，事关全局，影响重大。我们一定要统一思想，统一行动，不折不扣地贯彻落实中央关于粮食流通体制改革的各项方针政策，把这项工作推向深入。当前工作的重中之重，就是贯彻落实按保护价敞开收购农民的余粮、国有粮食收储企业实行顺价销售、农业发展银行的粮食收购资金封闭运行这三项政策，加快国有粮食企业自身改革步伐。现在，我就这些问题再强调几点：

第一，按保护价敞开收购农民的余粮。这是当前整个粮食工作的基础。只有按保护价敞开收购农民余粮，才能保护农民的利益和农民的积极性，保证粮食稳定增产；才能把粮源掌握在国有粮食收储企业手里，主导粮食市场价格，实现粮食顺价销售。

国有粮食收储企业严重亏损挂账的一个重要原因，就是在丰收的时候没有很好地执行按保护价敞开收购农民余粮的政策，致使农民把粮食低价卖给私商。私商的经营费用低，卖的粮食价格就低。所以，市场粮价就下跌。国有粮食收储企业由于人多、开支大，粮食经营费用高，粮价比私商的高，就销不动；越是销不动，就越不愿敞开收粮，私商的粮源就越多。而国有粮站、粮库为了发工资、奖金，就“逆向操作”，低价亏本卖粮，形成恶性循环。国有粮食收储企业如果按保护价把农民的余粮都收上来，掌握了粮源，就掌握了引导市场粮价的主动权，就可以做到顺价销售。所以，国有粮食收储企业要做到顺价销售，停止新的亏损，最重要的基础环节就是按保护价敞开收购。

去年夏收时，我们强调要按保护价敞开收购农民余粮，各地贯彻坚决，这项工作做得比较好，深受广大农民的欢迎。但是没有坚持下去，秋收时没有完全做到敞开收购，导致大量粮食流散到私商手中。现在粮食的市场价比保护价低，农民为什么不以保护价卖粮给国有粮站、粮库，非要以市场价卖给私商呢？问题就出在国有粮食收储企业自身，没有做到方便农民、敞开收购。有的国有粮站、粮库对农民卖粮，限量限时，压级压价；有的工作人员服务态度不好，对水分高一些、自然杂质多一点的粮食，不是扣水、扣杂后收进来，而是让农民拉回去，这样导致农民卖粮有诸多不便，农民不愿受气，就宁可把粮食每斤便宜几分钱卖给私商；有的国有粮站、粮库附属的劳动服务公司和职工，低价向农民收粮，然后按保护价卖给国有粮站、粮库，从中渔利；有的国有粮站、粮库代扣“乡统筹、村提留”，农民卖粮得不到现钱，就不愿意到国有粮站、粮库卖粮；有的地方发放预约收购卡或其他形式的卖粮指标，既没有做到直接敞开收购，又出现倒卖现象。这些问题，影响了按保护价敞开收购农民余粮政策的落实，损害了农民利益，必须切实解决。

今年夏粮收购即将开始，各地粮食部门一定要坚决按保护价敞开收购农民的余粮。国有粮食收储企业要改善服务态度，认真执行政策。要方便农民卖粮，不要让农民排长队。对农民交售的粮食，要常年挂牌收购，不准限收、拒收、停收，不准压级压价。对质量差一点的粮食，不要让农民拉回去，可以按规定扣水、扣杂，按质论价，收进来再烘干晾晒。要保证卖粮的农民及时拿到现钱。国有粮站、粮库收购粮食时，除按国家有关规定代征农业税外，不准代扣、代缴“乡统筹、村提留”以及其他任何税费。乡镇干部、村干部也不准在粮站、粮库坐收统筹、提留款。对国有粮站、粮库违法乱纪的干部、职工，要坚决查处，不准以任何名义低价向农民收购粮食。农业发展银行要保证粮食收购资金供应。

要管好粮食收购市场。只有国有粮食收储企业才能从农民那里收购粮食，禁止任何私商、粮贩和其他公司到农村直接收购粮食。各地工商局要加强检查，发现一起，严肃查处一起，直至吊销营业执照。粮食加工企业和其他用粮单位，可以到县以上粮食交易市场购买。粮食销售要放开、搞活。允许外地企业和个人进入县以上市场买粮食，销售可以实行多渠道。

第二，坚决实行粮食顺价销售。这是国有粮食收储企业不再发生亏损和做到逐步消化亏损挂账的重要措施。不实行粮食顺价销售，就不能收回成本和实现利润，国有粮食收储企业也就难以生存和发展。

近两年，市场粮价一直比较低，国有粮食收储企业不能实现顺价销售，除了一些地方没有按保护价敞开收购农民余粮，造成粮源流失外，另一个主要原因是国有粮食收储企业自己低价亏本卖粮。我们调查发现，这个问题比想象的要严重得多。一些国有粮食收储企业为了发工资、发奖金、盖房子，不惜低价亏本把粮食卖给私商。他们一边低价卖粮，一边到银行报账，不仅为私商和私营粮食加工企业提供了低价粮源，而且大量增加亏损挂账。私营粮食加工厂掌握了低价粮源，就可以操纵整个粮食零售市场的价格，致使国有粮食收储企业的粮食很难顺价卖出去。现在，私营粮食加工厂星罗棋布，规模也不小。许多私营米厂的粮源，主要靠国有粮食收储企业低价亏本提供。这次在安徽考察，我让我的秘书和国家计委一位同志当了一回“私商”，去三个私营粮食加工厂买粮。这三个厂子口气大得很，说你要多少粮就有多少粮，我马上可以卖给你。如果不是跟国有粮食部门内外勾结，敢夸这个海口吗？还有一个私营粮食加工厂，一天加工大米150吨，一年加工几万吨。靠农民一家一户卖给他稻谷，不可能有这么大的规模，实际上是靠国有粮食收储企业整卡车地送来粮食，这怎么得了！国有粮食收储企业按保护价收进来的稻谷低价亏本卖给私商，私商加工出来的米每斤只卖八九角就能赚钱；而我们国有粮食收储企业加工出来的米每斤不卖到1元至1元2角就亏本，粮食当然卖不出去，卖不出去就只能跟着市场跑，降价亏本销售，让私商牵着鼻子走。私商先低价卖粮，然后，国有粮食收储企业也跟着低价卖，甚至以更低的价格卖给私商。就这样，国家一年几百亿元的粮食补贴，并没有真正补给农民，而是流入私商腰包里了，还有一批腐败分子从中捞到了好处。真是令人痛心！

我们说国有粮食收储企业未能实现顺价销售，问题在于它自己低价亏本卖粮，主要在于体制不合理，再不改革不行了！粮食系统要改革，就必须弄明白为什么会造成这个状况，把原因分析清楚，不要一股怨气，满腔委屈，看不到自身问题。我们相信，只要国有粮食收储企业按保护价把粮食都收到自己手里，然后加上成本费用和必要的利润，再把它卖出去，就可以逐步实现顺价销售，停止亏损。应该说，在这方面，没有人能跟国有粮食收储企业竞争。谁能够出保护价？只有国家才有这个能力。如果国有粮食收储企业不敞开收购农民余粮，又低价亏本卖粮，那就不可能做到顺价销售，就不可避免地要发生新的亏损。

这次调查发现，过去定的粮食顺价销售政策还有不够明确的地方，就是所谓“顺价销售”是指在哪一个环节顺价？原来讲得并不是很清楚。我们强调的粮食顺价销售，是指在粮食收储环节顺价，也就是要求国有粮站、粮库（包括尚未独立核算的附属粮食加工厂）等粮食收储企业，必须按照以粮食收购价格为基础、加上合理费用和最低利润形成的价格进行销售，不应当发生亏损。而那些实行独立核算的国有粮食加工、批发、零售企业，则可以按照购得进、销得出的原则，在进价基础上自定销售价格，自负盈亏。但是，现在不少地方在粮食零售环节也规定最低限价，这是对粮食顺价销售政策理解有偏差造成的。国有零售粮店是独立核算、自负盈亏的，进货渠道、进价不同，销售价格也就不同，不能规定最低限价。如果规定了最低限价，他们经营的粮食卖不出去，怎么发工资？谁负责？国有零售粮店是自负盈亏的，国家是不能补贴的。现在，许多国有零售粮店可以从私商那里进粮食，这有利于尽快消化流失在社会上的粮源，为国有粮食收储企业实现顺价销售创造条件。私商的粮食卖光了，国有粮食收储企业就可以控制市场并主导价格，就可以真正实现顺价销售。从现在起，对国有零售粮店不要规定最低销售限价，已经规定的要纠正。

第三，粮食收购资金必须封闭运行。这是监督国有粮食收储企业执行国家粮食购销政策，防止挤占挪用，及时足额供应粮食收购资金的保证。

国家成立农业发展银行，就是为了实行粮食收购资金的封闭运行。农业发展银行一定要严格实行“库贷挂钩”、“钱随粮走”，坚持“钱货两清、足额还款”。国有粮食收储企业卖出粮食后，要及时足额地将贷款本金、利息还给农业发展银行。收一斤粮，给一斤粮的钱，是定购价的按定购价给，是保护价的按保护价给。卖掉一斤粮食，国有粮食收储企业就要连本带息还给农业发展银行；否则，下次收购粮食时农业发展银行就不给贷款。这里，农业发展银行起着决定性的监管和保证作用，责任非常重大，甚至关系到这次粮食流通体制改革的成败。

为保证“库贷挂钩”政策真正落实，农业发展银行一定要清查国有粮食收储企业的粮食库存。查清贷了多少款，收了多少粮，是不是在挪用粮食收购资金。银行完全有权力查账，这也是国际通行的做法。国有粮食收储企业要无条件地提供有关材料，如果不如实告诉农业发展银行收了多少粮、卖了多少粮、存了多少粮，农业发展银行就不给贷款。只有这样，才能加强监管，防止出现新的亏损挂账和挤占挪用。

农业发展银行要深入基层，改善服务。比如对国有粮站、粮库低价亏本卖粮，不能简单地停止贷款了事。一方面，要向国家负责，加强对国有粮食收储企业的监管，发现问题，要及时通报政府管理部门，给以严肃处理；另一方面，要改善服务态度，保证粮食收购资金及时到位，不耽误粮食收购。农业发展银行要为国家把住关，工作一定要做到家。各级政府，特别是县级政府，要支持农业发展银行的工作，共同维护国家的利益。各商业银行也要积极支持粮食收购资金的封闭运行。现在，粮食收储企业的附营业务贷款，已经从农业发展银行中分离出去，农业发展银行专门从事粮食收储业务信贷。国有粮食收储企业只能在农业发展银行开户，不能在其他银行开户；凡发现商业银行为国有粮食收储企业开户的，要严肃查处。

第四，搞好国有粮食收储企业自身的改革。这是国有粮食收储企业的根本出路。现在粮食系统冗员过多，400 多万人一年吃掉几百亿元，都打在粮食成本里面，粮食成本高得不得了，顺价怎么顺得出去？因此，一定要下决心减掉一半人。粮食系统310万在职人员中，真正从事粮食收储工作的也就是150万人，另外的160万人早已分流了，只是没有彻底脱钩。所以，减一半人的实际困难并没有想象的那么大，把已经分离的160万人与国有粮食收储企业彻底脱钩，大部分问题就可以得到解决。我在安徽看到的一些国有零售粮店，粮食销售额只占总营业额的20%，完全可以自负盈亏。

国有粮食收储企业经营管理粗放、浪费严重的情况比较普遍，这也是经营费用高、顺价销售难的重要原因。今后，所有国有粮食收储企业都必须独立核算、自负盈亏。除收购环节由国有粮食收储企业垄断经营外，其他加工、批发、零售环节都实行市场竞争，通过竞争促进企业改进经营管理、降低费用。要尽快建立健全各项规章制度，加强内部管理，减少不必要开支，堵塞漏洞，防止浪费。国有粮食收储企业只有把费用降下来，才有市场竞争力，才能有利于实现顺价销售，才能有经济效益。

总之，通过今天的会议，就是要使大家都明确当前深化粮食流通体制改革和做好粮食购销工作，关键是抓住“三项政策”和自身改革这四个要点。其中，按保护价敞开收购农民的余粮是保护农民种粮积极性，实行粮食顺价销售的基础；粮食顺价销售是不再发生亏损和逐步消化历史挂账的关键；粮食收购资金封闭运行是不再发生新的亏损和挤占挪用，及时足额供应资金的保证；粮食企业自身改革是顺利执行“三项政策”的条件。我相信，只要大家统一认识，统一行动，同心协力，扎实工作，粮食流通体制改革工作一定能够做好！

会见美国财政部部长鲁宾时的谈话*

（1998年6月26日）

朱镕基：你的工作节奏真快，昨天还在电视上看到你在美国，今天你就到北京了，而且闪电式地访问了中国人民银行和财政部。

鲁宾：是的，我与他们会谈的时间虽短，但很有成效。我不是外交官，不用讲什么套话，我们讨论的都是实实在在的问题。

朱镕基：你虽然不是外交官，但你的话比外交官的还值钱。

鲁宾：所以有时说话要小心，特别是评论市场的时候。

朱镕基：欢迎你到中国访问。最近，美国出面干预日元汇率，取得了很大成功，我向你们表示祝贺。但你们的任务还很艰巨，今天的日元汇率又跌到142.35日元兑1美元了。

鲁宾：你说得很对，这是一个非常艰巨的任务。我们在单日内就拿出20亿美元，这是很大一笔钱，但是解决日元贬值的根本办法是日本要采取行动。

朱镕基：从东京会议传来的消息看，日本并没有采取什么措施。看起来，日元恐怕会维持一种既垮不了也好不了的状况，东南亚国家对此很担心。

鲁宾：我想，你可以在明天与克林顿总统会晤时，同他讨论这个问题。我与总统谈过多次，总统认为，改善日元状况，最终取决于

---

* 这是朱镕基同志在北京中南海紫光阁会见美国财政部部长罗伯特·鲁宾时的谈话。

1998 年 6 月 26 日，朱镕基在北京中南海紫光阁会见美国财政部部长罗伯特·鲁宾。

（新华社记者李生南摄）

日本。

朱镕基：我很担心目前的日元状况。有人估计，到今年年底，日元汇率也许会跌到 180 日元兑 1 美元，不知有没有这个可能？

鲁宾：这个问题现在很难预测。一些经济学家认为，日元汇率最终可能会跌到 160 至 180 日元兑 1 美元，这对亚洲来说是一个很坏的消息。我们要想方设法避免这种情况，说服亚洲国家对日本施加压力。

朱镕基：有一种说法，日元兑美元今年180，明年230。这种说法也许有些过头，但多数人认为今年日元恐怕会跌破150线。日元继续贬值对东南亚的确是个坏消息，会进一步加剧东南亚的金融危机。但不管怎样，中国不会违背人民币不贬值的承诺。如果我们也跟着贬，那对亚洲国家将是很大的灾难。

鲁宾：对整个世界经济也是如此。

朱镕基：无论贬值会给我们带来多大好处，我们也不能那样做。对别人损害太大，最后也会损害我们自己。至于能顶多久，我就不说了，说了别人也不信。

鲁宾：中国可以说是当今世界上信誉最高的国家之一。无论在经济方面还是在处理其他问题方面，中国都得到了国际社会的充分尊重。因此美中两国应该携起手来，共同解决当前的危机。

朱镕基：我刚才说了，人民币不会贬值，我们能够做到这一点。中国的出口占国内生产总值不过20%，尽管今年5月份外贸出口出现了负增长，但我们可以通过国内市场来弥补国外市场。现在的问题是，我们自己也面临着一些困难。过去搞了很多重复建设，市场供大于求，国有企业生产不足，工人失业。提高国内需求，如果向工业领域投入资金，不会产生任何效益，因此只能投到基础设施建设上来。但基础设施建设的投资回报期比较长，完全靠银行贷款不行，还要靠财政投入。幸好，几年来我们实行从紧的财政货币政策，现在有能力做这件事情。今年一季度的固定资产投资比去年增长了10%，二季度增长了15%，预计三季度会增长20%。这些投资会带动生产资料的生产，促进工业企业开工。今年一季度，我们的国内生产总值增长率为7.2%，二季度可能只有6.8%，估计三季度会达到8%，四季度达到9%到10%。这样，全年即使达不到8%的经济增长目标，也不会差很多。现在，8%已经成了一个心理数字，哪怕达到7.9%，香港同胞也不会满意。

鲁宾：这是一件很有意思的事情。我对中国的情况不了解，但我认为外国人关注的并不是某个百分比，而是这个统计数字是不是准确、是不是合乎国际标准。现在中国的信誉很好，即使发展速度只有5%到6%，也不会对你们有多大影响。关键是看你们采取什么措施，如何处理好眼前利益和长远利益的关系。国际社会最为关注的是你们能不能继续坚持改革路线。

朱镕基：如果没有亚洲金融危机，我们的经济增长率可能会超过8%。现在，亚洲金融危机给我们的发展带来很大影响，在这种情况下，我们的增长率能达到7%甚至6%多一点就不简单了。但我们也认识到，8%是个心理数字，它对东方人的影响比对西方人的影响要大得多。如果今年的增长率达到7.9%，第二天香港的舆论就会说：人民币马上就要贬值。你刚才说你不了解中国，我认为这种谦虚是很宝贵的。

但是我想，如果我们确实达不到8%，也不勉强。其实，要达到8%很容易，比方说，我们完全可以放松银根，大量投资，不管它是不是重复建设，但我们不会干这种傻事。至于你刚才提到的我们的统计数字准确不准确，我也不知道，但我可以向你保证，今年的数字绝对不会比去年更不准确。

我们的改革正在按计划进行，也许还会加快；否则，就不能保证我们的经济增长。特别是银行系统的改革，进度明显加快了。我们从亚洲金融危机中学到很多东西，不加快改革，就不能稳定金融。最近我们关闭了几家银行，我们认为，不管有什么背景，出了问题，该关的就要坚决关掉。

最近日本出现的问题，给我们增加了一点信心。过去总有人以为中国的银行系统是世界上最坏的，现在让我们稍微有点安慰的是，也许我们并不是世界上最坏的，至少是倒数第二，而倒数第一的是日本。

鲁宾：也许你说的是对的。中国和日本的情况不同，中国敢于正视自己的问题，并着手去解决。而日本却显得信心不足，缺乏解决问题的具体措施，这是两国之间的差别。

总理先生，我知道中国有四大银行，国际上有人估计，这些银行的坏账率达到25%到30%，当然这不是你们官方的数字。但不管这个数字是多少，我想中国可能比较缺乏这方面的技能。对此，你们有些什么打算呢？

朱镕基：你讲的25%有一定的准确性，但这25%不是坏账，可以说是不良贷款。不良贷款不等于不能收回的贷款。当然，25%的不良贷款比例也是比较高的了，但是，完全不能收回的坏账、呆账的百分比不是很大。有一个很重要的情况是，这些不良贷款大多是在1992年、1993年房地产过热时造成的，直到现在还没有完全解决。在以后几年的金融改革过程中，新的不良贷款很少形成，老的不良贷款逐年下降，我们的目标是，每年下降两个百分点或者更多。现在，我们的银行正朝着审慎经营、严格控制不良贷款的方向运营。你在国内经常会受到你们国会的质询，我也一样，经常要受到我们国内的批评。有人说我是“惜贷”，吝啬贷款。一些经济学家对我说：“现在应该放松银根，多发票子，把经济刺激上去，但是你们银行就是不愿意贷款。”

鲁宾：你们中国对这些问题的讨论很有意思。这样好不好，我们两个换个位子，你向美国国会负责，我向中国人民负责，怎么样？

朱镕基：我可干不了你的活儿。

鲁宾：我能不能再提个问题：面对东南亚和日本出现的危机，我们美国还应该做些什么才更好呢？

朱镕基：我觉得现在对日本能够产生影响的只有美国，而不是别的国家。如果美国坚持向日本施加影响，日本还是有实力稳住日元的。如果美国在这个问题上犹豫，日元就会继续下跌，这对东南亚国家不利，对香港的打击也很大，反过来，也会影响美国。现在已经有人怀疑，目前美国的经济太好，股票价格太高，大家都在等着它下来。在这种情况下，我们不愿意看到整个世界经济受到影响。从中国来说，我们只能做到人民币不贬值，但我们没有影响日本的能力。

鲁宾：我们一直密切关注日元贬值的情况，包括克林顿总统在内，但到目前为止，我们还没有找到有效的办法去说服日本采取果断措施，扭转局势。我们可以继续向日本施加压力，但如果日本政府不行动，那还是没有用。你说得很对，美国的经济也一样容易受到打击，我们也想避免。此外，我们也非常关心香港的问题，请问你们怎么看待香港的汇率？

朱镕基：港币与美元的联系汇率制现在是骑虎难下，没有别的办法，只能继续坚持。港币还会受到国际上的冲击，但我想香港能顶得住，中央政府也会不惜一切代价支持香港。

鲁宾：我想再提一个问题。在中国加入世贸组织的谈判问题上，我们的首席谈判代表提出了一个新的建议。今年美国对中国的贸易逆差将达到600亿美元。你知道，在美国，贸易问题会受到政治的影响，是个非常棘手的问题，可能会导致贸易保护主义的浪潮。我们认为，美国的新建议符合双方的利益，希望中方认真考虑我们的建议。

朱镕基：你们不要相信500亿、600亿美元这些数字，你们应该按照克林顿总统说的，把这些搞数字的人全部解雇。如果我们有500亿美元顺差的话，那么中国的外汇储备可能就是3000亿美元，世界第一了。

鲁宾：你们正朝着这个方向发展。

朱镕基：这纯粹是个计算方法问题。

鲁宾：即便是按照中国的计算方法，这个数字也是相当可观的。

朱镕基：我们的出口产品中，54%是加工贸易出口，就是说，从美国、日本等国进口原材料，在国内加工后再出口。中国并没有得到多少好处，就是增加了点就业。如果我们真的有500亿美元顺差的话，那么中国就不是现在这个样子了，就没有这么多困难了，我这个总理也就好当了。

鲁宾：我同意你的说法，我们可以就计算方法进行讨论，但你也应该同意我的意见，中国对美国的贸易顺差多年来一直有，而且在不断增加。

朱镕基：对于这个问题，我们一直在想办法解决。这次克林顿总统访华，我们就签了30亿美元的合同买你们的设备，比你们帮助日本的20亿美元还要多。这次本来还想达成一项协议，美国承诺给予中国永久性最惠国待遇，同意中国明年年底加入世界贸易组织，与此同时，中国在电信、金融等领域提出一个进一步开放的时间表，但是没有得到美方的欣赏，你们反而提出更高的要求，我们感到很遗憾。当然，这个问题还在谈。

鲁宾：可能现在会有一些新的进展。

朱镕基：如果能谈成的话，是美国对我们的帮助，同时也使我们更有能力去帮助解决东南亚的金融危机。

鲁宾：但愿能成功。

朱镕基：听说你还要访问东南亚几个国家？

鲁宾：是的，我还要访问马来西亚、泰国和韩国。主要目的是表达我们对这些搞改革的国家的支持。我认为即使日本能够采取措施，加上韩国、泰国这些国家共同努力，真正解决目前存在的问题仍需要相当一段时间。

朱镕基：日本本来可以做得很多，但他们没有做。到目前为止，我们已经拿出40亿美元来帮助泰国、韩国和印度尼西亚。我告诉日本人说，我们借钱给这些国家，实际上是帮助他们还你们的债。

鲁宾：谢谢你的会见。

竭尽全力，确保长江大堤安全*

（1998 年 7 月 5 日—9 日）

一

（在江西省，1998 年 7 月 5 日）

江西省前一段时间的抗洪抢险工作取得了很大成绩。目前，汛情尚未过去，长江和鄱阳湖的水位居高不下，有继续上涨的可能，形势依然十分严峻。绝不能有任何松懈麻痹思想，各方面一定要做好迎战更大洪水的准备。要把防洪救灾作为当前第一位的工作来抓，进一步落实防汛责任制，抓紧修复水毁工程，密切注意汛情发展，切实做好洪水调度，严防死守，确保长江大堤和鄱阳湖重要堤防安全，确保京九铁路〔1〕安全，确保人民生命财产安全。要切实安排好灾区群众的生活，确保群众有饭吃、有水喝、有衣穿、有住处、有病能治。灾区干部群众要自力更生，不等不靠，积极生产自救，在洪水退后要抓紧补种晚稻，发展多种经营。

江西省今年的灾情比较重，防汛经费应该增加。去年的气象预报

---

* 1998 年 7 月 4 日至 9 日，朱镕基同志先后在江西、湖北、湖南省考察防汛工作。这是朱镕基同志在分别听取三省工作汇报后讲话的一部分。

〔1〕京九铁路，北起北京西客站，南至广东深圳，连接香港九龙，跨越京、津、冀、鲁、豫、皖、鄂、赣、粤九省市，包括同期建成的两条联络线在内，全长 2553 公里，于 1996 年 9 月通车。

说，今年将有比较大的灾情，国务院已增加了防汛经费。现在看来还不够，要考虑再增加一些。水利部要根据受灾情况，对应该增加多少防汛经费，正式向中央提出意见。

水利建设是基础设施建设的重要组成部分。要加强水利建设，这有利于保持发展后劲，有利于扩大内需，确保今年8%的经济增长目标。要加快已落实的水利建设项目的进度，国务院已经安排了一部分资金加大这方面的投入。对于水利设施建设，中央是支持的，国家也应当拿钱，但必须按程序办，由国务院有关部委审查，经总理办公会议研究确定，不能仓促上马。该你们做的前期工作，你们要抓紧做。鄱阳湖治理二期工程规划已经报到了国家计委，请国家计委按程序报批。廖坊水库是一个大型水利枢纽工程，它的项目建议书还没有批，也不能仓促上马。国家计委要抓紧该项目的审批，报总理办公会议研究。问题在于要把资金落实，究竟省里有多大力量、能拿多少钱？水利基金又能出资多少？水库可以发电，发电就有效益，可以用一部分银行贷款。如果资金还不够，需要中央支持，我们愿意多拿点钱，但得按程序办，要平衡全国的情况。

要下决心解决长江大堤的加固问题。中央和地方财政共同出资，三年解决这个问题，免得年年动员这么多人上堤防洪，年年提心吊胆。这是保持长治久安的大事。目前资金确实紧张，但有些钱是胡乱花掉的。比如共青垦殖场发行的债券，纯粹是胡花，那些钱如果用在水利建设上，可以办不少事情，要从中吸取教训。现在搞工业项目，很多都是重复建设，很可能完全是浪费，要把有限的钱投在基础设施上，这也是贯彻中央3号文件〔1〕的精神。九江长江大堤的加固，一共需要9亿元，三年完成，平均一年就是3亿元。你们九江市究竟能

---

〔1〕见本卷第37页注〔1〕。

拿多少钱？市里财政很紧张，关键是要调整支出结构，挤出钱来搞水利。是不是初步这样定，国家每年拿2.5亿元，地方每年拿5000万元，今年就开始，三年完成。加固长江大堤，是一件有社会效益的事情，财政应当拿钱。你们现在不要想发中央的财，也不要想发农民的财，地方财政一定要挤出钱来办这件事。地方承担的资金，千万不要搞摊派，加重农民和城市居民的负担。这次之所以到沿江的三个省来定这件事，就是想解决好这个问题。不是讲“为官一任，造福一方”吗？在你们手上如果能办成这件事情，就是造福子孙后代。这个项目正式开工之后，一定不能胡乱花钱，造成浪费，必须保证质量。水利部门有监督职责。要搞最好的设计方案，做好施工方案的论证。修大

1998年7月4日，朱镕基在江西省九江市德安县乌石门村察看灾情，慰问受灾群众。左一为江西省委书记舒惠国。（新华社记者刘建国摄）

堤绝不能偷工减料，水利厅厅长就要做好监理工作，对施工队伍要严格监督，确保工程质量。过去对搞江防也是很严格的，清朝时江堤倒了，负责江防的官员是要被杀头的。今年要完成3亿元的投资，准备工作现在就要开始，包括设计和施工物资的准备。

二

（在湖北省，1998年7月7日）

这次，我到江西，又到湖北，还准备到湖南，主要是因为今年汛情来势凶猛。目前，在江西九江和湖北有些地段已经超过了历史上的最高水位，而且汛期可能持久，汛情可能更加严重。国家防汛抗旱总指挥部（以下简称“国家防总”）决定的方针是，要准备应对1954年型的大洪水，不是静止地保，而是洪水还可能超过1954年，也要保住。实际上，现在九江的洪水已经超过1954年了。1954年，荆江分了洪，减轻了长江中下游地区的负担。现在，我们不打算分洪，要死保。要做好这个思想准备，也就是说，要有更长期的防汛准备，要有迎战更大洪水的准备，在今年这个关键时刻，非保不可！

我代表党中央、国务院，代表江泽民总书记，向同志们表示慰问、表示感谢。因为在这么大的洪水情况下，你们做了大量的工作，顶住了洪水，取得了很大的成绩；同时，还做好了应对更大洪水的准备。我对你们寄予很大的希望，希望你们继续努力，绝对不要松懈。

从中央来讲，我们尽一切力量来支持应急的防汛经费，你们要的1.7亿元，暂时拿不出来，因为今年的防汛经费全国只剩下1.54亿元，好几个省还在等着呢。现在先给你们拨5000万元，请你们尽量用在急需的地方。将来还需要多少钱，请水利部、国家防总再根据情况核定，总之要确保。钱是要花的，但是不要浪费，要用好。至于说兴修水利工程的问题，我觉得需要认真地做好前期的工作，按程序报批，不能仓促上马；要有一个程序，但这个程序要加快，工作要抓紧。这里有个表，是你们水利厅搞的《关于请求中央解决我省长江防洪的几个问题》，提出防洪经费的数量是85亿元。第一，是长江大堤各个堤防的整治，40亿元。计划45亿元，已经花了5亿元，还要40亿元。第二，是分洪区的建设，表上是23.6亿元。第三，是病险水库的整治，2.5亿元。第四，是洞庭湖区湖北部分的整治，表上是20.5亿元，跟省里报的数字15.4亿元，又差几亿元，我不知道谁对。我讲这个话完全没有批评的意思，我现在来个"突然袭击"，你搞个报告也很不容易，这里面的数字有自相矛盾的地方是难免的。我不是嫌你要的钱多，我就怕这个钱要了以后，什么问题都不解决，那才麻烦。如果说用85亿元，把湖北的水害治了，那就谢天谢地了。我现在给你，你也花不了。所以说，要赶快抓紧做前期工作，要做细一点，对有些指导思想要认真研究。

考虑整个水利建设的规划，防洪、防汛、防涝，要有一个总的指导思想。一是立即停止围湖造田。现在，湖已经缩到最小，古称"云梦泽"、"千湖之国"，已经不是那个样子了。二是大力开展水土保持工作，植树造林。中央已经下定决心，长江、黄河中上游地区的树林不许再砍，砍树的队伍都要变成造林的队伍，中央准备拿出一大笔资金来解决这个问题，从四川省开始，今年就执行。否则，将来黄河小浪底水库、长江三峡水库都成了"沙库"。昨天到长江边检查防汛工作，我看长江跟黄河没有什么区别了，恐怕汉水变"黄河"的日期也不远矣。所以，一定要搞植树造林、水土保持，把钱用到这个上面去。事实证明，不搞水土保持，光建大型水库是没什么用的，只能是个"沙库"。如果把所有的钱或主要的钱放在修大型水库上，那是犯方针性的错误，是水利工作方针的错误。三是把大堤的整治放在分洪区整治的前面，还是要保证大堤万无一失。昨天，我到荆州长江大堤察看，我们决定马上拨3000万元修大堤上的公路。每公里需要投资35万元，马上就修，全堤都修通水泥路面的公路。这样，防汛队伍就可以乘汽车调动，哪里决堤、哪里管涌，靠“人海战术”也可以把大堤保住。长江南岸大堤的标准低一点，也得修公路。分洪区内以后不要搞那么多建设项目，你们打算把23.6亿元花在分洪区，我怀疑要不要花这么多钱。早早做了决堤的准备，不是很合适的方针，应该立足于保堤为主导。如果堤都像汉口龙王庙那样中间用混凝土做防渗墙，就万无一失了。分洪区少花点钱，主要把大堤上的公路修起来，也便于经济发展，便于救人。病险水库的修整当然是应该的，洞庭湖水系也一定要治理，要规划以后实施。

三

（在湖南省，1998年7月9日）

首先，感谢你们在这次抗洪抢险工作中领导得力，军民团结奋战，渡过了一道难关，取得了很好的成绩。当前，汛期还没有过去，也可能还有更大的洪水，我们要做好迎战更大、更危险洪水的准备，继续努力，绝不可松懈，坚持到底就是胜利。要竭尽全力，人在堤在，确保堤防万无一失。当然，万一发生溃垸的情况，我们一定要做好善后的准备工作，要救人，不能造成人员伤亡。

下面讲一下洞庭湖治理问题。我们也不是今天碰到洪水就来谈洞庭湖，早就讲要治理洞庭湖。过去因为条件不具备，中央也拿不出钱来，所以，这个问题迟迟没有解决。现在，我们要加快洞庭湖治理的进度。水利部已经批复了洞庭湖的治理规划，目前就是要逐个项目来落实。我看，这里面应该有一个顺序。我认为最重要的是堤防建设，需要31.19亿元，这应该是摆在第一位的，首先得建堤防。第二是泄洪道整治，需要19.44亿元，包括用挖泥船挖泥、裁弯、清障等等。我认为，这两项是主要的。第三是城市防洪，需要43.09亿元。这原则上应该由各个城市自己负责，对这一点国务院也有规定。第四是蓄洪区的“安全楼”建设。我们昨天在君山看到的情况，主要是有个台子就行了，值钱的东西可以放在台子顶上，群众可以通过公路转移出去。期望“安全楼”来保证群众人身安全是不可能的。所以，我们应

1998年7月8日，朱镕基在湖南省岳阳市麻塘垸察看洞庭湖汛情，慰问护堤农民。前排右三为岳阳市委书记张昌平。（新华社记者刘建国摄）

该把蓄洪区的“安全楼”建设放在最后。今年，当务之急就是要修荆江门、七弓岭等六个长江干堤险段，精心设计，做好一切施工准备，洪水一过就动工，下决心建设高标准堤防。中央拨1.5亿元，地方拿5000万元，我们回北京以后马上拨款。洞庭湖治理的其他项目，由省里按程序报批，所需资金由中央和地方各拿50%，只要地方的资金落实了，项目的前期准备工作做好了，具备了施工的条件，就可以批准建设，中央该拨多少钱就拨多少钱。地方资金也一定要到位，不能向农民搞摊派。除了每年规定的群众义务工以外，群众其他的投工投劳一定要给工钱，不能加重群众负担，要千方百计增加老百姓的收入。

严厉打击走私犯罪活动*

（1998 年 7 月 15 日）

这次全国打击走私工作会议，是今年党中央、国务院召开的又一次非常重要的会议。会议开始时，江泽民同志接见全体会议代表并作了重要讲话。江泽民同志的讲话，语重心长，义正词严，忧国之情，溢于言表，对于我们在全国迅速开展一场大规模的反走私联合行动和专项斗争，严厉打击走私犯罪活动，对于深入开展反腐败斗争，从严治党、治政，都具有十分重大的指导意义。各地区、各部门和各个方面一定要按照江泽民同志的重要讲话和这次会议的要求，统一思想，加强领导，周密部署，在全国迅速而严厉地打击走私犯罪活动。下面，我根据会议讨论的情况，讲几点意见。

一、充分认识深入开展反走私斗争的重要性和紧迫性

走私活动猖獗是当前我国社会经济生活中一个突出的问题。在全

* 1998 年 7 月 13 日至 15 日，中共中央、国务院在北京召开全国打击走私工作会议。出席会议的有各省、自治区、直辖市和新疆生产建设兵团负责同志，中共中央、国务院有关部门负责同志，以及解放军四总部和海军、空军、武警总部负责同志。朱镕基同志在会上的讲话，对在全国迅速开展大规模的反走私联合行动和专项斗争做了动员和部署。讲话曾发表于《十五大以来重要文献选编》上册，原标题为《统一思想，加强领导，迅速而严厉地打击走私犯罪活动》。编入本书的是讲话的主要部分。

国范围内雷厉风行地深入开展反走私斗争，是党中央、国务院根据形势发展作出的一项重要决策。它关系到今年经济发展目标的实现，关系到我国改革开放和现代化建设的顺利进行，关系到党风廉政建设的进一步加强。我们要下最大的决心，采取坚决果断的行动，务必取得显著成效。

近几年来，各地区、各部门在反走私斗争中做了大量工作，成绩是明显的。这一点应当充分肯定。但是也必须清醒地看到，当前反走私斗争形势依然十分严峻。走私活动范围广，走私货物品种繁多、数额巨大，都是前所未有的。利用假批文、假单证、假印章的走私和瞒报、夹藏等瞒骗走私，以及利用加工贸易和保税区变相走私的违法犯罪活动愈演愈烈。走私最严重的商品是“两油”（成品油和食用油）、“两车”（汽车和摩托车）、“两料”（纺织原料和化工原料），以及香烟、盗版光盘等。此外，还有大量的胶合板、照相机、感光材料、显像管、压缩机、手机、计算机、橡胶、药品、洋酒、洗涤用品等上百种商品。据有关方面估计，每年走私进来的商品价值高达千亿元。

日益猖獗的走私活动，已对我国经济、社会、政治造成多方面的严重危害。它使国家经济和税收蒙受巨大损失，冲击国内市场和民族工业，扰乱市场经济秩序。大量的走私活动，加剧了国有企业改革和发展的困难。当前一些企业开工不足，生产经营困难，下岗人员增多，在一定程度上与走私商品挤占部分国内市场有关。还要看到，大量的走私活动，阻碍党和国家方针政策的贯彻落实，使一些地方、单位政令不通，助长本位主义、地方主义和分散主义倾向；同时，腐蚀干部，败坏社会风气，诱发大量刑事犯罪。走私导致经济上的腐败、政治上的堕落。如果让走私活动继续泛滥下去，不仅会严重影响改革开放和现代化建设的顺利进行，而且还会搞垮我们的经济，搞垮我们的政权，搞垮我们的党。因此，打击走私犯罪活动，既是一场重大的

1998 年 10 月 24 日，朱镕基在广东省黄埔海关仓库巡视查获的走私物品。前排右一为广东省省长卢瑞华，右二为中共中央政治局候补委员、国务委员吴仪；后排中为海关总署署长钱冠林。

经济斗争，也是一场严肃的政治斗争。

近年来走私活动的突出特点，是法人走私泛滥，特别是特殊法人走私严重，形成内外勾结，走私、护私盛行。尤其是一些地方的党政军机关和执法、司法部门的挂靠机构和人员参与走私，在群众中造成极为恶劣的影响。这是当前走私活动猖獗、愈演愈烈的症结所在，由此也增加了反走私斗争的复杂性和艰巨性。不从根本上解决法人走私尤其是特殊法人走私的问题，就不能彻底打击走私邪恶势力的嚣张气焰。

为什么走私猖獗而又屡打不止？

首先，主要是一些地方和部门的领导干部对走私的危害性认识不足，存在着种种错误思想。有的人认为，“走私可以致富”、“走私可以搞活经济”、“打私不能打死”、“打私影响改革开放”。这些纯粹是奇谈怪论，荒谬绝伦！走私就是犯罪，走私只会使极少数人暴富起来，绝大多数人的利益必然会受到损害。走私只会破坏改革开放，只会搞乱经济，而绝不是搞活经济。所谓“打私不能打死”，本身就是庇护、纵容走私，为走私张目。一些地方和单位的领导口头上讲打击走私，实际上睁一只眼、闭一只眼，甚至纵容、支持走私，为谋求局部、小团体和个人利益，不惜损害国家利益。

其次，走私与腐败密切相关，与党内存在的不讲政治、不讲原则的庸俗作风有关。走私成风、腐败加剧，腐败保护走私，走私危害经济、遗祸国家。大量事实证明，哪些地方、哪些单位走私严重，哪些地方、哪些单位的腐败现象就很严重。党内存在的庸俗风气，使走私和腐败现象得不到有效制止。查处走私犯罪案件时，四面说情，障碍重重，使案件得不到彻底查清和依法处理。

此外，现行缉私体制和制度不健全，监管薄弱，执法不严，打击不力，也是走私活动猖獗的重要原因。早在 1987 年颁布的《中华人民共和国海关法》就明确规定：查处走私必须没收货物，并可处以货物等值以下罚款；构成走私罪的，应依法追究刑事责任。这一法律规定长期没有得到执行。一些地方的执法、司法部门以罚代没、以罚代税、以罚代刑，这些做法实际上是放纵走私，助长了走私活动的泛滥。

改革开放以来，我们党一直重视打击经济犯罪，包括打击走私犯罪。早在 1982 年，邓小平同志就指出：“我们要有两手，一手就是坚持对外开放和对内搞活经济的政策，一手就是坚决打击经济犯罪活动。没有打击经济犯罪活动这一手，不但对外开放政策肯定要失败，对内搞活经济的政策也肯定要失败。”[1] 从那时起，我们就坚

〔1〕见邓小平《坚决打击经济犯罪活动》（《邓小平文选》第二卷，人民出版社 1994 年版，第 404 页）。

持不懈地打击走私犯罪活动。江泽民同志近几年对打击走私活动作过一系列重要指示。他说：无论是中央还是地方，我们都是在一条船上，所有的同志都要同舟共济，大家一起迎着风浪，坚定不移地沿着有中国特色社会主义的道路迈进。如果我们心不齐，各行其是，特别是如果容忍走私泛滥以及其他腐败现象滋生蔓延，一旦翻了船，大家都要落水的。这番话语重心长，发人深省。江泽民同志前天接见这次会议代表时再一次强调，为了把当前走私猖獗的势头打下去，必须做到决心大、行动快、措施硬、惩治严。对于这样严重的犯罪活动，必须坚决打击，绝不能手软。各地区、各部门、各方面一定要深刻理解邓小平和江泽民同志的讲话精神，站在改革开放和现代化建设全局的高度，站在维护国家经济安全、实现国民经济持续快速健康发展的高度，站在反对腐败、保证国家长治久安的高度，充分认识严厉打击走私活动的重要性和紧迫性，增强深入开展反走私斗争的自觉性，下更大的决心，采取更加有力的措施，坚决把走私猖獗的势头打下去。

二、关于深入开展反走私斗争的几个问题

江泽民同志在前天接见与会代表时的重要讲话和吴仪同志所作的工作报告，对深入开展反走私斗争的总体要求和工作部署都讲清楚了，大家要认真领会和贯彻落实。这里，我再强调以下几个问题。

（一）**突出重点，明确任务。**

为了迅速而严厉地打击走私犯罪活动，党中央、国务院决定，从今年7月到年底，要集中时间，集中力量，在全国范围内开展一次大规模的反走私联合行动和专项斗争。各地区、各部门、各方面都要立即行动起来，对走私势力展开强大攻势，给以毁灭性打击。

搞好这次反走私联合行动和专项斗争，必须注意点面结合，突出重点。从走私商品看，重点是成品油、汽车、香烟、盗版光盘等商品，对食用油、摩托车、化工原料、纺织原料、手机、计算机等商品的走私也要坚决打击。从走私地域看，重点是广东、广西沿海特别是珠江水域的海（水）上走私，以及中越边境北仑河沿线的走私活动。这些地区走私量大面广，影响恶劣。福建、浙江等沿海地区和内陆边境有关地区，也要加大打击力度。从走私手法和渠道看，重点是打击在进出口环节利用假批文、假单证、假印章的走私和瞒报、夹藏等瞒骗走私，以及利用加工贸易和保税区（仓）的走私活动。对重点商品、重点地区和重点渠道的走私，要采取特殊措施，加大打击力度。

这里，着重强调两个问题：一是打击利用加工贸易走私问题，二是打击法人走私特别是有特殊背景的法人走私问题。

改革开放以来，加工贸易对我国经济发展起了重要的积极作用，这一点是要充分肯定的，但加工贸易也带来很多问题。特别是近几年来利用加工贸易走私的问题越来越多，比海上走私规模还大，危害也大。今年上半年，加工贸易出口已占我国出口总额的54%。今年1月至5月，全国查获利用加工贸易走私的大案要案157件，案值10.1亿元，占查获走私总案值的45%。在此类案件中，“三资”企业占有相当比例。如果不能制止利用这种方式的走私活动，走私严重的局面就不能得到根本扭转。因此，要理直气壮地打击利用加工贸易的走私活动。必须依法加强对加工贸易企业的监管；坚决依法查处加工贸易企业和“三资”企业倒卖登记手册和擅自内销料件、成品和减免税货物的行为。对审批新的加工贸易项目，必须从严控制，有关部门要抓紧研究制定具体办法。

法人走私，包括企事业单位以及一些地方党政军机关和执法、司法部门所办公司和挂靠公司走私，数额巨大、性质严重、手段恶劣、危害极大。这次要着重打击法人走私，特别是要打击那些有特殊背景的法人走私，严惩法人走私的组织者、策划者、参与者以及幕后支持者，追究其主管机关和单位主要领导人的责任。各地的党政军机关和执法、司法部门一定要认真查处下属单位所办公司和挂靠公司中存在的走私、护私问题。这次反走私联合行动和专项斗争的成效如何，很重要的一点是要看打击法人走私的进展及其成果。

这次反走私联合行动和专项斗争，要抓好三个环节。一要迅速刹住走私歪风，制止新的走私案件发生。为此，要继续贯彻“海上抓、岸边堵、口岸查、市场管、处罚严”的缉私工作方针，做到打防结合。二要彻底查处已发生的走私案件，狠狠打击走私犯罪分子，依法杀一批人，杀一儆百，震慑走私势力，教育干部群众。三要综合治理，标本兼治，从根本上解决打击走私乏力的问题。总之，要在全国形成打击走私、防范走私的新局面。

（二）集中力量查处大案要案，坚决打击走私势力的嚣张气焰。

从以往打击走私的经验看，只有彻底查处大案要案，严厉打击走私犯罪分子，才能有力地震慑走私势力，也才能更好地教育干部和群众。80 年代初期，广东省海丰县走私猖獗，由于当时依法果断地严惩了纵容、支持走私活动的原县委书记，才迅速地扭转了这个地区走私严重的局面。同样，1993 年山东省乳山市走私猖獗，也是依法处决了走私犯罪的罪魁祸首，并判处原市委书记死缓，立即收到了杀一儆百之效。因此，我们要把打击走私斗争引向深入，并取得显著成效，必须集中力量重点突破一批走私数额巨大、情节严重的典型案件，依法从快从严惩处走私犯罪分子。

要加大查处走私大案要案的工作力度。对发案率高、重大案件久拖不结的地区和单位，要由中央和省（自治区、直辖市）组织专门力量直接查处。要加强对办案工作的指导。对大案要案，主要领导要亲自过问，对涉及多部门、多地区的重大案件，有关地区和部门要联合办案，提高办案效率。

查处案件要来真的、动硬的，坚决排除一切阻力和干扰。不论案件涉及什么单位、什么人，都要一查到底，并依法从快从严惩处，绝不姑息。对那些性质恶劣、情节严重的走私犯罪分子，要依法给予最严厉的法律制裁。要狠刹说情风，谁说情，就请纪委、监察部门先来查一查，还可以让中央电视台的《焦点访谈》去采访，使走私分子以及庇护者、说情者没有藏身之地。要建立打击走私通报制度，以督促各地区、各部门加大查处案件力度。对于尚未结案的大案要案，要抓紧结案，依法处理。要加强群众监督和舆论监督，对典型案件的查处结果要及时曝光，以增强打击走私的威慑力。

（三）深化改革，建立反走私新体制。

为适应反走私斗争新形势的需要，党中央、国务院决定对现行缉私体制进行重大改革。

一是组建国家缉私警察队伍，专司打击走私犯罪活动。国家缉私警察是对走私犯罪案件依法行使侦查、拘留、逮捕、预审权力的专职刑警队伍。国家缉私警察实行海关与公安双重垂直领导、以海关领导为主的管理体制，按照海关对缉私工作的统一部署和指挥，部署警力，执行任务。国家缉私警察不承担维护社会治安和打击其他刑事犯罪的职责，与地方公安没有隶属关系。由于走私案件具有不同于其他经济案件、刑事案件的特殊性，走私是跨国（境）犯罪，线索稍纵即逝，必须当机立断采取措施。因此，组建国家缉私警察队伍，有利于迅速、有力地打击走私犯罪活动。这是从我国实际出发，借鉴国际通行做法的一项改革措施。

二是联合缉私、统一处理。为了改变原来多部门不规范缉私、政出多门、秩序混乱的弊端，要建立以海关为主，公安、工商等执法部门联合缉私，对查获的走私案件由海关统一处理的制度。各执法部门查获的不构成走私罪的案件，一律交由海关予以行政处罚；构成走私罪嫌疑的案件，一律移送缉私警察侦办；查获的走私物品和价款，一律交由海关及时上缴国库，任何单位不得坐支截留。

三是改革现行缉私罚没收支管理办法，坚持“收支两条线”制度。缉私罚没收入全部上缴中央财政。中央财政留30%作为补税；其余部分的50%用于有关缉私部门改善缉私装备、办案、奖励缉私有功单位和人员,50%返还给省级财政，由各省、自治区、直辖市统一安排，也主要用于反走私工作。缉私罚没收入还要拿出一些支持和奖励缉毒队伍。中央财政要简化返还手续，提高工作效率。

实行以上这些改革措施，既可以加强缉私力量，又可以从体制上、机制上保证及时、有效地打击走私犯罪活动，符合依法治国、依法行政的要求，是完全必要的。各有关方面要认真贯彻执行。

把反走私斗争不断引向深入，必须将打击走私活动同强化法制、整饬秩序、加强监管、惩治腐败很好地结合起来。各地的党政军机关和执法、司法部门都要坚决清理所办公司及其挂靠公司，并限期同所办公司和挂靠公司在人、财、物等方面彻底脱钩。这项工作已经讲了多年，至今没有落实好。党政机关和军队、武警部队是吃“皇粮”的，绝不能经商办公司。这次要下决心抓紧解决问题。问题复杂的，也要先脱钩，再整顿。要全面清理、坚决取缔走私货物交易市场，严厉打击贩私活动。现在法制不完善，已有的一些法律法规条文也缺乏力度，要根据形势发展和反走私斗争的需要，抓紧修订和制定有关法律、法规，完善各项管理制度，并严格执法，使打击走私走上法治化的轨道。

三、加强领导，狠抓落实

深入开展打击走私犯罪活动，既是当前一项十分重要的工作，也是一项长期、艰巨的任务。各级党委和政府务必高度重视，切实加强领导，把这项工作放在重要议事日程上。各地区、各部门、各方面都要讲政治、讲大局、讲纪律，把思想和行动真正统一到党中央、国务院的部署和要求上来。要逐级建立反走私斗争的领导责任制，特别是走私严重的地方，党政主要领导要亲自抓，切实负起责任来。对于那些领导软弱、打击不力，甚至阳奉阴违，不能在限期内扭转本地区、本单位走私泛滥局面的，要严肃追究当地党政主要领导的责任。各级公安、工商、监察部门和法院、检察院要把打击走私作为一项重要任务。各有关部门要密切配合，齐抓共管，协调行动，进行综合治理，共同承担起打击走私的责任和任务。要广泛发动和充分依靠人民群众，形成一种对走私活动“老鼠过街，人人喊打”的社会环境，构筑防止走私、打击走私的铜墙铁壁。

这次打击走私联合行动和专项斗争的成效如何，要看重点商品、重点地区、重点渠道的走私活动是否得到有效遏制，要看走私大案要案和走私犯罪分子是否得到彻底查处，要看人民群众对打击走私成果是否真正满意。国务院对打击走私工作的进展情况将组织全面检查。

要进一步整顿和加强海关队伍。当前打击走私斗争任务十分艰巨，实行新的缉私体制也对海关提出了更高的要求。关键是要建设一支高素质、战斗力强的海关队伍。党中央、国务院对海关寄予很高的信任和重托。总的来看，我们的海关队伍是好的，作出了很多成绩，但是暴露出来的问题也相当严重。一些海关人员受贿放私，甚至参与走私。据统计，1993 年至 1997 年海关系统查处的受贿放私、参与走私案件211起，涉案人员303人。这仅是立案查处的情况，有些问题可能还没有暴露出来。海关是缉私的主要部门和主要力量。正人必先正己，己不正焉能正人。海关要廉洁自律，严厉惩治腐败，坚决清除队伍中的害群之马。特别要整顿和加强海关系统的领导班子，坚决把那些软弱无力、素质不高、不适合担任领导职务的人员调出去，选派一批真正铁面无私、不怕得罪人、有牺牲精神和精通业务的人员充实到海关各级领导班子中。要培养一支忠于职守、高效廉洁、纪律严明的反走私队伍。不断加强海关队伍的反腐败教育和职业道德教育，全面提高人员素质。每个海关工作人员都要正气凛然，敢于坚持原则，敢于得罪人，认真履行党和人民赋予的神圣职责，忠于党，忠于人民，忠于国家，做反走私斗争的坚强卫士。公安、工商等缉私执法部门也都要切实整顿队伍，特别是要加强各级领导班子建设，积极主动和认真负责地做好打击走私工作。要充实和加强缉私装备力量，下决心在所有的口岸都配备集装箱透视检查系统，还要增加缉私艇、直升飞机等装备，提高反走私的战斗力。

在全国开展一场大规模的反走私联合行动和专项斗争，是党中央、国务院为确保今年经济发展目标顺利实现和经济健康发展的一项重要部署，也是深入开展反腐败斗争、加强党风廉政建设的重要举措，事关全局，意义重大。让我们高举邓小平理论伟大旗帜，紧密团结在以江泽民同志为核心的党中央周围，振奋精神，齐心协力，夺取反走私斗争的新胜利。

赤峰可以建设成为旅游城市*

（1998 年 7 月 29 日）

赤峰是辽文化古都，应该发展旅游，至少可以发展一些国内的旅游。现在国内游客到承德去旅游的很多，你这儿跟承德也差不多嘛。

要把精力集中在发展城市基础设施建设上来。不要再搞重复建设、盲目建设，不要再去盲目扩大工业生产能力。我觉得赤峰可以建设成为一个美丽的中等城市、一个旅游城市，因为你这里是辽文化古都。要有一些人研究这里的历史，把文物整理一下，发展一点旅游文化，就至少能够吸引一些国内的人来旅游。但这不是说马上去修一些大宾馆，那完全没有必要。那样一搞的话，就又是没有市场观念。旅游者不可能马上就来，这是一个发展战略。欧洲很多城市搞旅游，它们不是搞大宾馆，而是搞家庭的旅馆。一个家庭就可以开一个旅馆，自己一栋房子里面，有几间房子做客房，搞得非常干净，服务非常好，像回到家里一样，非常舒服。多瑙河沿岸的国家都是这种旅游方式，不是搞大宾馆，关键是干净。我首先感到赤峰很干净，这给人一个很好的印象。要发扬这个传统，把它搞得更好，搞得很精致，到处都很干净，人家就愿意来。我赞成你们改造机场，但不是今天，要逐步来。这是基础设施建设。

---

* 1998 年 7 月 27 日至 29 日，朱镕基同志在内蒙古自治区考察工作，先后考察了赤峰、呼和浩特等地。这是朱镕基同志在赤峰考察期间的讲话，曾发表于《党和国家领导人论旅游（1978—2004 年）》。编入本书时，对个别文字作了订正。

赤峰最大的基础设施建设就是治沙。我认为，要大规模地开展造林、固土、治沙工程。整个城市的面貌，在若干年以后将会发生巨大变化。也许我们看不见了，但是可以为子孙后代造福。加强基础设施建设，停止工业项目的重复建设和盲目建设，这恐怕要作为经济发展战略的很大问题来解决。城市建设搞好了，美化了，各方面都非常方便，财源就来了。应该说，赤峰这个地方交通还是比较发达的，有机场、铁路、公路，需要再完善一下。要把劳动力转移到第一产业、第三产业方面去，搞基础设施建设，发展服务业，发展旅游业。工业肯定容纳不了这么多人，所以非要向服务业、旅游业寻找出路不行。保证下岗职工基本生活保障是暂时的措施，保证社会安定，最终还是要让大家就业。不调整经济发展战略，就业问题解决不了，社会还是不稳定。还是要靠调整产业结构，开辟就业门路。

如果将来赤峰变成旅游城市，下次我再来看看你们的辽文化。

把保证群众的生命安全放在第一位*

（1998 年 8 月 8 日）

中央决定要确保荆江大堤的安全，确保人民生命、财产的安全。为了大局的需要，荆江分洪工程的运用，要做好必要的准备，做到有备无患。现在长江水位暂时稳住了，能够尽量争取不运用荆江分洪工程，那将是最大的幸事。在任何情况下，一定要把保证群众的生命安全放在第一位。人的生命是最宝贵的，“留得青山在，不怕没柴烧”，一定要有这个远见。

今年长江流域发生了 1954 年以来最大的洪水。湖北人民在省委、省政府的正确领导下，抗御了这样一个特大洪灾，虽然遭受了一点局部的损失，但总体上保住了长江大堤，保住了江汉平原，保卫了武汉三镇，立下了很大的历史功勋。在抗洪斗争中，中国人民解放军发挥了不可代替的骨干作用。昨天，江泽民同志特别要我代表党中央，代表国务院，代表他本人，向湖北省委、省政府和广大人民群众，特别是向中国人民解放军，表示最衷心的慰问和感谢！

8 月 6 日，湖北省委报告，沙市水位已超过 44.67 米，要求考虑分洪。党中央、国务院非常重视，江主席和我都非常支持温家宝同志到湖北防汛前线来，跟大家一起抗御洪水。江主席和中央军委特别命

---

* 1998 年 8 月 8 日至 9 日，朱镕基同志亲临湖北省抗洪第一线，指挥长江防汛抗洪工作。这是朱镕基同志在荆江分洪区的讲话。

令解放军5万大军大战长江，这是历史上的壮举，起了很大作用。现在看来，你们的部署都是正确的，并且取得了很好的效果。温家宝同志来了以后，我经常和他通话，了解抗洪最新情况。他说守堤的军民情绪很高，纷纷表示决心死守长江大堤，特别是驻守监利、洪湖这一段堤防的空降兵第15军对坚守大堤有信心、有决心，我听了很高兴。第二天早晨6点钟，我又给抗洪前线打电话，了解到详细情况，觉得很有信心。

但是，沙市水位后来还是一直上涨，8月7日早上6点达到44.75米，7点44.81米，8点44.84米，9点44.87米，10点44.88米，到11点已经涨到44.98米了。我当时很紧张，特别是下午两点半的时候，九江大堤决堤了，这是谁也没有想到的。那时我们都很紧张，我给九江方面打了电话，问了一下前线的情况。下午6点，沙市的水位还在不断上涨，很快就要接近45米，我就立即到北戴河去，向江主席汇报后，决定晚上9点召开中央政治局常委扩大会议。参加会议的除了7位常委外，还有国务院的副总理、国务委员，还有丁关根同志和张万年、迟浩田、傅全有〔1〕等同志。会议从晚上9点开到11点，经过了非常严肃、认真和热烈的讨论，每位常委都发了言，都讲得很透，从历史讲到现在，大家都非常关心长江的水情，关心湖北的安危。大家发言都是互相补充，没有发生任何争论，取得了一致意见。散会以后，我立即跟贾志杰〔2〕同志通了电话，想让你们尽快领会中央精神。接着，我又跟温家宝同志通了电话。后来，我们修改《会议纪要》，一直改到8月8日凌晨3点多钟。这中间，我又给抗洪前方连续打了四个电话。改好了这个文件，当时就把草稿先发给了你

〔1〕傅全有，当时任解放军总参谋长。

〔2〕贾志杰，当时任中共湖北省委书记。

们，等江主席修改、签字以后再正式发文。现在，我再把这个文件跟同志们传达一下。这个文件是经过中共中央政治局常委扩大会议慎重讨论决定的，全党、全军和各级政府应该严肃、认真地贯彻。文件里面很多语句都是江主席和中央政治局常委们的原话。文件的主要内容一共有八条：

第一条，当前长江防汛形势十分严峻，对此要有充分的认识和足够的准备。要把长江抗洪抢险工作作为当前头等大事，全力以赴抓好。

第二条，要坚决严防死守，确保长江大堤安全，不能有丝毫的松懈和动摇。如果长江大堤的安全不能保证，就会淹了江汉平原，淹了武汉三镇，造成极其重大的损失，特别是人民生命的损失。要积极做好荆江分洪区分洪的准备，减轻对长江左岸大堤的压力，有备无患。

第三条，授权国家防汛抗旱总指挥部（以下简称“国家防总”）总指挥温家宝同志，在沙市水位达到 44.67 米（争取 45 米）并预报将继续上涨时，视是时洪水的大小，部分或全部开启荆江分洪区的进洪闸（北闸）。在此以前，我一直要温家宝同志跟你们交代，说我们没有分洪这个权，要报告中央政治局常委会来决定。请你们给我留下时间，让我能够报告中央政治局常委会；如果你们只剩 20 分钟了，才向我报告，我找谁去呀？现在中央政治局常委会就定清楚了，授权温家宝同志。接下来的一句话，是我加上去的：“启闸的时间要考虑到分洪区群众的转移情况，确保分洪区群众的生命安全。”我们要对人民群众负责任，要千方百计转移群众，给一定的时间，多顶一会儿，再开这个闸。后边这句话也很重要：“分洪以后，长江大堤的防守不能放松。”要确保武汉市和江汉平原万无一失，不要以为分洪后就万事大吉。1954 年你们这里分洪后，沙市水位下去了 0.76 米，到监利下了 0.4 米，到洪湖只下了 0.2 米。分洪解决不了大问题，在薄弱环节还是可能溃堤的。因此，严防死守在任何时候都不能松懈，不要把希望和幻想寄托在分洪上。

第四条，从现在起要加快荆江分洪区群众的转移速度，特别是老弱病残的群众要赶快转移。转移群众要采取得力措施，做好思想动员工作，这是最重要的。要动用军队、武警、民兵和一切可以利用的运输工具，组织群众迅速转移。要向群众讲清道理，不要强迫命令。保障人民群众生命安全是第一位的，坛坛罐罐还可以再造，政府也会给予一定补偿。

第五条，中国人民解放军要按照中央军委的命令继续投入抗洪抢险第一线。参加抗洪抢险的部队受国家防总和当地防总的统一领导和指挥。武警部队和公安干警也要积极参加抗洪抢险。

第六条，要动员和组织一切人力、物力、财力进行抗洪抢险。抗洪抢险所需车、船和物资，国家防总和地方防总有权征用。

第七条，要防止大灾之后发生大疫。从现在起，就要做好灾区的卫生防疫工作，组织卫生部门和医务人员分赴灾区，防病治病，严防瘟疫的发生和蔓延。大水之后必有大瘟疫发生，这是规律。所以，中央已经通知卫生部，组织医疗人员，奔赴抗洪抢险第一线。药品的调运要及时，防患于未然。

第八条，要做好抗洪抢险的宣传报道工作，动员人民群众和社会各界，团结一致，坚定信心，夺取抗洪斗争的胜利。重大汛情、灾情，由国家防总统一发布，不要乱报道。

昨天的中央政治局常委扩大会上，江泽民同志要我到湖北来。今天动身的时候，我就知道沙市水位在最近四个小时一直都没有涨。在我巡视过程中间，沙市水位一直在下降，形势在好转，我感到很高兴。这比昨晚中央政治局常委扩大会议上的估计稍微好一点。估计在长江中上游没有很大雨量的情况下，根据现在的形势来判断，沙市水

1998 年 8 月 8 日，朱镕基在湖北省沙市机场与多日战斗在抗洪前线的广州军区副司令员龚谷成亲切拥抱。

（杨发维摄）

位超过45米的可能性不是很大，可能是平稳地下降，也可能中间会涨起来一点点，但不可能超过45米。

但是，我认为长江的防汛抗洪斗争不能松劲，完全不能松劲！其原因就是长江大堤已经泡了40多天了，它可能不需要涨到那么一个高水位，就会溃堤。我最担心的是监利到洪湖这一段，所以明天要去看一看。那里一旦溃堤，就比较厉害，那比荆江分洪要厉害得多。保住这段大堤不是靠分洪，也不是靠水位平稳下降就能够解决问题的。现在要特别强调，在大家都已经人困马乏、渴望休整一下的心理状况下，要继续再接再厉，一定要保持高度警惕，要坚决贯彻中央这个文件，不能有丝毫松懈。这是我要讲的第一个问题。

第二个问题，要继续加快荆江分洪区群众的转移工作，不能因为沙市水位没有达到45米就停止转移。转移群众的工作绝对不能停止，一定要继续。在没有宣布解除警戒以前，你们还得继续做。即便最后不开这个闸门，宁可做得过分一点，也要把群众迁移出来，以防万一，就怕万一。洪湖大堤万一溃了口，沙市水位还在44.67米以上，你们也得准备分洪。因此，绝对不要心存侥幸，还是要加快转移群众。尽管荆州市委、公安县委做了大量工作，很不容易，特别是上去的1万多名解放军做了大量工作；但是，我认为转移工作还可以做得更科学一些、更有秩序一些。比如，我们今天到的一个小镇，连一个村干部也找不着。干部绝对不能涣散，要层层负责。刚才，贾志杰同志给了我两本荆江分洪区运用方案和调度方案，做得很好；还有系统表，明确了一个人管几个人，哪一层管哪一层，也搞得很好，但是要落实。整个荆江分洪区都在你公安县之内，你得有一个系统表，每一个村、每一个镇都要有你的人负责，坐镇那个地方。干部不能走，不能光顾自己回家搬东西去了，那是不行的！如果你没有政府领导，军队1万多人找谁去？军民要合作，地方政府和军队的领导要紧密结合在一起，组织群众转移。荆江分洪区有50多万人，据公安县委书记黄建宏同志讲，有三分之二的人在安全区，只有十几万人需要转移，实际上，工作量也就大大缩小了。这十几万人迁到什么地段，都要落实。公安县委、县政府要分工负责，跟解放军加强联系，哪个团、哪个营负责哪个地方都要明确，而且要有公安、武警维持秩序，严防在这个时候出现打、砸、抢、偷。我今天在分洪区那个小镇子看到，群众就像抗战时期逃难一样，乱哄哄的。我看了以后不大高兴，看不出秩序，看不出井井有条的转移。坐在办公室做方案是不行的，要下去落实。要跟人民群众在一起，做耐心细致的思想教育工作，说服他们，动员他们，使他们各得其所，到达安全的地方。我今天之所以讲得严厉一些，是不想让你们把这项工作松懈下来。千万不要以为沙市水位到不了45米了，不分洪了，大家就可以回家了。那可不行！

第三个问题，现在要继续加强堤防，加强群众转移工作，加强各项工作所需要的资金、物资的供应。

我要讲的就是这些。再次对同志们表示慰问，表示感谢。我来以前，江泽民同志嘱咐我，你们连日奋战都没有睡觉，无论如何也要睡几个小时。这是他的原话。这里面体现着江泽民同志对你们的关心。

农村电网改造要集中力量打歼灭战*

（1998年8月13日）

同意邦国〔1〕同志意见。国家贷款彻底改造农村电网，可以有效降低线损，还本付息和维护费用打入电价成本，但是免除地方附加的一切费用，我相信可以做到同网同价。因此，要坚持先改革、后改造的原则。改造要集中力量打歼灭战，改一个县，成一个县，达到合理水平，农民得到实惠。资金不撒胡椒面。请准备好再汇报。并请培炎〔2〕、春正〔3〕、叙定〔4〕、荣融〔5〕同志阅。

朱镕基

8.13

---

* 这是朱镕基同志在国家电力公司《关于农村电价情况的报告》上的批语。

〔1〕邦国，即吴邦国。

〔2〕培炎，即曾培炎，当时任国家发展计划委员会主任。

〔3〕春正，即王春正，当时任国家发展计划委员会副主任。

〔4〕叙定，即包叙定，当时任国家发展计划委员会副主任。

〔5〕荣融，即李荣融，当时任国家发展计划委员会副主任。

对证券公司的违规行为应严肃处理*

（1998年8月27日、11月8日）

一

（1998年8月27日）

对证券公司的违规行为应严肃处理，“以稳定股票市场为前提”的提法不妥。没有规范、守法的证券公司，就不可能有稳定、健康的股票市场。证监会对目前证券公司存在的严重问题应进一步提高认识，否则愈陷愈深，不可自拔。

朱镕基
8.27

---

* 这是朱镕基同志关于严肃处理证券公司违规行为的两次批语。

一、这是朱镕基同志在中国证券监督管理委员会1998年8月15日《关于近期股市情况的报告》上的批语。报告称：“从初步审计情况看，证券公司挪用客户保证金、透支等违规行为比较普遍。此类问题涉及面广，对市场影响大，只能在有利于维护市场稳定的前提下逐步解决。”

二、这是朱镕基同志在《审计署关于证券公司审计处理意见的请示》上的批语。该请示列出对88家证券公司及其分支机构进行审计查出的大量问题。有的领导同志提出“可通知有关部门分别进行处理”。朱镕基同志认为“分别处理可能不了了之”，应由中纪委、监察部牵头，有关部门参加，“进行重点查处，依法严惩”。

二

（1998 年 11 月 8 日）

忠禹[1]、正庆[2]、海旺[3]、景宇[4]、金华[5]同志，并报锦涛[6]、健行[7]同志：分别处理可能不了了之，请金华同志提出情节严重、数量巨大、证据确实的 5 至 10 家违法证券公司，建议由中纪委、监察部牵头，审计署、证监会、人民银行、外汇管理局参加，进行重点查处，依法严惩。其他非重点违法户可由主管部门分别处理。从审计材料看来，触目惊心，长此下去，后果不堪设想。在证券法尚未出台的情况下，请法制办、证监会会同有关部门，迅速制定规范证券公司的规定和打击犯罪的单项法规，由国务院颁布实施。

朱镕基

11.8

---

〔1〕忠禹，即王忠禹。

〔2〕正庆，即周正庆，当时任中国证券监督管理委员会主席。

〔3〕海旺，即阎海旺，当时任中共中央金融工作委员会副书记、中国人民银行副行长。

〔4〕景宇，即杨景宇，当时任国务院法制办公室主任。

〔5〕金华，即李金华，当时任审计署审计长。

〔6〕锦涛，即胡锦涛。

〔7〕健行，即尉健行。

教育和科技的发展也是硬道理*

（1998年8月28日）

首先，我代表党中央、国务院，对你们在各自工作领域作出的突出成绩，表示祝贺和衷心的感谢。

今年暑期，中央邀请全国科教战线上的部分优秀工作者来北戴河休假，就是为了让同志们从繁重的工作岗位上脱离出来，好好休息一下，有一段消除疲劳、思考问题、总结经验的时间。同时也希望利用这个机会，听取大家的意见，共商科教兴国大计。刚才，同志们提出了一些很好的意见和建议，值得我们认真研究吸取。

今年3月，我在新一届政府成立之时曾经说过，本届政府最大的任务就是实施科教兴国战略。为此，国务院专门成立了国家科技教育领导小组。我任组长，李岚清同志任副组长。科教兴国战略最早是江泽民同志在1995年召开的全国科学技术大会上提出的，之后在党的十四届五中全会上得以正式确立，党的十五大重申了科教兴国战略和教育优先发展的战略地位。邓小平同志全面、系统地论述过科技和教育在社会主义现代化建设中的伟大作用。邓小平同志曾作出了一个伟大论断："科学技术是第一生产力。"〔1〕也就是说，科技进步是经济发展的决定性因素，而发展教育是科技进步的基础。只有大力发展教

---

* 这是朱镕基同志在北戴河与全国优秀教师和科技工作者座谈时的讲话。

〔1〕见邓小平《科学技术是第一生产力》（《邓小平文选》第三卷，人民出版社1993年版，第274页）。

育和科技事业，把经济发展切实转到依靠科技进步和提高劳动者素质的轨道上来，才能加快现代化建设进程，提高国家的综合竞争能力，保证经济的健康运行，将我国社会主义现代化建设全面推向 21 世纪，实现中华民族的伟大复兴。

改革开放以来，我国的现代化建设取得了举世瞩目的成就，我国已经进入了一个改革和发展的新阶段，面临着能否顺利迈向 21 世纪的关键时期。这样一个时期总的特点是机遇与挑战并存，我们在经济和社会发展中面临前所未有的机会，也碰到了未曾遇过的热点和难点。近期，党中央、国务院在经济工作中，在扩大国内需求、开拓国内外市场和保持人民币汇率稳定等方面采取了一系列重大决策，从而有力地促进了国民经济的稳定增长，保证了改革的顺利进行和社会的安定。这种良好的发展势头，与周边一些国家金融危机加剧、经济衰退等相比，形成了十分鲜明的对照。现在看来，我们有信心实现年初确定的各项经济发展目标。

但是，我们依然面临着许多亟待解决的重大问题。一是农业问题。现在，我国每年要增加 1200 多万人口，工业化和城市发展要不断地占用耕地，加上今年天公也不作美，所以，我们对农业问题绝不能掉以轻心。对于我们这样一个国家来说，只要农业和粮食不出问题，其他各项事业就有了坚实的基础和保障。二是产业结构不合理。多年来的重复建设导致了产业结构层次低，技术水平比较落后，规模经济效益较差。三是出口贸易问题。与去年同期相比，今年第一季度我国外贸出口增长率还不到 5%，第二季度的情况也没有明显改善。这对于国际依存度日益提高的我国来说，无疑是非常严峻的问题。这种状况固然与亚洲金融危机以及日元大幅度贬值有关，但从根本上说，还是由于我国出口产品品种单一，质量不高，附加值低，缺乏足够的国际竞争能力。四是就业问题。目前的就业形势的确不能令人乐

1998 年 6 月 1 日，朱镕基在北京京西宾馆出席中国科学院第九次院士大会、中国工程院第四次院士大会并讲话。前排左为中国科学院院长路甬祥，右为中国工程院院长朱光亚。

观，1997 年，城市下岗人员已多达 1000 多万。有人说这是由于调整产业结构所引起的，这只是说对了一半。第三产业长期得不到相应的发展，增加的劳动力都积压在第二产业上，效益不增，反而减少，这不能说是充分就业。因此，这些问题的出现是多年以来矛盾积累的必然结果。

要解决这些问题，需要中央的决心，需要全国人民的齐心协力。但从根本上看，所有这些问题的解决都有赖于科技的进步和教育的发展。去年发生的亚洲金融危机给许多亚洲国家带来了损失，我们可以从中总结出许多经验教训。但最根本的经验之一，就是在经济发展和社会进步中，必须牢固地坚持以科技进步来促进生产力的发展，特别是坚持以创新为特征的高科技产业带动国民经济的发展，以教育发展来提高民族素质和社会文明水平。偏离了这一出发点，经济和社会发展就要受到干扰和挫折。这进一步启示我们：保持国家经济的健康成长和社会的全面进步，除了政治稳定以外，必须进一步加快科技和教育事业的发展，以提高国民素质和社会文明水平，培养大批合格的劳动者和专业人才，尤其是创新人才，以带动企业的技术升级和产业结构调整。

邓小平同志说过："发展才是硬道理。"〔1〕经济发展是硬道理，教育和科技的发展也是硬道理。从现在起，还有不到两年时间，人类将迈入21世纪。人类正在进入一个知识经济时代，即以智力资源的占有、配置、生产、分配、使用为最重要因素的经济时代。科学技术对经济社会发展的影响空前广泛、深刻。世界范围内日趋激烈的经济竞争和综合国力的较量，归根到底是科技和人才的竞争。如果我们现在不大力发展科技和教育事业，很可能在以后造成难以弥补的损失，在日后很难避免类似于亚洲金融危机风波的冲击。这对于我国这样一个大国是至关重要的。

近期，国家科教领导小组要研究科技和教育事业能否在原有的基础上发展得更快一些、更好一些，通过几年的努力，使我们的科技和教育事业上一个新的台阶。第一，发展科教事业需要加大资金投入、加大工作力度。过去，各级政府对科教事业的投入不足，与科教事业发展的实际需求有较大差距，影响了科教事业的发展。中央已经就实施科教兴国战略、抓好今后三至五年的科教工作做了专门研究，准备在知识创新、教育发展及其经费投入等方面采取一些新的措施。中央决定，本级财政支出中每年增加一个百分点作为发展科教事业的专门经费，到2000年提高三个百分点，增加额达到100亿元。

第二，实施科教兴国战略，要注意发挥高校和科研机构的生力军

〔1〕见邓小平《在武昌、深圳、珠海、上海等地的谈话要点》(《邓小平文选》第三卷，人民出版社1993年版，第377页)。

作用，进一步推动高新技术产业的发展。要充分重视科技进步在改造与提升传统产业、培育新的经济增长点和提高产品竞争力等方面的作用。我国的经济改革和发展如果不建立在科技进步的基础之上，是绝对没有出路的。因此，科技和教育要始终坚持为解决经济工作中的重大问题作贡献，当前尤其是要在改造传统产业、发展高新技术产业和促进国民经济信息化等方面发挥重要的支撑作用。高校和科研机构要全力支持国家知识创新工程的实施，充分发挥智力资源的优势，为改造传统产业、促进技术升级和振兴区域经济服务。高校和科研机构要面向企业，与企业合建实验室和研究开发中心，加强与国内外各方面

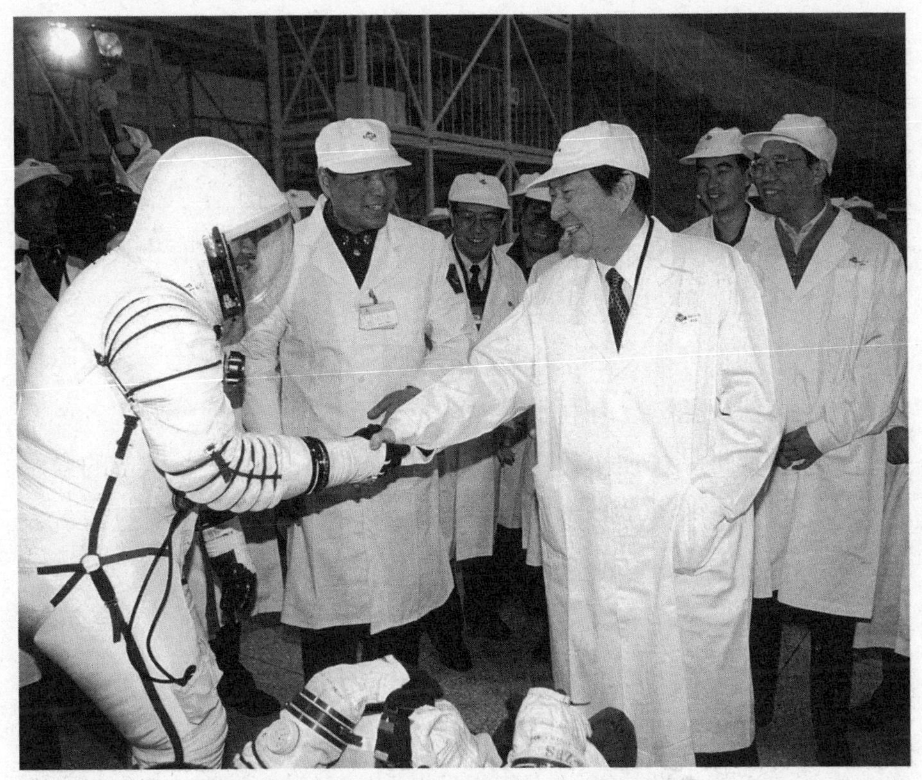

1998 年 11 月 11 日，朱镕基考察载人航天工程。右一为国家计委主任曾培炎。

（总装备部政治部宣传部秦宪安摄）

科研机构的协作，全面推进产学研一体化。要利用高等学校、科研机构和现有科技园区的优势，健全科技开发“孵化器”，组建一批专门为科技成果转化服务的中介公司，并加速高校科技成果的信息管理、咨询服务、市场预测和产品转化工作。高校和科研机构要为带动形成新的经济生长点作贡献，今后三至五年内，要采取多种方式，组建高科技产业集团。要对小型高科技企业的发展，科研人员、高校教师与毕业生的自主创业予以大力激励。

第三，要建设一支高素质的科教工作者队伍，要培养一大批科学研究、教育教学、科技产业化的创新人才，要为各种创新人才作用的发挥创造良好的环境和条件。从现在来看，具有高素质的优秀带头人、优秀的全新拔尖人才，是事业兴旺发达的保证。为了建设一支高素质的科教工作者队伍，需要在全社会进一步弘扬尊重知识、尊重人才的良好社会风尚；同时，国家要采取切实措施，改善科教工作者的社会地位和经济待遇，充分调动广大科教工作者的工作积极性和创造性。科技事业的发展不仅仅取决于好的基础条件，还要有投入的保障和良好的环境，使科技人员能够安心从事研究开发、从事创造发明。要大力完善知识产权、科技人员技术入股等法律、法规建设，保障科技人员的合法权益，以有利于广大科技人员积极性的充分发挥。

第四，要进一步加快教育和科技体制改革，提高科教队伍的素质和效率。我们已下大决心进行政府机构改革，中央国家机关已裁员一半，地方也要做相应的改革。同时，各级政府要减少重复建设，厉行节约，停建楼堂馆所，将节省下来的钱用于发展科教事业。教育和科技事业要加大改革力度，争取在改革中出成绩、出效率。

国家从总体上要下大力量提高科教工作者的待遇，但在科教系统内部不能搞平均主义、吃“大锅饭”。要提高经济待遇，健全淘汰机制，使优秀人才能够在科教岗位上尽快脱颖而出。90 年代以来，随着科教事业的不断发展，科教工作者队伍的素质和效率不断提高；另一方面，科教队伍的整体素质还不能完全满足社会主义现代化建设的需要，不适应跨世纪的需要。我们要采取措施进一步优化队伍结构，进一步提高用人效益。要大力加强科研院所和教育系统尤其是高等学校之间的合作，要加强人员交流，相互开放，发挥各自的优势，共同攻关、形成合力，提高效益和水平。中央对我们的科学家和广大科教工作者寄予很大的期望，相信大家能够担负起这一历史赋予的重大责任。

同志们，科教兴国思想是邓小平理论的重要组成部分，也是党的十五大所确立的发展科教事业的基本方针。中央贯彻实施科教兴国的战略方针坚定不移，一定要抓出实效。虽然前进道路上艰难困苦还很多，但我坚信，只要广大科教工作者求真务实，真抓实干，我们就能克服前进路上的一切困难，科教兴国的宏图伟业就一定能够实现。

发扬抗洪精神，抓好灾后重建*

（1998年8月31日—9月10日）

一

（在黑龙江省，1998年8月31日）

刚才，黑龙江省委、省政府做了汇报，国务院各部门来的负责同志也发了言。我原则上同意大家的意见，再强调两点。

一、在罕见的洪水灾害面前，我们已经取得了决定性胜利，特别是进一步增强了全党、全军和全国人民的凝聚力。

今年，我们国家遭受了特大洪灾。长江流域的水灾是历史上最大的，超过了1931年，也超过了1954年的特大洪水。东北嫩江、松花江流域发生了超过300年一遇的洪水。这次水灾看起来是件坏事，但大大地增强了我们全民族的凝聚力。如果没有全国人民这样的团结，特别是没有中国人民解放军这支决定性的力量，水灾造成的后果不堪设想。

今年嫩江、松花江的洪水从历史上看更大，300年一遇，甚至500年一遇。由于军民团结奋战，特别是解放军的努力，使我们免于遭受更大的灾害和损失，渡过了这个难关。在这中间，确实出现了许

* 1998年8月28日至9月1日、9月7日至12日，朱镕基同志先后在内蒙古自治区、黑龙江省、吉林省以及湖北省、江西省、湖南省、重庆市、四川省考察抗洪救灾和灾后重建工作。这是朱镕基同志分别在黑龙江、湖北、江西、湖南等省考察时讲话的主要部分。

多英雄事迹。因为和平年代没有战争，我们好久没有看到这种精神和动人事迹了。解放军将士不惜牺牲自己的生命保护人民群众，把一次次生存的机会让给老百姓，太令人感动了。每天晚上看到电视中的这些报道，我的眼泪就要掉下来。我觉得这次对部队是一次实战演习，是一次重大考验，我们的人民解放军确实是一支可以信赖的军队，是一支能战胜任何敌人的军队。这次抗洪也证明了我们中华民族是一个伟大的民族，有强大的凝聚力，军民团结、干群团结、党群团结都得到了大大增强。过去老百姓批评干部腐败、官僚主义，这次大家普遍承认我们的干部基本上走在前面，临阵脱逃的极少。关键时刻，中国共产党是经得起考验的，是全心全意为人民服务的党。所以，这场洪灾中全国虽然损失了1600多亿元，是一件很坏的事情，但是换来了教训，换来了全民族的巨大凝聚力，坏事还是可以变好事的。战胜洪水，对我们精神力量的加强是不可估量的。

从全国来看，抗洪抢险基本上取得了决战决胜。尽管在荆江洪湖一线还不能大意，不能松懈，但就全国来说，最危险的时期已经过去了。我们要认真总结经验教训，对在抗洪抢险中表现突出的同志给予表彰奖励，特别是对解放军指战员更应大力表彰。

二、转移工作重点，及早抓好灾后重建工作，夺取抗洪救灾的全面胜利。

在取得抗洪抢险决定性胜利的时候，要适时把工作重点逐步转向灾后重建。灾后重建包括恢复生产、安排过冬、重建家园等项工作。恢复生产包括各种水毁工程的恢复建设等。重点是解决灾民过冬的问题，尤其要防止大灾之后有大疫。刚才张文康〔1〕同志讲，长江发生洪灾，1931年淹死14.5万人，病死300多万人；1954年大水中死亡

〔1〕张文康，当时任卫生部部长。

3.3万人，多数是病死的；这次这么大水灾，死了1300多人。就拿黑龙江来讲，这么大的洪灾，基本上没死人，真是难得。现在，要把防病过冬作为重点。在组织恢复生产、安排生活、重建家园的过程中，我们一定要吸取过去的教训，不是一切简单还原，而是更加合理地重建。较早的时候国务院就提出了一个思路，我在这里重申一下，提请大家注意。

第一是“封山植树，退耕还林”。今天，我和老劳模马永顺〔1〕同

1998年8月31日，朱镕基在黑龙江省哈尔滨市松花江边与全国劳动模范马永顺(左一)交谈。右二为民政部副部长范宝俊。

〔1〕马永顺，黑龙江省铁力林业局林业工人，先后11次被评为黑龙江省、东北森林工业总局劳动模范。20世纪50年代后，他坚持义务植树40年，栽树5万多棵，从昔日的伐木劳模变成了植树英雄。

志交谈时讲了这个问题。这些年，我们砍树确实砍得太多了，造成大量水土流失。毛主席、周总理都十分重视对水资源和生态环境的保护，作出过许多指示。但是，我们在执行中产生了许多问题，使森林多次遭到浩劫。最近几年，我们也都强调保护森林、保护生态资源，但实际上砍树还是很厉害。今年的水灾肯定是与气候异常有关，但也与生态环境恶化有关。哈尔滨的松花江河床比 1932 年淤高了 4 米，河床淤积主要就是上游树砍得太多导致水土流失形成的。森林本身就是一个蓄水库。现在是大片秃山，一下雨，水都下来了。所以，江主席引了恩格斯《自然辩证法》这篇文章的两句话："我们不要过分陶醉于我们人类对自然界的胜利。对于每一次这样的胜利，自然界都对我们进行报复"〔1〕，很值得我们深思。开荒把森林伐光了，把地种上了，粮食丰收了，但是，将来这个地方一发洪水就全冲掉了，甚至变成不毛之地。这是大自然对人类的惩罚。因此，去年我们就下了决心，今年更下定了这样一个决心，无论如何不砍树了！木材不够就靠进口，拿外汇买。今年，我们在财政十分紧张的情况下，拿出 60 亿元搞天然林资源保护工程，不准再砍树。首先是在长江、黄河的上游，就是四川、云南等一些地方，坚决不砍树，绝对不砍了。把砍树的人都变成种树的人，也要求他们搞点其他生产自救。由于我们的主要木材产区在东北地区，在黑龙江省，砍树完全停下来有一定困难，要逐步地停。但黑龙江省提出的减少砍树目标恐怕少了一点，要实事求是。当然，要考虑林业工人的生活出路问题，要补一点钱，但要组织他们搞生产自救，要分流搞多种经营，少砍树，双方都要兼顾，决心要更大一点。

---

〔1〕 见恩格斯《自然辩证法》(《马克思恩格斯选集》第 4 卷，人民出版社 1995 年版，第 383 页)。

第二是“平垸行洪，退田还湖”。就是要清除堤内障碍。堤内就是指河道，大家的概念要搞清。有的人在堤内再修堤，盖房子、种地，导致堤内洪水下泄不畅。今后水淹掉的垸子[1]就不要再恢复了，垸子靠老天爷平掉了，就让它行洪。这次没有淹掉的垸子要平掉，不要再种了。要退田还湖，洞庭湖、鄱阳湖的面积现在只剩一半了，中间都是洲滩民垸，与湖争地，这不得了。应该还原回去，让这些地方重新蓄水。我不是不重视控制性水库，在支流、干流上建水库，洪水来时能把洪水蓄起来，但这是长期性的规划，修水库需要很多钱，得逐步来。还是要全面抓：首先是抓水土保持，别再破坏上游植被，中游抓修水库，下游抓修堤。这应该是我们整个水利建设的基本方针。

第三是“以工代赈，移民建镇”。要把居民从堤内迁到堤外来，政府要划一块地方给他们，做好新的小城镇的规划设计。让他们住到新的地方，他们才不会去恢复过去的垸子。怎么解决这个问题？就是以工代赈。国家拿钱来建设小城镇，让他们来干活，付给报酬，特别是建房子，材料费要全部补助他们，不然他们不干，还要回到原来的垸子里去种地。

第四是“加固干堤，疏浚河道”。长江、黄河的干流都要按起码能抵御百年一遇洪水的标准，把堤修起来。现在长江、黄河都变成“天上河”了，河床比下面的城市、农村都高，如果发生溃决，一淹一大片。无论如何要加固堤防，吸取九江决口的教训。那里修堤时未经勘探，把堤建在沙子上面，下面一淘空就垮了。施工时混凝土里没有钢筋，堤坝质量不好，乱七八糟，洪水一冲就撕开了，沉了八条船，把几千吨面粉和黄豆填进去了，口子没堵住，水还在下面冲。最后，解

---

〔1〕垸子，指湖南、湖北、江西等地，在沿江、沿湖地带围绕房屋和田地等修建的像堤坝那样的防水建筑物。

1998 年 8 月 29 日，朱镕基在内蒙古自治区兴安盟科右中旗察看灾情，慰问受灾群众。

（新华社记者李欣摄）

放军第 27 集团军的工程兵用钢桩搭脚手架，然后投料石，才填住了。今后要吸取教训，修堤坝工程一定要立个法，谁在里面偷工减料，就依法严厉惩处，否则，这样害人不得了。我讲的这个思路，对我们的灾后重建工作是有指导意义的，都是我们用血买来的教训，一定要认真吸取。

关于恢复生产、重建家园的实施，要突出四句话：加强领导，突出重点，统筹规划，分步实施。一是加强领导。我们领导工作的重点，应该有所转变，适时、逐步地由抗洪抢险转向灾后恢复与重建。各级党委、政府要像抓抗洪抢险那样把这项工作抓起来，建立责任制，确保全面落实。二是突出重点。水毁家园不是两三年就能恢复起来的，有的要四五年。今年黑龙江省的重点就是抓过冬，既不花冤枉钱，又要保证群众能平安过冬。这次我们从齐齐哈尔到哈尔滨，实地看了以后，觉得省委、省政府，市委、市政府都做了大量工作，比我们想象的好得多。在国务院还没有作出具体部署以前，许多问题你们都已经考虑了，也着手做了，有些做得很好。三是统筹规划。我一再强调要搞好规划，不要花几道钱，能够一次花钱解决的就花一次钱，不要分几次去花钱。我们灾后不是简单地去恢复，不是简单地去重建，应该比过去规划得更加合理、更加科学。我这次特别关心学校重建的问题，别的都可以先不建，必须先把学校建起来。科教兴国，教育非常重要。四是分步实施。灾后重建，百废待兴，工作千头万绪，在突出重点的基础上，要有中长期规划，有步骤地实施，逐年达标。

二

（在湖北省，1998 年 9 月 8 日）

对于灾后恢复生产、重建家园的工作，我认为当前要做两件事。一是关于长远的问题，要继续进行可行性研究与论证以及方案的比较，湖北省应该在水利部等有关部门牵头下，很好地研究、规划，确定哪些应该搞、哪些不一定搞，要以科学的办法来议定。规划要做细，论证要缜密，要广泛地听取意见，从长计议。在规划过程中，要解放思想，汲取新鲜经验和国外的先进技术，然后慎重决策。二是当前迫在眉睫的事情，就是要突出解决灾民安全过冬问题，现在就要定下来，马上动手，不能延误时机。

这两方面都存在一个问题，就是钱怎么解决？这就属于论证的一个重要方面。你们开了一个463亿元的单子，这463亿元如果能解决湖北的水灾问题，我说是值得的。你们提出的规划，我粗粗地算了一下，463亿元分四年完成，平均一年是100多亿元。今年湖北遭遇了这么大的洪灾，如果不支持基础设施建设，经济上不去，农民的收入增加不了，社会就不稳定。今年，中央先给30亿元。抓紧长江干堤的设计、规划、钻探。地质不钻探，九江决堤就是教训。汉江、长江干堤都要修，但不可能一口气吃成个胖子，还是先修长江干堤，因为灾民都在这一线，可以利用灾民做劳动力。对已经有规划、做过可行性研究的项目要先干，包括水毁工程的修复。

当前，迫切要解决的是灾民安全过冬问题。第一，倒塌房子的重建。原则上，异地重建、移民建镇的，要全部补贴材料费；在原地重建的，补助要少，顶多补三分之一，而且标准不能高；不按规划建房的，一分钱不补，由农业银行开展农村住房信贷，借钱盖房子，分期付款，当然，要履行一定的担保手续，国家财政要补贴一点。总的来讲，移民建镇在这两年就是通过兴修水利解决农民的收入问题。另外，还要开辟生路，发展第三产业，这个任务非常艰巨。建房补助需要多少钱？国家计委提出给11个亿，俞正声[1]同志还希望多一点。我考虑，各个省之间要稍微平衡一下，不能根据生活水平来拨。生活水平高就自己多出钱嘛。对东北地区也要照顾。我这次到了3个省区，总共同意给10个亿。哈尔滨的灾情最重，在飞机上向下看淹了一大片，损失很大。给了黑龙江5个亿，其中，4亿元用于住房，0.85亿元用于教育，0.15亿元用于医院。给了吉林3个亿，其中，2.7亿元用于住房，0.3亿元用于学校、医院。内蒙古的灾情稍微轻一点，给了两个亿。3个省区总共花了10个亿，把灾民的住房问题解决了，

〔1〕俞正声，当时任建设部部长。

就好行动了。湖北灾情最重，特别是肩负着移民建镇、平垸行洪的任务，因此，我考虑给12亿元。我们还要到湖南、江西去，给它们的肯定比这少得多。我宁可在水毁工程项目上多给一点钱，以工代赈，让农民自己借钱来盖房子，然后再还给银行，也不要一次补助太多，还是要鼓励农民自力更生。第二，修复水毁设施，你们要12个亿。需要国家补助多少钱，报国家计委，与其他水利工程统筹考虑，简化手续，尽快批下去。第三，教育设施和医院的恢复，要统筹考虑，给教育系统1亿元、卫生系统2000万元，把这1.2亿元加进去。以上这些国家补助的钱，随时拨给你们。第四，灾民的救济费问题，最好考虑通过以工代赈来解决。第五，灾民的过冬衣被问题，完全可以通过捐赠解决。最后一项，就是抢险救灾已经花的钱。你们花了11.9亿元，要中央补贴8亿元。吉林说防汛抢险花了12个亿，黑龙江花了9个亿。这个钱要由水利部、国家防汛抗旱总指挥部统筹平衡，把各省的情况汇总起来：欠账多少，地方负担多少，还要中央拨多少。最后强调一句，所有的资金要专款专用，绝不允许挪用，否则按纪律处分。

三

（在江西省，1998年9月9日）

安置受灾群众的工作，江西的情况与其他地方不一样。东北地区地广人少，淹掉的都是低洼地带，也不想再恢复，普遍移民建镇，问题比较好解决。湖北是沿江行洪，垸子基本上淹掉了。现在把居民从垸子里搬出来移民建镇，距离比较近，它的规划做得比较细，这种问题比较好解决。江西与湖南是一个类型，比较麻烦。过去已经围湖造地，也有人肯定了这种做法，这是历史上形成的。那时，粮食问题解决不了，不围湖造地，没粮食吃。现在怎么办？如果历史地看这个问题，当时围湖造地还是有功劳的。但这违反了自然规律，如今自然界开始惩罚了，对我们进行报复。所以，应根据新的情况，退田还湖。我们现在粮食充足，加上科技在农业上的推广，不需要再在湖内围湖种地了。这几年，每年因水灾造成的损失有1000亿元，今年统计损失为1600亿元，湖北说损失了500亿元。因此，必须考虑退田还湖的问题，这对江西来讲是个大问题。要安排那么多人的生路，这

1998年8月9日，朱镕基在江西省九江市防洪墙决口现场指挥。

（新华社记者章武摄）

个事情得根据当地的具体情况，从长计议，分期执行，目标是退田还湖。

这次严重的水灾，比1954年的水灾持续时间长。1954年的水灾持续时间短，主要是因为那时淹了100多个城市，分了洪，鄱阳湖、洞庭湖也能蓄一部分长江的水。现在，鄱阳湖、洞庭湖自顾不暇，根本不能给长江分洪，造成高水位持续时间长，耗费了大量的人力。鄱阳湖、洞庭湖的治理是迫在眉睫的问题，要下最大的决心。今年跨多大的步子？你们提了从湖区搬迁十万人的规划，跨这么一步，我赞成，还应继续把规划做详细。我有个想法，你们提的规划只是解决当前恢复的问题，没有解决长远的退田还湖问题，长远和当前的结合还要做进一步的考虑。我觉得，你们的办法就是恢复原状，照样种地，其中有的垸子在行洪、蓄洪时，动用一下。你们规划今年移民十万人，要是再多，搞几十万人，移民建镇恐怕也很困难。对真正移民建镇的，要给予比较大的政策优惠。比如，建筑材料费，由中央财政补贴；基础设施建设，中央给予大力支持；农村电网改造，可以把新建的镇考虑进去。这些都是中央财政花钱。当然，其中的一些道路、用水设施、公用设施的修建要由地方考虑，如有困难，中央给予适当的补贴。至于农民丧失土地后的生路问题，要考虑得比较周全。我看，解决这个问题，不会有很大的难度。国家在最近几年内大修基础设施工程，农民是有出路的。农民还可以种点菜，搞水面养殖等等，总是有生路的。要明确，国家没有义务把洪水冲掉的东西都补偿还原。国家的钱也是纳税人的钱，我们每个纳税人都应该享受在困难的情况下国家给予的补助，但不能全部都补助，不能吃“大锅饭”。对在原地恢复房子的，基本上采取借钱还钱的政策，统一供应原材料，国家垫钱，但最后要用以工代赈的劳务收入来偿还盖房的钱。当然，对少数有特殊困难的人，可以适当补助一下。

还有，仍保留的垸子的汛期安全问题怎么考虑？搞高台建村、吹沙〔1〕都不现实，实际上也不可能。花那么多钱，没有用，大水来了还得冲掉。可以考虑，准备蓄洪的地方，到时人都得撤出来。这就要考虑撤退的问题，修好路，能够把人撤出来就行。比较难撤的地方就像湖南那样，修“安全楼”，这个钱花得少，修一个四到五层的简易楼，楼顶可以容纳几十人，只要楼本身能坚持十来个小时，外面就能把楼里的人救出去。国家补助在原地恢复住房的地方修几个这样的楼。

我想，要在这里创造一个模式，这个模式就是真正实行了移民建镇，一劳永逸，真正使鄱阳湖变成“浪打浪”的鄱阳湖、没有阻洪的洲滩民垸，这是长远的方向。当然，这个步子不要勉强跨得太大。一是财力不足；另外，老百姓还得看一段时间才能下决心搬迁。要树立一个移民建镇的样板，农民搬进去后开辟了生路，生活水平提高了，防洪期也安全了。再把其他几十万人移出来，工作就比较容易做。

四

（在湖南省，1998 年 9 月 10 日）

这次抗洪抢险斗争在全国已取得了决定性的胜利。湖南省军民在省委、省政府的领导下，作出了很大的牺牲，付出了很大的代价。特别是人民解放军、武警部队，在抗洪抢险斗争中起了关键的、决定性的、不可替代的作用。遭了这样大的灾，能够把灾害造成的损失减到

〔1〕吹沙，是填湖造地的一种手段。其过程是：首先用沙袋将一定面积的湖面圈起来，然后再用泵将圈外湖底的沙连带湖水一起“吹”进圈内，湖水流出圈外，沙被沙袋滤下来留在圈内。渐渐地，圈内的湖面就被不断“吹”进的沙“填”成了陆地。

了最小程度，确实是不小的胜利。值得湖南人民骄傲的是，在这次全国抗洪抢险斗争中牺牲了25位解放军干部、战士，在这些烈士中湖南籍的有7位。特别是，湖南有许多像岳阳市委常委、宣传部部长罗典苏那样不怕牺牲、全心全意为人民服务的好干部。在湖南抗洪抢险斗争最紧张的时候，我虽然没有抽出时间来这里和你们一起战斗，但是，我始终是关注湖南的汛情和灾情的，我也相信湖南人民能够战胜这次洪灾。这次我们到湖南来，就是为了贯彻落实江泽民主席关于恢复生产、重建家园、发展经济的一系列重要指示。在这方面，湖南省委、省政府也做了大量的工作，提前做了准备，做了规划。

这次灾后重建必须考虑到水患的根本治理。我们眼前最迫切的任务是安置灾民安全过冬、恢复生产、重建家园，但这项工作要与长远的根治水患的目标、规划相结合，不要花冤枉钱，要采取一劳永逸的措施。长远的目标就是要恢复洞庭湖原来的面貌，根本性的措施就是要大大地改善湘、资、沅、澧四水流域的生态环境，加强水土保持工作，使湖南真正变成山清水秀，洞庭湖浩浩汤汤。这不仅是为湖南作贡献，而且是为整个长江流域作贡献。洞庭湖是整个长江流域最大的调蓄湖泊。因此，根本性的治理措施从现在就要开始。比方说封山育林、植树造林的工作，希望能够在三至五年里把这个任务完成了，不能再砍伐了。这牵涉到农村的能源问题，要很好规划。我认为，这个问题可以解决，能源可以替代。25度以上的坡地一定要退耕还林、还草，25度以下但水土流失严重的坡地也要考虑退耕还林、还草。不在乎开这几亩地，大自然对我们的报复、对我们的惩罚，比起得到的那一点粮食要严重得多，中国不缺这一点粮食。有些水土流失不是很严重的地方，可以实行“坡改梯”，还可以耕种。在育林的时候，要考虑针叶林、阔叶林相结合。我听专家讲，光种针叶林不行，不能达到水土保持的目的；要实行针叶林、阔叶林相结合，而且下面还要有草地覆盖，这才能真正起到水土保持的作用。所以，对这件事要很好规划，真正把湖南变成山清水秀的锦绣河山。中央下最大的决心，从资金方面支持地方完成这项工作。无非就是对伐木工实行转业，重新安置，何况有的伐木工还可以转为护林工和造林工。

这次大水冲毁了很多工程和一些洲滩民垸。我们在重建的时候，就要考虑恢复洞庭湖的本来面貌，使长江的洪道能够畅通，没有阻洪的设施，这是个长远的目标。今天听杨正午〔1〕同志汇报，说想把洞庭湖恢复到1949年以前的样子，我是非常高兴的。这是个千秋伟业，要完成很不容易，但无论如何要朝着这个目标去做，不能动摇。这次没有冲垮的垸子，要让老百姓迁出来是很难的；但对已经冲垮的垸子，恢复起来也是很难的，就要动员老百姓搬出来，换一个地方再建房，国家给予必要的支持。我看，这项工作是可以做的，意义也是非常大的。不可坐失这百年一遇的良机。这次把垸子冲垮了，就不要再恢复了。因此，我提出恢复生产、重建家园的32个字“封山植树，退耕还林；平垸行洪，退田还湖；以工代赈，移民建镇；加固干堤，疏浚河道”，是经过深思熟虑的，国务院专门讨论过，就是借这个机会把有的垸子撤出来还湖。可以有两种情况：一种情况是垸内不种地了，完全用于行洪；另一种情况是垸内不住人了，低水位时种地，高水位时不种。说是不住人，但在农忙的时候搭个窝棚总是可以的吧。垸内没有什么设施，只种一季庄稼，淹就淹了，不会造成很大损失。就是这两种情况。这两种情况都是要走人的，离土又离乡，但移民的安置地点可以规划在大洞庭湖的周围，安排在堤外。

中央的政策是，凡让出湖泊洪道、江河河道移民建镇的，每户补助建房款1.5万元，相当于盖100平方米左右房屋的材料费用。全部

〔1〕杨正午，当时任湖南省省长。

由中央财政补贴，材料都给了，只要动手就可以把房子盖起来。你们从洞庭湖搬出多少户，中央财政就按标准补多少钱。这项工作靠行政命令是不行的，不要勉强，群众工作要靠榜样和示范的作用。现在还没有示范的作用，要农民离开他们的土地来移民建镇是不大容易的。先从今年垸子被淹掉的这部分人做起，逐步地扩大。至于那些虽然冲掉了垸子但动员工作很难做的人，也不要强迫，他们要回去，就让他们回去恢复家园。像这种情况，政府只能是给予一点救济，每户补1000元。对这些人从政策上面不能给予很多优惠的支持，如果还给很多优惠的话，就没有人愿意搬出来了，那就永远也还不了湖。但是，这些人也是中华人民共和国的纳税人，他们的房子被冲垮了，东西被冲走了，我们有义务帮助他们一下，让他们安全过冬。其他的就要靠以工代赈，政府组织兴修水利，灾民靠以工代赈来盖他的房子，农业银行可以提供一点信贷资金。

保护森林资源是千秋万代的伟业*

（1998年9月12日）

前一段时间，国务院提出了32个字的灾后重建政策性措施，前两句是“封山植树，退耕还林”。这件事情非常重要，这是我们这一代人对历史的义务。我们这一代人和以前几代人都对大自然造成了破坏，我们现在应该开始来补偿，开始来恢复了。如果不这样做的话，大自然的惩罚就在眼前，不必等到下一代人。我看在座的人多数都可以看到三峡工程蓄水，三峡工程建成要16年啊。但是我们如果现在不注意的话，听任上游的泥沙冲积，库区的山体滑坡，10年、20年后，三峡水库就可能变成个沙库啊！所以，保护森林资源现在非做不可，这是千秋万代的伟业。

这次我们到江西、湖南、湖北等地考察，是有收获的。江西省承诺把鄱阳湖现在3900平方公里的湖区，扩大1000多平方公里，达到近5000平方公里，把湖区的人都迁出来，把耕地放弃。洞庭湖区现在只有2700平方公里，和新中国刚成立时的4300平方公里相比，减少了1600平方公里。历史上洞庭湖是6000平方公里，“八百里洞庭”嘛。湖南省现在承诺恢复到5100平方公里，但是要在湖区修安全平台。我说这个是不行的，安全平台并不安全，湖区的人统统都要搬出

---

* 这是朱镕基同志在四川省考察抗洪救灾和灾后重建工作期间，听取省委、省政府工作汇报后讲话的主要部分。

来才行。我想，在本届政府任期内，我们能够做三件事情：把鄱阳湖恢复到5000平方公里；把洞庭湖恢复到5100平方公里；把四川的天然林都封闭起来，不砍树了。这样，我们才对得起子孙后代。不然，三峡水库就有隐忧。我们要高度认识这些工作的重要性，这是历史任务，也是历史的义务。我希望大家发扬坚韧不拔、锲而不舍、愚公移山的精神，把它们进行到底，有什么困难克服什么困难。今天我事先打了招呼，把阿坝、凉山、甘孜三个自治州的州委书记和州长都请来了。请来干什么呢？就是请你们把这个千秋伟业承担起来。

第一个层次是封山。就是要封山育林、封山植树，国有林区不再砍树了。要把这些森工企业的员工养起来，一部分人护林、种树，其余大部分人转业。转业也是去种树。当然，也可以转业干别的，但最重要的是让他们继续造林。这部分森工企业在银行的欠债，暂时不要冲销，可以考虑部分地停息，因为对这些企业员工的转业、组建还有一个过程。

停伐后对地方财政有影响，这个问题怎么解决呢？首先要精兵简政，财政不能这样继续下去了。我曾长时间考虑过这个问题。现在农民的负担这样重，农村的一切矛盾都发生于此，总是解决不了。如何解决农民的负担问题？比如说"乡统筹、村提留"，让我们的政府人员从老百姓手里直接去收钱，这是一个很不好的制度，世界上其他国家没有这样的制度。但这是历史造成的，要按历史的观点来看这个问题。现在"乡统筹、村提留"从粮食收购的钱里去扣，那农民宁愿把粮食卖给私商，也不愿意卖给粮食收购站让你扣这个钱。所以，这个弊病很大。我考虑了好几年，能不能把乡村这一级政府都变成吃"皇粮"的，别到农民那里去直接收钱了？乡村政府不能搞任何企业，不允许有任何收费，一切由县财政来统筹安排。把费变成税，实行"收支两条线"。我以前不敢讲这个意见，前几天我到了湖南，问湖南省的领导同志这个想法是否可行，王茂林[1]和杨正午[2]都说是行得通的。如果下定决心搞这件事，对农民肯定是好事。但是他们提出一条，要把教育费纳入财政预算，这样就一点问题都没有。这个话现在就讲到此为止，只委托谢世杰[3]同志、宋宝瑞[4]同志你们来考虑这个问题，其目的就是减轻农民负担，精简乡村政府机构，“收支两条线”，

1998 年 12 月 28 日，朱镕基在三峡考察期间植树。前排右二为朱镕基夫人劳安。

〔1〕王茂林，当时任中共湖南省委书记。
〔2〕杨正午，当时任湖南省省长。
〔3〕谢世杰，当时任中共四川省委书记。
〔4〕宋宝瑞，当时任四川省省长。

搞一个正规的制度。

第二个层次是退耕还林。退耕还林就是25度以上的坡地要退耕，25度以下的“坡改梯”，包括所有的林地。我认为这要采取一个承包的办法。一户补多少钱，或者说一亩补多少钱。甚至可以由森工队伍来承包一些比较大的工程，一亩补多少钱，可以定个标准。先给50%，到时我们来验收，验收完了再给50%。我是下定决心给这个钱，只要这个标准定得合理，你们改造好多少就给多少钱，没有限制。

第三个层次是水利工程的修复、建设。你们提出的项目要按程序报批，国家在这方面要花很大的投资。我认为这个投资是值得的，不光是造福子孙后代，而且是推动国民经济发展的强大动力。现在治水方针是蓄泄兼施，以泄为主，把沿江的堤防修好。过去忽视了这方面的工作，修水库的积极性比较大，修堤防的积极性不大。现在首先得修堤防，保证不被淹，要做出计划，分清轻重缓急。采取以工代赈，因为它对施工队伍的要求比较简单，不像修水库那样需要专业队伍，可以多用一点民工。那些受灾的人都可以通过参加这个工程拿到钱，回去吃饭、盖房子。所以，你们赶快报这些项目，国家计委抓紧批，争取今年冬天就上马、就见效。其次是修蓄水工程。我们赞成修，但是先修什么、后修什么要做好规划，要有计划、有秩序。现在考虑，发电很重要，但蓄水、防洪更重要。电你们现在不缺，特别是三峡工程发电以后，四川就根本不缺电了，所以还是先修能蓄洪的水库比较好。这得有个全面的规划，这方面中央是舍得花钱的。四川的生态环境保护十分重要，要下工夫、花钱来保护生态环境。

与此相联系的恐怕要引发一些问题，比如：农村的能源怎么办？不许砍木材，农民的薪炭林是不是要保持？用什么能源来代替它？是供应煤炭，还是给补助搞沼气？对沼气我不太放心，因为它不是一年四季都可以均衡产气，不能保持稳定的能源供应。建议你们由一位副省长或一位省委副书记专门调查研究一下这个问题：在四川，农村的能源问题怎么解决？特别是在封山停采以后怎么解决？要多做点调查研究，到不同的地方去调查研究，和各部门商量，得出一个系统性的意见。另一个是木材市场问题。关闭木材市场，木材就要涨价，听说重庆市已涨了 30%。现在要赶快抛售木材，粮食涨价抛粮食、木材涨价抛木材。没有木材可以进口嘛，我就不相信价格能上来。木材涨价不单会提高建筑成本，还容易造成农民偷偷地砍伐。他现在砍一根木材，就值过去砍两根的钱，所以他会偷偷去砍。因此，木材价格一定不能让它涨。国家计委要牵头组织有关部门研究这个问题，要立即把木材抛出来，稳定木材价格，不要让森林资源保护工作没法做下去。

天然林资源保护工程里面很多钱都是要靠以工代赈来解决，靠补贴的办法是不能解决问题的。我们的思路应该是靠调整产业结构，靠职工分流，靠以工代赈，来增加农民的收入，把这些问题给解决好。

希望四川省在森林资源的保护工作方面继续走在全国的前列，创造一个先例，成为一面旗帜。

关于救灾和灾后重建问题的报告*

（1998 年 9 月 13 日）

泽民同志：

我于 9 月 7 日至 12 日赴湖北、江西、湖南、重庆、四川五省、市，按照您 9 月 4 日在江西讲话的精神，同地方同志共同商量落实救灾和灾后重建工作，重点是群众安全过冬问题，同时研究灾后重建同整治江湖、加强水利建设结合起来的具体政策措施。

看来，这次特大洪灾是以最小的代价取得了最大的胜利，但实际损失也是很严重的，灾后重建任务相当艰巨，也十分迫切。各地正按照您在江西讲话的精神认真部署救灾和重建工作。受灾群众生活都已作了安排，口粮供应是有保证的。所缺衣被通过捐赠完全可以解决。至今都还没有发生大的疫情。水毁的学校、卫生院也在恢复之中。问题较大的是住房，这也是我们这次下去帮助的重点。

五省、市同志均认为，这次洪灾是坏事，但可以变成好事。痛定思痛，一定要抓住灾后重建的机遇，治山治水，重整山河，根治水患，做到大灾图大治，大治促大变。各地都提出了初步规划设想，包括：一、五省、市拟用五年时间封山育林 1.83 亿亩，退耕还林 2383 万亩，可使五省、市森林覆盖率平均比现在增加 14 个百分点。四川和重庆从

---

* 这是朱镕基同志到湖北等五省市考察抗洪救灾和灾后重建工作后，写给江泽民同志的报告。

9月1日起已停止天然林砍伐。二、按照百年一遇的标准，加固长江干堤2600多公里，同时疏浚河道，清理河障。三、酌情量力，逐步退田还湖，扩大湖面，增加蓄洪能力。江西提出将鄱阳湖由现在的3900平方公里，扩大到4917平方公里，即恢复到1954年情况。湖南提出将洞庭湖面由现在的2700平方公里扩大到5100平方公里，其中一部分是退人不退田，洪水退时还可种田。这些目标还需深入论证。

无论是眼前过冬，还是长远治理，主要靠各地自力更生，但是也需要中央给予补助。我们共同商量，权衡全国情况，采取了以下措施。一、区别不同情况，补助建房资金。对那些不影响行洪、就地重建的倒房户（约100万户），每户补助1000元，使之能先建一间厢房过冬，五省、市共需11亿元。对这次被冲掉的洲滩民垸，拟逐步平垸行洪，移民建镇，不搞原地重建。湘、鄂、赣三省共涉及21.5万户，80多万人，对此国家应采取鼓励政策，促其实现，拟由国家补贴全部建房材料费(按每户100平方米，约需补助1.5万元)，共需30多亿元，分年实行，分期拨款。二、恢复重建学校，五省、市共需补助3.65亿元；恢复重建卫生院共补助0.75亿元。三、封山育林、加固干堤、疏浚河湖所需资金，根据工程项目可行性研究情况，按基建程序报批，逐年安排。目前亟须加快审批一批水毁工程修复项目，以利各地及早上马，便于以工代赈，救济灾民生活。

这次下去前，国务院已派出四个工作组到这几个省调研，帮助地方搞灾后再建规划，已由国家计委汇总形成了《关于灾后重建、整治江湖、兴修水利的初步意见》。这次又与各地商量作了进一步修改，拟在近日国务院讨论后向政治局常委汇报。现先呈请审阅，请予指示。

朱镕基

9.13

中华人民共和国国务院

泽民同志：

我于9月7日至12日赴湖北、江西、湖南、重庆、四川五省市，按照您9月4日在江西讲话的精神，同地方同志共同商量落实救灾和灾后重建工作，重点是群众安全过冬问题，同时研究灾后重建同整治江湖、加强水利建设结合起来的具体政策措施。

看来，这次特大洪灾是以最小的代价取得了最大的胜利，但实际损失也是很严重的，灾后重建任务相当艰巨，也十分迫切。各地正按照您在江西讲话的精神认真部署救灾和重建工作。受灾群众生活都已作了安排，口粮供应是有保证的。所缺衣被通过捐赠完全可以解决。至今都还没有发生大的疫情。水毁的学校、卫生院也在恢复之中。问题较大的是住房，这也是我们这次下去帮助的重点。

第一页

中华人民共和国国务院

五省市同志均认为，这次洪灾是坏事，但可以变成好事。痛定思痛，一定要抓住灾后重建的机遇，治山治水，重整山河，根治水患，做到大灾后大治、大治促大变。各地都提出了初步规划设想，包括：一、五省市拟用五年时间封山育林1.83亿亩，退耕还林2,387万亩，可使五省市森林覆盖率平均比现在增加14个百分点。四川和重庆从9月1日起已停止天然林砍伐。二、按照百年一遇的标准，加固长江干堤2600多公里，同时疏浚河道，清理河障。三、酌情量力，逐步退田还湖，扩大湖面，增加蓄洪能力。江西提出将鄱阳湖由现在的3900平方公里，扩大到4,917平方公里，即恢复到1954年情况。湖南提出将洞庭湖面由现在的2,700平方公里扩大到5,100平方公里，其中一部分是退人不退田，洪水退时还可种田。这些目标还需深入论证。

第二页

中华人民共和国国务院

无论是眼前过冬，还是长远治理，主要靠各地自力更生，但是也需要中央给予补助。我们共同商量，权衡全国情况，采取了以下措施。一、区别不同情况，补助建房资金。对那些不影响行洪、就地重建的倒房户(约100万户)，每户补助1000元，使之能先建一间厢房过冬，拟五省、市共需11亿元。对这次被冲垮的洲滩民垸，拟逐步平垸行洪，移民建镇，不搞原地重建。湘、鄂、赣三省共涉及21.5万户，80多万人，对此国家应采取鼓励政策，促其实现，拟由国家补贴全部建房材料费(按每户100平方米，每户约需补助1.5万元)，共需30多亿元，分年实行，分期拨款。二、恢复重建学校，五省、市共需补助7.5亿元；恢复重建卫生院共补助0.75亿元。三、封山育林、加固干堤、疏浚河湖所需资金，根据工程项目可行性研究情况，按基建程序报批，逐年安排。目前亟需加快审批一批水毁工程修复项目，以利各地

第三页

中华人民共和国国务院

及早上马，便于以工代赈，救济灾民生活。

这次下去前，国务院已派出四个工作组到这几个省调研，帮助地方搞灾后再造规划，已由国家计委汇总形成了《关于灾后重建、整治江湖、兴修水利的初步意见》。这次又与各地商量作了进一步修改，拟在近日国务院讨论后向政治局常委汇报。现先呈请审阅，请予指示。

朱镕基

9.13

第四页

和《焦点访谈》节目组座谈时的讲话 *

（1998 年 10 月 7 日）

《焦点访谈》开播以来，我不敢说是最热情的观众，至少也是很热情的观众；还是一个积极的支持者和义务的宣传员。我常在各种场合宣传《焦点访谈》。很多部长原来不看这个节目，但是他们来参加我召开的会议时，怕我问昨天看了《焦点访谈》没有，所以他们在开会的头天晚上一定会看。

《焦点访谈》现在越办越好，越来越受广大群众欢迎。被曝光的人看了这个节目，总是不那么舒服。因此，你们在制作和播出这个节目的时候也会遇到各种阻力和不愉快的事情，这些都是可以想象的，但是广大群众都是很支持你们的。为了表示这种支持，我早就想到中央电视台来看一看大家，感谢大家为宣传党中央、国务院各项政策所做的大量工作。你们克服了很多困难，很不容易，应该向你们表示感谢，也对你们今后的工作提一点希望。

今天我来中央电视台，不光是谈《焦点访谈》。整个广播电视战线的工作进步越来越大、越来越快，特别是在这次抗洪抢险的斗争中，宣传战线发挥了很大的作用，把全国人民的凝聚力提高到一个空前的水平，万众一心，心心相连。事实证明，舆论影响的广泛性也是

* 1998 年 10 月 7 日，朱镕基同志到中央电视台考察工作，并与中央电视台负责同志和《焦点访谈》节目组的编辑、记者进行了座谈。这是朱镕基同志在座谈会上讲话的主要部分。

空前的。对于这一点，在中央政治局常委会上，中央领导同志都给予充分肯定。记者穿着救生衣，在洪水里工作，投入了真实的感情。抗洪前线的军民都很喜欢记者。因此，也应该对全体宣传战线的同志表示感谢，感谢同志们对国务院工作的大力支持。

过去我们经常说，宣传工作要“以正面报道为主，以宣传成绩为主”，这是正确的方针，但这种观点也束缚了我们。什么叫以正面报道为主？是指99%都应该正面报道吗？98%、80%就不行吗？我看51%不也行吗？大部分节目以宣传成绩为主，有这么一两个节目来指出我们前进过程中的问题，动员全党的力量去解决它，这样做的效果比单纯宣传成绩好得多。没有这样的节目，群众的声音反映不出来，那还有什么民主？还有什么监督？现在，《焦点访谈》以它自己的工作成绩和实际效果，证明全国人民都接受了这个节目。并不是因为它开展了批评、报道了问题，大家就垂头丧气，而是从中接受批评，改进工作，看到了希望，看到了前途，坚定了斗志。《焦点访谈》就起到了这样的作用。现在，“《焦点访谈》现象”越来越普及了，不只是中央电视台有一个《焦点访谈》，许多电台、电视台也都有类似的节目。我看《经济半小时》报道四川某地砍伐原始森林，好像就是受了《焦点访谈》的影响，手法也和《焦点访谈》差不多，这个报道就起到了很好的作用。我让四川省全面停止砍伐天然林，把砍林的队伍变成造林的队伍。四川省党政领导非常重视，下了很大决心，许多地区停止了砍伐。眉山地区还在砍，被记者发现了，报道了这个情况。开始省里说那是世界银行援助的项目，不能停。后来弄清楚，并不是这样的。这个项目是80年代世行援助的项目，但主要是帮助当地造人工林，而不是砍林。这个情况反馈到省里，他们立即召开会议，决定停止砍伐。政府接受监督的态度非常坚决。我看这个节目应该是“准《焦点访谈》”，而且在一定的程度上是“超《焦点访谈》”，影响非常大。

1998年10月7日，朱镕基在中央电视台考察，并为《焦点访谈》节目题词“舆论监督，群众喉舌，政府镜鉴，改革尖兵”。右一为中共中央政治局委员、中宣部部长丁关根。

北京电视台也有类似的节目。这是一个很好的现象，把老百姓的疾苦反映出来，把政府的毛病揭露出来，马上就改。有错就改，这才是共产党人的姿态，对人民群众的鼓舞很大；否则，耳朵里听到的都是腐败现象，越听会越感到没有希望。现在把问题揭露出来，改正以后就给人民带来极大希望，真正把人民群众凝聚起来，就有了信心。我为目前正在普及的“《焦点访谈》现象”感到高兴，它给了电视、广播记者以广阔的新闻天地来发挥他们的才能，在促进国家改革和建设、促进社会主义民主与法制建设方面发挥更大的作用。

大家要习惯这种批评。你们哪一天找出我的毛病，来采访我，我一定接受批评，改正自己的错误。我们作了很多决定，国务院的重大决定都是从我这里出去的，难免会有一些毛病，找一找，指出来，改正它。

对于《焦点访谈》，我有四句话："舆论监督，群众喉舌，政府镜鉴，改革尖兵。"这是对大家工作的评价。

首先是舆论监督。《焦点访谈》充分发挥了舆论监督的作用，题材广泛，几乎包括了国务院政策的各个方面。我现在干的事情每一个方面都在你们的题材里，你们的报道对我们的工作很有帮助。今天上午，国务院召开常务会议，研究"费改税"问题。现在是费大于税，老百姓是"民怨鼎沸"。首先，要改革公路收费制。这也是受到你们节目的启发。我印象最深的是《焦点访谈》的《"罚"要依法》节目中那个乱收费的山西交警，那个报道太精彩了。"费改税"不能随便乱来，要从公路收费改起。所以，国务院拟订了关于公路"费改税"的意见，建议修改《公路法》。今天上午开会以前，我把《焦点访谈》的有关报道集中给部长们放映了一下，大家看了，通过这个文件就比较容易了。现在我正在抓的几项改革，不能说都是《焦点访谈》给我的启发，至少我从中得到很多思路。比如说粮食购销体制改革，这几年下了很大的工夫，因为农业是基础。今天有这样的好形势，就是因为粮食产量在稳定增长，"手中有粮，心中不慌"。现在，物价出现负增长，就是因为粮食多。有了粮食，其他什么东西想涨价都涨不上去。但是另一方面，国家承载了很大的负担。去年，中央财政补贴粮食企业500亿元，但没有到农民手里，大都进了不法分子的腰包。500亿元可以做什么呢？全国的公务员的工资都可以加三级。现在有些粮食管理部门腐败得很，从农民手里低价买入粮食，再高价卖出，还要享受国家补贴。最典型的就是记者曹莛报道的《收粮不能入私仓》，节目播出的同时，河北的省委书记和省长就坐不住了，第二天，他们就发来电报说他们连夜开会，表示过去做了很多工作，今后要如何加强和改进。我看到后批给胡锦涛同志和丁关根同志，让他们也看一看。这说明这期节目影响很大，比我讲话的影响还大，为粮食购销体制改革立了一大功。不光河北省的领导同志看了，全国粮食系统，各地的省委书记、省长也都受到了启发。这个节目表现手法也不错，采访了不少人，用事实说话。电视记者用新闻手法，让事实说话，让当事人说话，从感性到理性，很短的报道把国家的粮食购销政策都融汇到节目里，政策性很强，很有感染力。

几个月前，在一次省市领导参加的会议上，我让他们看《焦点访谈》，一边开会一边看，比我们的讲话更生动、更有力、更能用事实说服人。1996 年播出的《盗伐危及大动脉》，那个节目中反映的情况确实让人痛心。联想到这次水灾，当然水灾是由于天灾，但不能不承认砍树太多了，泥沙把河道淤积了。我们保持水土、改善生态环境、保护森林的政策一直没有得到很好的落实，这次看到严重性了。在湖北，还有人在占湖，特别令人气愤的是有的干部还振振有词，盖房有理。你们舆论监督的方方面面，都抓住了当前政策的重点。农村电价也是个问题，没有电网，有电送不出去。即使有电网的农村，电价也贵得不得了。没电盼电，有电怕电。农民买了洗衣机、电冰箱，当摆设。修的电网破破烂烂，拿铁丝当电线，损耗太大，电费贵得不得了。看了你们的节目对我有启发，现在中央已经下决心，改造农村电网，改革农村电价，实行同网同价。现在城市居民用电一度 4 角 7 分钱，农村也一样。国家拿出 1400 亿元，用三年时间完成农村电网改造，让农民能用上便宜电。有了电，洗衣机、电冰箱才卖得出去；产品卖得出去，工厂的机器才转得快；工厂的机器转起来，开工率高了，国有企业才能扭亏为盈。所以说，农村电网改造和实行同网同价有非常重大的意义。我提出这个意见后，国家电力公司欢欣鼓舞，各地也欢欣鼓舞，农民就更高兴了。

总之，《焦点访谈》发挥了非常重要的舆论监督作用。

第二是群众喉舌。你们的节目中讲的话，就是老百姓讲的话，所以节目才受欢迎。现在农村老百姓和干部打交道有句口头语：你听不听？不听，我们《焦点访谈》见。这说明《焦点访谈》在农民中间有影响，农民觉得有说话的地方，有人帮他们说话，而且说了话干部不听不行，有权威。《焦点访谈》能办到这个样子，同志们应该欣慰。你们为国家的改革和建设作出了很大贡献，发挥了很好的作用。

第三是政府镜鉴。我们确实从《焦点访谈》了解到我们不能了解的情况，它像一面镜子，反映出我们的政策究竟能不能得到很好的贯彻。我们下去往往了解不到真实情况，他们事先都准备好了，叫你到哪儿去视察就去哪儿视察，坐下来就听汇报，谁跟你说心里话呀！我在《焦点访谈》就能看到许多真实情况。我相信各级政府要真正为人民服务，要贯彻党中央、国务院的方针政策，会从这个节目里得到很多东西。希望编辑、记者越是艰难的地方越要去，只有在这种时候得到的材料才是最宝贵、最真实的。

第四是改革尖兵。现在《焦点访谈》节目大多是反映党和政府进行改革的过程中，推行政策遇到困难，有时落实不下去。你们走在前边，把政策执行中的种种问题指出来，促使各级政府把政策推行到底。现在，我们在推行粮食购销体制改革，说起来容易，做起来非常难。今天国务院又通过了一个有关的文件，本来 4 月份党中央、国务院已经下达过文件，执行半年来有点成绩，各地报来的材料都是说国务院的政策非常正确，但实际情况是没有真正生效。我希望今后《焦点访谈》继续发挥改革尖兵的作用，当好党和政府的助手。

另外，我觉得《焦点访谈》在新闻表现手法上有很多好的地方值得总结，主要是用事实说话，由当事人说话，非常生动。当然，我们也要注意与人为善。绝大多数干部是好的，要晓之以理，动之以情，绳之以法。对那些不讲理、干了错事还不认错的情况，要讲道理。记者事先要准备好，一两句话就顶住他，然后动之以情，合情合理，让他想想他的做法给国家造成多大损失、给农民增加多少负担、给自然环境带来多大破坏。最后绳之以法，做错了事必须纠正，一定要依法办事，穷追猛打。我建议你们要加强反馈，凡是报道过的事情，都得有着落，要看他改了没有，这样才能树立威信。当然，反馈也不一定在《焦点访谈》播，可以放在其他新闻中，这样也有利于增强人民群众的信心。

《焦点访谈》节目有没有什么缺点呢？确实还没有看到很大的缺点，只有一次报道，反映天津联通和邮电部门打官司。这个报道没有错，但是这些事情非常复杂，我们不要轻信一家之言，也不要过早地下结论。那期节目的主持人就好像是个裁判员，事先就判定，邮电部门是不对的，联通是对的，这就未必。很多事物错综复杂，作结论的时候要小心，要对它的渊源、历史纠葛和目前状况等作全面了解，最好是请熟悉情况，又比较负责的同志出来作结论、当裁判。节目主持人不要当裁判，因为那样很难服人。

最后，我代表党中央、国务院向中央电视台全体工作人员再次表示衷心的感谢！你们做了很好的工作，谢谢你们！

关于当前经济形势的若干问题*

（1998 年 10 月 20 日）

首先向中国工会十三大祝贺，向中国工人阶级表示崇高的敬意。

当前的经济形势，困难很多。对亚洲金融危机，中央是做了准备的，但没有估计到这么严重、影响这么深刻。去年我国出口增长 20%，今年计划增长 10%，并且制定了很多优惠政策。上半年出口增长没有达到 10%，9 月份出现负增长，预计全年可能会负增长。我国的出口总额占国内生产总值的五分之一。出口每增长 5 个百分点，影响国内生产总值 1 个百分点。去年出口增长 20%，国内生产总值增长 8.8%，如果没有出口增长，去年的经济增长率就只有 4.8%。因此，国内外都有人估计人民币要贬值。人民币贬值，出口会增加一点，但增加不会很多。东南亚国家货币大幅度贬值，出口增加并不多。即使我们的货币贬值，对东南亚、日本的出口也还是出不去，对欧美出口也有很大的限制，如配额等。人民币贬值弊大于利。中国老百姓最怕货币贬值、物价上涨。人民币贬值就是向老百姓发出一个信号：中国经济不行了。而且，会影响到东南亚国家货币再一次贬值，特别是对香港地区影响大，会造成金融市场的混乱。

我们有没有能力使人民币不贬值呢？我们有这个能力。大不了就是影响占国民经济五分之一的出口增长嘛。我们可以启动国内市场，

* 这是朱镕基同志为中国工会第十三次全国代表大会代表所作的经济形势报告。

保持国民经济的快速增长。我们手中有大量的外汇储备，到去年年底外汇储备为1400亿美元，居世界第二。日本排第一，2000亿美元。我们有强大的外汇储备做后盾，全世界对中国都有信心。有些外国人老谣传人民币要贬值，其实是那些做外贸生意的人想捞一把。今年出口下降，可能会负增长，但我们不怕，人民币不会贬值。到年底，外汇储备不会减少，对这1400亿美元要严防死守，像保长江大堤一样。长江大堤都能保住，1400亿美元的外汇还保不住吗？

关于今年中国经济能否增长8%的问题，吵得我头昏脑胀。最近，美国《时代》周刊预测，中国今年经济增长3%，不知它怎么测出来的，今年前三季度已经增长7.2%了。国际货币基金组织和世界银行的预测是增长6%，这个估计是怀疑我们的数字里面有水分吧。现在的实际情况是上半年增长平均达到7%，没有达到8%，原因在于亚洲金融危机的影响。还有一个重要原因是由于走私，导致石油降价。原来国外石油19美元到20美元一桶，现在降到13美元到10美元一桶。石油大量走私，造成上半年石油石化企业发生亏损，油卖不出去，涨库，影响工业发展速度。我们打击走私，除了大炮没用上，机关枪都用上了。走私分子设计了“橄榄艇”，专门对抗反走私的。我在一个文件上批了，请海军设计“反橄榄艇”。百万雄师过大江，还怕对付不了“橄榄艇”？我们坚决打击走私，一个月后石油企业就扭亏为盈了。现在骗汇问题也很严重，要狠狠地打击。查了一个月，查出有100亿美元的报关单是假的，100张单子中有55张是假的。海关、银行要实现电子计算机联网，以保证报关单的真实性。为什么我敢说1400亿美元的外汇储备少不了，因为我对打击走私、骗汇有信心。

今年随着各项措施的到位，经济增长8%的任务可以完成。说句老实话，8%和7.9%有多大差别？如果数字是实在的，我高兴；如果

1998年10月20日，朱镕基在中国工会第十三次全国代表大会上作经济形势报告。

生产的产品积压在仓库里，就不要去搞。我们吃弄虚作假的亏太大了。我们要的是效益，不是速度。当然，没有一定的速度，也就没有效益。现在客观估计，上半年7%，第三季度7.6%，第四季度肯定超过7.6%，全年经济增长在7.5%到8%之间。为什么能做到这样？因为中央有正确的政策去实现预定目标。在世界上，我们的经济情况还是最好的，现在经济增长速度还在上升。我们采取加强基础设施建设、扩大财政投资的办法，这是因为工业生产已经供过于求，再建加工工业是自找死路。只能搞基础设施，公路、铁路、环保、城市建设等，这些不是重复建设。用财政投资的办法，是因为借银行的钱要付利息，而且这些建设回报期长，只能靠国家来投资。财政的钱哪里来的？都是老百姓的，包括工人阶级的贡献。现在银行的钱贷不出去，许多商品卖不掉，VCD的广告天天做，彩电大降价，销售效果不佳。我们要向银行发债券，去搞基础设施建设，可以促进经济发展，增加税收；同时，建设需要钢材、水泥和大量民工，这样就可以把过剩的生产力利用起来。这个思路在去年就形成了。这种由国家采取扩张性财政政策、通过扩大需求来促进经济发展的理论，发明者是凯恩斯，开始执行者是罗斯福。政府的钱如何用好，有艺术。用过度了，会回到“大跃进”时代，我们对此是十分清醒的。今年的固定资产投资原定增长10%，现在达到30%。中央精确估计过，没有危险。

我们的物价为什么不涨？这是宏观调控成功的结果，实现了经济“软着陆”；同时因为我们解决了粮食问题，连续三年丰收。现在的粮食库存大，即使再遭受比今年更大的自然灾害也不怕。今年的水灾，损失了400亿斤粮食，但没有受灾的地方庄稼长得特别好。东北地区今年玉米大丰收，非粮食主产区的辽宁，粮食生产形势也是好得很。因为粮食没有问题，水灾后粮食没有涨价。粮食不涨价，其他物品就很难涨价。现在消费品卖不出去，特别是穿的。希望大家从银行里提点钱出来，去买点东西。消费上不去的原因，一是消费者的购买心理，买涨不买跌；二是缺乏安全感，工人下岗、机关干部分流。有句顺口溜：“工作几十年，老了没人养。想要靠子女，子女又下岗。”大家不要担心，老了还是有人养的，下岗也是暂时的。大家拿点钱出来，去买东西，市场繁荣了，就能上岗了。

关于国有企业改革问题。亚洲金融危机，从总体上讲，没有影响我国的经济发展，也没有影响我们的改革进程。年初《政府工作报告》中讲的几个改革都在进行。今年国有企业比较困难。国有企业在前年跌到了谷底，去年略有好转，今年又掉下去。为什么困难？第一，既有历史原因，又有近几年重复建设的因素。在产业结构调整上下工夫不够。工业重复建设问题，化肥、石油化工等行业都存在，很多工厂停产。前几年为什么不明显？因为有银行贷款。但再这样下去，银行也得垮台。近几年，银行不给信贷了，矛盾就暴露了，工厂没事干，工人下岗。第二，重复建设，做无本买卖，向银行借钱搞建设，负债累累。本届政府决定，不再上新的工业项目。第三，招了很多人，本来只需要 1000 人的工厂，招了 3000 人，养不了。第四，很多企业的领导班子不称职，不懂行，不会管，挥霍浪费，根本原因在这里。

有的人把国有企业问题归根于没有搞私有化，这是一个很大的错误。党的十五大提出公有制可以有多种实现形式，股份制是一种形式，而且重要企业搞股份制，国家是要控股的，其他股份向公众发行，不是卖给少数人。昨天，我会见美国前总统布什，他现在在做生意。他问我，中国的国有企业私有化政策有没有改变？我对他说，我们说的是股份制，没有说过要搞私有化，我们同他的理解不一样。俄罗斯搞私有化的严重性现在看得很清楚，他们把企业卖给了原来的厂长、部长，实际上是工业寡头、金融寡头在控制经济。俄罗斯最大的石油公司的经理到中国来谈合作，他自己当团长，副总理、部长当随行，政府作为陪衬。搞好国有企业，不是靠搞私有化，而是要停止工业重复建设。本届政府批了几千亿元的投资项目，都是搞基础设施建设。银行不能帮地方政府搞重复建设，搞重复建设就是让工人下岗。这个工厂开工之日，就是那个工厂关门之时。广州一个小乙烯工程花了 80 亿元，别的地方只要 40 多亿元。实际上是中间环节中饱私囊，肥了开发商，肥了中间商。工厂一投产，就亏损；不投产，一年还利息也要七八个亿。这不是什么政绩，是个烂摊子！银行不能助纣为虐，工人阶级对此要抵制，要上下一致，不搞重复建设。当然，不是说一点新的加工工业都不能搞。如能引进新的技术，把产品质量、品种搞上去，当然可以搞，但这往往不是基本建设，而是技术改造。现在有的地方，没有活干吵吵闹闹，有了活又不好好干。想发财的人不少，想干活的人不多，不勤劳怎么致富？现在有些产品的质量一塌糊涂。我家里的门，锁舌和锁舌框对不上。去国外开会前，请专门做服装的师傅做西装，一穿，扣子在上，扣眼在下，老师傅十分着急。我说，这不怪你，是管理不善。国有企业的问题不是实行不实行私有制的问题，不要在这个制那个制上出馊主意，还是要做好“三改一加强”〔1〕。总之，还是那么几句话：第一，停止重复建设。第二，减员增效，下岗分流。有计划地下岗，这在西方很普遍。西方有社会保障制度，我们更要建立社会保障制度。今年5月14日至16日，中央召开国有企业下岗职工基本生活保障和再就业工作会议讨论了这个问题。建立再就业服务中心，给下岗职工发基本生活费，经过培训后再上岗。6月，全国下岗工人达702万，进入再就业服务中心的有26%。到9月底，98%的下岗工人进入再就业服务中心，拿到基本生活费。对此大家还不习惯，现在还有思想障碍，要多做工作。第三，整顿企业领导班子。国务院建立稽察特派员制度，第一批派出去的人查出大量问题，企业领导班子不负责任，挥霍浪费。一个稽察特派员带四个助手，只查账，不管企业经营。稽察特派员对企业领导班子的任免有建议权，由人事部任免，希望工会支持。实行稽察特派员制度，是希望工厂面貌能够改观。今年国有大中型企业比较困难，效益下降，但是我们仍然坚信，经过三年时间，大多数国有大中型企业能够扭亏为盈。只要我们制止重复建设，整顿企业领导班子，提拔有作为的中青年干部，建立起社会保障制度，就可以做到，没有悲观的理由。

现在出现一种错误思潮，卖企业已经成风，美其名曰“抓大放小”。党的十五大报告中讲到小企业可以卖，但现在是全卖。卖，只是搞活小企业的一种办法。而且，现在卖的已不是小企业，像长春拖拉机厂那样的大厂，不经市里批准也在卖。由于该厂领导班子腐化，工厂停产，11个月不发工资，和私商签订契约卖厂子，并且是卖给

〔1〕“三改一加强”，指建立现代企业制度，要把深化国有企业改革，同企业改组、技术改造和加强企业管理结合起来。

原在厂里干活的临时工，工人怎能服气？买厂的这个人厉害得很，一进厂就把保安、财务控制起来。有些所谓“卖厂”，实为送厂。买主哪有那么多的钱去买？工人连工资都拿不到，哪有钱买厂？我们收到一些群众来信，反映某些国有企业的固定资产被七折八扣卖给了原来的厂长或其家属。有的提出要“打破框框”；有的名为招标，实际上按最低价格卖，然后宣布银行债务作废；有的还开全省大会推广。这些做法是完全错误的。我们中央政治局常委中没有人同意过，江泽民同志批判过这种做法，胡锦涛、尉健行同志都不赞成，不知道这股风是从哪里刮出来的。最近，《人民日报》要发表一系列文章进行批判。这些错误做法，对工人阶级一点好处都没有。有的文章还吹捧企业一卖就如何如何好，这些企业本来就是不错的企业，又把银行的债务赖掉，当然一卖就挣钱。他们这样说，真是不知人间还有“羞耻”二字！工会的同志要同心协力来制止这种事。中国的国有企业问题，不是一个“卖”字就能解决的。

关于离退休职工的养老金问题，一定要按时足额发放。职工老了没人养还叫什么社会主义？养老金，中央拿出几十亿元，企业拿出一部分。中央企业多数是好的，只有少数行业如煤炭、有色金属比较困难，由中央和地方统筹解决。

关于农村改革。粮食大丰收后，粮食库存增大，国有粮食企业经营很困难。中央去年已经补贴了500亿元，为何还亏损？原因是私商掌握了粮源，价格卖得便宜，国有粮食企业的粮价高，卖不出去。中央制定了很多政策，但贯彻不下去；国有粮食企业缺乏自负盈亏的机制，基层干部腐败。现在有一种思潮，说什么中央关于粮食流通体制的改革搞不下去了，要求国有粮食企业退出收购环节，让私商去收购。这和工业上的卖企业是一样的。这种论调，在1992年出现过。我们按保护价敞开收购农民余粮，保证农民的种粮收入。如果让私商

1998 年 7 月 28 日，朱镕基在内蒙古自治区呼和浩特市考察白塔国家粮食储备中转库。右一为国家粮食储备局局长高铁生，右四为内蒙古自治区人民政府主席云布龙，右六为劳动和社会保障部部长张左己，右七为国家开发银行副行长屠由瑞，右八为内蒙古自治区党委书记刘明祖。

去收购，价格马上就降下来，农民的利益就会受损害。没有国家敞开收购粮食，就没有今天的好形势。粮食销售可以放开，收购绝对不能放开。粮食加工厂私人可以搞，但他们不能直接到农民那里去收购粮食。有人提出粮食市场、价格、收购三放开，这是完全错误的。

同志们，我们是社会主义国家，必须全心全意依靠工人阶级，工人阶级在改革和建设中都是主力军和中坚力量。各级政府要关心工人的生活，工会要更好地发挥作用。我可以向大家保证，现在存在的问题可以逐步得到解决，明年的经济形势一定会比今年更好。

海关是守卫国家经济利益的长城*

（1998年10月24日）

这一次我和吴仪同志来，不是到广东考察工作顺便到这里来，我们是专程来看望大家，而且要同海关的同志当面讲几句话。今天，广东省、广州市的主要领导同志也来了。我们明天要在广州召开八个省区的打击走私、骗汇座谈会，请各地区的领导同志参加。

我们这样做，就是要进一步加强打击走私工作，进一步加大打击的力度。现在打击走私打得还不够，力度还要加大。要加快缉私体制的建设，没有一个立体的机制，就不可能把这项工作推上去。要加强缉私装备的现代化。简单地说，就是“三个加”：加大打击走私工作的力度，加快缉私体制的建设，加强缉私装备的现代化。要把我们的打击走私工作纳入一个“常备不懈，严防猛打”的、规范的、法治的轨道。长江大堤是严防死守，我看打击走私我们不但要严防，还要主动出击，还要猛打。“常备不懈”，就是说，没有最后的胜利，没有彻底的胜利，要一直打下去，不是打完了，而是打不完的，永远打不完的，必须做到“常备不懈，严防猛打”。

为什么要这样做？因为走私的情况在最近几年越来越严重，在某些地方已经达到泛滥的程度。今年上半年由于国际金融危机的影响，

---

* 1998年10月20日至25日，朱镕基同志先后在广西壮族自治区、广东省考察工作，考察了北海、南宁、汕头、广州等地。这是朱镕基同志在考察广东省黄埔海关时的讲话。

1998 年 10 月 25 日，朱镕基在广东省广州市主持召开八省区打击走私和骗汇工作座谈会并讲话。前排右一为中共中央政治局候补委员、国务委员吴仪，右二为中共中央政治局委员、国务委员、中央政法委书记罗干，右四为中共中央政治局委员、广东省委书记李长春，右五为国家经贸委副主任陈邦柱，右六为国务院副秘书长石秀诗。

（新华社记者兰红光摄）

国际市场的石油价格大幅度下降，过去一桶原油 19 美元、20 美元，现在只有 10 美元了，最多不超过 13 美元。大量的成品油走私，我们全国的油罐全面涨罐，没法经营，油田停了几千口井，大庆油田亏损了几十个亿。石化行业是新兴产业、支柱产业，从来不亏损，现在怎么会亏损呢？就是大量走私成品油。7 月份召开了全国打击走私工作会议，9 月份石化行业马上扭亏为盈，见效快得很。走私很猖獗啊！现在虽然打击走私初战告捷，但是还差得远啊！走私带来的危害性不仅仅表现在经济上，而且影响到我们整个党、政、军的廉政建设。如果让这种歪风泛滥起来的话，我们就有丧失政权的可能，共产党就可能变质，这绝不是危言耸听。一些共产党员已经变质了，当然是少数，或者是极少数，但是他们都身居高位，影响很大啊！所以，江主席在全国打击走私工作会议上发表了一个振奋人心的讲话，号召在全国开展一个宏大的打击走私斗争，也可以说是运动。目前，这个运动还没完。

走私到底为什么这么猖獗？这么泛滥？很多同志，甚至一些高级干部跟我讲，就是因为海关的腐败、内外勾结。我从来不同意这种看法，党中央和国务院都不是这个看法。我在全国打击走私工作会议上分析了这个原因。第一条是我们对走私的危害性认识不够，特别是领导干部认识不够。上一届政府里我是常务副总理，我有责任。全党的认识都不够。走私的危害性、腐蚀性大得很，这种腐蚀就像艾滋病病毒一样，传染快得很。所以，首先要端正认识，大家都来提高这个认识啊！我看海关的同志要从思想上、从政治路线上、从根本上来提高这个认识，不要站在海关、坐在海关看海关呀，要从全国看海关啊！你们发挥着重要的作用。你们这个关把不住，我们不但经济上受损失，政治上的危害性也很大。

第二条，我认为，最近这几年“特殊法人”的走私也是造成走私泛滥的一个原因，走私分子有背景呀。一般的小商小贩，小打小闹，都不要紧，不足以动摇国本。只有这些有特殊背景的人和他们所挂靠的公司，造成的危害才大。你不敢动他们，甚至于跟他们勾结。这是一个很重要的原因啊！这些挂靠的人都是打着我们某些部门的旗号，其实根本不是这些部门里的人，鱼目混珠、鱼龙混杂呀！他们是在这面“保护伞”的旗帜下干坏事，干尽坏事！

同志们，江主席已经下了命令，这也是江主席在全国打击走私工作会议召开前几天几夜的考虑。他给我打电话讲，军队不许经商办企业，切断这个经济来源，就吃“皇粮”嘛。“养兵千日，用在一朝”

啊，军队怎么能自己去捞钱呢？其实，这些钱也根本没有到军队口袋里，而是被那些混账王八蛋中饱私囊了。所以，同志们，江主席下了最大的决心，这个决心非常伟大。在他给我打电话时，我就表态，我不惜一切拥护你这个决定！我认为这个决定是有历史意义的。一律脱钩！全部接收！现在一定要在年底这个限期内完成任务，国务院系统、各级政府都得接收。这些乱七八糟的东西，不接收怎么办呢？你不接收，军队脱得了钩吗？接收以后一定要清理。我看其中99%都要撤掉，不撤掉有什么用啊？留着让他们继续走私吗？继续骗汇吗？同志们啊！我们是为了人民的利益。我们站在国门的最前面，我们要保卫祖国，捍卫国家的利益。不管什么有特殊背景的人，不管是谁，我们都不怕，头可断，血可流，原则不能丢！我跟钱冠林〔1〕同志讲，你给我狠狠地打击走私，谁再讲情，就曝谁的光。江主席讲过，我有问题，你来查我。江主席都说可以查他，什么人不能查？为什么不能查？我跟吴仪同志、钱冠林同志都讲过，我是你们的后台，江主席是我的后台。你们不要害怕，不要怕打击报复。工作中间的错误是难免的，有了错就改正，但原则一定要坚持。有什么担待不了的？我全都给你们担待，大不了我下台。不要怕，同志们！

第三条，确实有一些地方的领导腐败了、变质了。大家都应该知道，广东省湛江市，整个党政机关都牵涉进去了，从市委书记开始，到常务副市长、副市长、市打私办主任、公安边防局政委和局长，当然还加上海关关长，这个海关关长受贿1000万元以上。他们把我们一个政权、把我们共产党的一个根据地都给丢光了，你说这个危害性多大！山东省乳山市那个市委书记应该判死刑。广东省海丰县杀了一个县委书记，叫王仲，他管海丰管了10年啊，所以现在有的人得杀

〔1〕钱冠林，当时任海关总署署长。

呀！不杀还行？

海关本身的腐败也是个问题。海关内部确确实实有少数蛀虫，一直到关长这一级，也存在不少徇私舞弊、内外勾结、贪污受贿的情况，危害不小。我们对自己海关内部腐败的程度不可估计过低啊！必须严肃地整治，这点绝对不能留情。海关内部的腐败必须整顿。你是“守门员”，你如果双手举械投降，那不是注定输球吗？那怎么得了！但是，同志们，我是把海关的腐败排在最后，我认为这是符合事实的。首先一条，我们来承担领导责任，我们管教不严、认识不足啊！

1998 年 10 月 22 日，朱镕基在广东省汕头海关缉私艇上了解缉私工作情况。左一为中共中央政治局委员、广东省委书记李长春，左二为中共中央政治局候补委员、国务委员吴仪。

（新华社记者兰红光摄）

但是，大家也要重视自己的问题。现在是一个机遇，把那些蛀虫给清理出去，绳之以法，这无损于海关的光荣。要把那些不称职的“好好先生”、官僚主义者、好占点小便宜的人，都送出去。要把大公无私、忠于职守、清正廉洁，甚至于连牺牲自己生命也不怕的同志提到领导岗位上来。有人说我们的海关是一支散掉的队伍，我从来都不同意这种看法。我们的海关响应党的号召还是很积极的，从今年 1 月份以来，在召开全国打击走私工作会议后，成绩很大，战果辉煌，当然远远不够，还没有把走私分子的气焰打下去。但是，海关确实做了大量工作，证明我们海关的绝大多数同志都是优秀的，是好的，是响应党的号召的。所以，我建议钱冠林同志把你们拍的《中华之盾》压缩成两集，送给中央政治局委员，以我的名义送，表现我们的海关坚决守住国门，是一支光荣的队伍。这个片子主流是好的，我看了以后很感动。片子里面有好多海关人员的英勇事迹，我看了以后认为这部片子是很有价值的。今后要注意宣传。一方面要揭露海关的缺点。少数蛀虫哪个机关都有，那无损于海关的光荣。不要护短，而且要大胆地自我揭露、清除。另一方面，我们的海关舍生忘死，坚持正义，不怕刁难和各种阻力，与走私犯罪作斗争，的的确确是光荣的，对这些要大力宣传。人活着就是要有一点精神。搞市场经济不只是为了金钱。

今天特意来看同志们，就是对你们表示支持，表示感谢，也表示慰问。我知道你们吃了很多苦，受到很多刁难、威胁，甚至面临生命危险，你们都顶过去了。我们对你们这种精神表示敬意，应该向你们学习，应该继续发扬这种精神。同时，我也希望你们认识到任重而道远，任务还是非常艰巨的。

现在要进一步加大打击走私的力度，力度不够啊！同志们，绝对不只是这一点点东西啊！有的人还在顶风作案呢！打！必须狠狠地打！最近，我从香港报纸了解到，在广东省惠州海域，用炮艇走私汽车。这些炮艇都是退役的，停泊在香港，窝藏在那个地方，等打击走私的风头过去了，它们再来走私。这次我们接到线报，结果机关枪倒是打了500多发子弹，当场打死两个走私分子。香港报纸报道说，内地真刀真枪动真格的了，震动还是很大。过去是动假的，现在是动真的了，但力度还是远远不够。这次我到汕头海关视察，了解到搞走私的“大飞”装5个发动机，时速可达50节，我们的船追不上。有的走私船还有装甲，我看到缴获的那几艘走私船上都有枪眼，但打不穿。我说，你用穿甲弹呀，再不行就调驱逐舰去开炮嘛！把它打沉啦，有啥了不起，咱们几百万解放军还干不了这个事情啊！我们要进一步加大打击力度。

加快缉私体制建设是中央作出的重大决定。海关建立缉私警察，这是对你们最大的信任，也是对你们最大的重托。海关缉私警察列入公安序列，但以海关领导为主。所有走私案件的处理，都要以海关为主来处理，海关缉私警察有权依法进行侦查、拘留、逮捕、预审，并直接提交检察院来起诉。但这项工作搞得太慢，必须赶快组建海关缉私警察队伍。解放军、公安系统都要大力地支持海关缉私警察的组建工作，把最优秀的力量调进去，绝对不能为了安排人、安置人，把一些“老好人”调进去，危害祖国啊！为什么要把最优秀的人送进来呢？因为海关缉私警察这支新组建的队伍，如果没有一批优秀的人，怎么开始工作啊？公安部不是从新中国建立以来就成立了吗？公安系统实力雄厚，而且可以随时补充新生力量嘛，你们可以挑选最优秀的人到海关帮助组建缉私警察队伍，但不能安排人、安置人。

打击走私搞罚款放行绝对不行，今后就没有什么罚款放行了，全部没收、罚款、抓人、起诉、判刑，该枪毙的枪毙。看走私分子要命不要命！我在汕头海关，看到他们抓了两只用小渔船改装的走私船，走私分子搞“蚂蚁搬家”，大油船停在外海，然后用小渔船过驳走私进口成品油。据说“偷逃税不超过5万块钱只给予行政处罚，就可以放行”。你不是规定不超过5万块钱吗？他就搞4.9万元，他照样走私，那怎么行呢？我看这条法律要修改，只要走私就得刑事处分，这样，走私成本也就高了，没有人愿意为走私分子卖命。那些“大飞”再快，我打一发穿甲弹就把它打沉了。据说这些走私分子的老板都给他们买了保险，买了保险也怕死啊！下一次，走私分子的炮艇再出来，我看就把它们打沉，打到海里去。新的缉私体制要赶快建立起来。

同志们，海关人员的工资就应该高，这是我说的。海关缉私有功的人应该重奖，现在这一点奖励不行。你们狠狠地打击走私就是了，打得财源滚滚进来，给你们发奖金。我这个话讲得似乎缺少了点政治，政治在前面早就讲了，后面就是讲还是要提高工资待遇，还是要重奖，不实行这个体制也是不行的。包括我们国务院啊，精简了机构以后，下一步就是要提高工资了。如果搞得一个国家干部、处级干部连一个看门的收入都不如，你不是逼着他去偷鸡摸狗吗？那些偷鸡摸狗的人不要拿我这句话作为借口啊！

海关的缉私装备必须现代化。在7月份的全国打私工作会议上，我就对钱冠林同志说，你要航空母舰我做不出来，但驱逐舰有的是，鱼雷快艇有的是，你嫌它们速度不够，还可以改装。现在国防工业正好任务不饱满，他们一听说要加强缉私装备，高兴得很，他们可以得到订货呀。在汕头海关，我看到他们只有五条艇。我说你们这五条艇根本不够，起码要加到十条，先加三条最现代化的，缉私艇就是要24小时在海域巡逻啊！走私船一来就可能碰上缉私艇，使走私分子不敢再冒险了。这个钱值得花，应该花，必须花。特别是缉毒，要筑起很严密的一条钢铁防线、钢铁长城。打击走私的装备，军队支持，国防工业支持，国务院支持，党中央支持，你们提出什么要求我们就满足，但我没叫你们乱花钱啊。不必要花的钱就不花，但你们一定要保证筑起这条钢铁长城。打击走私的装备要现代化。你们刚才讲的电子地磅当然可以搞了，我说还要搞X光透视检查，我告诉吴仪同志，现在每个海关都给配备一台进口的X光透视检查设备。可以先进口，这个东西我们一时做不出来的，进口一批以后再自己做。集中订货，要求外国公司转让技术。我记得在广东省惠州不就搞了一套X光透视检查设备吗？集中跟外国公司订几条生产线，让他们把技术带进来，以后我们自己造。现在等不及了。走私分子说这个集装箱空箱出口，他们骗鬼啊！拿着“照妖镜”一照，它不都露出原形了吗？电子地磅恐怕也是起这个作用嘛。所有集装箱百分之百都要经过X光透视仪检查才能够放行，这样还不一定查得出来呢！同志们，我们看电影也看到了，走私分子还是有办法让你照不出来，你们还得想别的办法。

目前骗汇很厉害，特别是在广东。广东的进口报关单54%是假的。现在实行电子计算机联网核对。昨天，我到人民银行广东省分行看了一下他们的操作，很不错！海关这个系统就是要跟人民银行、外汇管理局联网，跟基层银行、基层海关联网，让他无法逃避进口报关单核查系统。进口报关单，你拿个卡一看，把号码输进去，马上到海关总署去核对，真的还是假的，一对就对出来了。

总之，没有解决不了的问题。现在我们国家的实力很强大，没有办不了的事情。关键是我们得齐心协力，大家共同努力，加大打私力度、加快缉私体制建设进度、加强缉私装备的现代化，一心一意把海关建设成为一条钢铁长城。

我请同志们把我的这些话，向你们的部下转达，转达我对他们的问候，转达我对他们的慰问，转达我对他们的感谢！

关闭广东国际信托投资公司是正确的*

（1998 年 10 月 24 日）

我们为什么能够避免金融危机？因为我们从 1993 年就开始采取强有力的措施，及时解决经济生活中暴露出来的突出问题，特别是刹住了房地产热，抓了整顿金融秩序、防范和化解金融风险。亚洲金融危机的原因，无非是这几条：一是经济结构不合理。这些国家把大量的资金投在房地产上，建高档大厦，没有支柱产业。二是乱借外债。没钱就借外债，而且多是短期外债。政府官员通过关系从银行借款给大企业集团，把银行搞垮了。三是政府腐败，搞裙带关系、官商勾结。对于这些问题，我们都吸取了教训。尽管 1993 年暴露的问题现在还没有彻底解决，全国房地产压了 5000 亿到 7000 亿元，都是银行的钱，但终究避免了这些问题的恶化。另外，我们把外汇储备抓好了，现在我国外汇储备排在世界第二位。1996 年 8 月，江总书记在北戴河召开中央财经领导小组会议，就深入研究了防范我国金融风险问题。1997 年年初，中央财经领导小组会议再次研究了防范和化解金融风险问题。1997 年 11 月，党中央、国务院召开全国金融工作会议，全面部署了防范和化解金融风险的工作。

最近为什么要关闭广东国际信托投资公司（以下简称“广国投”）？

---

* 这是朱镕基同志在广东省考察工作期间，听取省委、省政府工作汇报后讲话的一部分。

有的同志问，为什么不救？为什么要关？我们认为，如果有办法，绝对不会关；没有办法了，所以不能不关。经过中央和广东省领导同志反复研究，国家没有钱赔，地方也赔不起，广国投只能申请破产，按国际惯例办。今后要总结关闭金融机构的经验，按照法律规定实施破产的办法。这种事情今后可能会不断出现。这次关闭广国投，总的反映是好的。香港报纸说，中国是真正想进行金融改革，决心确实大，敢动刀子，割掉瘤子，只有这样中国才有希望。据反映，其他省市的国际信托投资公司，都感到有压力了。为什么？过去外国都以为中国的地方国际信托投资公司是国家担保的，就乱借钱给它们。现在一看，广国投关闭了，靠不住了，纷纷去逼债。我认为这是个好事，就得有人逼债，这样它们才能知道这些钱不是那么容易借的。问题早暴露比晚暴露好。早揭开盖子，我们心里早点有数，再大的困难也能克服。不然的话，将来越陷越深，这么拖下去是不行的。

中央在研究关闭广国投问题时强调了三点：第一，不要把广国投的关闭跟改革开放联系起来，不能因此否定邓小平理论和改革开放路线。第二，不要因为关闭广国投就否定了广东改革开放的成就，广东改革开放的成就是客观事实，不能因为关闭一个投资公司，就影响对成绩的估价。相反，只有解决这些公司的问题，才能保证广东改革开放更好地向前发展。第三，广东还是中国的广东，省里解决不了的困难，中央还得帮助解决。所以，关闭广国投，是经过中央政治局常委和中央政治局会议讨论批准的。只有这条路才是正确的。今后处理这些潜伏着很大金融风险的金融机构，也应当用这个办法。

广东出现的一些问题，是改革开放过程中必须付出的代价。问题总是会发生的，不光是在广东。我们绝对不是把广东的问题看得那么大。改革开放中有很多新的事物，开始是不懂得、不了解的，发生了这样那样的问题甚至很严重的问题，也是难以避免的。问题是付出了

“学费”，一定要吸取教训，正确地对待，把思路理顺，就可以使各项事业健康地发展。我们要上下一心，共同努力，总结经验教训，克服困难。我相信，广东能够前进得更好、更稳、更快。

会见美国迪斯尼公司董事长埃斯纳时的谈话*

（1998年10月26日）

朱镕基：我和迪斯尼公司的老板见过两次，不知上次见的是否是你？

埃斯纳：是弗兰克·威尔斯。

朱镕基：我对你和你的夫人及同事到中国来访问表示欢迎。我对迪斯尼公司很熟悉。我到过洛杉矶的迪斯尼乐园，是阿曼森〔1〕夫人陪我去的。可惜，我没有去过佛罗里达的迪斯尼世界。我也去过东京和巴黎的迪斯尼乐园。不过我每次去都没付费。我和迪斯尼公司前任两个老板都谈过在上海建一个迪斯尼乐园的事情。我在当上海市市长的时候就在上海留了一块地，我认为那是最好的一块地了。上次我去上海时，问他们是否还留着。他们说还在，已经留了十年了。但我很失望的是你们宣布不再在亚洲建迪斯尼乐园，真的吗？香港报纸说的，因为你们对大屿山不感兴趣，对整个亚洲也不感兴趣了。

埃斯纳：香港的报道不属实。首先让我感谢你同意会见我们。阿曼森夫人向你问好。我们很高兴来到这里。我们刚从上海过来，上海的发展让人惊讶。在上海许多摩天大楼像树一样长出来，再次证明了上海市领导的才干。我们很高兴从北京机场到市区的公路上经过，我儿子特别

---

* 这是朱镕基同志在北京中南海紫光阁会见美国迪斯尼公司董事长兼首席执行官迈克尔·埃斯纳时的谈话。

〔1〕阿曼森，即卡罗琳·阿曼森，当时任美国美中关系全国委员会副主席。

喜欢这条公路，他现在正在长城玩。我们希望，同时实际上也正在与中国开展双边合作，进行各种高质量的项目。我们已投资 12 亿美元在中国生产消费品，而且我们放映了最好的影片《中国奇观》，这也是阿曼森夫人促成的双边协议的成果。不过，我想这部影片需要更新了，要包括上海的内容。我们从 1986 年到 1991 年向中国提供米老鼠动画片的项目也很成功。1986 年我第一次来华，自那以后，中国在保护知识产权和分账发行影片方面也取得了很大成功。我很赞赏我们一直在合作的基础上进行交流，但我们犯了一个愚蠢的错误，即发行了《贡顿》〔1〕。在这里，我不想谈论发行影片的细节。我对这一影片的发行一无所知，当然我知道这不能成为一个借口。我从《纽约时报》上得知这一消息，大吃一惊。之后，我们以一种最不积极的方式发行此片，还是发生了不幸的事件。这部影片对于我们的朋友是一种侮辱，而且花了很多钱，世界上除了新闻记者外也没多少人看。坏消息是拍了这部影片，好消息是没人看。我在此表示道歉，今后要防止再发生此类侮辱朋友的事情。总之，我们是一家家庭娱乐公司，是一种用傻乎乎的方式来逗乐的公司。我们的战略是希望在中国的电视台放映迪斯尼的儿童节目，开设迪斯尼频道和迪斯尼网址，提供各种教育节目，所有这一切将以迪斯尼乐园为纽带。大家都希望迪斯尼公司在中国建造一座像在洛杉矶、东京、巴黎那样的乐园。但建造这么一座乐园的成本很高，需要有很多人去玩。如果不能建成一座高质量的乐园，就不会有多少游人去。我们还有一些专业上的问题，如图书馆、电视塔等。我们要在专业上精益求精，这也是我们要面临的一个问题。所以，我想先在中国的电视上放映米老鼠、唐老鸭这一类的动画形象，提供各种产品和信息，当中国公众对这类产品的

〔1〕《贡顿》，即电影“Kundun”，中文译为《达赖的一生》，是美国导演马丁·斯科塞斯于 1997 年导演制作的一部影片。主要是通过介绍第十四世达赖喇嘛·丹增嘉措的经历，为达赖歌功颂德，暗中攻击中国。

需求足够大时，就对建迪斯尼乐园产生了要求。就迪斯尼乐园的选址问题，我也想征求你的意见。在香港我们的朋友提出了几个地方，我们对上海也很有兴趣。在香港、广东，人们更富有，有利于支持乐园，不过上海人也越来越富有了。我们正在考虑这两处，想听一下你的意见。

朱镕基：我很欣赏你改正错误的勇气和为发展中美友谊所做的努力，这也证明你是一个富有远见的企业家，这也是保证迪斯尼公司成功的一个重要因素。对于建迪斯尼乐园，你要是在亚洲建一个，就要建在中国，因为世界上所有人都承认中国是最大的潜在市场。当然有人预言2010年，也有人预言在2030年，中国的国内生产总值会超过美国。我觉得不好说。我们认为2010年是没有可能的，到2020年或2030年是否会赶上，要看中国自己的努力。即使数量上能赶上，在科技上我们还是赶不上。但不管怎么样，中国会成为亚洲最大的市场，在世界上也会有一定的地位。所以，作为一个有远见的企业家，是你作出决定的时候了。

埃斯纳：你认为迪斯尼乐园应该建在香港还是上海，或是两个地方都建？

朱镕基：回答很明确，上海。我当过上海市市长。现在我在北京工作，但我很了解上海的地位。上海是中国最大的城市。上海的经济实力比香港强大，尤其在工业和科技方面。上海本身有1500万人，周围是中国最富庶的地区——江苏和浙江。中国人都愿意参观上海。如果有迪斯尼乐园，去上海的游人就更多了。上海的海陆空交通都很方便，中国的第一条高速铁路就是从北京到上海。迪斯尼乐园建在香港，内地人不便去。建在广东要好些，如珠海，因为香港人可以去。但香港人也很喜欢去上海，他们对广东太熟悉，已经感到不新鲜了。如果迪斯尼乐园建在上海，他们去那里玩，交通不成问题。在今后的10到20年内，上海的发展速度将远远超过广东，因为他们在科学技术和管理经验方面都有优势。上海还有一个最大的优点：在广东建设费用很高，如果在上海，会比在广东便宜三分之一到二分之一。因为广东跟香港学，地价非常贵，配套设施的费用也很高，在内地不是这样。上海高楼林立，这也不见得是好事，很多楼是空的，地价也就下来了。马来西亚的双峰塔是世界上最高的，比美国最高的建筑还要高，但它的经济还是不景气。上海人想要建一个比它更高的，我认为不一定要比谁高。我告诉他们与其建一座世界上最高的楼，不如建一座迪斯尼乐园。

1998 年 10 月 26 日，朱镕基在北京中南海紫光阁会见美国迪斯尼公司董事长兼首席执行官迈克尔·埃斯纳。

埃斯纳：我已去过上海，我的直觉和你一样。你很有说服力。我想指出一个我们双方在研究问题上的区别。在香港，迪斯尼公司的业务开展了很长时间。我们在那儿设有电视频道，有专卖店，很有名。如果我们在中国内地也能开设迪斯尼频道，播放儿童节目，建立更多的商店，这样就可以为上海创造像在东京、巴黎开设迪斯尼乐园一样的条件，以保证它的成功。如果没有这些准备，经过一段时间，对迪斯尼乐园的需求就会减少。每年没有1200万到1500万人去参观，迪斯尼乐园就会成为一座空的建筑物。我们也不想要一座空的摩天大楼。

朱镕基：中国有12亿人，1200万到1500万人对我们来说是小意思。中国有8亿农民，有一些也很富有。即使不算农民我们还有四五亿城市居民想去迪斯尼玩，所以，我可以肯定内地的游客要比香港游客多得多。同时，上海将会成为世界经济中心之一，越来越多的外国商人和游客会到上海去，不会比去香港的人少。迪斯尼在中国已经很有名，比如唐老鸭。给唐老鸭配音的那个中国演员比我有名，比我还有钱。《狮子王》也很有名，小孩子没看过的不多。世界上再没有哪个国家比看过《狮子王》的中国人人数更多。我想中国游客没有问题。至于开办电视频道、玩具商店等不是不可以，但我们要达成协议：你先要确定在中国建迪斯尼乐园，我才让你进来。

埃斯纳：你是一个很好的谈判者。我们并不是说产品一定都要是美国的。比如我们在上海美术电影制片厂制造很多动画片，除了放映米老鼠、唐老鸭外还可放映中国的节目。电影《花木兰》很成功，我们可以继续拍摄《花木兰》的电视连续剧，中方可以一起参加拍摄。《花木兰》也可以成为中国迪斯尼乐园的一部分，这就体现了多元文化的特点。还比如说，立体电影对孩子和他们的父母有更多的教育意义。在上海，我们争论“鸡和蛋”的问题，即先有迪斯尼频道还是先有迪斯尼乐园的问题。我们的意见是一旦建立迪斯尼乐园，就会吸引中国的许多投资，它们会在电视上做广告。我们希望它们在迪斯尼频道上做广告。上海人建议我把这一问题带到北京来，因为只有朱总理可以作决定，所以他们让我到北京和你谈判。

朱镕基：现在决定权在你。只要你决定在中国建了，一切都好谈。你不作这个决定，一切都不好谈。只要你决定了，至于先有鸡还是先有蛋的问题，我们可以一起进行。建迪斯尼乐园要几年时间，在建的同时，你的商品可以进来。鸡和蛋一起上，那会很美味的。对于建乐园的方式，我也有不同看法，你说你的产品是多元文化的，我认为迪斯尼首先是介绍外国文化，特别是美国文化。如果你用中国文化建一个迪斯尼乐园，人们就不去了。他们可以去西安看兵马俑，去上海博物馆看青铜器，不一定要去迪斯尼。问题很简单，只要你作出决定了，一切可以商量，可以做可行性报告。

埃斯纳：我同意基本上把美国加州安纳汉姆的迪斯尼乐园搬到中国来，我是非常希望这么做的。关于管理问题，我们要研究如何建立管理机制避免受到经济波动的影响。还要研究如何创立一个良好的伙伴关系问题。我们在日本与日方有很好的关系，我们相信与中国也会有这种关系。

朱镕基：这方面没问题。我在当上海市市长时就想建一个迪斯尼乐园，这个梦想已经有十年了。如在那里建迪斯尼乐园，双方将会有良好的合作。如果你们实行股份制，我们可以拿土地入股。地价比香港和广东要便宜，当然管理完全在你。

埃斯纳：在上海谈判时，我们提出我们可以按照美国的模式办，也就是迪斯尼公司拥有全部的产权。我们也可以参照欧洲的模式，即建立股票上市公司。我们还可以采取日本的模式，由当地公司拥有迪斯尼乐园的产权；我们不拥有产权，只提供版权、管理方式和经验。在中国，我们也可以采取这种方式，中国拥有产权，双方共同经营管理。我们提供版权、娱乐产品和动画形象。我希望采取这种方式。

朱镕基：采取任何方式都可以谈判。

埃斯纳：我此行的目的是想结束《贡顿》引起的问题，同时介绍美国广播公司的总裁艾格先生。我们希望与中方合作报道有关中华人民共和国成立50周年的庆祝活动和中国迎接新世纪的情况，介绍中国的产品销往全世界。我们感谢中国在保护知识产权方面取得的成果，还希望在中国发行《花木兰》。《花木兰》没赚什么钱，主要是介绍中国。我希望我们同中国的关系能回到正常的轨道上来，并在此基础上进一步向前发展。

朱镕基：关于电影问题，这里有一位国家广播电影电视总局的赵实副局长，许多问题你可以和她谈。

埃斯纳：谢谢你百忙之中抽时间会见我们。我们回去后可否给你寄一份建议书？

朱镕基：这是一个好主意。

国有大中型企业三年脱困大有希望*

（1998年11月27日）

党中央、国务院提出的用三年左右时间，使大多数国有大中型亏损企业摆脱困境的目标，我认为是完全可以实现的，我对此是有信心的。我的信心就在辽宁，就在东北。因为东北地区，特别辽宁是老工业基地，如果辽宁能够实现三年脱困的话，那全国就一定可以实现。我们的目标一定能够达到，辽宁首先要达到。我完全相信你们，只要你们认真贯彻落实党中央、国务院的政策，辽宁的国有工业一定能够搞好。你们要意识到自己身上的责任，做出榜样，让全国树立信心。

三年脱困不是要求所有的企业都脱困，而是国有大中型企业脱困；也不是要求所有大中型亏损企业脱困，而只是大多数或者一半以上扭亏为盈。这个目标并不高，是可以实现的。大家对这个目标不要怀疑，不要动摇。现在有人说，一年过去了，国有企业不是比去年更糟糕吗？亏损加大啦，三年后还有什么希望啊？我的回答就是，秋后还没有到，你不要先算账，等秋后再算账吧。根据辽宁的情况看，我对三年脱困完全有信心。

国有企业搞得好不好，与宏观经济环境有很大关系。如果搞那么多重复建设，又是一个供过于求的宏观经济环境，哪个企业能搞得

---

* 1998年11月23日至27日，朱镕基同志在辽宁省考察工作，先后考察了锦州、大连等地。这是朱镕基同志在听取省委、省政府工作汇报后讲话的主要部分。

好？只要停止重复建设，把资金投入到基础设施建设，启动国内市场，国有企业就可以搞好。当前国有企业经营困难，是一个历史遗留问题，是计划经济向市场经济过渡中产生的问题。过去是不考虑市场需要的，所以造成了大量的重复建设，供过于求。只要把重复建设制止住，市场成长三年以后，现有国有企业的生产能力都可以得到相当程度的发挥，国有企业就活了。

我为什么对国有大中型亏损企业三年脱困有信心呢？因为现在我作为总理，要死死地把住不许重复建设这个关。本届政府成立差不多八个月了，批了几千亿元的项目，没有加工工业项目，全是基础设施建设项目，包括铁路、公路、农田水利、环保设施、城市建设、电网改造等，这些项目都是能够带动生产能力发挥的。我相信只要坚持三年，你们大部分企业的生产能力就会发挥出来。我到大连造船新厂，让他们把伊朗的五条油船和巴西的两个石油钻井平台这两个合同抢过来，可以创汇6.9亿美元，鞍钢的板材也就有销路了，可以带动生产。所以，我给了大连造船新厂两个条件：第一个是出口信贷。如今，我们和日本、韩国存在激烈的竞争，因为它们的生产成本低，货币贬值了，我们的人民币不能贬值，但我给出口信贷。第二个是提高出口退税率，也起到了相同的效果。现在让我头痛的是，对地方的重复建设我无法完全防止，因为审批权不在我手里，限额以下项目的审批权都在地方手里。我只有下命令给银行，不许他们支持那些重复建设项目，这个单子要由国家经贸委来开。

应当看到当前国有企业的困难是怎么来的，就是不断地重复建设，钱花的不是地方。很多地方和部门的领导不懂经营瞎指挥，为了搞“政绩”，不考虑面向市场，建了很多多余的生产能力，建一个新厂打垮几个老厂。引进外资也是不考虑市场，盲目地引进，进来一个外资企业打垮几个国有企业。再加上招了很多富余人员，现在都没办法开工资了，只好不管了。不管了，还不闹事？

我相信，只要我们大家按现在的办法，共同努力三年，宏观经济环境是一定会改善的。大家已经看到了，从去年第四季度到现在，国家大量投资于基础设施建设，带动了国民经济的发展，效果很明显。只要坚持三年，宏观经济环境必然改变。这三年，需求总是要增长，重复建设制止了，那就意味着现有的国有企业可以开足马力生产。只要有市场，企业自然就能重现活力。我的信心就在这个地方。

办好企业的关键在领导班子。不搞好现代企业管理，什么企业也办不好。要把这个企业管好，领导班子是最主要的。资本主义企业办得好、办不好，也完全在于那个企业的领导人，它们的董事会也是经常换人的。我们不换行吗？现在不要行业部门管企业，国务院派稽察特派员，增加透明度。我们如今派出的稽察特派员，无一不是出去一查，就发现问题一大堆。不单是经营管理上的问题，而是贪污、受贿、浪费、特权等问题。国有企业厂长、经理的思想要跟上时代的变化，现在是市场经济了，不能让你坐在那个位置上不断地制造亏损。企业亏损一年要“黄牌警告”，亏损两年要请你下台，就得这样干。你以为当厂长、经理一年亏几千万元、几个亿，可以随随便便，不把它当回事呀。我不处理你，怎么对得起老百姓？现在有的是人才，有好多能干的年轻人，让他们上来锻炼嘛。

办好国有大中型企业，要加强管理。说老实话，目前企业的经营管理，还不如七八十年代，甚至也不如50年代。有活不好好干，没活哇哇叫。过去是行业部门来管这些企业，部门都不希望自己管的企业出问题，都帮助掩盖企业的问题；查也查不出问题，因为厂长都是部长派的，都有背景，都睁一只眼闭一只眼。我这么说可能太绝对了，反正这个现象相当严重。现在，我们的国有企业为什么办不好？一个重要原因是没有人控制，没有人监督，“三不管”，有一些企业领导确实是无法无天。一方面，我们要减少企业的主管部门，只由一个部门去管理。这个部门不管企业的经营管理，经营管理完全可以放开，你总经理拿多少钱、企业人员拿多少钱，我可以不管；我就管你的账，纳税了没有，贪污了没有，账目是不是真的？你盈利了，多发奖金我没意见。我不倾向于搞企业领导薪酬不得超过工人工资几倍的规定，我认为这些都是企业的自主权。关键是你要盈利，交税。企业亏损了，我请你下台。在当前的情况下，加强企业管理，除了要整顿企业的领导班子外，还要把企业的质量管理、成本管理、统计管理都建设起来，就像邯钢一样，一点一点去做，精心地进行经营管理。企业生存要靠市场竞争，产品质量差卖不出去，企业就得关门。另外，我们确实是要加强国家对企业的监督，企业自己得加强管理，这也是必须的。整个这一套办法，就是有中国特色的搞好国有企业的道路。

绝对不要想用什么卖企业的办法去解决国有企业的问题。全国卖企业的情况现在了解得清清楚楚了，没有卖到多少钱。有些人鼓吹一种谬论，说国有企业的改革就在一个“卖”字，卖企业可以卖8000亿元，剩下的国有企业就可以搞好了，这是说梦话！其实卖的时候七折八扣，几乎变成零资产卖掉。然后，把银行的贷款、债权都给冲掉，这不等于倒贴吗？根本就卖不到钱，是送掉的嘛。国有资产属国家所有，你有什么权力卖？大家千万别犯这种方向性的错误。我们不是绝对不同意卖企业，我们搞活小企业有一个方式是出卖，但那只是一种方式，不是主要方式，因为在中国现在能买得起小企业的人不是很多。再说，这些小企业往往是亏损累累，负债一大堆。你能卖给谁？不是不能卖，而是卖不掉。党的十五大报告讲，要探索公有制的多种实现形式，主要讲的是搞股份制，向公众发行股票，这是一个正规的办法。不是现在这种“拍卖”，这个“拍卖”是假的。但是，推行股份制要有一个过程，因为企业直接融资、集资的能力有限，企业

1998 年 11 月 25 日，朱镕基在辽宁省大连造船新厂考察国有企业改革情况。左三为国务院经济体制改革办公室副主任邵秉仁。（新华社记者刘建国摄）

得有业绩。可以让盈利企业上市，上市以后拿资金去兼并、改造亏损企业，大家都盈利。我们正在运用这种方式来搞活国有企业。所谓“改制”，只能改这个制。不能够把卖企业当成一个主要方式。现在问题不在于小企业，而在于国有大中型企业。那些小企业只要宏观经济环境一好，它们自然就会好起来了。只要自力更生，小企业是能够活下去的。只要大家齐心协力，坚持不懈，扎扎实实地工作，就能把这些国有企业办好。

现在，辽宁处在一个大调整、大变革时期。经济结构、产业结构必须进行大的调整，同时，劳动力结构也需要调整。如今，很多产业已经落后了，没有市场或资源已经枯竭了。有的企业已经亏损累累了，不关门是不行的，如煤矿、有色金属矿等一些企业不关门是没有前途的。要下最大的决心，让它们破产，关了门以后把人员安置好。只要工人得到安置，逐步地就业，就不会发生社会动乱。实际上，有些人是没法再就业了，只好把他们养起来，发基本生活费总比亏损那么大好得多。调整劳动力结构，是要把国有企业大量的冗员、多余的工人，适当地转入到其他产业里去。同时，要对企业职工进行择业观念的教育。在东北地区，落后、陈腐的择业观念还很严重，要转变观念，今年比去年的观念就有了很大改变。我看，好多事情都可以去做。

企业脱困要抓紧时间，全力以赴。还有两年多的时间，我希望大家跟我共同努力，我们一起来闯“地雷阵”。1996 年我到辽宁来了，1997 年我来了，今年我又来了，明年也要来，后年还要来，我至少还可以来辽宁四次。希望同志们要把我的这一片心意都记在你们的心里。

搞“豆腐渣工程”就是对人民犯罪*

（1998年12月3日）

采取财政发债的方式，增加基础设施建设的投入，是我国应对亚洲金融危机的重大政策措施，而成败的关键在于基础设施建设项目的质量和效益。因此，搞“豆腐渣工程”就是对人民犯罪。交通部应将查出的公路建设质量问题通报全国，公开曝光，引起各级党政领导的注意和重视。

朱镕基

12.3

---

* 1998年11月2日，交通部部长黄镇东《关于切实抓好公路建设质量的报告》反映，交通部组织专家对一些重点交通项目进行了检查，总体上说工程质量是好的，但也暴露出一些问题，如云南省昆明市的昆明至禄劝公路成了“豆腐渣工程”。这是朱镕基同志在该报告上的批语。

采取财政发债的方式，增加基础设施建设的投入，是我国应对亚洲金融危机的重大政策措施，而成败的关键在于基础设施建设项目的质量和效益。因此，搞"豆腐渣"工程就是对人民犯罪。交通部应将查出的公路建设质量问题通报全国，公开曝光，引起各级党政领导的注意和重视。

朱镕基
12.3

关于切实抓好公路建设质量的报告

镕基总理：

今年党中央国务院为应对亚洲金融危机，作出了扩大内需、加快基础设施建设的重大决策，公路建设的投资力度比去年提高了 50%。从 1—10 月份统计资料分析是能够完成今年预定目标的，但是公路建设的质量问题必须引起我们高度重视，并要在落实上下功夫。今年

在一九九八年中央经济工作会议上的讲话*

（1998 年 12 月 7 日）

我就明年经济工作的具体部署讲一些意见，重点讲六个问题：

一、今年经济改革和发展情况的基本估计

今年 3 月份，九届全国人大一次会议以后，我代表国务院把今年的经济工作概括为："一个确保，三个到位，五项改革"。一个确保就是保持 8%的经济增长速度。现在看起来确保不了，国家统计局预计是 7.8%。主要原因：第一，是亚洲金融危机对我国经济的影响。尽管我们去年在北戴河就已经认识到亚洲金融危机会对我国经济带来不利影响，也做了一定的准备，但对危机后期影响的广度、深度估计不足。去年的财政状况比较好，除了赤字减少 50 亿元以外，我们原定计划发行的国债中有 150 亿元没有发完；后来经请示江泽民、李鹏同志，把这 150 亿元都发了。把这个钱留到了今年，就是为了应对亚洲金融危机。总共转过来 180 亿元，全投入到了基础设施建设中。到 7 月份一看这个 180 亿元的力度是远远不够的，因此后来又增发了

* 1998 年 12 月 7 日至 9 日，中共中央、国务院在北京召开中央经济工作会议。出席会议的有各省、自治区、直辖市和计划单列市、新疆生产建设兵团的党政主要负责同志，中共中央有关部门、国务院各部门和有关单位的主要负责同志，解放军四总部和武警总部负责同志。这是朱镕基同志在会上讲话的主要部分。

1000亿元的国债，配套1000亿元的贷款，来投入基础设施建设，才使今年的经济增长速度勉强维持在7%以上。去年的出口增长20%，今年定的计划是10%，但现在看，不要说10%，零增长就算很好了，恐怕是负增长。第二，谁也没有预料到水灾的影响那么大。这一次水灾，2000亿元没有了，包括人民群众的损失，也包括铁路、公路、电信损失等等。长江封航一个多月，这对生产都产生了很大影响。所以经济增长速度达不到预定的目标，是可以理解的。相反的，要勉强地搞到8%呢，那是很不明智的。国外舆论说，由于中国要确保8%的经济增长速度，因此改革就停顿了，这个说法是不正确、不符合事实的，我们的改革是按预期的目标进行，没有停顿。

三个到位，第一个是国有企业的改革，三年要脱困；第二个是金融改革，三年要完成；第三个是国家机关的精简改革，也是三年要完成。五项改革，讲的是粮食流通体制改革、住房制度改革、医疗体制改革、投融资体制改革、财税体制改革。三个到位、五项改革，全部都在按原计划进行。有的进度稍微慢一点，有的进度比预想的还要快一点、还要好一点，总之是没有停顿。

关于国有企业的改革。三年脱困，是讲大多数国有大中型亏损企业用三年左右的时间扭亏为盈。现在过去一年了，总体上讲，国有企业在今年由于亚洲金融危机的影响等原因，过去的矛盾进一步深化，效益状况比去年降低了，但是大多数的国有大型企业，特别是大型企业集团，经营的状况并没有恶化得那么厉害。要使企业扭亏为盈，主要是两个问题：一个就是不能再搞重复建设。再搞重复建设，产品没有市场，企业不能生产，它就没办法扭亏。如果大家三年都不上新的加工工业项目，不搞重复建设，我认为情况就会改变，现有的国有企业就可以开足马力生产，扭亏为盈就绝对没有问题。另外一个问题就是人多。这一次我们在辽宁考察了不少地方，像有色金属矿、煤矿、大冶桥镁矿、杨家杖子钼矿等，资源枯竭，产品也没有市场，但是几十万人还在那里养着，每年亏损的钱都差不多够一次性地安置这些工人了。所以这一次在辽宁，我把张吾乐[1]、张宝明[2]同志都叫去了，我们采取了大胆的举措，决定把本溪、抚顺的煤矿全关了，把辽宁的全部有色金属矿，除了一个铜矿外，也全部关闭，把人都安置就是了，这花不了多少钱，不然每年的亏损是不得了的。所以减人增效也是一个重要措施，不减人企业扭不了亏，但要减人必须安置好。这项工作，在今年党中央、国务院召开全国再就业工作会议以后有很大的进展，去年年底有1000多万下岗职工，根据现在的调查，到今年10月底,99%的下岗职工都进了再就业服务中心，都拿到了基本生活费。我不敢说这个数字有那么准确，起码下岗职工90%以上进了再就业服务中心，这是一个了不起的成绩。国有企业改革还有许多举措，如压缩棉纺锭、企业搞股份制等，可见，国有企业改革正在推进。我仍然相信，三年大多数国有大中型亏损企业基本摆脱困境没有问题。

关于金融改革，外国舆论说我们为了保8%的经济增长速度，银行扩大向企业贷款，造成了大量的不良贷款，这个说法是不确实的。有一个时期大家批评银行惜贷，我一再解释，不是银行惜贷，这是银行改革的必然结果。银行应该有它的自主权，它要自负盈亏，不能随便给你贷款，不存在惜贷的问题。现在看起来，银行对不良贷款的控制比过去还是有进步的。我们提倡银行要改善为当地国民经济发展服务的态度，但不能强迫它贷款。我们讲要确保8%，从来都强调要追求一个有效益的速度，不能生产积压产品。

关于中央国家机关的改革，比我们预料的要好得多。国务院机

[1] 张吾乐，当时任国家有色金属局局长。

[2] 张宝明，当时任国家煤炭工业局（国家煤矿安全局）局长。

关 3.3 万人，现在减下来了 1.6 万人，“三定”方案都已经批准了，新的机构已经开始工作。1.6 万人已经分流，大部分人已经得到了安置，一部分人还在学习，一部分人按照国家有关政策提前离退休。由于各部门的思想政治工作做得比较好，保证了这项工作的顺利进行。

关于地方政府机构改革，最近中央政治局常委会、政治局会议都讨论通过了一个方案，有关文件即将下达。中央对地方政府的机构改革，只提了一个原则性要求：一是省、自治区、直辖市这一级的政府，部门设置基本上要跟中央对口，不然很难保证政令的畅通、上情的下达；第二，希望省、自治区、直辖市这一级政府机关的人数，逐步分期地减少一半左右。对于地市县乡这一级，我们没有提出要求，由各省区市自己来决定。

关于五项改革，我就不一一讲了，有的已经实行了，比方说粮食流通体制改革、住房制度改革、医疗制度改革，都开了不止一次的会议，都已经布置了，也已经有了文件、政策，正在开展。投融资体制改革，因为事关重大，还要经过进一步的慎重讨论。另一个是财税制度改革，主要是“费改税”，这个事情也是影响很大，几百种的费加在人民群众身上。我们想把公路的“费改税”作为一个突破口，这个事情李岚清同志主持研究了很多次，原来想在明年 1 月 1 日实行的，最后还是因为有不同的意见，现在看实行不了。但是我们还想积极推进这项改革。还有一个问题，现在农民负担这么重，确实是与收费太多有很大的关系，而且“乡统筹、村提留”由干部直接去收，也影响干群关系。所以，如果能把“乡统筹、村提留”纳入税收的轨道，不要让干部直接去收，就可以大大改善干群关系，减轻农民的负担。当然，不许收“乡统筹、村提留”，其他上百种的费当然也都不许收，就加在农业税里了。这项改革有很多省很感兴趣，也觉得是当务之急，我们希望明年有几个省能够率先进行试点，创造一些经验。这个政策如果能搞好，那农民恐怕是要拍手称快啊，而且也极大地有利于廉政建设和改善干群关系。总之，改革和发展基本上实现了预定的目标。

二、明年经济工作的总体要求和宏观调控预期目标

我认为明年经济工作有很多有利的条件，特别是政治方面的条件，都比今年好。但是从国际的宏观环境来看，要比今年坏。也有人预言世界经济会出现严重的衰退。我觉得我们还是从坏的方面多估计一点比较好。在这种形势下，我们特别要坚持人民币不贬值的政策。为什么不贬值？首先还是为了我们自己的利益。你贬值无非是为了增加出口嘛，但事实上不一定能增加。我们固然要重视跟东南亚国家的贸易关系，但东南亚国家现在这样的情况，我们的商品实际上是出不去的。我们现在对欧洲和美国的顺差很大，你再想增加出口，他们就会采取各种办法反倾销，所以对欧洲、美国的贸易也不会有很大的增长，贬值是没有什么用的或者用处不是很大。但是如果贬值，人们对人民币的信心马上就会动摇，国外舆论马上就说中国要垮了。所以，无论如何我们要做到明年人民币不贬值，外汇储备要保住 1400 亿美元不能动摇。我们对明年的国际环境要作充分的估计，明年的外贸出口估计也可能会大幅度下降，今年是零增长，明年肯定是负增长，但希望降幅不要太大，如果太大，国内需求还是像现在这样不振的话，7%的增长速度也达不到。我反复地强调，现在定 7%左右的经济增长目标，不是一个指令性指标，这个速度是根据好多因素算出来的，只是一个指导性或者预测性的指标。7%明年也要少说为佳，反正主要是要效益嘛，不是要速度。关键在于税收增加了多少，利润增加了多少，质量提高了没有，品种有没有增加，存货是不是减少了。

但是，如果不达到7%也有很多困难，江泽民同志上午也讲了，少一个百分点，就少安排80万到100万人的就业。如果没有一定的速度，那现在这些下岗分流的职工的收入就难以增加，消费需求也就上不去，而且会造成社会的不稳定。所以，7%的增长速度，不希望勉强，但是能达到最好。

三、要继续扩大内需和实施积极的财政政策

没有需求就没法生产，也就没有7%的增长速度。怎么扩大需求呢？我们现在已经有了一点经验了，就是要通过扩大基本建设来扩大生产需求，最后间接地扩大消费需求。这个政策是行之有效的，今年已经产生了效果，但看起来今年力度还是不够，明年还得继续扩大这个需求。扩大需求光靠银行贷款是不行的，目前工业生产能力都是供过于求，已经找不到符合贷款条件的工业项目了。因此，只能从扩大基础设施建设方面着手。扩大基础设施建设，它的回报率比工业项目更低，那就必须财政拿钱，搞比较长期的贷款，即采取财政部向商业银行发债券的方式，发行八年、十年的长期债券。所以明年还要继续实施积极的财政政策。

明年主要有几个特殊情况：一是今年已经把基础设施建设的摊子铺开了，光靠今年这1000亿元国债和1000亿元贷款是不够的，特别是因为今年水灾大，水毁工程非常严重，现在谁也不能保证明年的汛期不会发生像今年这样大的洪水，所以必须赶在明年汛期到来之前，修复这些水毁工程，加固长江、黄河以及其他大江大河的堤防。除今年1000亿元的债券中相当大的部分是投在这方面之外，明年至少还要投入300亿元。二是明年军队不再经商要补偿；科技、教育经费要按法定的比例增加；还有再就业工程需要补助等等，明年中央财政支

出比今年预计数增加1416亿元，中央财政平衡缺口要达到1833亿元。因此，中央决定明年继续发行1400亿元国债，如果不够，可能还要追加。那么，这有没有危险呢？我们知道，谁都不愿意搞赤字财政，因为你老用这个手段的话，它的前途意味着带来通货膨胀。因此我们一再地讲，我们长期的财政政策还是适度从紧，没有改变这个提法。现在我们处在一个特殊时刻：遭受到世界性金融危机，全世界都是生产过剩。在这种情况下，你不搞基础设施建设没有别的办法，搞基础设施建设，财政不拿钱搞不了啊。财政没钱只好向老百姓借。那么有没有通货膨胀的可能呢？我认为这种可能性极小，因为经过这几年的宏观调控，我们的国力大大地增强了。首先是农业政策的成功，农民的积极性调动起来了，粮食多了。粮食不涨价，与此相关的物价，大概占整个物价指数的近60%，就涨不起来，剩下的占40%到50%的消费品也都是供过于求的。在这种情况下，我认为通货膨胀、物价高涨的条件并不存在。据测算，明年财政赤字和累计国债余额占当年国内生产总值的比重分别为1.4%和10.9%，明显低于国际公认的3%和60%的警戒线，是可以承受的。

当然，银行的钱并不是不能用，也可以用，比方说，今天江泽民同志也特别强调了城乡电网的改造，特别是农村电网改造，这是一件大事情。现在我们只喊打开农村市场，怎么打开？人家买了电冰箱、洗衣机就是放在那儿当摆设，它没电啊！即使有电，电价也是1度3元、4元、5元甚至于6元，谁用得起啊？城市电价才4角7分啊。所以要打开农村市场，首先要改造农村电网，把电送过去。中央下定决心花1400亿元用三年时间完成农村电网改造。但是我们有一个条件，首先必须抓改革，电网建成以后，电价要降下来，城乡电网同价。这个意义都是非常重大的，不采取这些措施，没有需求，企业没法生产。当然，也不能完全靠生产的需求，因为生产需求毕竟还是个间接的需求，它到直接的消费需求还要拐个弯。所以还要采取一些政策措施，来扩大人民群众的消费意愿和消费需求。总之，要从生产和消费两个方面扩大需求，这样才能够保证有一个比较快的速度，缓解我们的困难。我们在财政赤字方面一定会非常地谨慎，发行的债券主要是投入基础设施建设，不能把它当成财政的经常费用去开支。基础设施建设到一定的程度，到工业复苏、供求平衡的时候，就可以停止发行国债了。

四、全面发展农业和农村经济

关于农业和农村经济问题，党的十五届三中全会已经有一个很全面的文件，总结了我们多年的经验，我不再重复了。我想讲两个问题：一是必须调整农业结构。现在粮食多了，棉花多了，烟叶也多了，其他农产品也都多了。所以一定要减少南方早籼稻的生产，北方的春小麦、玉米也不能再增加那么多了，要调整种植面积。我们粮食的价格已远远超过了国际市场的价格了，因此，一定要调整农业种植结构，无论如何要考虑向品种优良、市场畅销的方向发展，多了的东西不能再鼓励它搞下去。二是水利建设。我只想强调一点，这是百年大计，一定要保证质量。特别是新修的、重修的堤防，一定要保证质量。中央把基础设施建设放到很重要的地位，我们希望地方也要这样做，不要再花冤枉钱搞什么工业项目了。最近我们发现，水灾地区老百姓房子的重建、退田还湖、移民建镇等，讲好了中央补助建房材料费，基础设施建设由地方拿钱，但现在有些地方没有按这个“君子协定”拿出基础设施建设的钱，而是从中央补助里扣出一部分钱去搞基础设施建设，那农民的负担就更重了。我讲这个问题就是说，水利建设、水毁工程的建设，牵涉到农村的稳定，地方要把它当做一个很大

1998年11月，朱镕基在辽宁省大连市考察第三粮库。前排左一为国家计委副主任王春正，左二为辽宁省委书记闻世震，左四为国家粮食储备局局长高铁生。

的事情来办，要舍得花这个钱。

小城镇的建设，我们一直要求建设部加强规划力量。特别是在水灾地区要趁此良机，把小城镇规划好、建设好。不要搞得农村像城市、城市像农村。

五、切实防范和化解金融风险

现在最大的风险是金融风险。当前不良贷款比例的上升使人害怕，而且逐月增加。这个原因很简单，因为过去许多欠银行的账都变成呆账了，但还没有把它冲销掉，发生的利息还得计算在账面上，都变成不良贷款，越滚越大。现在不良贷款的比例是多少呢？戴相龙〔1〕同志今天给了我一个数：四个国家银行，1997 年年底不良贷款比例为 28.66%，到今年 9 月份上升到 31.38%。当然不良贷款跟呆账、死账还是有区别的，现在这四个银行呆账、死账的比例约占 7% 到 8%。按数量来分，不良贷款最多的是广东省，占全国不良贷款总数的 15%；第二名是辽宁，占全国不良贷款总数的 7%。按不良贷款比例的高低来排，海南省名列榜首，不良贷款比例是 54.28%，一半以上是不良贷款；我的老家湖南也不落后，第二，49.63%；广西第三，46.86%；黑龙江第四，43.44%；湖北第五，42.86%；以下是贵州 41.52%、辽宁 40.6%、广东 40.23%。今年 1 到 9 月份比例上升最快的是谁呢？是广东、广西、海南。我希望大家要注意一下，不要再干预金融机构的经营了。现在国家银行的不良贷款比例这么高，将来都收不回来，怎么得了?! 更可怕的是地方金融机构，它的不良贷款比例更高。最近，经中央同意，关闭了广东国际信托投资公司。不关

〔1〕 戴相龙，当时任中国人民银行行长。

不行啊！原来说是到期不能支付的债务为 18 亿美元，后来变成了 19 亿美元，再过两天变成 24 亿美元，现在还没有搞清楚究竟有多少美元债务。宣布关闭广国投以后，震动很大，但主要的反应是正面的，都认为这显示了中国政府整顿金融秩序的决心。如果没有这一招，全国 200 多个国际信托投资公司，金融风险很大，不趁这个机会好好整顿一下，不得了。所以无论如何要整顿金融秩序，防止金融风险扩大。

去年中央决定成立金融工委，加强金融行业党的领导，主要就是为了保证国家银行有一个能够自主经营的环境。今年我们搞改革，把 30 个人民银行分行缩并成为 9 个地区性的分行，也是为了加强监管力度，希望同志们能够谅解和理解中央的政策措施。最近我们准备要举办省区市党委书记和省长（主席、市长）的金融培训班，因为我们举办过党委副书记和副省长（副主席、副市长）的金融培训班，效果很好。现在举办主要领导的金融培训班，是因为我们许多领导同志没有做过金融工作，如果再不去了解这个工作，我们会犯很大的错误，后果难以挽回。最近我们发现一些地方，把过去的城市合作银行改成商业银行后，市委书记、市长就发文件命令大型企业都把存款存到市里的商业银行里去，结果大家都从国家银行里把存款提出来，存到市里的商业银行去。特别是有一个城市，不是城市商业银行可以实行股份制吗？它就拉了一个电力公司去入股，电力公司一入股就要求把所有电力企业的存款都抽出来存到这个商业银行里去。这个怎么行呢？这样搞会发生金融危机的啊！用政府行为来干预企业和银行的行为是不行的！必须按照既定的法律来开展工作。所以，领导干部还是要学习一点金融知识。

六、千方百计地扩大出口，有效地利用外资

我们一方面要扩大内需，同时还要千方百计扩大出口。对欧洲、美国增加出口有一定的困难，因为它们采取很多反倾销的办法，因此，就要求我们出口的结构要多元化。发展中国家，偏远的地方，穷的地方，只要它们有外汇，我们就得想办法去出口。另外，我觉得我们扩大出口也不能单纯地靠出口商品。前不久摩洛哥首相来中国访问，跟我谈要我们买它的磷酸盐、磷铵。但是它的磷铵、磷矿价格贵得要死，我们受不了啊！因此我就向他提议，说我到你那儿去办厂，我们中国就是靠“三来一补”[1]起家的，对我们有很大的好处，我到你那儿去搞“三来一补”，你需要什么消费品，我们把生产设备运去，在你那边生产，可以扩大你的就业，你还可以顶替进口，节省了外汇，甚至于还可以把加工的产品出口到其他国家去。我们要提倡搞加工贸易“走出去”，因为我们的发展阶段已经超过了一些发展中的国家，我们出设备，对方出土地，搞合资经营，这个路子行得通。

关于利用外资，我强调一点就是有效地利用外资，不能再引进多余的生产能力搞重复建设。现在外国人向我们积极推销他们的剩余产品，全世界过剩的东西，他们到这儿来搞合资经营，就是想占领我们的市场。因此，无论如何要提高警惕，一定要研究市场，要有全局观念，不要只考虑局部利益。不要你一搞合资，生产的产品占领了市场，结果就把别的省的国有企业挤垮了。所以现在引进外资，如果不是真正带来新技术、新品种，就不要再搞合资经营了，没有什么好处。

---

〔1〕“三来一补”，指来料加工、来样加工、来件装配和补偿贸易。

最后，关于积极实施科教兴国的战略。我想强调一点，就是一方面，企业要更加重视技术开发，不要单纯地搞扩大生产能力，要把钱花在技术开发上面，同时延揽人才，跟科研、教育机构能够密切地结合。只有当我们做到了这一点，中国的工业才能够翻身。另一方面，我们也要重视基础科学的研究。最近李政道〔1〕先生来了，对我们有意见，说邓小平同志对高能物理研究都很重视，我们现在不够重视，钱给得太少。我看，我们的基础科学研究确实应该加强。

总之，明年改革、发展和稳定的任务十分繁重，我们要振奋精神，同心协力，把明年的经济工作做得更好。

---

〔1〕 李政道，美籍华人物理学家，在1957年与杨振宁共同获得诺贝尔物理学奖。

审计工作任重道远*

（1998 年 12 月 15 日）

今年以来，审计署和地方各级审计机关做了大量工作，成绩明显，效果不错。在这里，我向全国审计工作者表示亲切的问候。

审计工作很重要。当前，我国经济领域中造假和犯罪的情况比较严重。由于缺乏法制的制约，有些方面甚至比资本主义社会更严重。现在这种状况，如任其发展，社会主义市场经济体制是建不成的。必须加强国家审计和会计监督，这是个历史性的任务。这件事情现在讲得还是不够。不仅要实行国家审计监督，还要发挥社会中介组织的监督作用。资本主义国家就是靠这个制度，利用会计师事务所和律师事务所等社会中介组织帮助国家监督的。而我们有些社会中介组织却帮助犯罪分子造假，这怎么行呢？

一、全面审计，突出重点

国家审计的对象究竟应该是什么？凡使用国家财政拨款的，都在审计监督范围之内，都得审计，就是要全面审计。只要使用国家的钱，就不能逃脱审计的监督。对所有花国家钱的单位，都要盯住。包括地方财政的钱也是国家的，不能放过任何一个。全面进行审计，又

* 这是朱镕基同志在听取审计署工作汇报时的讲话。

要突出重点，就是要重点抓问题最多、金额最大的案件。为了推动国民经济快速发展，目前国家采取积极的财政政策，在基础设施建设方面特别是水利建设方面，投入了大量的财政资金。这些资金不是银行的钱，银行监督不了；国家计委也想监督，但是不容易监督。因此，只能靠审计来监督，这是一个最大的重点，你们审计要跟上。你们对水利建设资金的审计，反映的问题很重要，你们的审计报告要改写成一个通报，通报全国，登报公布。通报和登报，都不要泛泛地说挪用了水利建设资金多少亿元，要点名是哪个省、什么项目，这样才会有威慑力量。宣传工作强调以正面宣传为主，这是没错的，但舆论监督也是非常重要的。我们在政治上不允许搞自由化，但在经济上应该是公开的、透明的，这样才有利于监督，犯罪分子才惧怕，这里绝不存在什么给社会主义制度抹黑的问题。其实有些事情你不讲，老百姓也知道，所以我是从来主张登报的，否则，犯罪分子根本不怕。如果审计完了，仅在内部通报一下挪用了多少钱，下次要注意，一句话了结了，不撤职、不抓人、不坐牢，有的人甚至照样易地做官，这怎么能纠正？对电力建设基金的审计情况，也要发通报。对社会保障基金的审计很重要，这个基金很大一部分是国家财政拿的钱，这是保命钱，挪用是绝对不行的，审计结果必须通报。证券公司花的虽然不是国家财政的钱，但为了保护群众利益，维护社会稳定，审计部门也应该协助中国证监会进行监督。粮食企业，说是用银行的钱，实际上是财政的钱，数量很大，要继续进行审计。对国有企业的审计，今后要同实行稽察特派员制度结合起来。国务院实行稽察特派员制度就是为了查账，就是审计。审计部门可以提供一些线索，参与一些重大案件的查处。对国有企业，审计部门是可以监督的，因为它是国有资产嘛；对重点企业可以采取抽查的方法，不要搞过去那种全面审计。稽察特派员制度刚建立，审计部门怎么同稽察特派员配合，现在还没有经验。

审计部门可以根据举报，重点抽查几个企业，抽查以后把线索提供给稽察特派员，让他们去查。这样，你们的重点就比较明确了，就是要集中精力对有国家财政拨款的，特别是有大量拨款的项目进行审计。

二、点面结合，突出大案要案

审计结果要有总体概念，但更重要的是要查处几个大案要案。只有查处几个大案，严惩一些人，才会起威慑作用。如果只是泛泛讲些概念，即使通报全国，也不会有多大威慑力。毛主席讲过，伤其十指不如断其一指。你审计了“十个指头”，但对问题一个也不处理，不如抓住要害问题，严肃处理，砍他“一个指头”，审计都要采取这个办法。比如说粮食审计，查出挪用多少收购资金，这些数字是必要的，但最主要的是查出几个大案要案来，一查到底，在报纸上公开披露，引起震动。这样，审计工作才有成绩，审计署的牌子才亮，犯罪分子才会闻风丧胆。

三、执法必严，违法必究

现在社会上讲情风和姑息、包庇现象非常严重。我们无论做什么工作，要想作出一些成绩，都要跳出人情网，站在国家利益的立场上，依法办事，这样国家才有希望。你们什么人也不要怕，这一点非常重要，没有这点精神，那是绝对不行的。你们讲对世界银行、亚洲开发银行贷款项目的审计受到干扰，这一点不能让步，否则是要砸牌子的。你们干你们的，谁也不要怕。审计部门要站在国家和法律的立场上，如实对外公布和报告，谁干预就处理谁，不管是省长还是省委书记，包括我在内，谁违法就得下台。我经常讲，要少吃吃喝喝，多长点骨头，少长点脂肪。审计部门更要有硬骨头。

地方审计部门在业务上要听审计署的。地方审计不真实、不合法的，审计署要纠正。对其中的大案要案，审计署要直接介入，直接处理。

四、加强机关内部建设

审计部门要把机关内部建设抓好，坚持讲学习、讲政治、讲正气，领导干部要公正廉明，审计人员要公正廉洁。东方锅炉集团的案件，涉及很多部门的领导和干部。你收了人家的股票，“吃人家的嘴短，拿人家的手软”，怎么能下得了手呢？要提倡公正廉洁，做到邪不压正。你们现在人比较少，这没有关系，关键是要提高素质，加强培训，学历不够的可以轮流去学习。同时，要提高办事效率，少扯皮。

五、加强对会计师事务所业务质量的监督

我对会计师事务所当然也包括审计事务所的工作是不满意的，要下决心进行整顿。事务所不整顿，社会主义市场经济没希望。审计部门要加强监督。你们只管监督，只管挑毛病，不要参与管理。既要有经常性的监督，又可以去突击抽查。对造假账的要大胆地揭露，查出问题向国务院报告，吊销执照，永远不准他再从事事务所工作。我想，如果有条件，要鼓励财政部、审计署机关里懂业务、政治素质好、比较廉洁的年轻干部、司局长和一些副部长，再吸收一些从国外回来的留学生，办一批真正有信用、比较公正、有一定知名度的事务所。

海南要保持青山绿水*

（1998年12月19日）

海南发展经济，我认为首先是发展农业，海南发展农业很有前途。海南是个宝岛，保护生态环境太重要了，不能上有污染的项目。海南就应该是青山绿水，红砖绿瓦。全世界的工业都过剩，全世界争夺的就是市场，海南不要再搞一般性的工业了，要搞好农业，搞好旅游业。

洋浦就是要搞几个像样的好项目，上无污染、高附加值的高新技术项目。如果能搞成高附加值的加工区，也是一种选择，问题是东南亚的竞争很厉害。如果美国、日本的投资者能到洋浦来办加工项目，然后将产品销售到东南亚，那是最好不过了，但是这很难做到，问题在于现在可搞的项目不多。深圳有高科技企业集团，如华为集团就是有高新技术，有掌握高新技术的人才，所以发展很快。没有人才，怎么能够把高新技术搞起来？海南从长远看，还是要搞高附加值、高技术、无污染的项目。

我没有说过外商投资项目都不上。如果这些外商投资项目不是重复建设，不用我们银行的配套资金，也可以安排。但乙烯不能搞，全世界的乙烯都过剩了，我们绝不能再上乙烯项目。洋浦已经有了纸浆

---

* 1998年12月18日至22日，朱镕基同志在海南省考察工作，先后考察了三亚、海口等地。这是朱镕基同志与中共海南省委书记杜青林、海南省省长汪啸风谈话的主要部分。

厂项目，还将上面粉加工、光纤光缆等几个项目，要再找几个好一点的项目。石油加工项目的关键是市场问题，没有市场就不应该上。船舶修造项目有污染，不能搞。

海南把电网建设与电力管理体制改革相结合，这很好。电网建设一定要与电力管理体制改革相结合。电网改造一定要抓好，做到同网同价。这是振兴海南的大事。农业的发展要靠电，贫困地区脱贫也要靠电，要让更多的农民能够用上电，能够用上便宜的电。

关于解决企业亏损问题。对有些企业，就是要消灭亏损源。那些没有市场，有污染、又养不了人的企业，怎么能不关门呢？这样的企业关门，利大于弊。

1998 年 12 月 19 日，朱镕基在海南省三亚市天崖镇上文门村黎族农家考察庭院经济。前排左四为三亚市委书记王富玉；第三排右一为国务委员兼国务院秘书长王忠禹，右二为海南省委书记杜青林。
（新华社记者刘建国摄）

海南的建设要体现高水平，宁可慢一点，也不要搞乱了。政府不要把主要精力放在搞工业项目上，不要再去搞重复建设的工业，不要再去抓没有市场的项目。政府要抓的是改善投资环境，吸引投资者来投资，政府收税。海南的基础设施建设一定要抓好。环境搞好了，外国人就来了，人才就来了，千万不要舍本求末。基础设施建设是百年大计，要科学规划。我们现在只剩下海南这个宝岛了，太宝贵了。这个地方很特殊，是非常宝贵的地方，你们要把宝岛建设好。

像三亚这样的城市不能自己管规划，城市规划不拿到省里管是不行的。对三亚的城市建设，我就担心乱盖房子。这么好的气候，这么好的条件，这么好的环境，不管好规划怎么行？城市规划，省政府一定要管好，而且要强化监督；市政府主要是执行规划。省政府要更加关注全省的基础设施建设，什么地方建港口，什么地方修公路，对整体规划省长要心中有数。我有一句忠告请记住：不能把城市建设得像农村，也不能把农村搞得像城市。

确保三峡工程建设质量，妥善安置三峡移民 *

（1998 年 12 月 30 日）

这次来三峡，主要是考察三峡工程建设质量和库区移民工作，为开好明年的移民工作会议做些准备。三峡工程是具有世界意义的跨世纪特大型工程，是千秋大业，举世瞩目。党中央、国务院十分重视，作过许多决定。我们一定要按照中央的决定和指示，采取有力措施，千方百计，确保工程质量，丝毫不能懈怠。当前，三峡工程建设正处在第二期施工的关键阶段，要认真总结经验，完善政策，妥善安置库区移民，改善生态环境，办好这件千年大计、国运所系的大事。最近，我看了一些关于三峡工程建设的材料；这几天，又实地察看了工程建设质量，了解了库区移民工作情况。下面，我讲几点意见。

一、要十分重视三峡工程建设质量

近几年来，全国工程建设质量总体上是比较好的，但也有一些地区、部门和单位，由于忽视工程建设质量，违反建设程序，执法监督不力，建筑市场混乱，腐败现象严重，发生了一些恶性工程建设质量事故，给国家利益和人民生命财产造成很大损失。对这些问题必须采

---

* 1998 年 12 月 28 日至 30 日，朱镕基同志考察三峡工程和三峡库区，并先后考察了重庆、宜昌等地。这是朱镕基同志在三峡库区听取湖北省移民工作和坝区建设情况汇报后的讲话。

取强有力的措施，认真加以解决。三峡工程在水电工程方面堪称世界第一大工程，建设的成败在于质量。三峡工程建设，在技术上可以说没有不可克服的困难。只要把质量问题抓住了，三峡工程建设就成功了。“千里之堤，溃于蚁穴”。质量是三峡工程的生命，质量责任重于泰山，任何一点马虎都会遗祸子孙。确保三峡工程建设质量的重要性还在于，如果大坝出了质量事故就难以挽救。因为大坝用混凝土浇筑，外边什么也看不见，如果出现很多空洞，形成“豆腐渣工程”，又没及时发现，就会埋下隐患，造成不可挽回的损失。因此，一定要高度重视建设质量问题。目前，正在进行的第二期工程施工是非常重要的阶段。每一个参加三峡建设的人，都要有历史责任感，以对国家、对人民、对子孙后代高度负责的精神，牢固树立“质量第一”的思想，确保三峡工程的一流质量。要从设计质量、设备质量、原材料质量以及施工质量等各个环节，实行全方位、全过程的有效控制。每一个工程环节，都要充分准备，精心组织，精心施工，严格监督，一个螺丝钉也不放过，务必做到万无一失，不留隐患。

为了确保三峡工程的建设质量，必须认真实行项目法人制、工程招投标制、工程监理制与合同管理制，把工程建设质量管理纳入规范化、制度化、法律化的轨道。

第一，建设项目法人单位要加强责任心，要负全责。三峡工程开发总公司是三峡工程项目的法人单位。中央把这个工程交给你们，由你们负责工程的筹划和建设。你们的责任重大，要对党中央负责，对国务院负责，对历史负责，对子孙后代负责，确保工程建设质量和工期。一是总公司的各级领导干部要有高度的责任感和历史使命感。要从讲政治、顾大局的高度，切实负起责任，做好三峡建设的各项工作。尤其对工程建设质量，要百倍小心、千倍注意、毫不放松。二是要不断提高建设队伍的整体素质。工程建设质量取决于建设队伍的素质。

要加强对职工队伍的教育和培训，加强政治和技术学习，为三峡工程的一流建设质量提供可靠的组织和人才保证。三是要加强对施工单位、监理单位以及其他参加工程建设单位的检查和管理。对于监理单位，如果违反规定、弄虚作假、徇私舞弊，要严肃查处；情节严重、触犯刑律的，要绳之以法。对于其他相关单位也要加强监督，防止发生腐败案件。四是要严把设备、建材质量关。供应三峡工程的建材应是我国最好的，三峡工程需要的设备也应是最好的。如果哪个单位在工程建设上弄虚作假，造成重大质量事故，就依法严厉惩处那个单位的责任人。工程建设质量直接关系人民生命财产的安全啊！今年保荆江沿江大堤，就是保洪湖地区 100 多万人的生命财产、江汉平原 800 多万人的生命财产。三峡大坝如果出现质量事故，后果不堪设想。所以，

1998 年 12 月 29 日，朱镕基在三峡工程施工现场看望技术人员。右一为中国长江三峡工程开发总公司总经理陆佑楣。（新华社记者王新庆摄）

参加三峡工程建设的每一个单位、每一个人，哪怕只做了一个螺丝钉，也要对国家、对民族负责，这是你们的责任、你们的光荣。把三峡工程建设好，不仅是中国综合技术、管理水平的反映，也是世界综合技术水平在某种程度上的反映。三峡工程使用的设备是采取国际招标办法在全世界选购的，不敢说是世界上最好的，至少也是比较好的。

第二，要强化工程建设监理。要选择资质合格、认真负责、严格执法的监理公司，对工程的建设质量、进度进行不讲情面的全面监督和检查。对于工程的某些关键部位，可以聘请国际知名度高、有信誉、有经验的监理公司来参与工程的监理。他们的经验比我们丰富，责任心强，不讲情面。当然，主要是培养我们自己的监理队伍，依靠我们自己的力量，加强质量监督工作。工程监理要忠于职守，认真履行职责，切实对工程项目负责。必须实行旁站制〔1〕，对工程的每一个环节都要进行监督，哪一个环节都不能放松。要制定严格的规程，实现法制化、规范化，确保工程万无一失。我是工程监理部门的后盾，你们有什么问题，可以直接给我写信。我相信，外国人能做到的，我们只要认真做，也能做到。

第三，要坚持招投标制度，按合同办事。现在，国家已经明确规定，建设项目的勘察设计、施工和主要设备、材料的采购都要实行公开招标，确需采取邀请招标和议标形式的，要经过项目主管部门或主管地方政府批准。招标、投标活动要严格按照国家有关规定进行，体现公开、公平、公正和择优、诚信的原则。对未按规定进行公开招标、未经批准擅自采取邀请招标和议标形式的，有关地方和部门不得批准开工。工程监理单位也应通过竞争，择优确定。三峡工程必须严

〔1〕旁站制，指在关键部位或关键工序施工过程中，由监理人员在现场守候，监督施工操作。

格按照国家招投标的规定去做，绝不能搞假招投标。去年年底，云南昆禄公路出了问题，就是为了照顾地方利益，搞假招标，让根本没有二级以上公路施工经验的队伍“中标”，搞成了“豆腐渣工程”。今后，如果查出哪个地方的工程有这样的问题，一律停止拨款，也不再审批这个地区的项目，并且给它曝光。绝不能把全国纳税人的钱当做“唐僧肉”糟蹋掉，那样，我们对不起国家，对不起人民。

必须实行合同管理制。建设工程的勘察设计、施工、设备材料采购和工程监理，要依法订立合同。各类合同都要有明确的质量要求、履约担保和违约处罚条款，违约方要承担相应的法律责任和经济责任。

此外，要继续搞好科研攻关和试验，依靠科技努力提高工程建设质量。

二、做好库区移民工作，是关系三峡工程建设进展的关键

几年来，库区移民工作认真贯彻中央关于资金和任务“双包干”的原则，取得很大成绩，也积累了一些经验，顺利完成了第一期移民任务，保证了大江截流如期实现。从 1998 年到 2003 年，是实施第二期移民的攻坚阶段，要完成 55 万移民的搬迁安置，确保 2003 年三峡工程如期蓄水、发电、通航，时间很紧，任务更加繁重艰巨。要坚定信心，加强领导，拓宽思路，完善措施，确保移民目标的实现。

要完成库区农村 40.5 万人的移民任务，究竟采取什么方式安置？如何开拓他们的生路？在这个问题上，我们既创造了很多成功的经验，也有很多的教训和不足之处。三峡库区人多地少的矛盾较为突出。库区移民要避免造成新的水土流失，还长江两岸的青山绿水。要采取有效措施，使农村移民在搬迁后不降低生产、生活水平，并能有逐步致富的门路。一句话，就是要使农村移民搬得出，稳得住，能致

富。因此，今后我们要坚持多种方式安置农村移民的方针，因地制宜，把本地安置与异地安置、集中安置与分散安置、政府安置与自找门路结合起来。特别是要制定鼓励外迁的政策。外迁首先最好是在本省、本市解决，鼓励农民自己去投亲靠友。当然，政府要通过宏观调控来管理。对到外地投亲靠友的移民，当地政府应当予以积极接纳；对集体搬迁到区外、省外的移民，有关地区政府应当热情欢迎，协助定居、开发，而不应层层收费。集体外迁要有组织、有计划地进行，不能形成盲流，那将会引起社会治安问题。接收地政府要支持这件事，这叫"带资移民"，带着资金来的，任何一个地方都应当欢迎。把部分移民迁到新疆、黑龙江等地去安置，这是一条门路，但要慎重考虑，周密安排，不能强迫。我讲要鼓励外迁，不是不重视就近移民，农村移民中恐怕大多数还是要就近安置，熟人熟土，容易接受。但是，有一个大前提，就是不能再破坏环境、破坏山林、破坏水土保持。国家对库区投入了一笔钱，用于修公路、植树造林、搞基础设施建设、护坡护岸。搞这些工程，可以保护环境，也可以大量吸引农村劳动力，就近安置一部分移民。库区各级政府要从这些方面多想办法，多开辟些门路，既把移民安置好，又不破坏生态环境。

三、城镇搬迁建设要合理规划，量力而行，分步实施

新城镇建设不能突破规划，随意扩大规模。按照水利部长江水利委员会编制的湖北省、重庆市政府批准的移民迁建规划，新县城规模平均扩大2.4倍。按这个规模建设，也要分步实施，逐步到位。但是，有的地方并没有按照移民迁建规划建设新县城，而是按自己定的实施规划把新县城规模扩大到老县城规模的4倍或5倍。新县城规划规模本来就已经相当宽余，实际操作中又随意扩大，这要犯历史性的

错误。对这种情况要坚决纠正。随意扩大新县城面积，不仅财力难以承受，而且势必破坏长江两岸生态环境，贻害无穷。按照有关规定，25 度以上坡地不许开垦，不许毁林开荒，已经开垦的要有计划、有步骤地退耕还林；25 度以下的坡耕地要改造成避免水土流失的高标准梯田。这样，库区余下可用于城镇建设的土地没有多少了，还有多少地方有条件去扩大新城镇规模呢？如果不从实际出发，贪大求全，随意扩大新城镇规模，就要多占耕地，就要挖山毁林，破坏植被，造成水土流失。为此，我再次强调，库区移民搬迁建设必须合理规划，量力而行，绝不能脱离库区实际，不顾自身的财力、物力，盲目提高标准，乱铺建设摊子。库区各级政府要把这项工作作为一项重点工作来

1998 年 12 月 30 日，朱镕基在湖北省秭归新县城银杏沱移民新村考察，与移民户交谈。

（新华社记者王新庆摄）

抓。对新城镇建设规划超规模、超标准的，必须坚决予以纠正；即使是符合规划的建设，也要分步实施，逐年到位，不能急于求成，不能企图把多少年以后的事情一下子都办完。

农村的移民建房，要由农民按自己的经济实力自主决定。政府要周密规划，但不得强令农民按统一标准建房，不许强行规定房子的层数和外观。可以划定农村居民点的区域，可以有一个全局规划，划定每家在哪里盖，不准乱盖。不要引导农民把移民资金完全用在建房上，而要引导他们去发展生产。

三峡库区的新城镇建设和各项移民工程建设，一定要切实搞好地质环境的调查评估，加强工程地质勘察工作，预防各类地质灾害发生。要妥善处理移民建设与环境保护的关系，努力实现库区经济建设、移民安置、生态环境建设的协调发展，为中华民族留下青山绿水，把库区建设成经济繁荣、环境优美、人民安居乐业的新型经济区。

四、库区企业不能搞原样搬迁，要与经济结构和企业结构调整紧密结合

三峡水库淹没区内的工矿企业搬迁，要下决心淘汰那些产品落后、设备陈旧、污染环境、破坏资源、资不抵债的企业，不能搞原样搬迁。不然，又会形成新的亏损源、污染源。同时，考虑到全国工业产品生产能力供过于求的情况，除生产名特优产品和确有竞争力产品的企业外，一般不再搬迁、重建。

三峡工程建设为库区工业结构调整提供了难得的机遇。要抓住这个千载难逢的机会，着力调整经济结构，寻找新的经济增长点，提高整体经济效益。库区有好的企业，但不多，绝大部分产品老化，技术落后，管理薄弱，亏损严重，是国家的包袱，应当关停并转。如果不

抓住这个机遇进行调整，还是把小水泥厂、小化工厂、小纸厂等原样搬过去重建，就会继续污染环境，破坏资源，对国家没有好处。库区各级政府一定要把工矿企业搬迁与经济结构、企业组织结构调整结合起来。趁库区搬迁这个机会，关掉一批“五小”企业〔1〕。这样，才能避免重复建设，使库区经济结构更加合理，才能不再往长江排放工业废水，有效保护库区生态环境，促进库区经济持续健康发展。

当前，全国的市场是买方市场，供大于求，大多数工业产品都过剩。国务院已经不再批新的工业建设项目。全国的文章要做在经济结构调整上面，库区更应如此。这是唯一的出路。国家在三峡库区有大量的资金投入，如果不把工作重点放在调整结构上，库区企业还搞原样搬迁，马上就要背上新的亏损包袱，那是对国家、对人民、对子孙后代不负责的态度，是不允许的。这个问题要引起各级政府的高度重视。

五、进一步加强对三峡工程建设资金和移民资金的监管

三峡工程建设资金和移民资金来之不易，每分钱都要用在工程建设上，用在移民上，绝不能层层挪用或侵吞。对这些资金的使用，一定要加强监察和审计，提高资金使用效益。国家审计部门、三峡建设委员会的监察局要加大查处力度，层层稽核。要派一批正直的、大公无私的同志不断地去稽核，对稽核出来的问题要严肃处理。要提高透明度，对重大案件要公开曝光。现在个别干部目无党纪国法，腐败行为触目惊心，必须严肃处理。三峡建委移民开发局下属的三峡经济发

〔1〕“五小”企业，指技术落后、浪费资源、产品质量低劣、污染环境、不符合安全生产条件的小炼油厂、小火电厂、小钢铁厂、小玻璃厂、小水泥厂。

展总公司已经发生一些腐败案件，一定要严肃、认真处理。今后各级移民开发局不准再办公司，已经办的都要尽快和它们彻底脱钩。三峡建委是政府机构，是三峡工程建设的最高领导机构，要抓规划的实施，抓政策的落实，抓稽核，不能办企业。

要建立严格的稽核制度，使稽核工作制度化、规范化。按照限额包干的原则，加强资金管理，增强资金使用透明度，确保专款专用。相比之下，移民资金使用分散，层次多，比工程建设资金更容易出问题，因此，移民资金的管理工作更要细心、认真。对于移民迁建项目，要严禁层层转包，建设用地严禁转卖，绝不能造成移民资金的变相流失。

水利工程建设要保证质量*

（1999 年 1 月 7 日）

此件请送汪恕诚[1]同志阅。

可由经贸委、水利部共同发布文件，通报各省、市、区负责同志和有关厅、局。推广土工布[2]一定要符合规范，保证质量，不得强行推广。我现在最担心的是目前开展的大规模水利建设，由于各地的保护主义，施工队伍并未经过资格审查和公开招、投标，而是层层转包给一些农民队伍，搞什么都不能保证质量。我提醒各地领导同志注意，不要只满足于多少万人上堤，只注重堤修得多高，而不管基础工程和防渗处理，结果是“千里之堤，溃于蚁穴”，花了几百亿，换来一堆“豆腐渣”。今年汛期一到，立见分晓，莫谓言之不预。

朱镕基

1.7

---

* 1998 年 12 月 30 日，国家经济贸易委员会主任盛华仁《关于进一步抓好土工布(土工合成材料）推广应用工作的报告》反映，国家经贸委根据朱镕基同志的“百年大计，质量第一，标准就高不就低”的批示精神，组织有关部门，参照国际标准制定了土工布产品标准和设计施工规范，确定了一批土工布应用示范项目，在示范的基础上尽快全面推广土工布应用。这是朱镕基同志在该报告上的批语。

〔1〕汪恕诚，当时任水利部部长。

〔2〕土工布，是主要用于水利、交通、民航、城建等项目基础工程的一种土工合成材料。

加强对金融工作的领导与监督*

（1999 年 1 月 8 日）

一、关于我国当前金融形势的基本估计

我认为，对我国当前金融的状况，可以概括为两句话：成绩很大，问题不少；风险要足够估计，信心切不可动摇。

不久前召开的中央经济工作会议，对我国去年的经济、金融形势已作出全面的估量和分析，充分肯定了来之不易的成绩。特别是在亚洲金融危机继续蔓延和世界金融市场剧烈动荡中，我国金融运行平稳，巍然不动。金融改革迈出关键性步伐，金融整顿和监管力度加大，金融在支持经济发展和保持社会稳定中发挥了重要作用。尽管不少金融机构暴露出了一些问题，但没有出什么大事。可以说，我国金融总体形势基本是好的。

我们既要充分肯定金融工作的成绩，又要清醒地看到问题相当大。金融领域的风险是我国当前经济运行中的重大隐患，有些金融机构的风险已是一触即发。金融风险的一个重要表现，是国有商业银行不良贷款比例不断上升，数字惊人。什么叫不良贷款？现在我国的计算方法与国际上通行的标准有很大出入。我国银行不良贷款包括逾期贷款、呆滞贷款和呆账贷款，主要是以贷款期限来划分的，逾期贷款

---

* 这是朱镕基同志在中共中央举办的省部级主要领导干部金融研究班上的讲话，曾发表于《金融工作文献选编（1978—2005）》，原标题为《在省部级主要领导干部金融研究班上的讲话》。编入本书时，对部分内容作了删节。

1999 年 1 月 8 日，朱镕基在省部级主要领导干部金融研究班上讲话。

（新华社记者李学仁摄）

是指借款合同到期未归还的贷款，呆滞贷款是指逾期满一年及超过一年未归还的贷款（去年修订标准以前是指逾期满两年及超过两年未归还的贷款），呆账贷款即为损失贷款。而国际上通常是按贷款人的综合还贷能力来划分不良贷款，一般分为五级。如果按照国际上的标准计算，我国银行的不良贷款比例要比现在的数字高得多。由于不良贷款比例高，应收未收利息大量增加，银行收益风险加大，经营面临严重困难。有些政策性银行和城市商业银行的不良贷款比例也很高，而且都呈不断上升趋势。相当多的信托投资公司等非银行金融机构资不抵债，濒临破产；不少城乡信用社等中小金融机构支付出现危机，挤兑风波时有发生；股票期货市场违法违规行为严重，许多证券机构弄虚作假，挪用客户保证金；保险业的风险也不容忽视。金融领域大案要案不断增加。现在各地群体闹事最多的，就是金融风险事件。尽管我国目前的金融风险是局部性的，还不是系统性和全局性的，但大量的问题确实是触目惊心，需要引起我们高度警觉。

有的同志问，金融领域问题这么严重，为什么不及早采取措施？事实上，从1993年到现在，中央一直非常重视这个问题，并不断采取一系列措施，致力于防范和化解金融风险，维护金融安全。1993年6月，针对某些经济领域过热，造成金融管理失控、秩序严重混乱的问题，中央及时果断地采取深化改革、加强宏观调控的措施。在《中共中央、国务院关于当前经济情况和加强宏观调控的意见》中提出的十六条政策措施，有十二条是直接或间接与解决金融问题相关的。当时我们提出了“约法三章”〔1〕，严厉整饬金融秩序，才迅速地刹住了许多地方刮起的房地产热、开发区热和炒股票热这股风。1994年、1995年，中央进一步出台了多项金融改革举措，颁布了一系列重要的金融法律、法规，并实行适度从紧的财政货币政策，运用利率杠杆等手段进行宏观调控，有效地治理了严重的通货膨胀。早在亚洲金融危机发生一年前，中央就明确提出，要认真吸取墨西哥等一些国家金融危机的教训，重视防范和化解我国金融风险。1996年8月，江泽民同志主持中央财经领导小组会议，专门听取国务院有关部门关于防范和化解金融风险的工作汇报，并作了重要指示。1997年2月，中央决定组织力量，深入调查研究和起草文件，抓紧筹备召开全国金融工作会议，全面部署防范和化解金融风险工作。在做好充分准备的基础上，党中央、国务院于1997年11月召开全国金融工作会议，会后下发的《中共中央、国务院关于深化金融改革，整顿金融秩序，防范金融风险的通知》，明确提出了解决金融领域问题的主要任务、基本原则和政策措施。在这以后的一年多来，进一步加大了金融改革、整顿的力度，

〔1〕“约法三章”，指朱镕基同志在1993年7月7日全国金融工作会议上提出的“约法三章”，见《金融工作“约法三章”》（本书第一卷第313页）。

防范和化解金融风险的工作有步骤地展开。依法处理了一些问题严重的金融机构，查处了一批金融大案要案，严厉惩治金融犯罪分子。近几年，金融系统查处了4万多人，其中开除公职的1.5万人，71个司局级干部被撤职。总之，为了解决金融领域的问题，我们坚持不懈地做了大量艰苦细致的工作，从而使我国得以避免亚洲一些发生金融危机的国家那样的命运。如果不是这样，不但金融系统，而且整个经济社会形势就不可能有今天这样好的局面。当然，金融领域的问题十分复杂，解决起来需要有一个过程，不可能一下子完全解决。

我国金融领域风险究竟是怎么造成的？其中原因很多，主要有以下四个方面。

首先是历史遗留的问题。从计划经济体制向社会主义市场经济体制过渡中，许多长期积累的深层次矛盾集中反映在金融领域。仅从房地产看，1992年、1993年的房地产热，就造成银行不良贷款几千亿元。目前，全国闲置的商品房多达7000多万平方米，价值在4000亿元左右；光是海南省就闲置1600万平方米，占压银行资金460亿元。原来占用的那些贷款，连本带息，现在要翻一番。同时，建起来的房子质量差、价格高，地理位置也不好，很难处理掉。这些绝大部分已成为银行的呆账、坏账。目前政策性银行的风险也很大。粮棉收购贷款长期被严重挤占挪用，大量的亏损在银行挂账。国家开发银行一个报告反映，煤炭建设项目所形成的不良贷款，不但使煤炭行业陷入困境，也对开发银行的生存和发展构成严重威胁。

二是重复建设。多年来盲目上项目，搞了大量的重复建设，又主要是靠银行贷款，许多企业借银行钱的时候就根本没有想到要还。前些年银行固定资产投资贷款利率在10%以上，什么项目有这么高的回报率？不少项目建成之日就是亏损之时。例如，90年代初期，全国一下子上了十几套小乙烯项目（年产11.5万吨）。小乙烯成本高，产品单一，没有销路。广州小乙烯投资花了80多亿元，投产后一年就得亏损几亿元。重复建设不仅形成了巨额银行不良贷款，也造成大量的重复生产，而靠银行流动资金贷款生产出来的产品没有市场，积压在仓库里，企业亏损又都挂在银行账上。

三是行政干预。一些地方和部门的领导干部，缺乏金融知识，不懂金融法律、法规，随意干预银行和其他金融机构的正常经营活动，把金融机构贷款当做财政的钱来花。前些年，许多地方搞"现场办公会"、"资金调度会"，往往都是指令银行或其他金融机构贷款。缺乏市场调查，缺乏科学决策，结果不少贷款都投向了没有市场、没有效益、没有还贷能力的项目，大都是有去无回；甚至还有相当部分资金被用于盖办公大楼、发奖金和政府行政开支，最后都形成了金融不良资产。广东省恩平市原领导班子肆意干预金融活动，造成80多亿元的金融资产损失，就是一个很典型的事例。最近一个时期，一些地方刮起出售国有小企业之风，搞所谓"一卖了之"。名义上卖，实际上是半卖半送，甚至是明卖暗送，许多银行的贷款都被冲掉了。工商银行去年搞了一次检查，发现在企业"改制"中悬空和逃废该行债务有1000多亿元。

四是金融系统腐败现象严重。许多银行和其他金融机构严重违法违规经营，高息揽储，搞账外经营，谋取小团体甚至是个人私利，造成许多资金收不回来。一些金融从业人员素质不高，以权谋私，内外勾结，营私舞弊，腐化堕落，使大量金融资产流失。对金融系统中的腐败行为，我们虽然一直采取严厉的惩处措施，但这些年金融案件仍屡屡发生。

当前我国金融领域的问题确实比较严重，防范和化解金融风险的任务也十分艰巨，但信心绝不可动摇。我们完全有条件、有办法、有能力解决所面临的问题。20年来的改革和发展奠定了良好的基础，经济实力比较雄厚，当前宏观环境比较宽松，重要产品和外汇储备充足，党中央有驾驭复杂局势的能力，我们也积累了一些化解金融风险的经验。正确认识问题所在，也是解决问题的必要条件。充分运用这些有利条件，我们就能够抵御任何风险，战胜任何困难。因此，我们在看到问题和困难的时候，更要看到光明，鼓起勇气，增强信心。当然，从根本上解决金融领域的问题，绝非轻而易举，需要全党、全国上下齐心协力，同舟共济。

二、关于防范和化解金融风险的主要原则与措施

在讨论中，不少同志提出，这次研究班既要学习金融知识，还要进一步明确解决金融领域问题的办法。这个意见是好的。我们不仅对金融风险要有足够的估计，而且还要明确防范和化解金融风险的原则，措施也必须具体细致。根据中央的精神和部署，结合大家讨论的意见，解决金融领域问题的主要原则和措施，可以概括为以下几个方面。

（一）深化改革，标本兼治。全国金融工作会议和《中共中央、国务院关于深化金融改革，整顿金融秩序，防范金融风险的通知》下发以后，中央立即成立了12个专门小组，分别负责研究制定解决有关金融问题的具体方案和措施。现已下发了14个文件，包括中国人民银行省级机构改革实施方案、国有独资商业银行分支机构改革方案、整顿乱集资乱批设金融机构和乱办金融业务实施方案、整顿银行账外账和违规经营实施方案、清理整顿场外非法股票交易场所和证券交易中心的方案、清理整顿证券经营机构和期货市场的方案、整顿城市合作信用社和清理整顿农村合作基金会的方案等。还有一些实施方案和措施正在制定，例如整顿信托投资公司、金融机构关闭办法等文件，也即将下发。这些文件都是针对当前金融领域存在的突出问题，经过大量调查和反复研究后制定的，充分体现了把深化改革与严格整

顿结合起来、把治标和治本结合起来的原则，有关措施也比较具体。现在的关键，是各地区、各部门要认真学习，坚决贯彻，狠抓落实。中央还将根据新的情况和问题，研究制定一些新的办法。

（二）区别对待，分类处置。要按照市场准入条件和经营状况，依法清理整顿各类金融机构。坚持高标准、严要求，该保留的保留，该合并的合并，该解散的解散，该关闭或破产的要坚决依法关闭或破产。各地方要对存在的问题分类排队，突出重点，有针对性地采取措施。对那些问题十分严重、已经“病入膏肓”的金融机构，想保是保不了的，保的结果只会造成更大的损失，最终无法收拾。因此，必须下大的决心，果断处置。这几年我们有过深刻的教训。例如，处理海南省的金融风险问题，原来发现该省有 34 个城市信用社资不抵债，纷纷发生挤兑现象，本应及时采取关闭措施。可当时怕出事，心太软，就让海南发展银行去兼并这些信用社，后来发现，海南发展银行自己的问题也很大，“泥菩萨过河，自身难保”。结果，海南发展银行兼并一部分信用社后，包袱更重，严重资不抵债，最后只好把这个银行也关闭了，损失更大。但由于后来措施得当，问题处理得还比较顺利。再如，不久前，中国人民银行对广东国际信托投资公司采取了关闭清算措施。当时也有人说，对这个公司应该抢救，关了会不得了，不主张关闭。问题是这样大的金融机构怎么救得了？管理极为混乱，好多东西根本就没有账；无力支付到期巨额境内外债务；亏损非常严重，可以说是一个“金融黑洞”！这种机构非关闭不可。关闭这种机构，要付出巨大的代价，承担很大的信用损失。但绝不能再拖下去，拖得越久，陷得越深，包袱越重。关闭这个公司是完全正确的。这个公司还将依法破产，我们要按照国际惯例和法律程序办事。关闭广东国际信托投资公司是一件好事。这件事引起的冲击，使许多非银行金融机构的问题都暴露出来了，使我们能够及时、主动地采取处置措施。对这件事的处理，外界舆论反映总的是好的，认为这反映了中国政府彻底解决金融领域问题的决心和魄力。

这几年，我们在防范和化解金融风险中，针对不同情况采取不同处置办法，取得了很好的效果，积累了一些成功经验。比如，关闭中国农业信托投资公司，采取在清产核资后，由建设银行托管保支付的办法，没有引起大的社会震动，善后处理比较好。问题是国家损失太大，财政补贴了 68 亿元，今后再这样保支付是保不了的。再如，光大银行国际信托投资公司连续严重亏损，本来要关闭或破产，由于它的主要债权人是国有大企业，所以，通过采取债权转股权和改组领导班子的办法，化解了支付危机。又如，福建省国际信托投资公司、湖北省国际信托投资公司严重亏损，出现偿债危机，分别由省政府出面组织，采取地方财政注资和划拨优质资产的办法进行救助，缓解了矛盾。对中国新技术创业投资公司等有严重问题的金融机构，则果断实施了行政关闭。总之，根据不同情况，分别采取了增资扩股、债权转股权、托管、收购兼并、合并、关闭、破产等多种办法，及时、坚决、稳妥地化解了一些金融机构风险。当然，这些办法还要进一步完善，特别是要依法规范金融机构的关闭和破产。同时，要借鉴国际经验，积极探索新的办法。例如，对四家国有独资商业银行，将采取分别建立金融资产管理公司，积极稳妥地剥离和处理不良资产的办法。先在建设银行试点，取得经验后，再在其他三家国有商业银行推行。

处理各类有严重问题的金融机构，绝不能手软。但要做好充分准备，周密部署，精心组织，慎重从事，特别要依法妥善处理有关债权债务，注意保持社会稳定。

（三）各负其责，通力合作。对解决金融机构的问题，大家都赞成“谁的孩子谁抱走”的原则。中央、地方的金融机构发生的问题，分别由中央、地方负责解决。在讨论中有的同志说，有些金融机构到底是谁的“孩子”还说不清楚，需要进行“亲子鉴定”。我看搞“亲子鉴定”也没有用。首先，前几年金融秩序混乱，很多地方猛然增加了许多信托投资公司、证券公司、城市信用社等金融机构，人民银行审批不严是有责任的，但实事求是地说，很多金融机构也是在当地积极要求和干预下批设的。第二,一些机构批设时也许还是合格的，但后来它们自己胡来，亏了很多钱，现在说你是我的“父亲”，你得给我还债，这也没有道理啊！第三，城市商业银行、地方信托投资公司和城乡信用社是地方的金融机构。这些机构成立时，在股本金构成、经营者任命和机构审批等方面可能有不同情况，涉及不同部门，现在也确实分不清是哪一个方面的责任。第四，对银行自己单独成立或注资入股、派人经营管理的一些金融机构，银行要负责清理、整顿、处置。国家早已明令银行与自己所办的信托公司、证券机构、保险公司和其他经济实体在人、财、物等方面彻底脱钩，这方面已做了大量工作，要坚决、彻底完成，对所涉及的债权债务问题，有关银行要认真负责处理。总之，既要各负其责，又要齐心协力，共同把防范和化解金融风险这件大事抓好。

（四）强化金融法治，健全信用制度。要保证金融安全运行和健康发展，从根本上说，必须靠法治。要进一步健全金融法制，依法加强金融监管，把一切金融活动纳入规范化、法治化轨道。当前，确实普遍存在有法不依、执法不严、对违法违规金融机构和人员查处不力的现象，而在这些现象的背后，往往隐藏着很大的金融风险。既要继续抓紧完善金融法律、法规，更要坚决依法办事，加大执法力度。当前要突出抓好三个方面：一是依法借贷、依法清贷，坚决杜绝“人情贷款”和不按程序个人决定发放贷款，大力提高收贷率和收息率。二是在企业改革中，严禁以任何形式悬空和逃废银行债务。如果让所谓企业“改制”逃废银行债务之风蔓延下去，后果不堪设想。各银行都要严格把关。今后哪个企业出了这类问题，不仅要严肃追究企业的责任，还要坚决追查有关银行失职的责任。三是强化金融执法。根据人民银行最近的调查，工商银行和交通银行的两个分行告到法院里的案子，胜诉率为90%到99%，但执行率仅为3%到5%，很多案件判决了不执行，执行了也很少收到钱。这是一个很严重的问题。中央对此正准备采取有力措施。要结合整顿和规范经济秩序，建立健全金融信用制度。要通过经济的、法律的、行政的和宣传舆论等多种手段，增强全社会金融法治意识和信用观念。

三、关于改进和加强对金融工作的领导与监督

中央举办这期金融研究班，目的在于要求我们的各级领导干部，首先是高级领导干部带头学习和掌握金融知识，自觉理解和支持金融改革、整顿，切实加强金融风险防范工作。我们要通过学习，总结经验教训，努力改进和加强对金融工作的领导，在这方面，我认为以下三点至关重要。

第一，必须遵循经济规律和金融法则办事，绝对不能按主观意志搞行政干预。亚洲发生金融危机的一些国家的教训和我们自己前些年的教训很多，十分重要的是，千万不能搞泡沫经济，不能搞重复建设；金融机构的发展规模必须与金融监管能力相适应，不能乱办金融机构；金融市场的开放程度要从本国的实际情况出发，不能贸然行事。任何人无视和违背客观规律，肯定会碰得头破血流，造成不可挽回的损失。现在有些领导干部，特别是一些年轻干部，不懂得经济规律和金融法则，缺乏起码的宏观经济知识，一上台就是盲目搞项目，而又热衷于上工业项目，搞重复建设，根本不讲效益。这是十分错误的。我们要坚决摒弃一种旧的观念，即以为上项目就是政绩，项目上得越多政绩越大。实际上，盲目投资、搞重复建设，不但不是政绩，

而且遗祸后人，要负历史责任。银行对制止重复建设也要切实负起责任。不管是谁干预，没有银行的同意，也不能拿到资金。因此，我多次讲，银行的同志要少长点脂肪，多长点骨头，要有骨气，要讲原则，不能请吃请喝之后，什么项目贷款都批。不能支持重复建设，不能对无市场、无效益、无还贷能力的项目贷款，否则，就是助纣为虐。通过这次学习，作为一个地方和部门的主要领导，要以身作则，切实按经济规律和金融法则办事，按中央的方针、政策和国家的法律、法规办事。做到了这些，就是一个很大的进步。

第二，必须按照发展社会主义市场经济的要求，正确处理政（府）银（行）关系和银（行）企（业）关系。改革开放以来，邓小平同志多次强调，要把银行办成真正的银行，银行不是金库。根据邓小平同志这一重要思想，我国金融体制改革的重要任务，是致力于把中国人民银行办成真正的中央银行，把国有专业银行办成真正的商业银行。这方面的改革取得了突破性进展。问题是，时至今日，不少人仍然政银不分，把银行的钱当做财政的钱来花。必须明白，在社会主义市场经济条件下，银行是经营货币这种特殊商品的独立企业法人，不能把它当做政府的“第二财政”。政府与商业银行的关系是政企关系，要按照政企分开的原则，处理好政府与银行之间的关系。各级政府和部门要充分尊重银行的经营自主权。同时，银行与各类企业的关系是信用关系，要建立新型的银企关系，绝对不能以为银行是国有的，就可以借钱不还。银行的钱主要是老百姓的钱，必须有借有还。政策性银行的贷款也必须有借有还。银行对信贷资金一定要把住关，绝对不允许敞开大门随便花钱。银行也要按照建立现代金融企业的要求，转换经营机制，加强内部管理，大力改进金融服务，拓宽服务领域，增加金融产品品种，提高服务质量，积极支持经济发展。

第三，必须明确中央与地方领导金融工作方面的职责和权限。各地方、各部门都必须坚决贯彻执行中央统一的金融工作方针和政策，遵守国家的金融法律、法规。国家对银行、证券、保险业实行分业经营、分业管理，人民银行、证监会、保监会按规定分别对各类金融机构实施统一监管，并跨省设立分支机构，实行新的管理体制。中央金融工委和各全国性金融机构党委已成立。这些都是为了改进和加强对金融工作的领导，从我国现阶段国情出发所采取的重大措施。中央金融工委、各类金融监管机构和各全国性金融机构党委要切实履行责任。各地党委和政府要正确理解、自觉支持中央金融工委和各全国性金融机构党委的工作，积极支持银行、证券、保险等系统的体制改革和统一监管，主动帮助他们解决需要由地方解决的问题。虽然成立了中央金融工委，但地方党委和政府还是要对各类全国性金融机构的分支机构进行严格监督，发现问题可以直接向中央金融工委和中央银行、证监会、保监会反映。由于人在当地，熟悉情况，在有些问题上地方党委和政府的监督往往比中央金融工委和金融系统自身监督更有效。银行、证券、保险系统实行垂直领导和统一监管后，要主动加强与地方党委和政府的联系，及时向当地党政领导反馈监管及其他工作的情况和信息，为他们决策提供依据。人民银行也要依法加强对地方金融机构的监管。地方党委和政府要对地方的金融机构改革、整顿和化解风险，承担领导和管理责任，共同维护一方金融平安。

最后，有些同志提出，春节前金融机构要保支付，希望中央给予支持。保支付是应当的，任务也很艰巨，中央银行应该为社会稳定尽自己的责任，给予必要的支持。但是，主要还得靠各地方自己想办法。现在一些地方发生挤兑现象，往往是由于涉案机构非法集资、长期乱贷乱花、内部极端腐败造成的支付危机。只要当地党委和政府采取坚决措施惩治腐败，依法整改，对群众做过细的思想工作，安定人心，一般不至于发生大的挤兑风波，是能够做好保支付、保稳定工作的。

会见美国联邦储备委员会主席格林斯潘时的谈话*

（1999 年 1 月 12 日）

朱镕基：现在格林斯潘先生在美国经济中发挥的作用越来越大，已经从人变成神了。去年 12 月，英国《金融时报》发表了一篇文章，说格林斯潘先生纵容美国股市泡沫继续扩大，指出暂时的成功可能引发今后金融市场的大崩溃。不知你对此有何评论？

格林斯潘：中国经济得益于朱总理坚持不懈的努力，发展非常成功，取得了比较高的增长率。美国经济增长势头也很好。中国现在已经发展成为世界上一个举足轻重的国家。如果中国保持现在的发展势头，21 世纪的中国将不仅成为世界上重要的文化大国和政治大国，而且也将成为重要的经济大国。

过去的两年对世界各国来说都是比较困难的年份。有些中国的周边国家受金融危机的影响经济发展情况不好，对中国的经济发展产生了负面影响，中国经济的表现也对美国经济的发展产生了影响。这种情况迫使我们对国际金融体系进行改革。昨天，我和戴相龙行长以及一些中央银行的行长们在香港参加国际清算银行行长特别会议，探讨了许多问题，包括应采取哪些手段稳定国际金融秩序，以及如何才能建立稳定的、面向 21 世纪的全球金融经济体制问题。

---

* 这是朱镕基同志在北京中南海紫光阁会见美国联邦储备委员会主席艾伦·格林斯潘时的谈话。

1999 年 1 月 12 日，朱镕基在北京中南海紫光阁会见美国联邦储备委员会主席艾伦·格林斯潘。

（新华社记者刘建生摄）

科技的发展不仅使经济的许多部门之间的联系更为紧密，而且对国际金融体系也产生了革命性的重要影响。在美国，计算机和通信等技术的快速发展导致了金融系统的革命，提高了生产力，改善了资本的有效利用，并提高了人民的生活水平。科技日新月异的发展超过了几年前我们能够预料到的水平。同样，影响美国的科技因素也影响了其他国家。金融机构和金融产品迅速发展，资产可以以最佳方式由消费者不需要的产品向消费者需要的产品转移。复杂的国际金融体系在给人们带来益处的同时，也带来了潜在的危机。

美国现在十分想要了解清楚这样一个问题，就是东南亚国家在过去 20 年到 30 年中能够取得高速的经济发展，为什么金融危机一来临，这些国家就无法应付，使经济处于崩溃境地？我们认为，这与现行的国际金融体系有关。目前，世界上相当多的国家过于依赖银行系统，只通过银行系统进行融资，银行成为这些国家唯一的融资源泉。这是一种不灵活的体制，危机来临就不能化解，就像俄罗斯目前的情况一样。美国的情形与其他国家不一样，遇到金融危机时，由于有除银行体系之外的替代性融资方式，可以很好地克服和化解危机。

美国目前经济形势非常好，比过去50年来我每天观察到的美国经济的任何时候都好，但是需要谨慎，因为我们不能确定这种良好的经济形势是否会延续下去。美联储会密切关注高科技带来的变化，关注我们是否能够驾驭科技力量带来的新的金融产品。高科技对金融体系、制造业和服务业会继续产生重要的影响。美国将深入了解科学技术的力量、科技产生的影响及其对全球经济稳定的影响。

朱镕基：全世界都关心美国经济发展情况，美国是世界经济的火车头。目前美国经济形势很好，好得不能再好了。有人认为，美国股票价格被大大高估了，今年道琼斯指数可能突破一万点，然后可能出现大萧条。你在许多场合发表过对美国经济的看法，我现在想请你面对面地谈谈对此的看法。

格林斯潘：目前股市的杰出表现，股价异常扬升，是真实反映美国经济的实际情况还是泡沫现象，不好说。日本1996年股市高峰过后，泡沫就破灭了。有些人过分乐观地估计了科技发展带来的潜在益处。他们认为，计算机、互联网等科技进步，大大提高了劳动生产力和资本生产力，提高了公司收入和潜在价值。持乐观观点的人们认为，由于科技的发展，美国经济发展已经上了一个新的台阶，而股市反映的正是这种实际情况，反映了公司的效益比较好。我个人对此持怀疑态度。我认为还是应该谨慎一点好。根据历史经验来判断，目前股市的状况是一种不正常现象，是异常现象，没有反映美国经济发展的实际情况，不属于正常现象。按常规标准判断，现在股票价格与公司收益、收益前景相比较已经过高。尽管如此，我个人认为，如果是过高估计股价，以后会发生股票价格的调整，但是美国股价上涨速度放缓或价格一定程度下跌，并不一定意味着美国经济进入衰退，只是表明美国经济增长速度放慢或者减缓。

朱镕基：去年香港遭受国际对冲基金的冲击，香港政府先是提高利率抵御冲击，但遭受了很大损失，后来不得不动用外汇基金托市，你当时提出批评意见，任志刚〔1〕说要当面向你解释清楚。不知此次他和你会面时做何解释？你的观点又如何？对于大量投机资金流动对国际金融市场的危害，美国是否打算加强监管，准备采取什么样的措施进行监管？我刚刚会见了澳大利亚驻华大使，他向我递交了一封霍华德总理致我的亲笔信，信中建议二十方会议〔2〕研究如何对国际金融市场进行监管，你对此有何看法？

格林斯潘：我与任志刚在香港进行了很好的交谈。我们两人都认为，短期流动资本既带来利，也带来弊；但是，任志刚更加关注短期流动资本带来的弊端。我说过反对香港特区政府使用外汇基金支持股票价格。我认为这样做，短期内有效，但长期会造成价格扭曲，阻碍资本市场的合理运作。上市公司的价值不在于谁拥有公司或人们花多少钱购买股票，而在于公司的生产力。干涉的结果是香港金管局持有很多公司股票，这样做对资本有效配置非常不利。任志刚认为，一个运行良好的经济体不应面临这种投资性资本流动问题。

香港遭受短期流动资本冲击事件，使我们联想到国际金融体系的许多问题。目前的国际金融体系与10年到15年以前已截然不同。现在的国际金融体系更加复杂，涉及面更广，更加敏感，信息传导速度更加迅

〔1〕任志刚，当时任香港金融管理局总裁。

〔2〕二十方会议，即二十国集团会议。参会各方包括中国、阿根廷、澳大利亚、巴西、加拿大、法国、德国、印度、印度尼西亚、意大利、日本、韩国、墨西哥、俄罗斯、沙特阿拉伯、南非、土耳其、英国、美国和欧盟。

速，同时，错误信息也传播得更加迅速。问题在于如何使国际金融体系的优势更好地发挥，并使其复杂的不利因素最小化。主要问题涉及两个方面：一是，许多国家或地区从国际金融市场借款，但没有采取必要的预防汇率风险的措施，因此在市场波动时遭受损失。二是，应该确定哪些金融机构的放款对金融稳定起反作用，然后加以必要的监管。目前争论的一个主要问题是，金融危机使人们更为谨慎，应该采取什么措施对国际金融体系进行监管。我预料在未来一到两年时间内，我们将会仔细回顾、研究现存国际金融体系的发展过程及其利弊，并对之进行改革。我个人认为，如果我们能够渡过目前这场危机，而实际上我们已经基本上渡过了危机，这一到两年时间内不太有可能产生更大的危机因素。如果现在不做好这项工作，四到五年后如果危机再次发生，可能会更猛烈，影响涉及面会更大、更广。我认为，各国的中央银行都应该为此目标努力。我希望中国在对金融机构进行更严格监管时，也要慎重，不要阻碍金融市场的积极发展。

朱镕基：中国关注美国在银行改革方面的经验和做法。我们已把中央银行原来每省一个省级分行的格局改为设立九家大区分行，旨在加强中央银行的监管，排除地方政府的不当行政干扰。我们正在遵循商业信贷的原则，对商业银行进行改革。中国的问题在于银行不良贷款率比较高，这是个遗留问题，产生于 1992 年到 1993 年那段经济发展过热时期。当时房地产开发过热，各地设立了太多的开发区，都是从银行贷的款，现在还不了。为此，中国想借鉴美国成立资产管理公司的经验和做法，成立金融资产管理公司，先把不良资产从商业银行剥离出来，然后进行商业银行改革，使商业银行更好地运作。美国这方面的经验是否对中国有借鉴意义？你对此有何看法？

格林斯潘：当商业银行有很多不良贷款时，银行通过有效的运作来促进经济发展的能力就受到很大限制。日本的问题是大量的不良贷款使银行业务收缩，而且在世界范围内也受到影响。现在日本在欧洲市场筹资成本就比较高。不良贷款使银行不易从私营部门获得资金，即使得到也要付出更高的代价。只有解决这一问题后，银行才能发挥更好的作用，促进经济复苏。中国人民银行的结构变化和商业银行的改革非常重要。目前中国的商业银行不需从市场直接筹资，只做存款放贷业务；但是当银行发展到一定阶段，需从市场融资时，不良资产问题将是一个严重问题。在走到这一步之前，中国先成立资产管理公司，解决商业银行的不良资产问题，这将是非常有益的。我认为是一个好办法。我们现在认识到，不良贷款对银行运作产生的不利影响大于我们十年前的认识水平。

朱镕基：今天美国驻华大使不在，临时代办在座。我现在讲一个问题不是给格林斯潘先生听的，而是给美国使馆临时代办听的。最近美国国内出现了一股反华的言论和舆论，有攻击中国人权状况的，也有造谣说中国窃取美国军事机密的，在此，我不想一一加以评论。我只想说说中美间的贸易逆差问题。美国公布的数字显示，1997 年美国对中国贸易逆差是 500 亿美元，1998 年高达 600 亿美元。美国公布的上述数字表明，美国对中国的情况了解太少。去年，中国向全世界出口的总额是 1800 亿美元，其中 60%是加工贸易出口。也就是说，约 1100 亿美元是在中国的外资企业，包括美国与中国的合资企业，向包括美国在内的国家出口，而这 1100 亿美元的出口产品大概需要用 900 亿美元从包括美国在内的国家进口原料。就是说，中国只有 200 亿美元的贸易顺差。但是，这 200 亿美元也不在中国手里，而在中国的外资企业——包括美国投资的外资企业手里。由于存在种种贸易限制和贸易保护主义措施，中国的出口，去掉加工贸易的话，只有 700 亿美元，不可能有更多的出口。如果说美国 1998 年对中国的贸易逆差是 600 亿美元，那么中国只向世界上别的国家出口 100 亿美元，这是绝对不可能的。我认为，必须合理地看待中美贸易间存在的问题，实际上，中国对美顺差只有200亿美元。我说上述话的意思是，要维护中美两国的友好关系，任何破坏中美关系的言论或行为，对中国没有好处，对美国也没有好处。美国公布的中美贸易逆差的数字是毫无根据的，也是不符合事实的。

我将接受克林顿总统的邀请，于今年4月份访问美国。我希望在我访美期间，两国能就中国加入世贸组织问题达成协议。我已经要求外经贸部部长石广生和美国贸易代表巴尔舍夫斯基进行谈判。如果巴尔舍夫斯基开出的条件合情合理，我们将接受，但是必须有时间表。我说必须有时间表，并不是为了拖延。时间表的概念也许是一年，也许是三年，最长不超过五年。最棘手的问题需要五年的时间，比如说全面开放资本市场问题。亚洲金融危机的教训告诉我们，金融市场开放得快没有什么好处。金融市场的全面开放必须循序渐进，必须条件成熟，必须监管水平跟得上才行。（转向格林斯潘）我很抱歉在会见你时说和你没有关系的话。

格林斯潘：恰恰相反，朱总理刚才的讲话跟我很有关系。我期待着朱总理今年对美国的访问。你是一位非常好的演说家，在美国演讲一定能将中国的政策阐述透彻。由于中国不仅是国际政治领域的重要成员，也是国际经济大家庭中的重要一员，美国政府认为，中国加入世贸组织对美国至关重要；包括我在内的美国经济界人士，也希望中国尽早加入世贸组织。我同意总理的看法，东南亚国家没有做好充分准备就开放金融市场，也没有做好充分准备迎接国际金融市场上越来越复杂变革的挑战。总理先生对美中贸易的看法，如同对金融问题的看法一样深邃，这样的看法对我们很有启迪，而我们需要这种启发。

朱镕基：我非常高兴与你再次会面。每次与你会晤我都有收获。我希望你能更多地访问中国。

把“两个确保”落到实处*

（1999年1月13日）

做好国有企业下岗职工基本生活保障和再就业工作，是由我们党全心全意为人民服务的根本宗旨所决定的，直接关系到广大职工群众的切身利益，关系到保证改革开放和经济建设稳定发展的大局。各级党委、政府和有关部门要高度重视，坚定信心，扎实工作，继续狠抓落实，确保国有企业下岗职工基本生活，确保企业离退休人员养老金按时足额发放（以下简称“两个确保”）。下面，我讲几点意见。

一、做好国有企业下岗职工基本生活保障和再就业工作，是实现国有企业改革和脱困目标的重要环节。

关于国有企业改革的方针、政策，党的十四大、十五大都作了明确的决定。江泽民同志在党的十五届一中全会上明确指出，要用三年左右的时间，通过改革、改组、改造和加强管理，使大多数国有大中型亏损企业摆脱困境，大多数国有大中型骨干企业初步建立现代企业制度。这个目标不能动摇。去年是国有企业三年脱困的第一年，由于亚洲金融危机的冲击，又遭受历史罕见的洪涝灾害，给国有企业的生

* 1999年1月12日至13日，国务院在北京召开国有企业下岗职工基本生活保障和再就业工作会议。出席会议的有各省、自治区、直辖市人民政府和中共中央、国务院有关部门的主要负责同志。朱镕基同志在会议闭幕时的总结讲话，曾发表于《新时期劳动和社会保障重要文献选编》，原标题为《关系国有企业改革成败的一项大政策》。编入本书的是讲话的主要部分。

产经营造成不利影响，但从总体上讲，国有企业的税收还完成得不错，国有企业开始走出困境。现在，国家经贸委会同各地区和有关部门，正在拟订脱困的企业名单，名单一经确定，上下要狠抓，国家的扶持政策要向这些企业倾斜。只要我们共同努力，这个目标就一定能够实现。考虑到公用事业、资源枯竭的矿山、军工企业、森工企业，以及“七五”、“八五”时期国家批准兴建的资本金投入严重不足企业的特殊情况，不将这些企业纳入国有企业三年脱困目标的考核范围之内，可以单独考核、比较。

实现国有企业改革和脱困目标，重点要抓好三方面的工作：一是制止重复建设，特别是工业的重复建设，继续调整压缩多余的、落后的生产能力。二是建立社会保障体系，把下岗职工的基本生活保障和再就业工作搞好。三是政企分开，强化对企业的监督，加强领导班子建设。这里，我着重讲一下社会保障问题。

目前国有企业普遍人多，不解决这个问题，就无法进行现代企业制度改革。减员增效，这是国际上的通行做法。办好企业必须严格控制人工成本。我们实行劳动合同制十几年了，绝不能再吃“大锅饭”。只有把企业富余人员减下来，才能减轻企业负担，降低生产成本，加快技术进步，提高生产效率，增强企业的市场竞争能力，从而为扩大就业提供更强大的物质基础。但是，减人必须有社会保障体系。职工在企业工作了多年，对企业很有感情。企业对下岗职工不能撒手不管，要考虑他们的生活问题，解决其后顾之忧，不能让职工感到前途未卜。减下来的人不安置，就会引发社会不稳定。国有企业下岗职工基本生活保障和再就业，是根据我国目前国情建立的社会保障体系的重要组成部分。这种保障制度，与失业保险、养老保险、城镇居民最低生活保障制度以及城镇职工医疗保险制度等一起，共同组成具有中国特色的社会保障体系。当然，这只是一种过渡性的保障体系，将来

1999年1月13日，朱镕基在国有企业下岗职工基本生活保障和再就业工作会议上讲话。中共中央政治局常委、国务院副总理李岚清（右二），中共中央政治局委员、国务院副总理钱其琛（右四）、吴邦国（右一）等出席会议。（新华社记者马占成摄）

还要进一步规范化，方向是要扩大到全民保险。我们既不能照搬国外的做法，也不能沿用计划经济的办法，只能根据现阶段的实际情况，制定适合中国国情的政策措施。因此，党中央、国务院确定的国有企业职工下岗分流、减员增效和实施再就业工程是一项大政策，是国有企业改革成败的一个重要条件，也是保持社会稳定的重要举措。

二、地方财政要在预算中打足国有企业下岗职工基本生活保障资金。

下岗职工基本生活保障资金，要坚持实行企业、社会、财政各负担三分之一的办法。企业要对下岗职工负责到底，绝不能对减下来的人撒手不管。对于有困难的企业，要调查它的负担能力。中央企业由中央查，地方企业由地方查。确有负担能力但拒绝出资，经过教育仍不改正的，要撤企业主要负责人的职。社会筹集部分，主要是依靠失业保险金。各地要加强失业保险费的收缴，保证社会筹集资金到位。地方财政负担的三分之一，以及对企业、社会筹集不足的部分，地方财政要给予保证，不保证就是不落实。去年中央在这方面补助地方 110 亿元，今年中央财政要继续通过增加财政投入，扩大基础设施建设，拉动经济发展，不可能再在这方面对地方给予补助。因此，各地财政一定要调整预算支出结构，优先、足额安排下岗职工基本生活保障资金。从现在了解的情况看，一些地方的资金安排与实际需要相差很大，这要引起高度重视。社会保障体系是社会主义市场经济体制的重要组成部分，做好社会保障工作是市场经济条件下政府的重要职责。什么叫政府转变职能？转变职能的重要内容之一，就是政府不能再热衷于上项目了，那不是政府要抓的事情。政府的主要工作、主要财力，都要放在公共事业和公众利益上，为企业的公平竞争和社会的健康发展创造一个稳定和有利的环境。对于少数困难地区，按此规定执行后确有困难的，中央财政可通过转移支付的办法给予一定的支持。

三、下岗职工必须进再就业服务中心，再就业后必须解除与原企业的劳动合同。

现在下岗职工的劳动关系非常复杂：有的职工下了岗，却不愿意进再就业服务中心（以下简称“中心”）；进了中心的，还有人不与中心签协议；有的职工下岗后找到了稳定的工作，却不与原单位解除劳动合同，一方面干自己的活，一方面到中心领生活费。这些问题必须解决。

下岗职工进了中心以后，在中心期间不解除劳动合同，但必须按现在的文件规定与中心签订基本生活保障和再就业协议，明确双方的责任、权利和义务，并相应变更劳动合同。

国有企业下岗职工要随下岗随进中心。凡是进了中心的，就要发给基本生活费，由中心代缴社会保险费；不进中心的不能享受这种保障。下岗职工实现再就业的，“两不找”人员〔1〕有了稳定职业的，都要与原企业解除劳动合同，与新单位重新签订劳动合同。下岗职工在中心三年期满后仍未就业的，也要解除与企业的劳动合同，领取失业保险金。

四、确保企业离退休人员基本养老金按时足额发放，不准再发生新的拖欠。

目前只要求不准发生新的拖欠，对过去拖欠的养老金，能补发多少就补发多少，根据承受能力，逐步予以补发。关键措施有以下三条：

第一，必须扩大覆盖面。现在，大多数外商投资企业、私营企业都没有纳入养老保险的统筹范围。今年扩大覆盖面的重点是外商投资企业、私营企业，各种所有制企业都要参加养老保险，不能例外。必须明确，在社会保险方面不能有不缴费的所谓“优惠政策”，要一视同仁。社会保险覆盖外商投资企业，这是国际惯例。各地要认真抓好这项工作，每个城市都要去落实。劳动保障部今年要着重检查这一点，这项工作上半年力争到位。

第二，努力提高收缴率。各级政府要像抓税收一样抓社会保险费的收缴。要坚决清理和追缴企业的300多亿元欠费，社会保险费不允许缓缴，要依法办事、严格执法。对有钱不缴的企业要予以新闻曝光，谁不缴就公布名单，第一年“黄牌警告”，第二年再不缴要惩罚企业主要领导人。当然，对亏损严重、尽了最大努力而确实无力缴纳的企业，也得酌情处理。

〔1〕“两不找”人员，指因用人单位生产经营不景气，单位与职工约定或未经协商自然形成，单位不找职工发工资、职工不找单位要求安排工作的不规范劳动关系中的单位职工。

第三，积极稳妥地推进省级统筹。建立省级统筹、进行基金的适度调剂，是为了解决地市之间基金结余不平衡问题，确保省级范围内养老金的按时足额发放。但是，要特别强调，省级统筹绝不能搞一平二调、鞭打快牛。省里要制定科学合理的基金调剂使用的考核指标体系和考核办法，严格考核地市的覆盖面、收缴率和控制待遇水平的情况。考核指标完不成的地市，即便资金有缺口，也不能进行调剂，不能自己不努力工作，坐等吃省里的“大锅饭”。除此之外，地市还有资金缺口的，可以采取地市间借款、有偿使用的办法解决。省级统筹要发挥省和地市两个积极性，鼓励地市多收缴、多结余。当年地市上缴调剂金后的结余基金，由地市管理和使用。同时，对省一级来讲，也不能一方面留着大量结余资金，另一方面又向中央要钱。

五、做好养老保险行业统筹移交地方管理后的有关工作，坚决制止和纠正提前退休。

去年 8 月，养老保险的行业统筹如期移交地方管理。行业统筹下放地方管理的目的之一是为了解决地方的困难。当前要做好三方面的工作。一是尽快将下放前行业结余的基金移交到位。按 1997 年年底的决算数，结余基金该上缴中央财政专户的要全部上缴；该移交给地方的，要全部移交；应移交地方但已上调的资金，要如数退还给地方，不能让地方吃亏。对原行业结余基金的使用、移交情况，审计署要组织一次专项审计，财政部、劳动保障部参加，清查核实，查出问题的，要分清责任，严肃处理。二是原则上不降低行业统筹下放的企业离退休人员的待遇。行业所属企业离退休人员的待遇比地方的高一些，是历史原因形成的，要承认这个现实，原则上不降低这些人的待遇。高出的这部分待遇，属于统筹项目以内的，由地方养老保险基金支付；属于统筹项目以外的，由企业负责支付，不能增加地方的负担。三是坚决纠正提前退休。有少数行业在下放之前，突击组织职工提前退休，据说最年轻的只有24岁就退休了，这简直到了荒唐的程度。提前退休问题，不只是中央这几个行业有，地方也有。这样大规模地提前退休，把退休制度都搞乱了，后患无穷。要根据国家关于企业职工退休条件的规定，各地、各有关行业主管部门对1998年1月1日以后突击提前退休的情况进行认真清理，分别妥善处理。各地和各有关行业主管部门要严格按照国家的规定执行，地方搞的地方自己纠正，中央行业搞的中央行业纠正，即使现在企业已经下放了，也要纠正。

今年的社会保障工作任务艰巨，责任重大，难度不小。现在，中央关于“两个确保”的政策已深入人心，得到社会各界的普遍关注和广泛支持，受到企业广大职工和离退休人员的拥护。各级党委和政府的领导要继续把“两个确保”工作当做一件大事，抓紧抓好。主要领导要亲自抓，负总责，一级抓一级，层层抓落实，把中央对“两个确保”的政策落到实处。劳动保障部门要加强与经贸、财政和工会等部门的密切合作，不推诿、不扯皮，加强协调，共同做好工作。

信访工作是联系群众的重要渠道*

（1999年2月5日）

信访工作很重要，信访工作很繁重。信访局的同志们很辛苦，你们做了大量的工作。所以在春节前，我和王忠禹、王刚[1]等同志来看望大家，向同志们表示慰问，表示感谢！

信访工作是各级党政领导机关与人民群众联系的一个非常重要的渠道。我们有各种渠道，各种民主的、法制的渠道，但是由于种种的原因，正常的渠道不能够充分利用，需要有信访工作这样一个重要的渠道。如果我们不重视这个渠道，很可能听不到任何真正的声音，只有歌功颂德，没有批评监督。首先，信访工作能帮助检验党中央、国务院的政策在执行过程中发生了什么问题，是不是符合实际。其次，我们也可以通过信访渠道，让人民群众提出各种建议，有时候在会议上不好提，可以通过信访来提，这可以调动人民群众建设社会主义的积极性。再次，信访工作是对我们各级党政领导干部的一种非常重要的检验和监督，特别是对违法违纪干部的一种揭露。我过去在国家计委、国家经委工作，没有直接联系信访工作，但也很重视牵涉到我分管的工作中的群众来信。我接触人民来信比较多是到上海当市长以后。从那时起，我就非常重视信访工作，直接批出去的人民来信数量

* 这是朱镕基同志看望中共中央办公厅、国务院办公厅信访局工作人员时，听取信访局负责同志工作汇报后讲话的主要部分。

〔1〕王刚，当时任中共中央办公厅副主任。

很大。当时，收到的信件虽然没有现在多，但是我批出去的信件比现在要多得多。那时一年只收到四万件，现在有几十万件，当然，我不可能看那么多。尽管我看的仅是其中很少的一部分，但对我也有很大的教育和启发。来信不一定都是符合实际的，但写信的方法和反映的情况，也足以引起我的深思。我今天来信访局，是希望各级信访干部能真正地认识到信访工作的重要性。它确实是各级党政机关和领导干部联系人民群众的一条非常重要的渠道，一定不能忽视这一渠道，不能马马虎虎地对待，要认真地对待。说老实话，我也确实从这些信件里面，获得了一些新的工作思路。现在人民来信中，有将近60%是反映农村中的问题，是牵涉到农民利益的问题，如土地承包中的乱占地、乱收费，农民负担沉重不堪，干部违法乱纪等；有30%是反映城市中的问题，大部分是国有企业的问题，主要涉及下岗职工的生活和离退休人员养老金问题；还有10%主要是反映干部问题。当然，城市、农村中的问题也牵涉到干部问题。从这里也可以看出，目前我们党的政策在执行过程当中哪些方面出了问题，很值得我们深思。

第一，有这么大分量的来信反映农民的负担、土地承包、乱收费等牵涉到农民切身利益的问题，如果不引起足够的重视，农业这个基础就会动摇。想当年我们是靠农村包围城市起家的，农村工作，不是光喊口号、下发文件就行，要把中央的农村政策贯彻落实到底。

第二，城市的问题，主要是下岗职工问题。不是我们叫他们下岗，而是过去的政策出了点问题，搞重复建设没有资本金，借银行贷款乱上项目，一些国有企业生产出的产品根本没有市场，无法继续生产，只得给职工“放假”。1997年年底，下岗职工达到1000万人。那个时候，中央就提出政策：鼓励兼并，规范破产，下岗分流，减员增效，实施再就业工程。干什么呢？就是把他们安置起来。到去年年底，90%以上的下岗职工进了再就业服务中心，拿到了基本生活费，尽管比过去的工资要少得多，但他们能生活下去。还有离退休人员的养老保险金问题。去年上半年，离退休人员闹事比下岗职工要激烈得多，这些人心态更不平衡，“青春献给党，老了没人养。要我靠儿女，儿女都下岗”。他们一肚子气啊！离退休人员养老金是非保不行的。中央财政今年拿了122亿元补贴给地方，保下岗职工基本生活费和离退休职工养老保险。

第三，干部队伍的腐化相当严重。有些事情是前所未闻的。县长买通杀手去杀县委书记，他好当书记；副县长买通杀手杀县长，他好

1999年2月5日，朱镕基到中办、国办信访局看望干部职工。

当县长。这类案件不是一起，起码有五起之多。我们只听说过跑官、买官、要官的事情，没有听说过有杀人升官的事。居然腐败到这个程度！

从这些情况看，我们确实是要认真地听取群众的意见，联系人民群众。光看报纸、报告，那是根本无法工作的。不久前我到安徽省南陵县去察看粮食仓库，在我没去之前粮库都是空的，后来他们把一些粮站的粮都搬过来，摆得整整齐齐。连我都敢骗，真是胆大包天！还有一件事情，我到某省会城市考察下岗职工再就业服务中心。原来是一个大仓库，空空荡荡的，他们在几天之内把许多个体户都搬进去，里边人山人海。我去参观的时候，那欢呼啊！人人都想跟我握手，挺有劲儿的，热情得很。我一回到北京，就收到一封人民来信，说那些都是假的，不信现在你再去看看，一个人也没有了。我就派国务院办公厅的同志去微服私访，果然来信反映的情况属实。现在，你要下去视察工作，都事先安排好了。固定的点，都是笑脸相迎，热情招待；汇报的人都挑好了，都是对答如流。这些你能相信吗？所以，你听不到真实的意见，怎么为政呢？政策怎么出来啊？

同志们一定要意识到，你们的岗位是一个很重要的岗位，你们的工作是非常有意义的工作。你们工作的成绩，不仅仅表现在进了多少万件群众来信，出了多少万件群众来信，而在于这些来信将在我们各级党政领导干部中发挥很大的作用。很明显，我们很多的政策是根据群众这些意见，做了更好的修订。通过人民来信，我们对干部增加了了解，也处分了很多人。我最关心的是财政和银行系统的干部。凡是国家信访局转来的反映干部问题的信，我没有不处理的。而且处理以后，我还得督察结果。来信诬告的不是很多，夸大事实的有。要充分认识到信访工作是一项十分有意义的工作，绝对不是一件事务性的工作。

确实也有很多官僚主义者、所谓的“领导人”，报纸也不看，文件也不看，电视只看娱乐节目。让他们重视人民来信，那不是对牛弹琴吗？他们会去看人民来信吗？但是也应该看到，我们绝大多数领导干部还是为人民服务的。我相信，只要党中央、国务院倡导这件事情，并且持之以恒，风气是会改变的。希望大家充分认识信访工作的重要性，把这件事做得更好。

另外，我们也要做一点宣传，引导群众不要只从一个信访渠道来反映问题，我们还有各种民主的、法制的正常渠道。只是那些被包庇、掩盖了的问题，如不通过信访渠道往往难以解决的问题，才应通过信访渠道，不能什么都走信访渠道。去年，国家信访局收到群众来信 46 万件，比前年增长 17%，这个事情越来越大，办案的成本太高了。当然，我们还是要号召大家通过正常的渠道反映问题，不要什么事情都告到国务院来。实际上，许多事情反映到上一级就可以了。比如说乡村干部的问题，就可以送到县或地市；县的问题，你觉得地市不可靠，就送到省里。那里没有解决问题的时候，再送到中央来。我们批下去的东西，最终还得通过主管部门、省里来办。我们不可能每一件案子都派一个工作组下去查，这是不可能做到的事。

我们还是要提倡来信署名。要严格规定，对打击报复的，不但要让他丢官，还要追究他的法律责任。要提倡民主的作风，打击报复是不允许的。写匿名信有一个问题，诬告的出来了，夸大事实的增加了，但现在匿名信反映的情况恐怕大部分还是确有其事。所以，我们如果能够逐步建立民主法制的秩序，严厉地处置打击报复，还是要鼓励人民群众写署名信。这有个好处，就是比较实事求是，我们查的时候效果要好得多，成本也少得多。为什么从长远来说一定要这样？就是要养成民主风气。有问题不能揭发，那还得了！目前，对匿名信我们还得同样重视，这是个过渡时期。另外，还要加强宣传，让上访的、写信的人员遵纪守法。我现在每天乘车上班，不断地发生险情，有时上访的人一下子就蹿到车前边，拦车上访。我一再地告诉司机，一定要注意车不能开得太快，别伤了他们。最近有一件事，震动了中南海，有50多名上访人员冲进中南海，冲到怀仁堂那个地方了。这是不行的，是违法的。他们的激愤情绪可以理解，但做法是不对的。我们还是要维护一个正常的法律秩序。

新疆经济发展要解决好“一黑一白”的问题*

（1999 年 3 月 8 日）

新疆是少数民族地区、边疆地区，也是具有重要战略意义的地区。以江泽民同志为核心的党中央十分关心新疆。江泽民同志经常在中央政治局常委会议上通报有关新疆经济发展和社会稳定方面的情况。国务院对新疆的工作也给予了全力支持，力所能及地予以特殊照顾。

新中国成立以来，新疆在历届党委、政府的领导下，各族人民紧密团结，经济建设、社会发展等各方面都取得了很大成绩。我多次到新疆，每次都感到变化很大，如阿克苏、和田、喀什等地，比我原来想象的要好得多，这是来之不易的。当然，这个成绩与驻疆部队、新疆生产建设兵团所发挥的特殊作用是分不开的。我相信，新疆的发展前途无量。

去年新疆的发展遇到一些困难，主要是因为亚洲金融危机的影响，也是全国经济结构调整过程中一些问题的必然反映。具体讲，就是“一黑一白”遇到了阻力。

“一黑”就是石油。根据目前探明的资源，新疆的石油、天然气资源丰富。随着油田、气田的开发，管道的建设，可以有力地带动新疆经济发展，新疆将成为我国的一个最重要的石油天然气基地。亚洲

---

* 这是朱镕基同志在九届全国人大二次会议新疆维吾尔自治区代表团讨论会上讲话的要点，曾发表于《新疆工作文献选编（1949—2010 年）》。编入本书时，对个别文字作了订正。

金融危机发生后，油价一降再降。受此影响，去年8月份以前，石油、石化全行业亏损，油田关井限产，石化产品压库。在这种情况下，中央采取了一系列措施，特别是加大了打击走私的力度，收到了立竿见影的效果，扭转了亏损局面。这说明困难是暂时的，新疆石油、石化产业的发展是有前途的。当然，我们也要看到国际市场的严峻形势，进一步在深化改革和加强企业内部管理上狠下工夫，降低生产成本，提高市场竞争力。

“一白”就是棉花。我们要把新疆建设成为国家商品棉基地，这是没有疑义的。但是，我们也应看到，国际、国内纺织工业正在调整，化纤比重越来越大，某些西方国家又对我国采取贸易歧视政策，对我国出口的纺织品实施所谓“反倾销”。这种情况下，棉花种植规模目前不宜再扩大。近几年，新疆棉花面积逐步扩大，产量不断提高，为全国纺织工业的发展作出了重大贡献。但国家为此背上的包袱也一天比一天重，我心里十分着急。因为新疆棉花收购后并没有完全销出去，而是存放在仓库里，仓储费用、利息负担相当沉重。可是，新疆棉花不收购也不行。这就造成了我们原先没有预计到的矛盾。今年《政府工作报告》中，明确提出要稳定新疆棉区种植面积，调减其他棉区种植面积。坦率地讲，调减其他棉区种植面积，说起来简单，真要做起来也不容易，但再难也只能这么做。事实上，《政府工作报告》原来准备写“稳定新疆棉区的产量”，但强调稳定产量可能会直接导致农民收入减少，所以经过再三考虑，改成了“稳定新疆棉区种植面积”。刚才听新疆的同志讲，今后要调整种植结构，不太适宜种植棉花的地区就不种棉花了，总产量还可以基本维持不变，那我就谢天谢地了！解决新疆棉花发展的问题，最重要的是打开销路，打不开销路，棉花压库是不行的。当然，打开国际市场的难度很大。我们近几年为提高农民收入、鼓励农民种植棉花，收购价格定得很高；现

1993 年 9 月 27 日，朱镕基在新疆生产建设兵团石河子垦区考察棉花生产情况。

（新华社记者武纯展摄）

行的营销体制和手段也存在一些问题，国外都是包装、运输、销售一条龙，中间环节很少，但我们目前还做不到。这样一来，致使新疆棉花的国际市场竞争力不高。但是，即使难度再大，也一定要想方设法打开国际市场。新疆棉花的销售不能过多地寄希望于国内市场，必须“走出去”。为此，国务院下定决心把外经贸部所属的棉花出口公司划给新疆，专司其职，帮助新疆出口棉花。要尽量减少中间环节，撤销一级站、二级站、三级站，一竿子到底，按照国际标准组织棉花货源，直送港口，降低费用；要建立长期的用户关系，稳定价格，保证质量，做到长期供应，这样才能真正打开国际市场。另外，要尽可能地用新疆棉顶替进口棉。现在一方面，我们的棉花销不出去；另一方面，棉花还大量进口，其原因主要是外资企业进口棉花享受优惠政策。这种局面要尽快改变。要给予政策优惠，鼓励采用新疆棉花。对于中央制定的政策必须落实，中央的政策老是不落实，困难怎么克服？国家对新疆棉花给予了很大的补贴，远不止40多亿元，还有仓储费、利息费等，简直是不得了，不采取措施把棉花销出去怎么行？我反复讲，对新疆的棉花，不能采取强制减产的方法，那样，农民收入就会下降，民族团结就会受到影响；单纯靠降低收购价格也不行，会使农民增产不增收，所以必须想办法把棉花销出去。当然，新疆也要大力调整农业结构，不能单搞棉花，单打一是不行的，要全面发展。

前几年，我们粮食供不应求，价格不断上涨，经过近几年的发展，现在粮食也多起来了，大量积压在仓库里。是不是真的多了？我看并不是。如果大家仅吃粮食，可能是多了，但要吃肉，就远远不够。我国人均肉食消费量与国外发达国家相比差距很大，应该适当提高，这与全民族身体素质的提高也很有关系。不知道大家注意到没有，这次《政府工作报告》中还特别讲到了要逐步提高国民的营养水平。那就是要多吃肉、多喝奶。所以，要加快粮食的转化。当然，同时也要适当调整国民的工资水平，提高城乡居民的购买力。我看新疆发展畜牧业、食品工业，是完全有条件的，也是大有前途的。问题是产品的成本要降低，加上现代化的饲养、管理和现代化的包装、冷藏等技术手段，才能运到内地来，才能参与市场竞争。随着人民生活的改善，健康食品日益受到重视。新疆生态条件好，发展天然畜牧业，产品是绿色食品，有利于健康，符合消费方向，在此基础上做好包装，我相信会有销路。通过这个路子调整经济结构，农民收入就会提高。现在进口食品占有相当大的比例，连牛奶都要进口，真是莫名其妙！我们这么多粮食，还不能生产一些符合群众喜好的健康食品吗？只要新疆采取得力措施，大力发展食品工业，多生产一些牛奶、牛肉等食品，直接空运到北京等地，或用冷藏车通过铁路运输，绝对比那些层层周转来的产品便宜。我看要从这个方面多动点脑筋。

"一黑一白"的问题希望你们很好地考虑。"黑"、"白"这两个字对新疆生命攸关，一定要把这两个问题解决好。如果棉花能够打开销路，农业经济结构加以调整，大力发展畜牧业、食品工业，我相信新疆的前途是很好的。当然，也要适合市场需要，管理、销售、运输都要跟上去，盲目发展也是害人的。

总之，中央是新疆的坚强后盾，一定会做好工作，加大对新疆的支持，帮助新疆加快发展。新疆的地位非常重要，我们这么多的少数民族同胞生活在那里，国外许多敌对分子又企图破坏我们的民族团结，所以，一定要把经济工作搞好，提高各族人民的生活水平，让新疆各族群众心向祖国、心向共产党。当然，要做到这一点，各级干部的作风也十分重要。各级领导干部都要牢记自己是人民公仆，一定要做到为群众着想、为群众服务，解决群众的实际困难。这样，人民生活一天天改善，民族大团结的局面就会保持和发展，反过来促进新疆的经济蒸蒸日上。

国务院办公厅要为各部门树立好的榜样*

（1999年3月25日）

你们是我们的代表，我是国务院办公厅机关党组织中的一员，我代表国务院各位副总理和国务委员向大会和同志们表示祝贺！

国务院办公厅机关党的组织是健全的，是有战斗力的。在保证国务院各项工作任务的完成，特别是在去年进行的国务院机构改革中，我们的党员确实起到了核心和骨干作用，为促进机构改革这件大事顺利完成作出了重要贡献。在这里，我代表各位副总理和国务委员向你们并通过你们，向国务院办公厅机关全体党员表示感谢！

我在今年的《政府工作报告》中对政府机关工作人员提出了要求。首先是要廉洁，这是最起码的要求。别伸手，别贪污，要清清白白做人。其次是要勤政。不管能力和水平如何，都要勤勤恳恳、老老实实地工作。第三是要务实。要办实事，为人民群众办实事。最后是要高效。能做到高效更好，做不到也要尽自己最大的努力做好工作，一天到晚心里想的都是工作，这样才能对得起人民、对得起党。我想，这些方面国办机关的干部还是基本做到了。特别是在去年精减了人员以后，一个人要干过去两个人的工作，确实很不容易，很辛苦。有时候我还老是批评你们，我自己也感到很惭愧。我在九届全国人大二次会议的记者招待会上讲了，我对自己的工作也很不满意。所以，我愿意

* 这是朱镕基同志在接见国务院办公厅机关第八次党代会代表时的讲话。

与大家共勉，把我们机关的工作、把机关党的工作做得更好。

现在全国正在按照中央的部署开展“三讲”教育活动，要搞好国务院办公厅的“三讲”教育活动，我想上面讲的这几条还是要强调。第一是要廉政，这一点不能出任何问题，要带这个好头。现在基层有些地方腐败得很，不是个别的现象，贪污、买官卖官，不得了。第二是要树立公仆意识，为人民群众服务，为国务院领导服务，为各级政府机关服务。我们要把服务工作做好，不能被下面的同志指责我们对他们态度不好，官僚主义，专横跋扈。这关系国务院的声誉，大家要起好这个带头作用。另外，我们要尽量把工作做得扎实一点，效率高一点，以符合党中央、国务院的要求。

最近我在批评一件事，这件事实际上也反映了国务院一些部门的作风。1997 年 9 月，我和当时的冶金部负责同志商量要“以产顶进”。从那次说了以后，我在一年半之内作了差不多十次批示，到现在还没有落实。因此那天开总理办公会议，我做了非常严厉的批评。可到现在也还是没有结果，认识还没有完全统一。一件明明是非常正确的事情，一年半也办不动，批示了十次之多也贯彻不了，我感到国务院的工作效率太差了。就这件事情你问哪一位领导都说正确，可就是不办。为什么？就是有些人凭自己的想法办事，管你是总理讲的还是副总理讲的，他都不当一回事，随随便便就给你否了或者是给你拖延。这么下去怎么得了！我一想到这件事就非常痛心。如果这样搞下去，五年一晃就过去了，我们给老百姓办不了几件事情。这件事情说明，所有好的思想、好的思路、好的政策都会在官僚主义中被埋葬，这太可悲了。我希望国务院办公厅的工作人员一定要抓大事，提高工作效率，反对官僚主义，为各部门树立一个好的榜样。

本届政府为了做好工作，办了《昨日要情》，下发国务院各部门。你们都能看到吗？要给大家看，怕什么？你们不掌握领导的意图，怎

1999 年 3 月 25 日，朱镕基与国务院办公厅机关第八次党代会代表合影。前排左一为国务委员兼国务院秘书长王忠禹，左二为中共中央政治局候补委员、国务委员吴仪，左三为中共中央政治局委员、国务委员兼国防部部长迟浩田，左四为中共中央政治局委员、国务院副总理吴邦国，左六为中共中央政治局常委、国务院副总理李岚清，左七为中共中央政治局委员、国务院副总理温家宝，左八为中共中央政治局委员、国务委员、中央政法委书记罗干，左九为国务委员司马义·艾买提。

么办事？问题是不要传播得很广。每一个业务工作人员都要看，看了以后才能知道我们在想些什么。我们作批示的时候脑子里也在构思，尽量少说废话。你批得越长越没人看，不超过 50 个字，我有这个经验。所以，我们批的东西往往比较简略，而且有操作性，你们就按照我们批示的去做。也可能有的人不看，他们不看你们帮我们看，你们看了以后帮我们下去贯彻，给他们讲一讲总理、副总理都批示了，要怎么做。所以，希望你们以后多抓这些事。

今天我又看到一个文件，看了一下附件，我至少批过四次，算起来也有半年多的时间了，有关部门就是不办。现在说办了，结果拿来一看，他们的报告我还是看不懂，还要我表示同意。我还没有看懂，怎么表示同意呢？你们说把不同意见反映上来让我作决定，可不同意见是什么呢？你们惜墨如金啊，连我这个懂业务的人都看不懂，谁还看得懂？实际上这个文件根本不解决问题，让我批也没什么用，我再批十次，问题也解决不了。

总之，我觉得你们的工作非常重要，你们多费一点脑筋，我们就少操一点心。你们的工作做得好，就为各部门树立了好的榜样。所以，同志们，你们的工作是非常重要的。我再一次代表国务院领导同志对你们付出的辛勤劳动表示衷心的感谢！

给郑惠等同志的信

（1999 年 3 月 25 日）

郑惠〔1〕、信传〔2〕、道晖〔3〕同志：

最近，有老同志郑重相告，说兄等正在收集材料，准备为我编写传记，并说我已表示同意。无论事实如何，我必须明确表态：请千万不要这么做。国事维艰，舆论纷杂，飞短流长，诚惶诚恐。如再授人以柄，树碑立传，罪不可逭。千祈停止撰写一切涉及我的回忆或评论材料，并代我广告亲友，不胜感激之至。敬祝身体健康。

朱镕基

1999 年 3 月 25 日

〔1〕郑惠，曾任中共中央党史研究室副主任。

〔2〕信传，即张信传，朱镕基同志大学同学。

〔3〕道晖，即郭道晖，朱镕基同志大学同学。

会见美国国会议员代表团时的谈话*

（1999年3月31日）

朱镕基：首先，很抱歉让各位等了10分钟，因为我会见的前一个代表团也是美国国会议员代表团，人数比你们少，争论得很热烈，所以控制不住时间，对不起。我这是第一次接待这么庞大的美国国会议员代表团，但并没有打破我一天会见24位国会议员的纪录。1990年5月，应兰普顿[1]的邀请，我作为上海市市长参加中国市长代表团访问美国时，在国会一天会见了24位议员。那是最高纪录。我原来听说你们有11位众议员和10位参议员，但现在参议员只来了6位。刚才我会见的代表团有3位议员，原来说是4位，所以加起来只有20位国会议员，没有打破我的纪录。在美国目前时兴一股反华潮流。在这种时候，有那么多议员克服困难来华访问，我认为你们是真朋友，非常感谢你们来访，我很愿意听听你们的意见。我认为你们是美国人民的使者，你们这次来访对中美两国人民沟通信息、加强交流，都是一个推动。因此，如果你们有任何问题，请提出来。你们提出的任何问题，我都可以回答；你们有任何中肯的意见，我都可以接受。所以我请你们先讲，然后我做回答。总之，希望你们多听一听、看一看，相信你们会得出结论，中国不是美国潜在的对手和敌人，中国是

---

* 这是朱镕基同志在北京人民大会堂会见美国国会议员代表团时谈话的主要部分。

〔1〕兰普顿，即戴维·兰普顿，当时任美国美中关系全国委员会主席。

美国的朋友。

参议员威廉·罗思：总理先生，首先感谢你今天抽出时间会见这么庞大的代表团。在北京今天应该是“美国国会日”，我们深感荣幸你能会见代表团。美中关系是世界上最重要的双边关系。我们在一个重大的挑战和机遇共存的时刻来到这里。之所以说是重大的挑战，是因为两国关系由于发生了某些事情而不幸有所恶化。但同时也存在着机遇，即我们要讨论的一些感兴趣的事，如中国加入世贸组织问题。我们非常有兴趣也愿意与你讨论这方面的问题。在你的领导下，中国加入世贸组织的谈判已取得很大进展，但要取得最后成功，还需要取得更多的进展。现在我想把机会留给我的同事提问。

众议员吉姆·奥伯斯塔：很高兴能再次见到你。上次见到你时，你还是上海市市长。你比我走运得多，你现在地位已经上升了，而我仍在原地踏步。我们这次访问的主要目的是更多地了解中国情况，与美中学者进行讨论，了解中国的经济情况和推动中国目前前进的动力。我还期待访问世界上最大的水电站——三峡水电站。我们两国目前正在谈判更新美中双边民航协议，我希望在今后谈判中，中方能再指定一家美国航空公司，当然我更希望是两家，这样可以有更多的服务，有更多的美国航班往来于美中之间。同时希望中方能允许其他非指定的航空公司能在它们选择的城市设立办事处。我希望你能促进这一进程，这样可以加强美中人民的了解和沟通。

朱镕基：我们愿继续积极考虑你的意见并给予积极的回应，希望有更好的结果。

参议员保罗·萨班斯：总理先生，很高兴有机会和你见面。这次访华，是因为对美中关系感兴趣。你能否说明哪些问题导致美中关系更加复杂和困难，你认为在美中交往中什么是困难的问题？

朱镕基：这个问题不在于中国。中美两国有很好的条件来致力于建立一种建设性战略伙伴关系。很多问题都是支流，如果把支流当做主流，就会阻碍中美关系的发展。如果我们双方都从中美关系和世界形势的大局出发，中美关系就会顺利发展。

萨班斯： 我认为，美国人民对美中关系的看法受到人权问题的影响很大。中国在人权问题上的进步或倒退都对美国舆论影响很大，同样也影响到国会。

朱镕基： 我想，美国舆论对中国人权的报道与实际情况有很大差距。中国在人权方面取得了日新月异的进步。中国有近13亿人口，抓几个刑事犯罪分子，与人权问题无关，不应成为影响中美关系发展的问题。我对现在的发展表示遗憾。我们愿意就人权问题进行对话，缩小分歧，不要搞对抗。越是对抗，越影响中美关系的大局。

众议员道格·贝罗伊特： 非常感谢你能抽时间会见我们。我期待你两周以后到国会山来访问。两个月前，我和其他50位参议员写信给克林顿总统，要求他与中国达成的关于中国加入世贸组织的协议不是出于政治动机的协议，而是在商业上确实有意义的协议。现在美中贸易赤字每周增加10亿美元，这引起美国商界和农业界的不满。我是众议院国际关系委员会副主席，中国在商业上有意义的基础上加入世贸组织后，我愿意推动给予中国永久性正常贸易关系的进程。我们认为在这方面中国需要更多地开放金融市场，给银行、保险等投资者更多的市场准入。我们希望在市场准入方面更加开放。在我看来，中国要想在商业上有意义的基础上加入世贸组织，需要在不很长的时间内降低关税。这不仅有利于你领导下的国内改革，也有利于中国加入新一轮世贸组织在西雅图的谈判。请你谈一下中国加入世贸组织对中国有多重要？

朱镕基： 从去年下半年以来，中美关系出现了很大的困难，主要是很多美国人在许多问题上存有很大的误解，我愿意通过这次访问向美国人民解释一下实际情况，使美国人民对中美关系有正确的了解。中国在恢复关贸总协定缔约国地位和加入世贸组织的谈判上作了很大让步，连美国贸易代表都认为这些让步三五年前是不可想象的。中国就加入世贸组织问题已谈了 13 年。这些让步对于美国贸易代表已经是足够了，他们认为是可以接受了。但受到国会的压力，指责他们用原则做交易，所以他们又变得很强硬，越谈越难，用中国话来讲叫“得寸进尺”。因此不是中国，而是美国方面把经济问题变成了一个政治问题，因此很难达成协议了。你们的谈判代表巴尔舍夫斯基是部长级，而代表我方谈判的吴仪，相当于国务院副总理。在短短几天内，我见了巴尔舍夫斯基两次，每次会谈都超过两个小时。我是很少会见代表团达两个小时的，今天与你们这么重要的代表团会谈也不会超过两小时。昨天，我和巴尔舍夫斯基谈了一下午，原来想会很快达成协议，但昨天下午她的调子改了，又变得很强硬。为什么？我想你们国会给她的压力太大了。我方在市场准入、农业方面，如小麦矮腥黑穗病、柑橘和肉类检疫等方面都作了很大让步。你们的谈判代表也认为让步已经够大了，但就是不肯签署这个协议。我今年 70 岁了，会见过无数外宾，从来还没有碰到过这么一个难对付的谈判对手。我想这已不是一个经济谈判，而是政治谈判。我希望美国人不要以为中国不加入世贸组织就活不下去了，不要有这样的想法。谈了 13 年，中国活得很好，而且活得越来越好。如果这次达不成协议，中国和世贸组织在 3 到 5 年内就再见了。这对中国影响不会很大，因为我们将继续发展与世界各国的双边贸易关系，但对美国是错失良机。在农业问题上，我们以前把进口小麦产地分为疫区和非疫区，现在可以不分了。这是一个极大的让步，已经冒了很大的风险了。电信业我们以前根本不开放，现在我们开放了，只设了投资比例的限制。即使美国的许多行业如民航也有投资比例的限制，不允许外国公司控股。中国在通信领域同意采用美国的CDMA[1]标准，大家都知道世界上大部分国家现在采用的是GSM[2]标准，只有几个国家采用CDMA标准，但我们仍同意采用。在这方面以及其他几个方面包括环保、能源、信息产业等的合作，有几千亿美元的生意。如果这些开放了，可以解决美国对华贸易逆差问题。如果美国不在出口方面进行限制，现在情况就不一样，中美贸易情况就会有很大改观。也许你们要问为什么中国要作这么大的让步，不是说中国不加入世贸组织也活得下去吗？原因是我们看到中美两个大国的合作对世界和平与发展有利，我们为此作出了牺牲。

美国去年统计对华贸易逆差是570亿美元，是否准确我也不想去争辩了。我们两国在统计方法上有区别。我只谈两点：第一，中国出口到美国的商品大多是劳动密集型和资源密集型的消费品，这些产品在美国15年前就不生产了，进口这些商品有利于美国的产业调整。你不从中国进口，也得从别的国家进口，不然美国消费者就买不到价廉物美的商品，会通货膨胀。比如你们现在不从中国进口纺织品了，而从墨西哥进口，进口越多，普通美国人就得付出越多的钱。第二，中国出口的60%是加工贸易产品，也就是说，境外的企业家包括美国企业家在华开设工厂，进口原材料，然后加工成制成品出口。原材料进口需要大量外汇，而中国只拿到出口商品所得的外汇的一小部分，没有得到很大的好处，要是这些都算到中国身上，那中国的外汇储备到年底也许就不是1450亿美元，而是3000多亿美元，成为世界第一了。但去年我一块美元也没拿到，都到日本、韩国和美国的企业家口袋里去了。所以，美国的对外贸易逆差是1690亿美元，变化不

〔1〕 CDMA，是英文Code Division Multiple Access的缩写，意为码分多址，是一种数字通信技术。

〔2〕 GSM，是英文Global System for Mobile的缩写，指全球移动通信系统。

大，对韩国、对日本的贸易逆差减少了，对我们的增加了。这实际上是把这些国家的贸易顺差转到我们身上来了。所以我认为，解决贸易逆差问题对我们双方都有利，解决的方法是中美在信息、能源、环保等广泛领域开展合作，这里有几千亿美元的生意。如果美国放宽限制，中美贸易逆差问题很快就解决了。

众议员玛格·罗克玛：我和贝罗伊特众议员有同样的问题，我很关注中国与巴尔舍夫斯基女士的谈判，希望你就贸易和关税壁垒以及商品倾销问题具体谈一下。大部分议员要求巴尔舍夫斯基女士就解决美中贸易逆差问题提出具体办法，但我目前还没看到能解决这一问题的证据。

朱镕基：因为他们没有把谈判内容向你们公布，只是向你们吹了吹风，没有告诉你们我们作了多大让步。只要公开协议内容，美国人民会高兴的。

罗思：总理先生，时间不多了。你对谈判作出了很多贡献。我想就谈判的重要性说几点我的看法。我认为你对推动美中关于中国加入世贸组织的谈判作了很大的贡献。美国所要的是美国产品在中国市场的准入程度能和中国产品在美国市场的准入程度相同。我们之间的谈判很复杂，覆盖了很多领域，包括农业、电信工业、信息产业等。很重要的一点是，我希望在你领导下，继续这一谈判，使谈判继续取得进展，希望会有更多的进展。最终达成协议后，在美国，商业界和工会会逐条逐款地进行仔细审议。我认为今后谈判能有更多进展，最终取得成功，中国会加入世贸组织，这符合双方的利益。

众议员霍华德·伯曼：你刚才谈到双方的谈判不是政治问题而是经济问题，但在美国国会变成了政治问题，你说得对。谈判是为了在经济领域方面达成协议，但许多议员把正常贸易关系或最惠国待遇和其他一系列问题如核不扩散、人权、地缘政治等，加以综合考虑，那就会影响到最惠国待遇的问题。如果要使国会通过给予中国永久性正常贸易关系，这将是一场困难的斗争。因此，你对美国访问的重要性，我怎么强调都不过分。大部分美国民众不认为中国是潜在对手，不应和中国对抗，但他们的确很关心这些实实在在的事情。

朱镕基：我同意你的意见。你们国会把经济问题变成政治问题了。中国也有人民，也有国会。由于美国在科索沃问题上对南斯拉夫动武，在联合国人权会议上提出反华议案，中国人民群情激昂，纷纷要求我不要访问美国。我不同意你们国会的一部分人，把人权、核不扩散与世贸组织和正常贸易关系等联系起来，这不符合世界和平与合作的潮流。

在美国总统克林顿举行的欢迎仪式上的讲话*

（1999年4月8日）

总统先生，

克林顿夫人，

女士们，先生们：

在这春光明媚的季节，中华人民共和国代表团应克林顿总统的邀请来到你们美丽的国家，进行正式友好访问，我感到十分高兴。我受江泽民主席的委托，带着十二亿五千万中国人民的嘱托，向伟大的美国人民致以最诚挚的问候和最美好的祝愿。

过去18个月以来，江泽民主席和克林顿总统实现了成功互访，决定致力于建立建设性的战略伙伴关系。这种友好合作关系符合中美两国人民的利益，符合世界人民的利益，符合世界和平与国际合作的利益。中国人民将坚定不移地巩固和发展这种关系，世世代代地奋斗不息。美国是世界上最大的发达国家，中国是世界上最大的发展中国家。我们同是联合国安理会常任理事国，我们两国的合作将为维护世界和平、防止战争和解决争端奠定稳固的基础。美国是世界上最繁荣强盛的国家，中国是世界上最大的潜在市场。我们两国在经济、贸易、科技等领域的紧密合作，将为世界人民的团结合作，为我们这个

* 应美利坚合众国总统威廉·杰斐逊·克林顿邀请，中华人民共和国国务院总理朱镕基于1999年4月6日至14日对美国进行正式访问。4月8日，克林顿总统在白宫南草坪举行欢迎仪式。这是朱镕基同志在欢迎仪式上的讲话。

1999 年 4 月 8 日，朱镕基在美国总统克林顿举行的欢迎仪式上讲话。

地球的繁荣昌盛带来美好的希望。美国是一个热爱自由、开放自强、充满活力的国家，中国是一个热爱和平、勤奋智慧、诚信自守的国家。我们两国建立在三个联合公报和政府联合声明的相互庄严承诺基础上的友谊是牢不可破的，是任何人离间不了的。在中美两国之间，没有任何问题不能通过友好协商得到解决。我们之间会有不同意见，只有能说不同意见的朋友，才是最好的朋友；只有诤友，才是挚友。

春天是播种的季节，是希望的季节。当我们到达你们的“阳光之城”洛杉矶的时候，是春雨连绵；当我们离开洛杉矶的时候，是雨过天晴；当我们到达华盛顿的时候，是阳光灿烂。当我们共同在这片美丽肥沃的土地上再次播下中美友好种子的时候，我们不能不缅怀缔造中美友好关系的先驱们、中国的和美国的先驱们。他们有的已经过世，有的仍然健在，我不能不对他们历史性的远见、英明果断的决策和始终不渝的努力，表示崇高的敬意和深切的怀念。

I love Chinese people, I love American people. Thank you.（我热爱中国人民，我热爱美国人民。谢谢!）

在美国总统克林顿举行的欢迎晚宴上的讲话

（1999 年 4 月 8 日）

总统先生，

克林顿夫人，

女士们，先生们：

我和我的夫人以及我的同事，衷心地感谢克林顿总统和夫人为我们举行如此盛大的宴会。同时，我借此机会向美国政府和美国人民对我们盛情的款待，特别是我的美国老朋友们对我的热情支持，表示诚挚的感谢！

今年是中美建交 20 周年，我们两国之间的关系风风雨雨地走过了 20 周年。但是，我始终认为中美两国之间的友好合作关系，它的深度越来越深，它的广度越来越广，它的质量越来越高。尤其是当克林顿总统和江泽民主席实现了历史性的成功互访以后，中美两国正在致力于建立建设性的战略伙伴关系。这个关系是符合中美两国人民利益的，也是符合世界人民利益的，我们应该坚定不渝地坚持下去。我们任何朋友之间都会有不同的意见，但是我完全相信，中美两国之间的任何问题都是可以通过友好协商来得到解决的。我们的责任就是促进相互的了解，加强我们之间的交流。这样，我们就可以把中美两国的友谊发展得更好。

刚才，克林顿总统谈到中国的文明，我今天在白宫就学习到了很多美国的文明。今天，我参观了林肯总统的卧室，看到了葛底斯堡演

1999 年 4 月 8 日，朱镕基在美国总统克林顿举行的欢迎晚宴上讲话。

说，这是我在中学时代就读过的。我在那个时候可以背下来，现在背不下来了，但是，of the people, by the people and for the people（民有、民治、民享），还是背得出来的。同时，我也看到了当年罗斯福总统发表炉边谈话的那个地方。我在第二次世界大战的时候，就很高兴地读到了他著名的炉边谈话。

我尤其欣赏你们在白宫南草坪举行的欢迎仪式，在宴会前举行的这个仪式，既庄严又亲切，但我也要说句老实话。刚才克林顿总统讲，我喜欢说老实话。就是站在那个地方跟大家握手的时候，我一直站得腿都不能够动了。把我累坏了！但是，我始终认为，这种握手仪式是非常好的，能够增进每一个来宾和客人之间的联系。其实，我说累坏了是因为我已经 70 岁了，不像克林顿总统那么年轻。刚才克林顿总统讲，我看西方歌剧的时候想打瞌睡，这我得解释几句。请大家不要误以为，我听歌剧的时候在打瞌睡，我绝对没有打瞌睡，我只是说“想打瞌睡”。我不但没有打瞌睡，而且我鼓掌鼓得特别起劲，倒是恐怕有些不该鼓掌的地方我也在鼓掌。所以我觉得，加强中国和美国之间的文化交流，这是建立我们持久友谊关系的一个必要途径。

我可以告诉大家，我们和克林顿总统及他的同事们之间，进行了非常友好、坦诚、建设性的、富有成果的会谈。我们在很多问题上都达成了一致的意见，并在很多有不同意见的问题上，取得了一定的相互理解。我们在有些可以达成协议的方面已经达成了协议，比方说，在中国加入世贸组织方面，我们将要发表一个联合声明；同时，我们对于这个谈判的一部分，也就是农业方面要签订一个协定。我想，这个协定一定会受到在座诸位的欢迎。但是我觉得，这次访问最重要的部分，还是我在今后陆续到你们的好几个城市去跟美国人民进行直接的接触，来加强中美两国之间的友谊。

我应该遵从克林顿总统的忠告。他告诉我，你们的一位前总统在

1999 年 4 月 8 日，朱镕基在华盛顿白宫与美国总统克林顿举行会谈。

讲演两个小时以后，就得病死了。所以，我不能再讲下去了。我学习林肯总统还是学习得不到家。他最短的一篇演说也就是在葛底斯堡发表的演说，只有两分半钟，但是直到今天仍然广为传诵。我相信，今后世界各国人民仍然会记住他的演说。

最后，我提议：

为中美两国人民的友谊，

为总统先生和夫人的健康，

为在座各位朋友的健康，

干杯！

粮改工作要完善政策措施*

（1999年4月22日）

请家宝[1]同志批转王春正[2]、高铁生[3]、陈耀邦[4]、王众孚[5]、谢旭人[6]、楼继伟[7]同志研究，要尽快召开一次全国粮改工作会议。粮改工作问题还很大，不能放松。要完善原有政策，提出新的措施，狠抓几个重点。例如，春小麦、早籼稻不能一律敞开收购，要大幅度降低收购价。要结合结构调整，拉开收购价质量档次；不能让粮食企业坐拿超储补贴，不积极销售粮食（要有组织措施）；工商管理局要狠抓粮食市场管理，不能有松懈情绪；要制订销售陈化粮的降价措施，下决心甩掉包袱；要研究发展饲料、畜牧业一条龙的配套措施。力争在夏收前（最好5月上旬）召开会议，请速提出政策性方案报国务院。

朱镕基
4.22

---

* 这是朱镕基同志在《国家计委、国家粮食储备局关于当前粮食流通体制改革情况的报告》上的批语。

〔1〕家宝，即温家宝。

〔2〕王春正，当时任国家发展计划委员会副主任。

〔3〕高铁生，当时任国家粮食储备局局长。

〔4〕陈耀邦，当时任农业部部长。

〔5〕王众孚，当时任国家工商行政管理局局长。

〔6〕谢旭人，当时任中国农业发展银行行长。

〔7〕楼继伟，当时任财政部副部长。

加强对非法集资的监管 *

（1999 年 4 月 24 日）

请相龙〔1〕、海旺〔2〕、明康〔3〕同志阅。抄报家宝〔4〕、罗干同志。非法高利集资屡禁不止，一方面是人行监管不力，要汲取教训，严明责任，切实加强监管。另一方面，要加强非法集资危害性的宣传，对过去发生的大案可公开披露，教育群众，指出贪图高利，必然血本无归，法律亦不能保护，国家不可能代偿。请作具体部署。

朱镕基

4.24

---

* 1999 年 4 月 24 日，中共中央办公厅《综合与摘报》第 54 期《今年以来因非法集资等问题引发的群体性事件突出》一文反映，据不完全统计，截至 1999 年 4 月 15 日，各地因非法集资、高息揽储及企业债券不能兑付等问题引发的群体性事件 124 起，参与人数 3.2 万人次，事件起数和参与人数呈逐月递增趋势。这是朱镕基同志在此文上的批语。

〔1〕相龙，即戴相龙，当时任中国人民银行行长。

〔2〕海旺，即阎海旺，当时任中共中央金融工作委员会副书记、中国人民银行副行长。

〔3〕明康，即刘明康，当时任中国人民银行副行长。

〔4〕家宝，即温家宝。

彻底整顿信托投资公司*

（1999年5月8日）

对各地信托投资公司，要彻底整顿，坚决撤并。不是主观设定保留多少家（85家太多了），而是要根据资产、负债情况和有无合格经营者等来确定，凡不符合条件的，一律撤牌。不要使此项改革半途而废，留下隐患。

朱镕基
5.8

---

* 1999年4月19日，中国人民银行向国务院呈报了《关于整顿信托投资公司工作进展情况的报告》，汇报了落实《整顿信托投资公司方案》的进展情况、主要问题及解决意见。国务院办公厅根据国务院领导同志批示，经与中国人民银行共同研究，就有关问题提出了建议。这是朱镕基同志在国务院办公厅签报上的批语。

尽快制订和颁布
上市公司管理条例*

（1999年5月12日）

原则同意证监会的《请示》，要抓紧实施，有关部门要密切配合。

采取分配指标、行政推荐的办法来确定上市公司，过去难以避免，现在看，弊端很大，还是要按市场经济的办法进行改革，要尽快制订和颁布《上市公司管理条例》，完善股票发行、上市制度，让经济效益好的符合上市条件的企业上市。股票市场要为国有企业三年脱困和推行股份制服务。

证券公司融资要严格防范风险，千万别为那些大量挪用客户保证金和亏损累累的“证券公司”大开方便之门，转移风险，加深隐患。应制订一系列的严格审查制度。关键是对证券公司要彻底整顿，该关的要关，决不徇情，消除隐患。

进行B股、H股回购和设立B股基金，可以试点，胆子可以大一些，总体风险不是很大。当然，也要周密考虑，谨慎行事。先立法（条例），再试点，密切注视和加强监管。

朱镕基

5.12

* 这是朱镕基同志在中国证券监督管理委员会《关于进一步规范和推进证券市场发展若干政策的请示》上的批语。

原则同意证监会的《请示》，要抓紧实施，有关部门要密切配合。

采取分配指标、行政推荐的办法来确定上市公司，过去难以避免，现在看，弊端很大，还是要按市场经济的办法进行改革，要尽快制订和颁布《上市公司管理条例》，完善股票发行、上市制度，让经济效益好的符合上市条件的企业上市。股票市场要为国有企业三年脱困和推行股份制服务。

证券公司合并要严格防范风险，千万别为那些大量挪用客户保证金和亏损累累的"证券公司"大开方便之门，转移风险，加深隐患。应制订一系列的严格审查制度。关键是证券公司要结合整顿，该关的要关，决不徇情，清除隐患。

进行B股、H股回购和设立B股基金，可以试点，胆子可以大一些，但其风险不是很清楚的，也要周密考虑，谨慎行事。先立法（条例），再试点，要密切注视和加强监管。

朱镕基

5.15.

彻查逃废银行贷款事件*

（1999年5月27日）

如此巨额贷款，糊里糊涂借给私人公司，不闻不问，任其逃废，工、农、建、交等商业银行领导实应深刻检讨，还能无动于衷吗?!请阎海旺〔1〕同志负责会同有关部门查处到底。请罗干同志批示政法部门配合，要抓人。不管什么背景，都要抓出来法办。

（抄报家宝〔2〕、忠禹〔3〕同志）

朱镕基
5.27

---

* 1999年5月25日，《审计署关于审计唐山豪门集团公司1998年度财务收支及有关情况的报告》反映，豪门集团公司存在资产负债不实，亏损严重，拖欠大量贷款，无力偿还，巨额资金去向不明，有关人员涉嫌犯罪等问题，建议由中央金融工委牵头，采取果断措施，对其贷款进行清理，由检察机关立案侦查，并由有关部门对丢失档案问题进行调查。这是朱镕基同志在该报告上的批语。

〔1〕阎海旺，当时任中共中央金融工作委员会副书记、中国人民银行副行长。

〔2〕家宝，即温家宝。

〔3〕忠禹，即王忠禹。

科学的未来在于青年*

（1999 年 6 月 10 日）

国家杰出青年科学基金从 1994 年实施五年来，取得了很大的成绩。一共资助了 400 多位杰出青年科学家，其中 80%是海外留学回来的。这些科学家许多已经成长为学术带头人，有的成为中国科学院院士或中国工程院院士。我们为此感到非常高兴。这证明，科学基金制对于选拔、培养、吸引和稳定科学家队伍能够起很大的作用。基金制是我国科技体制改革的重要成果。今天听了几位青年科学家的发言，说明新的一代科学家成长得很快、很好，我们很受鼓舞。从你们身上，我们看到了中国的希望、中华民族的希望。

目前我国与发达国家的最大差距，在于科技相对落后。我们要振兴中华，不甘落后，就必须尽快把科学技术搞上去。而要显著提高科技水平，就必须培养能够进入世界科技前沿的优秀带头人。发展科技的基础在教育，归根结底还是要发展教育。要提高教育质量，在普遍提高素质教育质量的基础上，科技才能发展起来。最近中央将要召开第三次全国教育工作会议，对面向新世纪的教育改革和发展问题做出重要部署。中央决定增加对教育的投入。自 1998 年起至 2002 年的五

---

* 这是朱镕基同志在纪念国家杰出青年科学基金实施五周年座谈会上的讲话。国家杰出青年科学基金经国务院批准于 1994 年设立，旨在促进青年科技人才成长，鼓励海外学者回国工作，培养和造就一批进入世界科技前沿的优秀学术带头人，1998 年增设海外青年学者合作研究基金和香港青年学者合作研究基金。

年里，中央本级财政支出中，教育经费所占的比例每年要提高一个百分点。增加的钱是不少的，一定要把它用好。同时，要动员社会资源发展民办非义务教育，提高国民的素质。

科学基金制是一种很好的办法，有利于吸引人才、培养人才。我在前两天收到一封人民来信，说现在我们国家的技术移民大量流出，好多大学本科生，好多硕士、博士都跑到外国去了，那里工资高啊！因此，他建议国家应该制定出一个政策，凡是到外国去的技术移民，都要先收 50 万元的培养费。我看这个建议出发点是好的，但是并不一定有效。你收他 50 万元，他要走还是走，不会因为要交这 50 万元就不走了。积极的办法是要创造一个能让人才留在国内的机制，他们并不一定要追求像美国那样高的生活水平，他们追求的主要还是自己

1999 年 1 月 18 日，朱镕基在福建省莆田市仙游县与枫亭麟山小学的老师亲切交谈。

的事业嘛。应该让他们能够好好地工作，有充足的经费以及其他工作条件，使他们可以发挥长处；当然，也应该保证他们一定的生活水平，起码高于国内平均生活水平。我们应该做到这一点，这样才能够留住人才，中国才能发展。中国的发展需要人才，许多方面需要引进人才，但是，我们自己这么多人才却不培养，不发挥他们的作用，这怎么行呢？所以，我觉得应该有一套吸引人才、稳定人才、培养人才的办法，国家杰出青年科学基金创造了这种经验。

我很同意李政道〔1〕博士的结论，科学成就出于青年。他本人 31 岁就获得诺贝尔物理学奖嘛！爱因斯坦发表关于相对论的第一篇论文时也只有 26 岁。大量的事实证明，科学家成名都是在青年时代，特别是在物理学领域。解决 21 世纪科学技术的重大问题，当然也要依靠年轻人。科学的未来在于青年。青年一代的茁壮成长，是我们事业兴旺发达的希望所在。

党和国家对青年科学家寄予厚望。大家都要有一种强烈的责任感和使命感，要在世界科学前沿敢于拼搏，勇于创新，博采众长，提高学术水平。要牢记和发扬我国老一辈科学家“献身、创新、求实、协作”的精神，为祖国科技事业的腾飞作出更大贡献，成长为新世纪杰出的科学家。希望你们要争气，志存高远，自强不息，为全国青年科技工作者做出榜样。目前我国经济和社会发展的许多领域都有重大课题需要研究和攻关，正是科技人才大显身手的好机会。

刚才，国家自然科学基金委员会的同志要求，希望增加一些杰出青年科学基金。他们说现在国家杰出青年科学基金一年可以动用 7000 万元，要求增加 1.1 亿元。我们原则同意。我担心你们这个钱用不出去，不要钱多了，就降低人才标准，这就不好了，那我这个钱加

〔1〕李政道，美籍华人物理学家，在 1957 年与杨振宁共同获得诺贝尔物理学奖。

的冤枉啊！你们还是要坚持标准。江泽民总书记说过，要目光远大，筹划未来，综观全局，突出重点，有所为有所不为。我们要按照江总书记的指示，把基金的评选工作做好。

最后，我对过去获奖的杰出青年科学家表示祝贺！希望所有青年科学家都能更快地成长！希望国家杰出青年科学基金能够办得越来越好，为中国现代化事业发展和中华民族振兴作出更大的贡献！

海关要从湛江走私案中吸取教训*

（1999 年 6 月 17 日）

湛江一案的查处，既是坏事，又是好事，既纯洁了内部，又促进了海关税收的猛增。关键是要吸取教训，提高认识，振作精神，廉洁治关。公生明、廉生威，雄关如铁，祖国增辉。全国海关都要反求诸己，腐败决不止于湛江一案。

朱镕基

6.17

---

* 1998 年，中共中央、国务院在全国范围内开展了一场打击走私犯罪活动的专项斗争，破获了湛江特大走私案，一批案犯被依法严惩。湛江海关在走私分子的糖衣炮弹攻击下，从关长到一些重要岗位的干部，乃至湛江市委、市政府一些主要负责人，都被走私集团所收买，沦为走私集团的保护伞，给党和国家造成了巨大损失。案件结束后，中共海关总署党组向中共中央、国务院做了检讨。这是朱镕基同志在《海关总署党组关于湛江案件问题的检讨》上的批语。

加快住房制度改革 *

（1999 年 6 月 22 日）

大家都知道，现在国民经济的主要问题是生产能力很大，需求不足，供需矛盾变得越来越尖锐，推动消费是一个很大的问题。推动消费，说起来是件好事情，但做起来很不容易。对农村来说，目前最重要的是通电、通公路，这样才能够启动农村的需求。对城市来说，首先要解决的是住房问题，特别是住房制度改革进行这么久了，人民群众还是不大了解改革要走向何处去，所以存了很多钱，现在还没有到大量地把钱拿出来买房子的时候。其次是教育，老百姓存的钱，很大一部分是为了自己的儿女将来能够受教育。

今天就把题目放在住房问题上，因为我始终认为对住房的需求还是最大的需求，也是最符合人民群众要求的。最近，我们对北京市包括中央机关住房制度改革的政策，做了进一步的研究，准备发一个文

---

* 1998 年 7 月 3 日，《国务院关于进一步深化城镇住房制度改革加快住房建设的通知》指出：停止住房实物分配，逐步实行住房分配货币化；建立和完善以经济适用住房为主的多层次城镇住房供应体系。对不同收入家庭实行不同的住房供应政策。最低收入家庭租赁由政府或单位提供的廉租住房，中低收入家庭购买经济适用住房，其他收入高的家庭购买、租赁市场价商品住房。同时提出，要调整住房投资结构，重点发展经济适用住房（“安居工程”），加快解决城镇住房困难居民的住房问题。新建的经济适用住房出售价格实行政府指导价，按保本微利原则确定。为了进一步推动住房制度改革，1999 年 6 月 22 日，朱镕基同志在浙江省主持召开住房制度改革座谈会。这是朱镕基同志在座谈会上讲话的主要部分。

1999 年 6 月 22 日，朱镕基在浙江省杭州市主持召开住房制度改革座谈会并讲话。右为浙江省委书记张德江，左为浙江省省长柴松岳。

件，给大家通报一下，以供参考。同时，我们也想了解一下，各个省区市进行的住房制度改革目前究竟是怎么样一个状况，存在什么问题，应该采取什么政策，才能够推动住房需求的发展、住房产业的发展。今天请大家来谈一谈，畅所欲言。住房制度改革全国统一的政策就是住房商品化，在这个前提下，各地可以有自己具体的办法。我们这里讲的房改，是指机关和事业单位的房改。企业的房改，主要推行国家规定的住房公积金制度就可以了。

刚才，听了大家的发言，我概括一下：

第一个问题，就是要加快房改进程。浙江省的房改潜力很大，从机关和事业单位来看，起码三分之二还没有房改。机关现在还是靠分房子，真正买得起房子的人还是少数。这就证明房改还要大规模地推进，把实物分配变成货币分配，这样才能拉动住房及相关产业的发展。

第二个问题，就是要提高房租，使群众买房子有内在要求。如果分到的房子租金很贵，还不如自己去买一个，大家就会有买房的积极性。这一点杭州做得比北京好，还要继续坚持进行。从北京市来看，我们觉得要大规模地提高房租，每平方米 1.5 元还不够，恐怕要 3 元、4 元、5 元甚至 10 元钱才能鼓励大家买房。这样大规模地提高房租，不给补贴是不行的。现在大家为什么只存钱不消费？就是对改革的预期心理，总觉得出台的改革措施，都是要自己花钱，孩子的教育费用、房租的提高，各种生活服务设施收费的提高，都要增加个人支出，所以先把钱存着。我们现在开始注意这个问题，不能使大家认为改革就是让大家多出钱，那他们就越来越不敢消费。另外，在目前房价很高的情况下，买房子靠工资是绝对不够的。所以，还要把原来搞实物分配时投资住房的钱拿出来补贴给个人，这样，财政开支没有增加，只是转换了一个形式。这也是一个办法。但是，究竟补贴个人多少，需要根据各个地方的不同情况进行研究。我刚才讲的北京市的情况，大概在三环路以外适中的地区，按房价每平方米 4000 元估算，一个中等工龄的人，七折八扣，每平方米可以补贴 1300 元，如果是双职工就补足 2600 元，剩下的 1400 元由他们自己出。如果个人拿房价的三分之一，要给他提供长期住房消费信贷。比方说，贷款年限 20 年到 30 年，利息比较低。现在住房贷款 6%的利率太高，要允许每个银行在规定的利率基础上向下浮动 30%，银行之间可以竞争，薄利多销嘛。

第三个问题，就是发展住房二级市场。要尽快建立住房二级市场，最大的问题就是“级差地租”。土地的增值，主要是指随着城市发展起来以后，不同地段的地价会有不同程度的提高，而且很可能占了房价的很大一部分，这一部分利润不能够完全归个人，因为它主要是靠国家投资的城市建设而增值的。要根据历年地价的涨落情况，以及“级差地租”变化情况，把一个城市分成几个地段，规定不同的税率。对这个事情要很好地研究。同时，随着住房二级市场的开发，一系列的产业都会形成。比方说，住房的经纪人，这是一个很大的行业，可以容纳很多人就业。请大家要抓紧研究住房二级市场的问题。

第四个问题，就是房改房的房龄问题。我看，房龄达到15年、20年以上的，只要不是别墅、四合院，就卖给个人算了。这一批房子的折旧差不多已经折光了，可以便宜一点卖给个人，实际上是作为一种干部福利。因为有这种房子的人，工龄一般比较长或者贡献比较多。部级干部的住房也可以卖，但是要有个限制，单独的别墅、单独的四合院不行。房龄要有一定的限制，如果是最近盖的房子，你七折八扣卖给个人那不得了。几千元钱一平方米盖的房子，几百元就卖给个人，这是分配不公啊！对这个问题要再研究一下。

扶持中小企业要有选择*

（1999年6月24日）

扶持中小企业要明确扶持什么、达到什么目的，这是个非常重大的问题。现在我们很多中小企业是乡镇企业，过去上的时候是一哄而起，当时产品是有市场的，但现在它们的很多产品已经没有市场了。国有企业的东西都销不出去，现在要把这些中小企业扶持起来，是扶不了的。

那天我看电视，报道浙江省有4300万吨水泥的生产能力，显然没有那么大市场，而且都是小型的生产企业，污染环境非常厉害。我记得1995年来浙江，到过金华，沿路都是乌烟瘴气，水泥厂把青山绿水都给变色了。那些也是中小企业，你能扶持吗？不能扶持啊！你们要搞嘉兴电厂二期，但要压小电厂。小电厂长期污染环境，效率不高，煤耗很高，也不能扶持。小化工厂、小造纸厂能够扶持吗？它们也都是大量地污染环境，又没有效益，借钱给它们也是白搭。所以，一般地讲扶持中小企业，指导性不强，太抽象，太一般。扶持中小企业要有选择，要向知识经济型发展，要有新的产品，有新的工艺，能够提高质量，提高效益，满足市场的一些需要。发展知识型中小企业、科技型中小企业，应该鼓励。印度等国家有很多政策鼓励发展信

---

* 这是朱镕基同志在浙江省考察工作期间，听取省委、省政府工作汇报时的一段插话。

息产业、软件产业，它们实际上是一种知识型产业，不需要有很多设备，但是搞起来以后是很有前途的。我现在让四大国有商业银行都成立中小企业信贷部，就是扶持中小企业的。但是非常明确的一点，是要扶持知识型的、科技型的中小企业，不是像过去扶持乡镇企业那样去搞中小企业。在目前情况下，在整个经济结构进行大调整的时期里，怎么扶持中小企业是一个值得很好研究的问题，需要具体化。银行也要想得通，如果它这几个人组成的中小企业是真正有技术、真正懂市场的，即使它没有一点资产来抵押，你也应该冒这个风险来支持它。当然，银行的贷款利率可以浮动，可以提高，因为它风险很大。有些有风险的中小企业，因为它们有人才，愿意付这个高利息，一旦成功以后，它们的回报足以偿付银行的高利息。这个问题很值得研究，特别是浙江省是以中小企业起家的，没有多少大型企业，国有企业只有 10%。究竟怎样扶持中小企业，我觉得省委、省政府可以组织银行一起来研究这个问题，要有一些突破。

推进国防科技工业的改革和发展*

（1999年7月1日）

今天是党的生日。五个军工总公司〔1〕经过改组，十大军工集团公司〔2〕今天正式宣布成立！这是国防科技工业体制改革的重大成果，也是我们国家的一件大事。我代表党中央、国务院向原五个军工总公司和新组建的企业集团广大干部职工表示祝贺！

国防科技工业非常重要，是一个战略性产业，是国防现代化的重要物质技术基础，也是综合国力的重要体现。没有国防科技工业就没有国防，没有国防就没有国家的安全。近50年来，在党中央、国务院、中央军委的正确领导下，我国国防科技工业坚持自力更生、艰苦奋斗，取得了举世瞩目的辉煌成就，为巩固国防和壮大国力作出了巨大贡献。改革开放以来，军工战线广大干部职工认真贯彻邓小平同志提出的“军民结合、平战结合、军品优先、以民养军”的16字方针，在确保军品任务的前提下，大力发展民品和高新技术产业，成为经济建设中一支重要的有生力量。没有国防科技工业取得的成就，我们国

---

* 这是朱镕基同志在国防科技工业十大军工集团公司成立大会上的讲话。

〔1〕五个军工总公司，指原中国兵器工业总公司、中国航空工业总公司、中国航天工业总公司、中国船舶工业总公司、中国核工业总公司。

〔2〕十大军工集团公司，指中国兵器工业集团公司、中国兵器装备集团公司、中国航空工业第一集团公司、中国航空工业第二集团公司、中国航天科技集团公司、中国航天机电集团公司、中国船舶工业集团公司、中国船舶重工集团公司、中国核工业集团公司、中国核工业建设集团公司。

家在国际上就不可能有今天这样的威望。对于各军工总公司所做的大量工作和取得的成绩，应当予以充分肯定。但是，由于多方面的原因，当前我国国防科技工业还很不适应形势发展的需要。科技基础薄弱，武器装备发展与部队的需求相比差距很大；力量分散，重复建设严重，结构很不合理；企业改革滞后，机制不活，冗员多，效益差。这些使得国防科技工业成为全国最困难的行业之一。

这次国防科技工业体制改革，是党中央、国务院、中央军委根据国际、国内形势发展和国防科技工业的现状，反复听取各有关方面的意见后作出的重要决策。各军工总公司改组为若干集团公司，要着力解决五个方面的问题：一是政企分开；二是建立适度竞争的机制；三是科技力量适当集中，确保武器装备的生产和发展；四是促进国防科技工业的合理布局和结构调整；五是有利于企业搞活和脱困。通过改革，建立起适应社会主义市场经济发展要求的，政企分开、产研结合、供需分离、精干高效的管理体制，为跨世纪长远发展打好基础。

国防科技工业的改革和发展任重道远，还需要付出极大的努力。下面，我对下一步的工作讲几点意见。

第一，进一步解放思想，更新观念，转变职能，真正把政企分开这件事情做好。国防科工委是国务院的职能部门，要切实加强行业管理，主要职责是搞好行业规划、行业政策、行业法规、行业标准和行业监督，加强宏观调控和组织协调。其他事情少管一点。集团公司和过去的总公司不一样，总公司带有一定的行政管理性质，现在政企分开了，要把集团公司真正办成自主经营、自负盈亏的经济实体。集团公司要严格按照经济规律办事，自己负责，亏损了自己想办法。集团公司下面的企业都是独立的经济实体和市场主体，集团公司要满腔热情地支持它们搞活，把应该管的事情管好，把不应该管的事情坚决放下去，不要干预过多；干预越多，企业越难实行自主经营、自负盈亏。处理好这几个环节的关系，是这次国防科技工业机构改革成功的一个关键。要使企业集团真正搞活了，而不是搞死了，既要有竞争、有压力，又要有配合、有协调。

第二，加快武器装备的发展，千方百计满足部队的需要。企业集团组建以后，国防科工委和各集团公司都要牢固树立“保军”、为国防现代化服务的思想，坚决完成武器装备研制、生产、保障的任务。“保军”就是保军队的需要，这是国防科技工业的首要任务、头等大事，要认真抓好，特别是要把具有战略意义的“杀手锏”武器装备搞上去。同时，要不断提高武器装备的科研水平，增强国防科技工业的发展后劲。部队也要支持国防科技工业。我一直主张，部队买国防科技工业的武器装备，价格应该是成本加一定的利润，要让国防科技工业的企业能够活下去。如果国防科技工业企业赔本卖产品，就无法进行经济核算，无法考核，无法比较，也无法促进国防科技工业的进步。总之，“保军”是我们最重要的任务、首要的任务、全力以赴的任务，同时希望部队也要支持国防科技工业企业的发展。

第三，采取坚决措施，加快国防科技工业结构调整和企事业单位战略性重组步伐。当前国防科技工业的种种矛盾，很多是由于结构不合理造成的。各级领导干部都要提高对结构调整紧迫性的认识，统一思想，下定决心，切实打好结构调整的攻坚战。要通过军、民品分线和关停、转产一部分企业，尽快把那些不需要的而又落后的生产能力压下来；广泛采用先进技术，加强技术改造，把真正需要的东西搞上去。要通过适度竞争、优胜劣汰，进一步搞好军工企事业单位的战略性重组，从而达到浓缩、精干军工的目的。

第四，坚持“军民结合”方针，大力发展军民两用技术。要在确保军品任务的前提下，真正按照市场需求，加强科技开发和产品开发。要充分发挥人才、技术、设备优势，着力开发军民两用技术，发展高新技术产品和高新技术产业，推动军工技术向民用技术的转移。这是“保军促民”的一个重要方面。只靠“保军”，还不能满足国防科技工业自我发展的要求，必须搞民用产品。在别的一些国家，例如美国的通用电气、通用汽车、波音公司，都是既生产军品，又生产民品；没有只生产军品而不生产民品的企业。发展民品，不仅是为了使国防科技工业企业不亏损，能够发展自己，加强科研，更好地“保军”，而且也是为了促进民用工业的发展。国防科技是最先进的科技，是能够促进民用工业发展的，是能够给民用工业带来活力的。国防科技工业企业的领导和职工都要明确，这次成立的十大集团公司，“保军”是首要任务，同时必须大力发展民品。要把军事工业技术移植到民用工业上来，把保证军事工业产品的那种严格的管理、严格的质量要求、严格的工作态度转移到民品的生产方面来，给所有的民用工业带一个头，树立一个榜样。要真正做到，从国防科技工业企业出来的民用产品都是顶呱呱的，技术是先进的，产品质量是优良的。

目前，国防科技工业的军民结合还没有达到很好的状态。“保军”当然是首要的、重要的，但民品也要做好，民品做不好也有损企业的信誉，使企业活不了。特别是船舶企业，不搞民品怎么行？不搞出口就活不下去。我们有这么大的船舶生产能力，要把订货拉进来，把民用船舶打出去，打到国际市场，为船舶企业的生存和发展积累后劲，这样才能够更好地“保军”。所以，国防科技工业企业无论如何要把民品生产搞上去，采取与军品生产同样的态度，抓得紧，抓得严，否则就没有信誉，没有市场。

第五，深化企业改革，加快国防科技工业企业脱困的步伐。要从国防科技工业的实际出发，按照建立现代企业制度的方向，把企业改革、改组、改造和加强内部管理紧密结合起来，转换经营机制，增强企业活力，提高经济效益，千方百计搞好企业扭亏脱困工作。要把党中央、国务院关于国有企业改革的各项方针、政策、措施落到实处，知难而进，扎实工作，力争用三年左右时间，使大多数国有大中型亏损企业摆脱困境，为21世纪的更好发展奠定基础。

促进我国国防科技工业的发展，既需要这条战线的广大干部、职工艰苦奋斗，积极进取，也需要各方面的大力支持。国务院有关部门和各地人民政府要充分认识加强国防科技工业建设的重要性，认真研究解决国防科技工业改革、调整和发展中的问题，共同完成振兴国防科技工业的历史使命。

搞“豆腐渣工程”公理难容*

（1999年7月7日）

请国办通知湖北省委、省政府、计委、水利部、财政部：请志杰[1]、祝平[2]同志看一下7月6日的《焦点访谈》。并请培炎[3]、恕诚[4]、怀诚[5]同志组织机关干部看看。如果千里长江大堤，质量大抵如此，则中国危矣，而我等均该骂名千古。曾记去年今日，解放军牺牲生命保卫洪湖大堤，而今一撮蛀虫公然克扣国库公帑，置百万人民生命于不顾，政府诸公视而无睹，国法何在，公理难容。请岚清[6]、忠禹[7]同志核示。

朱镕基

7.7

---

* 1999年7月6日，中央电视台《焦点访谈》节目报道，湖北省荆州市燕窝镇长江堤段新修建的堤坝加固工程有一段是“豆腐渣工程”。这是朱镕基同志关于此事件的批语。

〔1〕志杰，即贾志杰，当时任中共湖北省委书记。

〔2〕祝平，即蒋祝平，当时任湖北省省长。

〔3〕培炎，即曾培炎，当时任国家发展计划委员会主任。

〔4〕恕诚，即汪恕诚，当时任水利部部长。

〔5〕怀诚，即项怀诚，当时任财政部部长。

〔6〕岚清，即李岚清。

〔7〕忠禹，即王忠禹。

克服麻痹思想，做好防汛准备工作 *

（1999 年 7 月 13 日）

关于今年的防汛工作，国家防汛抗旱总指挥部已召开会议做了部署。为什么今天我们还要来湖北省召开长江防汛工作座谈会呢？因为最近出现了许多情况，使我们十分忧虑，我也向江泽民总书记报告了。我们都觉得有必要到这里来召开一次长江防汛工作座谈会，以引起大家的注意，防患于未然。第一，今年的汛期来得早，雨量比较大。长江下游的杭嘉湖平原和太湖流域暴雨灾情很严重，湖南省、安徽省的部分地区都是强降雨天气，造成了很大的灾害。湖北省今年的内涝、雨量比去年严重得多，现在受灾的就已达 2200 多万人。这种来势汹汹的情况使我们十分忧虑。第二，去年遭受特大洪水来袭以后，我们加强了水利工程建设，修复了水毁工程，但是堤防的标准仍比较低，施工的强度比较大，期限很紧。到现在，很多工程没有作防渗处理，迎水面也没有处理，堤防能不能经得起这次洪水的考验，令我们十分担忧。而且就在我们刚修的工程里，已经发现质量不好的情况，出现了很多险情。第三，在我们领导干部中间，存在一定的麻痹

* 1999 年 7 月 12 日至 13 日，朱镕基同志在发生燕窝镇事件以后，到湖北、江西两省考察防汛抗洪工作，先后考察了汉口长江干堤、九江永安大堤的综合整治情况，并于考察期间在湖北省武汉市主持召开了长江沿江五省一市（湖北、湖南、江西、安徽、江苏省及重庆市）负责同志参加的长江防汛工作座谈会。这是朱镕基同志在座谈会上讲话的主要部分。

思想和自满情绪，这是非常危险的。

麻痹思想和自满情绪来自于何方呢？主要是三个方面：一是去年经过了一个大汛，今年是不是还会来呢？大风大浪都经过了，还有什么可怕的呢？历史上连续两年的大水比较少，但是自然界的规律是很难讲的，不是有人讲“姊妹水”吗？就是第一年水来了第二年又来，这个情况还是有的。我们恰巧遇到了概率小的一面，因而如果侥幸认为今年可能不会来那么大的水了，这很危险。二是对于堤防质量的盲目自满情绪。以为花了这么多钱，堤就一定修得好，能够经得住考验。实际上，由于我们从设计、施工到监理、监督，这一系列的机制不健全，有再大的本事也不能保证堤防的安全。“千里之堤，溃于蚁穴”。99%的堤防修得好，只要有一处修得不好，堤防就全部溃败了。因此，这种自满的情绪是非常有害的，要实事求是地看待问题。三是我们今年的工作任务比较重，各种中心工作都压下来了。而且，今年的经济情况还存在隐患，下岗工人比较多，社会不是那么稳定，又加上机构改革，特别是当前的中心任务“三讲”教育，要花掉领导的很多精力。

我们要统筹安排，把精力集中在防汛这个重要任务上。如果精力分散，稍有麻痹自满，就抓不到点子上去。现在非常有必要寻找麻痹思想和自满情绪的这三种根源，并把它们一扫而光。最重要的，是要抓紧统一认识，加强措施，做好准备，避免出现大决口。一定要教育各级干部，首先是领导干部要端正认识，做好防大汛的准备，做好和去年一样的防大汛的思想准备，如果侥幸麻痹，将来要吃大亏。要告诉人民群众，整修的堤防现在没有经过考验，是匆匆忙忙搞起来的，成绩很大，但问题不少。要批评那种以为没有大汛，又有堤防，可以高枕无忧，甚至于固若金汤的思想。今年防汛工作的立足点，就是要防住跟去年一样大的汛，要做好这种准备。刚才我还和广州军区的领导同志打招呼，向陶伯钧[1]司令员问个好，恐怕今年我们还得麻烦他们，但是我们有责任今年不能再牺牲解放军将士，否则对不起这些最可爱的人。

堤防能不能经得起洪水的考验，还不知道，要进行一次全面的质量大检查。大家都要到堤上去走一走，主要领导要亲临堤防现场走一趟。群众监督是好事，他们最了解堤防的质量，要听取他们的意见，不能把提意见的人抓起来。关于中央电视台《焦点访谈》节目 7 月 6 日反映湖北省荆州市燕窝镇堤段的问题，我始终认为是符合事实

1999 年 7 月 12 日，朱镕基在湖北省洪湖市长江干堤七家垸与防汛人员亲切交谈。

〔1〕陶伯钧，当时任广州军区司令员。

的，没有夸大，没有失实，是根据事实讲话，没有作任何推论，大家可以再把录像带调出来看看。我认为，应该欢迎舆论，欢迎群众对我们的工作提出意见。有什么可怕的？瑕不掩瑜！湖北省1577公里的长江堤防经过短短的时间整修了1477公里，其中1100多公里是干堤，这么大的工程，这么伟大的成绩，只有1公里出了问题，难道能够否定成绩吗？一定要从严要求，通过把这个事情查到底来教育干部群众，而不是掩盖它的真相。检查组的报告我看了，有好多专家签字，但是你们知不知道，这个事情暴露以后，你们过了一个多星期才上堤。只要有一天的时间，就可以把质量问题全部掩盖。你们从技术上看得多，但是对当前基层干部的作风情况估计不足。如果昨天讲的那些反证，足以推翻《焦点访谈》报道的话，为什么不保留现场？钎子一插进去两米多深、松松垮垮的地方怎么不保留？雨水冲刷出一道道的沟为什么不保留？匆匆忙忙把它碾压起来干什么？我在出问题的堤段查看时，一个当地干部对我说，您拿钎子再插插看，您插得动吗？把我当傻瓜呀，你都精心准备好了向我汇报，让我去插钎子，我能插得动吗？我没看见揭发质量问题的个体户李伟，是不是被抓起来了？不要抓人，反映情况的群众不是别有用心，也不是神经病，他们出于对自己生命、财产安全的考虑，要欢迎他们提意见。当事人都不在，不足以反证，不足以推翻《焦点访谈》的报道。荆州市委书记说他去了五次，五次不算多。这么重要的洪湖大堤，去年这儿还牺牲过人，你去五次算多吗？我就不相信你是天天站在燕窝镇看着他们施工的，你能拍胸脯吗？不要过分相信自己，恐怕你和我一样受蒙骗了。哪怕只是千分之一的缺点，但是它的政治意义很大，还是要查到底。第一，不把这件事情查清楚，如果堤防里面都是“豆腐渣”，只是在上面碾两下子，将来洪水冲垮大堤的时候，损失得有多大！第二，如果这里面有干部在徇私舞弊，你放过了他，你是害了他。我们干部的作风如果都是这个样子，就太可怕了。我觉得，从爱护干部、整顿我们党内的作风来讲，要把这个事情查到底。我希望长江流域各省市领导不要有盲目自满的情绪，你们那里绝对不只1%的问题。你们要查，亲自去查，发动群众来揭发。干部层层汇报是没有用处的，他们都是当事人，都牵扯在里面，能跟你说得清吗？只有听群众的意见。特别是那些堤防险段，你们要下工夫去查。这就是这次开防汛工作座谈会的意义所在。我们要统一认识，下去检查，准备防大汛。

当前应该赶快采取以下几条防汛的具体措施：第一，统一认识，前面已经讲过了。第二，明确责任制。要层层落实责任制，上面是省委书记、省长责任制，下面也得是市委书记、市长及县委书记、县长责任制，而且是终身的责任制，不管你将来调到哪儿，都要追究你的

1999年7月13日，朱镕基在江西省九江市城防大堤考察长江防汛工作。

责任。同志们，今年绝不允许长江决堤，今年是新中国成立50周年大庆，如果我们这里是汪洋泽国，那怎么得了！特别是今年已经投进去几百亿元，假如结果还是决口一大块、汪洋一大片，我们怎么向人民交代？一定要把工作做在前面。第三，汛前大检查。前面已经说过了，拜托大家亲自出马，长江流域各省市主要领导要对几千里长江大堤进行全面的大检查。当然，要着重于重点险情地段，发动各种监督，包括群众监督，找出问题，及早补救。第四，今年的防汛抢险队伍和器材要及时到位，准备工作要超过去年。防汛队伍的组织、防汛器材的储备，要超过去年的水平。希望你们现在先自力更生，赶快准备起来，该补什么，做个计划，自己能解决多少，然后如实向中央报告，这笔钱中央还是得拿。第五，密切配合、分工合作，加强科学调度，错开洪峰，确保大堤安全。去年，湖北省这方面工作做得比较好，利用隔河岩水库、宜昌葛洲坝蓄水放水，严格按照科学规律办事，错开洪峰，对确保大堤安全有很大好处。长江水利委员会应该在这方面发挥作用。各部门、各地区都要分工配合，密切协作，统筹协调，有时候要牺牲局部，服从大局。特别是湖北省要把此项工作及早抓起来。第六，已经受灾的地区的救助工作要加强。今年与去年同期相比，受灾人口大大增加，受灾区域更广。现在要加强救灾工作，中央拨了少数的救灾补助资金，还得靠大家把这个工作做好，以免将来困难越来越大。趁着现在还能腾出手来，赶快抓紧准备。

关于如何保证堤防的建设质量问题，我想强调几点：第一，堤防质量实行行政首长负责制，工程由谁负责、谁设计、谁施工、谁监理，都要签字画押，以便将来出现问题能够追究责任。第二，堤防工程的设计一定要由国家认定的合格单位来做，而且要进行招投标。但是谁来认定，有关文件里没有规定，至少得由水利部来认定。要有严格的规定，没有严格的规定，质量怎么保证？设计可以招投标，但一定要由长江水利委员会抓总，长江水利委员会要制定一个设计标准，不符合标准的，设计就不能通过。第三，施工的招投标。现在要赶快认定一些合格的施工单位，除此之外，其他单位不许参加投标。严禁转包，措施要细化，要加强防范。第四，工程监理与施工单位要严格分开，不能搞一条龙。没有任何亲疏关系，才能保证它的公正。监理单位的资格也应该由水利部来认定，建设单位通过竞争择优选定监理单位。监理的形式有多种，包括旁站监理，即重要堤段监理人24小时站在旁边监督。治理长江绝不是一年两年，也不仅是我这个任期的事情。我估计每年都得有这么大的投入，一年250亿元还得往里投。如果仅仅需要1200亿元就好办了，五年就投完了，但我估计五年完不了。汪恕诚〔1〕同志，你考虑一下，长江水利委员会如何参加长江整治中间的监理工作和全线的监督工作，最后还要全线把关。总之，我认为要建立这个机制，必须有一套非常严密的规定。

〔1〕汪恕诚，当时任水利部部长。

完善宏观调控政策措施，制止经济增长下滑趋势*

（1999 年 7 月 15 日）

这次省、部长经济工作座谈会，是根据江泽民同志的意见，由党中央、国务院召开的。主要任务是贯彻落实《中共中央、国务院关于转发〈国家发展计划委员会关于当前经济形势和对策建议〉的通知》（以下简称《通知》）精神，进一步统一思想，做好今年下半年经济工作。为了使大家深入理解中央关于经济工作的决策和部署，我讲几个问题。

一、中央决策的形成过程和依据

《通知》是一个非常重要的文件。这是中央为解决当前经济生活中的突出问题，保持经济发展良好势头做出的重大决策和部署。这一决策和部署经过反复研究，是建立在全面估量和分析当前经济形势的基础上的。

今年 4 月以来，党中央、国务院多次研究了我国经济形势。总的看法是：今年的经济发展开局是好的。国民经济保持较快增长，生产

* 1999 年上半年，我国经济出现了通货紧缩的趋势，经济增速逐步放慢。为及时扭转这种形势，保持经济的较快增长，中共中央、国务院转发了国家发展计划委员会《关于当前经济形势和对策建议》，并于 7 月 15 日在北京召开了省、部长经济工作座谈会。这是朱镕基同志在座谈会上的讲话。

1999 年 7 月 15 日，朱镕基、胡锦涛、李岚清等中央领导同志出席省、部长经济工作座谈会。
（新华社记者樊如钧摄）

建设各方面都比较好，财政收入增幅较高，金融运行平稳。这些成绩的取得，说明去年以来中央针对亚洲金融危机和国内特大洪涝灾害所采取的扩大内需和积极的财政政策是正确的，效果是明显的。同时也应清醒地看到，我们在前进中遇到了许多新情况、新问题。特别是今年 3 月份以后，国际、国内形势又发生了一些新的变化，我国经济发展面临的外部环境更加复杂，国内经济生活中的一些深层次问题更加明显地表现出来，有效需求不足的矛盾尤为突出。外贸出口和外商直接投资下降，消费需求不振，固定资产投资增长放慢，物价总水平持续下降。因此，经济增长速度出现了下滑的趋势。

经济情况的变化，集中地表现为经济增长速度逐步放慢。今年上半年国内生产总值比去年同期增长 7.6%，其中第二季度只有 7.1%，低于第一季度的 8.3%；工业增加值在第二季度同比增长 9%，也低于第一季度的10.1%。考虑到去年第二季度经济增长速度基数较低，今年上半年经济增长速度回落更值得注意。而去年下半年经济回升快，基数较高。如果不采取有力措施，今年国民经济就难以保持较快增长的势头，全年很有可能低于7%的预期目标，整个经济形势就会越来越严峻。这并不是说我们硬要去保7%的预期目标。绝不能压指标、搞虚夸，那样做不仅于事无补，而且遗患无穷。问题是如果经济增长速度过低，将会带来一系列困难。例如，大量职工下岗、财政收入减少、金融风险加大、社会不稳定因素增加等。因此，必须采取有力措施，保持经济的较快增长，这关乎改革、发展、稳定的大局，是当前经济工作的当务之急。

目前这种经济形势引出了一个问题：是不是中国出现了通货紧缩？按照国际通常的看法，通货紧缩就是价格总水平持续下降，货币供应量和经济增长率连续下降。巴塞尔国际清算银行认为，价格总水平连续下降两年就是通货紧缩。从我们自己的情况看，并没有出现货币供应量和经济增长率的绝对下降，这两方面都是在增长的，只是增幅在降低。所以，还不能说中国经济已经处于通货紧缩状态，只能说出现了通货紧缩的趋向。但是对这种趋向的发展，我们应当引起高度警惕，并切实加以防止。我们有治理通货膨胀的经验，而对付通货紧缩则是一个新课题。在这方面，国际上可资借鉴的经验也不多。我国去年采取的一系列政策措施收到成效，避免了经济增长的大滑坡及其可能带来的社会震荡。我们应该根据自己的实际情况，认真总结去年的实践经验，在此基础上继续前进，完善宏观调控的政策措施。

有的同志问，为什么在成功地治理了前些年严重的通货膨胀之后又出现了通货紧缩的趋向呢？实际上，现在的这些问题，从根本上说，与前些年的通货膨胀是一脉相承的，那就是重复建设严重，经济结构失调，经济效益低下。如果不是那几年搞那么多的房地产、开发区，搞那么多的重复建设，就不会有目前这么严重的供过于求，就不会有这么多的银行不良贷款，也就不可能出现物价总水平的持续下跌。

总之，我们要全面地、辩证地看待当前的经济形势，对于我国经济发展的主流和成绩，应当有充分的估计和认识。同时，对于前进中存在的问题，要给予高度重视，及时加以解决。中央根据经济形势出现的新变化，果断采取了宏观调控的综合性对策。这对于有效克服当前困难、保持改革和发展的良好势头，具有重要的指导作用。

二、贯彻中央的决策和部署需要把握好的几个问题

《通知》的主要精神是：进一步加大实施积极的财政政策的力度，重点是从投资和消费两个方面增加社会需求，还要努力扩大出口，积极利用外资；同时，加快结构调整，稳步推进改革，确保社会稳定，以促进国民经济持续快速健康发展。

（一）**采取有力措施，促进投资需求较快增长。**

通过增发国债，扩大投资需求、拉动经济增长，是去年的成功经验。到今年 3 月底，去年增发的国债资金已经用完，目前对投资需求的拉动作用明显减弱。现在看来，今年预算安排的国债投资还不够。国外经验说明，运用财政政策解决有效需求不足的问题，往往不是一两年就能奏效的，实施积极的财政政策要有一定的连续性。因此，考虑今年再增发 600 亿元的国债。这 600 亿元国债加上今年年初预算安排的 500 亿元国债投资，大体上相当于去年投资增加的水平。没有这样的投资力度，就弥补不了今年出口和外商直接投资减少所造成的需求缺口，很难拉动经济增长。

增发一些国债，既有必要，风险也不大。目前，我国财政赤字和国债规模占国内生产总值的比重都低于国际公认的警戒线。今年再增发600亿元国债，全年国债发行总规模只比去年多124亿元，这不是很大的问题。现在金融机构的存款越来越多，6月末全部金融机构存差余额为12168亿元，其中国有商业银行存差余额为9734亿元。向银行增发一部分国债，可以用活一部分沉淀在银行的资金，也可以减轻银行利息负担。同时，通过增加国债投资、促进经济发展，可以增加税收，创造更多的财源，财政将来是有能力偿还债务的。

这次增发国债的资金在使用方向上作了较大调整。一方面，继续增加基础设施投资，主要是用于在建项目，使这些项目尽快建成投产，及早发挥效益。另一方面，较大幅度地增加企业技术改造投入，大力促进技术进步。初步考虑，从增发的600亿元国债里拿出150多亿元，用于对企业技术改造贷款的贴息。这样，可以带动2000亿元左右的技术改造贷款投资。企业技术改造要以市场为导向，紧紧围绕增加品种、改进质量、降低成本、提高效益进行，要有利于调整产品结构和替代进口。特别要抓好重点行业、重点企业、重点产品的技术改造。技术改造投资绝对不能变相搞基本建设，不能再花很多钱盖厂房；也绝不能搞低水平重复生产建设，单纯追求数量扩张。增发的600亿元国债资金，不管是用于基础设施建设还是企业技术改造，都要注意向中西部地区和老工业基地倾斜。

国债资金一定要管好、用好。一是在项目安排上，各有关部门要密切合作。要总结和完善去年国债资金安排工作中的好做法，对重大项目实行联合办公、集体评审，选准、选好项目，提高资金安排的效率和水平。二是地方要真正落实配套资金。如果配套资金落实不了，就要取消项目，绝不能再搞“钓鱼工程”、“胡子工程”和“半拉子工程”。三是严禁挪用国债资金。在这方面，尽管中央已经三令五申，有关方面也加强了检查，但是去年仍然出现不少问题，有的甚至很严重，今年要更严格、更坚决地查处这类问题。四是确保工程建设质量。坚持质量第一，杜绝“豆腐渣工程”。工程建设一定要选择资质合格、技术和装备过硬的工程队伍。对国债资金使用的管理和监督，一定要尽快做到规范化、法治化。

（二）增加城镇居民收入，扩大消费需求。

这次中央决策一个很重要的方面是，通过增加居民收入，扩大消费需求。这是因为，消费需求占社会总需求的比重高，目前为60%左右；消费需求又是最终需求，拉动经济增长的作用更大、更为直接。增加居民收入，也有助于改变居民的收支预期，增加即期消费。现在居民花钱比较谨慎，储蓄意愿很高。主要原因是，他们对住房、教育、医疗等改革的目标和方案不甚了解，对支出增加的预期提高；同时，不少企业效益不好，下岗、失业人员增多等现象又降低了群众对收入增加的预期。这种心理状况一形成，居民的即期消费就减少了。所以，各项改革都要考虑到对群众心理状况的影响，宏观调控也要有针对性地采取措施。现在给群众增加一些收入，有助于改变这种心理预期，对拉动即期消费有利。特别是增加中低收入阶层居民的收入后，他们马上就会去买东西。增加低收入居民的收入，还有利于调节收入分配，保持社会稳定。因此，尽管目前财政相当困难，还是要想办法增加居民的收入，这是一个关系社会经济全局的决策。

这次增加城镇居民收入的范围比较广。一是将国有企业下岗职工基本生活保障、失业保险和城镇居民最低生活保障等三条社会保障线的水平提高30%。二是提高机关事业单位职工的收入，相应提高离退休人员的离退休金。三是提高企业离退休人员待遇。对各地拖欠国有企业离退休人员的养老金要一次性予以补发。这几个方面直接涉及的人员达8000万左右，体现了向低收入者倾斜，统筹兼顾了各方面的情况。

有的同志说，这次增加工资是靠多打财政赤字。这种说法是不对的。增发国债而增加的赤字都是用于搞建设的，今后是要还的。增加工资主要是靠财政增收节支。今年财税工作做得比较好，上半年财政收入增加较多。虽然下半年不太可能再有很多的增收了，但超预算是肯定的。超预算增收较多，增加工资就有物质基础。上半年税收增加，主要是关税和进口环节税增加了一倍多，这是坚持不懈地严厉打击走私的结果。

今年提高职工收入水平，必须有稳定的资金来源。一个很重要的措施，就是对居民储蓄存款利息恢复征收个人所得税。1980 年全国人大颁布的《个人所得税法》中就把存款利息作为应税项目，但是一直没有实施。世界上很多国家都对个人利息征收所得税，税率低的为 3.5%，高的达到 50%，大部分为 10%以上。我国现在有必要，也有条件对个人利息征收所得税。有些同志认为，征收利息税不如降低利率。应当看到，这两种措施的作用不同，不能用减息代替征收利息税。利息税是调节社会收入分配、维护社会公正的一个措施。降低利率对改善银行和国有企业经营有好处，但财政拿不到钱。所以，还是要开征利息税。现在的银行存款中，绝大部分是少数人存的钱，征收利息税，对绝大多数的居民影响不大。存钱多的人，就应该多交税。利息税作为中央税，主要用于增加低收入居民的收入和补助财政困难的地区。

国有企业在职职工的工资怎么增加？主要是靠提高企业经济效益。国有企业职工的工资已经实行工效挂钩，企业有权根据经济效益状况自主决定职工的晋级加薪。今年国家采取了降低贷款利率、提高出口产品退税率等措施，都有利于企业降低成本、增加利润。国家采取进一步扩大内需的措施，也是为了使企业能够增加生产，提高经济效益。只要企业经济效益好，职工的工资就能够增加。

努力增加农民收入，是扩大农村消费需求、调动农民积极性的大问题，中央也做了部署。当前粮食、棉花、糖料都相对过剩，再提高价格是不可行的。增加农民收入最现实的途径，是切实减轻农民负担，减轻负担就等于增收。现在各种名义的乱收费、乱罚款、乱摊派使农民不堪重负，必须采取更加有力的措施加以制止。乡镇政府要紧缩开支，精简机构，清退编外人员。各地方和有关部门要抓紧研究从根本上减轻农民负担的措施。同时，要引导农民优化和调整农业生产结构，生产质优、价高的农产品。国家在农业技术推广、生态环境建设、农村电网改造和扶贫攻坚方面，都加大了资金投入力度，一定要把这些资金用好。各地要千方百计地增加农民收入。

这次中央经济工作部署中，把发展教育事业和扩大居民住房消费作为扩大消费需求的重要措施。在发展教育事业方面，要按照实施科教兴国战略的要求，在切实保证义务教育健康发展的同时，大力发展高中阶段、职业教育和大学等非义务教育。从近期看，这可以增加居民消费；从长远看，能够提高全民族的整体素质。不久前，党中央、国务院召开第三次全国教育工作会议，对这项工作进行了部署，提出了一系列政策措施，各地要认真落实。住房的消费需求潜力很大，对整个经济的带动作用很强。要加快城镇居民住房制度改革，促进居民购房。现在的问题是，房价太高，一般居民买不起，国家也补贴不起。解决问题的一个办法，是免收或减收土地和相关配套设施费，把房价降下来，使广大群众买得起住房。这样，银行就可以多增加一些住房信贷，搞抵押贷款、分期付款。同时，要在加强规范管理的基础上，尽快开放住房二级市场。住房市场活跃起来了，对经济的拉动作用很大。各地方住房改革要根据自己的情况来决定。希望省长们能亲自抓一下这件事情，大力推动住房改革和建设。

（三）继续推进国有企业改革。

搞好国有企业，既有利于扩大社会需求，也有利于改善有效供给，这在很大程度上关系到扩大内需和实施积极财政政策的成效。必须把加快国有企业改革步伐放在重要位置。最近，江泽民同志连续召开了几个关于国有企业改革和发展的座谈会，并发表了重要讲话。我们一定要认真学习和贯彻落实，务必努力实现中央提出的国有大中型企业三年改革和脱困的目标。这是一个重要的阶段性目标，一定要坚定信心，不能动摇。要全面贯彻中央关于国有企业改革的一系列方针、政策和措施，坚持建立现代企业制度的方向，积极推进国有企业的战略性改组。当前，还要着力抓好以下三个方面。

第一，做好债权转股权的工作。债务负担过重，是一部分国有企业长期难以摆脱困境的原因之一。要结合国有银行处理不良资产、组建金融资产管理公司，对一部分产品有市场、发展有前景，仅由于负债过重而陷入困境的企业，在建立现代企业制度的同时，通过金融资产管理公司，将银行的债权转为股权，降低企业资产负债率，减轻贷款利息负担，为企业增强活力创造条件。这件事情要抓紧做，但对债权转股权的范围和操作程序，必须严格把关，绝不允许变相逃废银行债务，要防止一哄而起。

第二，加大企业技术改造力度。今年增发的国债资金中，要拿出相当一部分支持企业技术改造和技术进步。这不仅可以扩大内需，而且对增强企业的竞争能力和发展后劲有重要作用。这个措施，是搞好国有企业改革和发展的重要手段。增加企业技术改造投入，绝不只是今年一年的事，今后还要坚持这样做。要把企业技术改造同调整结构、压缩过剩生产能力结合起来。近期要以纺织、煤炭、石化、机械、冶金等行业为重点，努力实现已经确定的行业调整目标。

第三，利用证券市场直接融资。要充分发挥证券市场的积极作用，提供多种融资渠道，支持国有企业改革和发展。要完善股票发行、上市制度，使更多的符合条件、经济效益好的企业上市，增加企业资本金。选择一些信誉好、发展潜力大的国家控股上市公司，在不影响国家控股的前提下，通过配售一部分国有股筹集资金。发展股票市场，要认真贯彻执行“法制、监管、自律、规范”的方针，坚持公平、公开、公正的原则，不要搞行政干预，不要搞政府托市，引导和促进证券市场健康发展。

建立健全社会保障体系，是搞好国有企业改革和发展的必要条件。国有企业要增强活力和竞争力，必须把目前过多的冗员减下来，走下岗分流、减员增效的路子。而要减人就必须解除职工的后顾之忧，最重要的是保障他们的基本生活。这就需要建立一整套社会保障体系，并使之规范化、法制化。建立健全社会保障体系，最重要的是开辟资金来源渠道。一是从现在开始就要适当调整财政支出结构，使社会保障支出逐步增加。二是要开辟专门的税源，例如开征个人利息所得税、遗产税等，这些钱要进入社会保障基金。三是配售一部分国有企业股权，通过股市筹集的资金，要拿出一部分来补充社会保障基金。这些措施具体怎么搞，还要认真研究。

（四）努力扩大出口，积极有效地利用外资。

在扩大内需的同时，绝不能放松出口。今年出口少下降一点，对经济增长的负面影响就会减少一点。吸收外商投资，可以直接增加投资需求，可以带动增加配套人民币投资。面对竞争加剧的国际经济环境，我们要继续振奋精神，知难而进，力争在增加出口和利用外资方面有积极的作为。需要强调的是，要进一步优化贸易方式，大力推动和扶持一般贸易出口。要做好提高出口退税率工作。同时，要尽量减少不必要的进口，并加强“以产顶进”工作。利用外资要有危机感和紧迫感。亚洲遭受金融危机影响的国家采取了更加优惠的政策吸引外资，这对我国利用外资造成了不利因素。如果我们不采取更加有效的措施，外商直接投资下降的趋势还将进一步发展。有关部门要尽快提出适当放宽外商投资领域的具体措施，调整不利于利用外资的规定，改进对外商投资企业的管理和服务，进一步改善我国投资环境。

三、对落实这次会议精神的几点要求

一是要统一思想，齐心协力。贯彻好《通知》精神，首先需要统一思想。各地党委、政府和中央各部门都要把思想统一到中央对经济形势的判断上来，统一到中央决策和部署上来。只有统一思想，才能心往一处想，劲往一处使。有些问题从局部上一时难以看清，只有站在全局的高度才能够看清楚。要正确认识和处理全局利益和局部利益的关系，做到局部服从全局，坚决贯彻执行中央确定的政策措施。各个方面要围绕贯彻落实中央的决策和部署，密切配合，相互支持，协同动作。

二是要振奋精神，增强信心。我们面临的困难虽然不少，但也有很多有利条件。现在整个经济还在以较快速度增长，国家的物质基础比较雄厚。不少国有企业的经营状况在好转。我们已积累了在不同情况下战胜困难的经验。目前政治、社会稳定，只要我们充分运用各种有利条件，就一定能够很好地解决前进中的矛盾和问题。各级领导干部特别是高级领导干部一定要有良好的精神状态，坚定做好工作的决心和信心。

三是要精心部署，过细地做工作。中央这次提出了不少新的措施，有的政策性很强，实施起来需要算细账，不能似懂非懂、粗枝大叶。同时，各地情况不同，经济发展水平也不平衡，各有自己的一些矛盾和困难。希望大家按照中央的决策和部署，结合本地的实际情况，吃透中央文件精神，制定具体的实施方案和办法。无论是扩大投资还是增加消费，都要统筹兼顾，周密安排。一定要把工作做实、做细，把好事办好。

四是要把握大局，正确处理改革、发展、稳定的关系。今年改革和发展的任务很重，影响社会稳定的因素也不少。各地区、各部门在贯彻中央决策和部署的工作中，要把改革、发展、稳定三者的关系处理好。如果有些政策措施把握不好，就有可能产生一些负面作用，甚至出现偏差，影响社会稳定。对于这一点，大家务必高度重视，不可疏忽大意。

地方政府机构改革势在必行*

（1999年7月23日）

中央机构编制委员会召开这次会议的主要任务是，研究和部署地方政府机构改革工作。这是落实党的十五大精神的一项重要任务。今年年初，中央印发了《中共中央、国务院关于地方政府机构改革的意见》，对这项工作做出了明确部署。下面，我讲几点意见。

一、地方政府机构非改不可。

国务院机构改革已经基本完成。为了同国务院机构改革相衔接，保证政令畅通，地方政府机构改革必须抓紧进行。去年，国务院进行了机构改革，经过各部门共同努力，这项工作进展顺利，取得了重大成果。国务院组成部门从40个减少到29个，部门内设机构精简200多个，移交给企业、社会中介机构和地方的职能有200多项，人员编制总数减少一半，司局级职数减少500多个。机关建设和工作作风出现了新的气象。部门之间相互推诿和掣肘现象减少，促进了办事效率的提高。这个成绩，是全国推进政府机构改革的良好开端，我们也从中取得了宝贵的经验。同时，也再次证明：机构改革是非常必要的，中央提出的指导思想、原则和方法、步骤是完全正确的。

---

* 1999年7月23日，中央机构编制委员会在北京召开全国地方政府机构改革工作会议。出席会议的有各省、自治区、直辖市和副省级市党委或政府负责机构改革工作的负责同志、编办主任，以及中央有关部门负责同志。这是朱镕基同志在会上讲话的主要部分。

推进地方政府机构改革，是建设廉洁、勤政、务实、高效政府，促进地方经济发展和维护社会稳定的需要。地方各级政府是整个行政管理体系的重要组成部分。现在，地方政府机构和职能与形势发展不相适应的矛盾越来越突出。政企不分、政事不分，机构职责交叉、互相扯皮，人浮于事，造成效率低下、财政负担沉重，尤其是贫困、边远地区的财政更是难以为继。因此，地方政府机构改革势在必行。

二、切实完成精简任务。

这次地方政府机构改革的重要任务，是精简机构、精减人员编制、减少领导干部职数。中央已经提出了明确要求：

第一，省级政府工作部门由现在平均设置53个精简为40个左右，经济不发达、人口较少的省（区）精简为30个左右。直辖市的市级政府工作部门，由现在平均设置61个精简为45个左右。

第二，切实精减人员，不能走过场。地方各级政府系统现有行政编制518万人，实有548万人。地方各级政府人员要严格按核定的编制数精减，重点是精减各级机关人员。省级政府机关人员编制精减幅度原则上参照国务院的精减比例进行，逐步、分期达到精减一半左右。省级政府机关（不含公安、安全、司法机关）的行政编制由现在的15.2万人，精减到7.6万人左右。

第三，领导职数也要减少。现在有的地方设了十几个副市长、副秘书长，还有几个市长助理，一把手的精力都放在协调副职的关系上了，还有什么精力抓工作？机关人员减少50%以后，用不了那么多“官”。

精简机构和人员是个硬任务，各地必须严格按照中央的要求制定方案，组织实施。

政府机构改革不是单纯的精简问题。在政府机构改革的过程中，要注意把握以下几点：一是着眼于全面提高机关干部的整体素质，把人员定岗分流同干部结构的优化结合起来。二是着眼于建立干部能上能下和岗位交流机制，把人员定岗分流同改革干部人事制度结合起来。三是着眼于从严治政，把人员定岗分流同加强机关建设和法制建设结合起来，提高依法行政能力。这几点，是国务院机构改革的成功经验，地方各级政府也要这样做。

要正确对待政府机构改革中的困难。邓小平同志讲过：精简机构是一场革命。当然，这不是对人的革命，而是对体制的革命。既然是革命，当然会有困难，但必须迎难而上，不折不扣地贯彻下去。不改革或推迟改革进程，是没有出路的。

地方政府的干部如何分流？一是要加强企业，把优秀人才派到企业中去。二是要加强基层，现在一些基层干部素质太低，要用合格的干部把他们换下来。三是要进行定向培训，特别是进行经济管理和法律知识的培训。对分流的干部进行培训，是加快培养人才工作步伐的重要一环，要通过培训的办法提高分流人员的整体素质，适应社会需要，做到人尽其才、各得其所。

人员分流，涉及广大干部的切身利益，地方各级政府和各部门要发挥党的政治优势，有针对性地做好思想动员。要给大家讲清楚，机关干部是国家的宝贵财富，无论是留在机关还是分流，都是改革的需要、工作的需要，没有高低之分、优劣之别。只靠开会不行，要一个人一个人地做细致的思想工作，普遍进行个别谈心，使每个干部都能感受到党组织对他是关心爱护和认真负责的。只要工作做到家，我们的干部是有觉悟的，是通情达理的。

三、大力转变政府职能，推进政企分开。

要下决心撤销工业管理部门。这个问题大家议论较多，也有难度，但是决心不能动摇。要彻底改变工业部门与国有企业的行政隶属关系，政府不能再干预企业的生产经营活动。事实证明，靠工业管理部门直接管企业的办法是管不好企业的。这次国务院机构改革，下决心把工业管理部门撤掉，改成国家经贸委管理的国家局。这只是一种过渡措施，这些国家局的职责和任务就是搞行业规划、行业政策，防止重复建设。从省里来看，搞行业规划、行业政策的任务要比国务院少多了，综合部门完全能够承担起来，没有必要搞过渡。

保留的部门也要转变职能，做到政企分开、政事分开、政社（社会中介组织）分开。各部门的职责要界定清楚，该哪一个部门负责的事，哪个部门就要承担起责任来。责任交给哪一级，权力也要给它，权力和责任一定要一致起来。不该管的事要坚决交出去。

要规范政府的审批职能。审批权限必须以国家和地方有关的法律、法规或政府的文件、规章为依据。各级机构编制委员会办公室在拟订部门“三定”方案时一定要把这件事情抓好，不要怕得罪人。

要转变工作方式和工作作风。我在本届政府第一次全体会议上提出的“五条要求”〔1〕和“约法三章”〔2〕，就是要力戒形式主义、官僚主义、主观主义，建设一个廉洁、勤政、务实、高效政府。地方各级政府也要制定行为规范，公之于众，接受监督。

四、加强对地方政府机构改革的领导。

地方政府机构改革任务艰巨、时间紧迫，改革既要坚定不移地进行，又要周密布置，精心组织，责任非常大。这个责任，各级党委、政府的主要领导要承担起来。

要认真制定方案，精心组织实施。制定改革方案和相关政策要实、要细。对人员定岗分流、干部安排、国有资产管理等，都要有具

---

〔1〕“五条要求”，指朱镕基同志在1998年3月24日国务院第一次全体会议上提出的“五条要求”，见《在国务院第一次全体会议上的讲话》（本卷第4—6页）。

〔2〕“约法三章”，指朱镕基同志在1998年3月24日国务院第一次全体会议上提出的“约法三章”，见《在国务院第一次全体会议上的讲话》（本卷第9—10页）。

体的办法。特别是人员定岗分流，涉及每个干部的切身利益问题，一定要做到公平、公开、公正，一定要把适用的原则、步骤、方法规定得具体一些。方案酝酿要坚持党性原则，充分发扬民主，走群众路线。要慎重，谋定而后动，实施要果断。

另外，上级部门不得干预。很多地方反映，地方政府机构改革工作难做，上级部门干预太多。我要强调一点，国务院各部门不得干预地方政府的机构改革方案。各地区都要按照中央的精神，根据本地实际，通盘考虑，顶住压力。

加强长江中游的整治刻不容缓*

（1999年7月28日）

我们这次来主要是督促检查长江的抗洪抢险工作。在安庆，我们已经和省里的同志交换了意见，主要是三条，现在向大家通报一下。

第一条，确保长江大堤的安全，绝对不发生决口。今年是国庆50周年，澳门回归祖国。长江如果在这个时候决口，不光是人民群众生命、财产遭受损失，在政治上的影响也不好。要采取一切措施，昼夜地巡堤查险，绝对不能够松懈。对于险情，要及早发现，及早处置。要不惜一切代价保住大堤安全。现在，就要把这些抢险的物资储备好。

第二条，必须重新修订长江的整治规划。我在湖南的时候，凤凰台的记者问我，你年年跑到这里救灾，有何感想？这个话问得很尖锐啊！长江的防汛工作，年年像现在这么搞下去是“民穷财尽”啊！现在就要着手长江整治规划的实施。今年长江的汛情也很严峻，从湖北、湖南、江西到安徽，我们都现场体会了一下，感到长江中游地区的整治已经刻不容缓。这四个省本来是富庶的地方，“湖广熟，天下足”啊！江西、安徽过去都是鱼米之乡啊！可现在搞得“民穷财尽”，

---

* 1999年7月23日至28日，朱镕基同志先后在湖南、安徽省考察长江防汛工作。朱镕基同志在安徽省考察工作期间，先后考察了广济圩长江干堤填塘固基工程和黄湓村灾民安置点等地。这是朱镕基同志在听取安徽省委、省政府工作汇报后讲话的一部分。

不就是水灾吗？现在决定要加大长江中游整治的力度和强度，这四个省是整治的重点。当然，长江中上游封山育林、退耕还林、环境整治去年已经开始，这个决策是正确的，也要加大力度，但那是一个长期的、世世代代搞下去才能见效的事情，现在不能再放松，而长江中游的整治则是刻不容缓了。我们估计如果加大投资力度，要比现在加一倍。去年到今年，投资已经加了很多了，相当于过去的三到四倍。明年的投资要在今年基础上再加一倍，这样连续干五年，长江的大堤才能永固啊！水利部长江水利委员会要加强统一规划和设计，按照它们的重要性，一、二、三级堤都要高标准达标。这三级堤都应该纳入国家计划，中央财政要给予补贴。你们省界内长江北岸500多公里、南岸200多公里的干堤，都要按不同的标准来进行整修，这项工作用三到五年时间把它完成。今年，为了整治长江中游四省堤防，包括中上游地区森林保护计划的落实，我们准备在原来的计划加上增发的600亿元国债之外，再加100亿元。希望大家赶快做好准备，全力以赴，设计、规划、招标、施工都要跟上。国家要下很大的力气，舍得花钱，确保长江堤防长治久安。严禁挪用挤占整治长江堤防的资金。

第三条，长江支流的整治。这项工作主要还是靠你们自己了。支流的整治最重要的是保护森林，不能再那么砍树了。不然水土流失，支流好不了，干流也好不了。农民有个增加收入的问题，要引导他们，开辟别的生路。需要木材，国家可以进口。这个问题，省里还要研究并作出规定。现在，移民建镇只能集中于洞庭湖、鄱阳湖地区以及湖北长江干流上的一些圩子。在安徽，因为整修长江大堤的任务很重，还没有力量来做移民建镇、平垸行洪工作。但是，可以搞试点，比方在池州的升金湖以及淮河地区搞些试点。巢湖的整治是一个重要项目，对巢湖的挖泥清淤，中央将从资金上予以支持。另外，有的地方要防内涝，要提高排涝能力，中央也可以给予补助。

关于水利方面，我就说这三件事情了。最主要的、压倒一切的是别让长江大堤垮了，绝对不能垮！

治理黄河必须搞好上中游水土保持*

（1999年8月6日）

我们这次到陕西来，是为了落实江总书记关于把黄河的事情办好的指示，跟大家一起研究怎么样把黄河的事情办好。黄河是中国最难治理的一条河，但是治理黄河的经验和基础要比治理长江好。早的不说，从清朝以来，治理黄河就是实行统一领导的，比治理长江那样“铁路警察各管一段”要好得多。“千里长堤，溃于蚁穴”。长江各段都是分散的管理，管理标准又不一样，这里面问题就很多。上个月我去看了长江，感触很多，感到有些地方危险得很。它的管理体制是一个很大的问题，不是统一管理，而是各搞一段。去年以来投入几百亿元加固长江堤防，这在历史上是空前的。但像湖北那个做法，一公里一段，包给一个单位或者个体户，那样做是非常危险的，那怎么能保证长江大堤的质量呢？到了江西九江，我一看去年决口的那段堤防是中国水利水电长江葛洲坝工程局修复的，十分高兴，说这是个样板工程，大规模的机械化队伍上去了。设计是水利部长江水利委员会做的，施工单位是通过投标的，我很放心。回到北京以后，就在离我看着很高兴的那个地方不远的江西九江永安段，出现了大面积的管涌，

* 1999年8月5日至9日，朱镕基同志先后在河南、陕西省考察治理黄土高原水土流失、黄河防汛等工作。朱镕基同志在陕西省考察工作期间，先后考察了延安和杨凌农业高新技术产业示范区等地。这是朱镕基同志在延安听取水利部黄河水利委员会和延安市委、市政府工作汇报后讲话的主要部分。

上了几千解放军战士才免于溃堤，这是最近的事情。这一段是谁修的呢？是葛洲坝工程局委托它下属单位的一个队修的，这个队根本没有工程资质认证书。结果就在他们修的那个地方发生了管涌。刚表扬完了葛洲坝工程局就出了这件事，让我非常伤心。长江这个管理体制不行，将来要出大乱子。你给他多少钱，人人都来吃“唐僧肉”，这怎么得了啊！有几个钱真正用到修堤上面去了？有多少钱给挪用了？大堤的工程质量没有保证。黄河就好一点，集中管理。但集中管理也有集中管理的坏处，如果是一个地方溃一个点，还可以去抢修；如果水利部黄河水利委员会的责任心差一点，全面溃堤那就更难办了。

1999 年 8 月 9 日，朱镕基在河南省考察小浪底水利枢纽工程。右一为水利部副部长兼小浪底水利枢纽管理局局长张基尧。

黄河的治理有很长的历史。新中国成立以后，从政务院到国务院对治理黄河都非常重视。当前就是要加强工作的力度，加大投资的强度，把治理黄河的事情搞得更好。但是，我有一个感想，我们在治黄的指导思想上恐怕要有一个调整。这就是：如果黄河上中游的水土保持、生态环境不改善，继续水土流失，黄河下游再修多少个水利工程也没有效果；或者说即使有效果，也是事倍而功半。就是说，你老是去修“沙库”，你那个水库实际上是“沙库”，敞开口子让上游的泥沙来，它就不断地来，把黄土高原冲得一塌糊涂。你把泥沙迎进来，这固然可免于水患，但你要花多少钱？尽修这种“沙库”，淤了再修，修了再淤。这个办法是个救急的办法。因为现在还没有办法在很短时期内把黄河上游的水土治理好，要它不来泥沙不知道要过多少年，所以不修水库不行。但是，如果不把注意力放在根本问题上，放在治理黄河上游的水土流失上，将事倍而功半、民穷而财尽啊！上面的水土流失了，人们没法生活；下游泥沙淤起来了，还会造成水患。因此，我这次来，就是想更加强调，一定要把更多的力量放在改善长江和黄河上中游的生态环境和水土保持上。

陕北这个地方，这么一小块的山沟里边，曾经养活了中国共产党的几万军队，最后夺取了全中国的胜利。但是，军队要吃饭，不吃饭怎么革命？所以就开荒种粮，砍树烧炭。为了夺取全国胜利，陕北人民是作了巨大贡献的。现在你们看看，满山遍野都是光秃秃的，看了以后心里不难受吗？今天我们刚到延安郊区考察，就在上山拐弯那个地方，山全是光的，有的坡地还种了庄稼。这个不行呀！我说别的事情做不到，把这么一小块地方绿化了、把这个郊区绿化了行不行？你们做得到做不到？我给你们全包了，我拨款过来。你们这里有下岗职工没有？有就让他们种树去，这是光荣的任务，这就是革命。沿途我们看到，确实有些树长得不错，是灌木林，但也有一些山顶上还在开荒。你们这个地方降雨量还不少，但是下雨后水一下子就流掉了。归根结底就是要种树，山川秀丽就是要靠种树，不能再在山上种庄稼了。我不要你们再种庄稼，因为现在全国的粮食多得不得了，放在仓库里要发霉了。黄河下游种庄稼的成本比你们这个地方要低得多，效益要高得多。所以说，我希望你们不要再去种粮食了。过去“以粮为纲”，没有饭吃，不这样不行。如今粮食多了，粮价不断在降，农民的收入也在减少。我现在希望你们山川秀美，如果上中游的泥沙不下来，黄河下游增产的那部分粮食比你们种的还要多。我说老实话，你山上不就一亩地产一二百斤粮食吗？下游可以产几百斤。我原来很担心这里山上没有水，不能种树。但据汪恕诚〔1〕同志讲，在雨季种树，种下去就可以活，那不挺好嘛！我看也可以来个飞播，长不起来再补

1999年8月6日，朱镕基在陕西省延安市考察生态综合治理工作。前排右一为延安市委书记高宜新，右二为陕西省委书记李建国，右四为陕西省省长程安东。（惠怀杰摄）

〔1〕汪恕诚，当时任水利部部长。

种。这是治理长江、黄河的根本措施，是为子孙后代创造一个山川秀美的新中国。靠修几个“沙库”似的水库不能解决长江、黄河的问题。我没有说不修水库，在树没有长起来之前还得修，但那不是一个根本的措施。现在延安还是缺水，如果把山上都种了树，还可以修水库，把水都聚住了。延河断流，我们看了很心酸。电影《延河战火》那首插曲唱的“滚滚延河水”，现在也“滚”不起来了，像个小沟一样，里面有一点脏水。所以，你们不搞生态环境建设、水土流失治理，不种树是不行的。我希望从现在起，做好陕北地区的水土保持和生态环境保护工程规划，你们的规划做得越快，我的钱给得越快。

我讲了16个字：“退耕还林（草）、封山绿化、以粮代赈、个体承包。”中国大部分地方应该是绿树覆盖，不应该都种地。如果再种下去，那将来是会变成沙漠的。我们现有耕地增产的潜力还大得很，不需要你种这个地。据说航测你们这里人均有八亩地，要那么多地干什么？在南方有几分地就可以养人了，要八亩地干什么？大部分地要种树，种了树以后，由林业衍生出来的行业活路还是很多的，你们去调整经济结构嘛。还有封山育林，别再上山开荒了。我今天在山上讲把“兄妹开荒”[1]变成“兄妹造林”，你们延安的文艺工作者可以写一个剧本，引导大家把我们革命战争时期“兄妹开荒”的精神变成“兄妹造林”的精神来绿化荒山。老百姓没有粮食吃，怎么办呢？我们从仓库里给你们调。你们不就是200万人吗？一年能吃几亿斤粮？我们调给你们，以粮代赈。只要你种了树，我们就发给你一个粮本子，你就去领粮，不要你出钱。“个体承包”就是这块林地要包给你，你要管护、维护这块林地，将来围绕林地搞副业，但是不能砍树，绝

〔1〕“兄妹开荒”，指1940年2月，中共中央号召在延安开展大生产运动后，在延安秧歌运动中产生的秧歌剧《兄妹开荒》。

对不能砍。有些速生林可以间伐，但要规定一些办法。这个事情请王志宝[1]同志主持制订一个陕北地区整治水土流失的规划，把这些办法给予细化，跟地方商量。

国家计委、财政部、国家林业局等部门要在最快的时间内密切配合，把这个规划做出来。这是一个总体规划，不是光讲一个延安地区。但是，延安地区是一个重点，你们要尽快动手，作为全国先行一步的试点。要有一个总体规划，10年、20年的规划，要测算花多少钱，把荒山都绿化起来，要保持一个相当的投资强度。在水土保持、绿化荒山、生态工程建设方面，我们一定要投入，一定要保证，首先把延安的郊区绿化起来。希望三年以后我再来时，没有山头是秃头秃脑的。你们能不能保证三年以后在山上都把树种起来？我这个要求不高吧。

我在1992年来过延安，这次再来看到延安的工作确实有很大进步，环境有很大改善，生产有很大的发展，人民生活水平有很大的提高。我向你们表示感谢，充分肯定你们的成绩，希望你们做得更好。

---

〔1〕王志宝，当时任国家林业局局长。

坚决停止砍伐天然林 *

（1999 年 8 月 14 日）

我这次到丽江来，感到丽江发生了很大的变化。丽江地震〔1〕以后，在全国人民包括海外同胞的支持下，但主要是你们自身的努力，丽江面貌比几年前有了很大的改变。这说明只要我们党的方针政策正确，充分发动群众就能办很多事情。

关于天然林保护问题，停止砍伐天然林，已经到了迫在眉睫的地步，或者叫刻不容缓。再耽误下去，长江、黄河给国家、人民所造成的灾害将会越来越大。现在已经到下定决心，彻底停止砍伐森林的时候了！停止砍伐森林会带来一系列的矛盾，主要是经济结构调整的问题。当前，我们国家进入了一个经济结构大调整、经济改革大深入的阶段。如果经济结构不进行重大的战略调整，我们这种发展速度就保持不下去。云南要进一步发展，就必须对经济结构进行大的调整，不能再完全依靠“烟财政”，更不能再搞“木头财政”，而要从发挥自己的优势出发来进行经济结构调整。国务院去年就作出了停止砍伐天然

---

* 1999 年 8 月 11 日至 16 日，朱镕基同志在云南省考察工作，先后考察了昆明、丽江、大理等地。这是朱镕基同志在丽江听取部分地州党政负责同志工作汇报后讲话的主要部分。

〔1〕丽江地震，指 1996 年 2 月 3 日在云南省丽江地区发生的 7 级强烈地震。丽江、大理、迪庆、怒江 4 个地州的 9 个县 51 个乡镇受到破坏，死亡 309 人，重伤 3925 人，直接经济损失达 40 多亿元。

1999 年 8 月 13 日，朱镕基在云南省丽江地区考察震后重建的农民新村。

林的决定，但是，是不是像你们讲的那样都停止砍伐了呢？我绝对不相信完全停止了。不是不相信你们，而是你们说的不也是根据层层汇报上来的吗？根据你们的汇报，这里面一系列的问题都没有解决，它怎么可能停止呢？千万不要说："我们执行国务院的决定是十分坚决的，现在已经停止了一切天然林的砍伐。"我从来不相信这个调子，因为我还没有能力把那些问题都解决了。我只相信滥砍滥伐天然林的现象大大减少了，但没有停止。今天我们有同志去看"长江第一湾"，去的时候就碰到了六辆拉木头的专用大卡车，拉着很粗的木头，回来的时候又碰到了六辆，也都拉着很粗的大木头，一下就碰到了十二辆车。停止砍伐天然林已经有一年多了，怎么还没拉完？不砍才怪呢！所以，我是绝对不相信你们说的停止了天然林的砍伐。希望你们的工作要扎实深入一些，不要相信层层干部的汇报。要深入到林区、林场、木材交易市场去看看，千万别低估这个问题。所以我一再讲，保护森林资源要有愚公移山的精神，就是子子孙孙保护下去。

我们已经考察了很多地方，提出了一些保护生态环境的政策设想。实际上，去年已经在一些地区开始试行，但还不够，现在正要修订这些政策。这次来，就是要跟大家商量怎么修订好这些政策。现在有个初步意见跟大家商量，根据大家的意见，修改后要尽快出台。

第一条，首先要调动干部的积极性。一些地方是“木头财政”，停止砍伐天然林对财政收入影响很大。如果不给一定的补助，这些地方就没有停止砍伐天然林的积极性。中央财政要给予一定的补贴，补贴数额由省里来核定。确实是对财政收入影响大的地县，禁伐后减少了收入，要给予一定的补贴。但不能完全补贴，这些地县也得付出一

1999年8月12日，朱镕基在云南省考察中国’99昆明世界园艺博览会时在长青园植树。

定的代价。要精简机构，节约开支。停止砍伐天然林以后，经济结构的调整、效益的提高、长远的发展，也得付出一定的代价。对这个问题，我们没法一个州一个县地审定，只能认省里的账。中央财政给予的补贴，采取转移支付的办法返还给地方。总之，不付出这个代价，换不来青山绿水。但是，我也跟你们的省委书记和省长讲了，这个时候不能“趁火打劫”，中央财政也是很困难的。大家都要实事求是，不要想趁此机会解决你们的一切问题，那是解决不了的。

第二条，就是要实行我在陕西考察时提出的16个字：“退耕还林（草）、封山绿化、以粮代赈、个体承包。”一定要封山，不封山是不行的。你们原来砍伐森林是为了种粮食，在那么高的山上种粮食，成本太高。现在全国的粮食有余，你何必再到山上种呢？所以，把山坡上的田地退耕还林，原来收多少粮食，现在国家无偿补给你。必须有这个政策才能够退耕还林，不然，强迫农民退耕，没饭吃怎么办？现在要执行的就是不准砍林子的政策，既然无偿补粮，退耕的农民就要无偿地把林子种起来，国家提供树种、化肥或者飞播，只是要你们去看护。农民的利益没有受到损失，根据每亩地核定产量，确实退了那么多田，种了那么多树，按照平均水平补偿给你粮食，这就叫“以粮代赈”。我相信实行这个政策，农民是愿意的，因为有了粮食，将来这个树林长起来，还会有一定的收益。这样，山青水绿了，水土保持了，平川地、沟坡地的粮食产量会更高。但一定要坚持搞个体承包。现在已经不是过去那种吃饭都成问题的时候了，党的农业政策的成功、农业技术水平的提高，使今后粮食供应不会成问题。当然，我不是说要放松粮食生产，也不是说粮食不重要，而是情况有了很大改变。随着生态环境的改善，将会大大地促进农业生产的发展，粮食更不会成问题。这就叫经济结构的调整。

关于如何实行这一政策的办法，需要具体化。这就是粮食怎么到种树人手里？怎么个体承包？怎么以粮代赈？怎么检查？怎么飞播？怎么封山？有一系列问题要研究。省里要派大量的人下去调查，研究制定标准，确实把钱和粮补到个人手里。森工企业的职工怎么从砍树人变为种树人？企业本身要进行调整，并不是说不砍树了就得把职工都养起来，那不行。森工企业也要实行下岗分流、减员增效，然后给他们创造一定的活路。下岗的森林工人没有收入了，还得给他们饭吃，无偿提供粮食的政策也同样适用于他们。同时，要把砍树人变成种树人，要给他们事业费，也就是造林的费用。这要合理地核定，由省里提出来，我们下去检查，看这个标准定得合适不合适。有了这个造林费用，森工企业就有活路了。刚才有个州汇报时讲到管护林区要设站点，还要搞基础设施建设。为了保护天然林，刚把森工企业的包袱卸下来，这样做又会背上新的包袱，这怎么得了！还是要搞个体承包。要封山，每块山林封了山就不能随便使用，更不能砍伐。养着那几个人，还在那里设多少个站点，啥用也不顶！想完全把森工企业的人员都养起来是不行的，还得用下岗分流的办法，让多余的人员逐步发展其他各种产业，逐步再就业，但是一定要保证他们的基本生活。森工企业的债务，还不能马上就把它冲销，我们回去要跟银行商量，制定一系列的政策，先停息挂账，然后清产核资，最终这个债务要给免掉。不叫他砍树，他还能还钱吗？不能的。

森工企业不要随便转产，开发一个产业、一个新产品非常难，现在转产干什么呢？没有人才，没有知识，你想调整产业结构怎么可能？所以我想，转产需要时间，要下本钱、下工夫，不要马上就确定什么转产项目，否则，将来都会变成包袱，要下一任领导来擦屁股。

还有一个就是林业资源的保护问题。对于以木材为原料的工厂，我同意你们提出的对那四个小纸厂实行关闭，企业债务问题要列入破产计划，按照破产程序冲销债务。至于说对七万吨的思茅纸厂和三万吨的大理纸厂，我估计还不止这两个厂，别的省可能还有，由国家计委、国家经贸委牵头，国家林业局、国际工程咨询公司、国家轻工业局等部门参加，组织一个调查组进行调查后确定如何处置。是不是真正可以发展速生林？能不能真正保证原料？然后要考虑成本、效益，最后再决定是继续干下去，还是关闭处理。

你们觉得停止天然林砍伐和退耕还林能不能搞下去？还要什么政策？我想，我都给你们想到了。第一，中央财政给予补助，由省里核定，不要虚报，但也不能百分之一百地补助，这做不到；第二，让农民退耕还林，我保证无偿提供粮食；第三，森工企业变砍树为种树，给它管护费、造林费，给它粮食，富余人员下岗分流，将来逐步地转产。

四川省要成为天然林保护工程的尖兵*

（1999年9月12日）

时隔一年再次来到四川，这次我们主要是看贫困地区和天然林保护工程，在阿坝等地转了一圈，走了1000多公里，其中有让人开心的地方，也有让人伤心的地方。开心的地方是从成都到卧龙、从卧龙往茂县走的沿途，植被比较好，青山绿水。从茂县再往北走，情况就令人伤心了，天然林被砍得一塌糊涂。从松潘、九寨沟出来到平武，是海拔3000多米的黄土梁子，那里植被也比较好，还有些原始森林。从平武黄土梁子下来之后的植被也还可以，但是坡耕地还是很多。原来出发时天气很好，我们一直沿着岷江走，河水是很清的，但从绵阳回来，天下大雨，水就是浑的了，还相当浑，可见水土流失还是比较严重的。我们最先看到的，就是四川省委、省政府贯彻中央的决策，提出建设天然林保护工程，停止砍伐天然林。我看贯彻得是比较好的，不讲深入人心，至少已经落实到了基层，各个地方都停止了采伐。另外，你们也采取了很多措施，植树造林，我们看了很高兴。像实施天然林保护工程这样一个中央的重大决策，在四川能得到落实，那么在全国也一定能得到落实。

实施天然林保护工程是去年特大水灾以后，中央作出的重大决

---

* 1999年9月6日至12日，朱镕基同志在四川省考察工作，先后考察了阿坝、绵阳等地。这是朱镕基同志在听取省委、省政府工作汇报后讲话的一部分。

策。尽管天然林保护我们已经喊了多少年，但是，还没有形成全国的共识。说老实话，如果财政支出结构不调整，就没有钱来干这个事情。另外，如果不是粮食连续四年丰收，粮食过剩，也没有这个条件，谁也不敢提出来“退耕还林，以粮代赈”。正因为我们国家有了实力，大水一来统一了我们的认识。去年，中央及时地作出了保护天然林的决策，包括退耕还林、移民建镇等，看来很有效。比如移民建镇，我这次到长江中下游几个省一看，差不多移民100多万。原来人都是到堤内去种地，现在大多搬出来了，另外建一个镇。有的地方已经全搬出来了，有的地方是大水丢、小水收，还可以收一季庄稼。今年汛期来水比去年同期还要凶，但是到目前为止基本上没有出现很大的水灾。所以，关于实施天然林保护工程的决策在去年能够出台，是有各种条件的，主观认识的统一和客观条件的具备，才可能提出这样一个关系子孙后代的方针。这个方针，江总书记在很早以前就提出过，他对陕北有一个批语：再造一个山川秀美的大西北。最近他到西北地区又发出了一个战略号召：重建大西北。我看这个“大西北”也可以包括西南，中西部嘛，这是个战略方针。不把中国中西部地区的问题解决好，中国的长远发展问题是解决不了的。现在我们已经有条件了，“退耕还林（草）、封山绿化”，这是去年中央提出的；后面加了一个“以粮代赈、个体承包”，是我们根据中央的方针进一步提出的具体措施。老实说，这个“以粮代赈”的发明人是谢世杰〔1〕、张中伟〔2〕。今年6月份，在京西宾馆他们给我提这个建议时，我还体会不深，觉得农民的粮食多得不得了，还用粮食去赈济干什么呢？给钱就行了，哪里都能买粮食嘛。后来我到陕北地区一看，觉得这个“以粮

〔1〕谢世杰，当时任中共四川省委书记。

〔2〕张中伟，当时任四川省代省长。

代赈”还真是一个很重要的措施，这跟我原来的设想不一样。不是让农民拿钱买粮食，而是无偿地给他提供粮食，以粮换林，现在有这个条件。这样做，农民的积极性就可以调动起来，只有他不愁没粮食吃，才可能把坡耕地和山上种的地退出来育林。而且，这个政策要稳定，不是搞一年两年，起码搞五年以上，要使农民安心啊。我到河南去，河南粮食长势好极了，他们希望陕北地区的黄土不要流下来，河南粮食就能增产，增产的粮食比在陕北地区山头上种的粮食要多得多。现在形势和条件已经改变了，我们的思想再不跟着转变的话，我们就犯傻了。我们有的是丰产的地方，还跑到山上去种地干什么？山上地一种，水土一流失，一年 16 亿吨泥沙全下来了，这不是要命吗？河南一带的黄河已经是“地上河”了，最高的地方高出地面 19 米，一垮堤就全部给淹了。所以，陕北地区的任务不是跑到山上去种地，而是搞绿化，把泥沙留住。这样以后所有的河流上都可以修水库，平川地就变成水浇地，粮食就能够增产。我们这几年粮食丰收，仓库现在有 5500 亿斤粮食，加上农民手里的粮食，差不多是 1 万亿斤，相当于全国一年的产量，这给了我们一个很大的回旋余地。拿粮食去换树林，让树林反过来给我们增产粮食，解决我们长远的问题。我们一定要看到它的战略意义，这是生态的良性循环呀，伟大的意义就在这个地方。今年我到安徽、湖北、江西考察，沿江的城市都搞得穷透了。我说句不好听的话，叫“民穷财尽”，年年遭水淹，一下就把房子冲掉。没几个钱，一年却要花大半年在那里修房子，或者是防洪、抗洪，最后又来灾后的重建，钱都花在这些上面了。湖广、安徽、中原一带都是很富的地方，只要把水土保持搞好了，下游的增产潜力是很大的。所以，我认为天然林保护工作的重大意义在这个地方。希望大家一定要很好地领会中央的决策精神。我们只是做了一点具体工作，把它具体化了一些，但是更具体的措施还得靠大家。这不是哪一个人想出来的，而是以江泽民同志为核心的党中央集中了全国人民的智慧提出来的。我们非常赞成你们先行一步，创造一个样板，走出一条具体化的路子来。我相信，这对四川的振兴是非常重要的。如果到处都是青山绿水，到处都是九寨沟，那你们还富不起来？加上修机场、修高速公路，这就发展起来了。你们还用得着搞什么重复的工业建设呀！搞高科技的可以，传统的工业不能搞了，那些小煤窑、小化纤厂、以木材为原料的小造纸厂等等，都统统关掉。

到了四川以后，增强了我们的信心。这次我们到阿坝看了大沟人造林工程，6 万亩荒山，林业部门加上一些农民，无私奉献种了四年，又经过八年，十二年时间就造成了很好的森林。看了以后我们就有了

1999 年 9 月 7 日，朱镕基在四川省阿坝藏族羌族自治州茂县农村考察退耕还林情况。前排右二为国家林业局局长王志宝，右三为阿坝州州长王雨顺。

信心，这件事情不是那么难搞呀！所以，我敢于提一个口号："五年初见成效，十年大见成效。"十年树木，百年树人嘛，十年见成效没有问题。若干年后，树木真正长起来，变成森林，水土流失的问题就基本解决了，长江、黄河的隐患就消除了。当然，真正地消除隐患没有五十年、一百年是不行的。这是世世代代的工程，但在我们这一代是可以大见成效的。希望四川，特别是阿坝、甘孜、凉山三个州，致富就从造林开始。山只要封起来，很快就能绿化，就是青山绿水，旅游业就可以发展啦。三个州务必要看到新的经济增长点在什么地方，在造林！现在到了退耕还林的时候了。我们刚才算了一笔账，四川全省能种林的地方就是2600万亩，一年用50亿斤粮食也就差不多了。五年以后就不要无偿提供粮食了，因为农民自己的收入也上去了，富了。我们的仓库正好多了两三千亿斤粮食，换一大片森林，换一个青山绿水、锦绣中华呀！无论如何，我对你们寄予很大的希望，希望你们在全国先走一步，成功了以后，在历史上要给你们写上一笔。

林业系统、国有林场如何停止砍伐天然林，把砍林人变成造林人，如何管护，这个由王志宝[1]同志来负责，要有一整套政策，国家财政预算已经把这方面的投资打进去了。停止砍伐天然林之后，很重要的任务是育苗种树。要根据当地的实际情况，选择树种，飞机播种跟人工造林相结合，这些问题都由林业系统来解决。另外一部分就是群众造林，也就是退耕，把田退掉，要补足粮食。先搞试点，你们第一步先搞300万亩，我赞成。不要搞得太多，搞得太多、战线太长，顾不过来。干部的作用很大，要挑选干部素质好的地区先开始。我们先按300万亩的数字，每亩补200斤粮食，现在就开始调拨。但是真正要补多少粮食，应该实事求是，经过调查研究，根据实际情况

〔1〕王志宝，当时任国家林业局局长。

1999 年 9 月 9 日，朱镕基在四川省阿坝藏族羌族自治州考察原始森林的保护情况。左一为国家林业局局长王志宝，右一为四川省代省长张中伟。 （新华社记者李学仁摄）

确定。一家一户究竟种了几亩地，一年打多少斤粮食，平均打多少，既不能完全按丰产的时候算，也不能完全按低产的时候算。要按一个平均数，一户一户核对，最后需要多少粮食，我们就给多少粮食。这个粮食怎么发到农民手里，也是要很好研究的。乡镇干部只能够管事，不能由乡镇干部去发粮食，那容易滋生腐败，会有很多问题。发粮、发款还是通过粮食部门，可以采用票证还是别的什么办法直接把粮发给农户，这就要你们创造经验，怎么使粮食真正发到农民手里而不是被干部截留、虚报冒领。我们先定五年全面的补助，五年以后补助要减少，现在先不要说减少多少，将来再根据你们的实际经济情况作出调整。由于是无偿提供粮食，农民除了要把退出的田种上树以外，还得为国家多造一点林。想不造林先领粮食，那是不行的。

林权也要稳定，这个问题也得请你们来探索研究。我们的初步意见：坚持个体承包非常重要，否则不落实。这个山林承包给个人，应该说这个使用权是他的，管理权也是他的。但是，恐怕还得规定一条：没有国家的批准，树是不能砍的。因为国家出了钱。至于说用材林，那是另外一回事，应该分开来考虑。比如房前屋后啊，种一点速生林当做柴火，那就另当别论。大片的林地要封山育林，这个林权怎么确定，是个很大的问题。如果不明确林权，恐怕个体承包不会落实。要使农民感到这个林子是他的，是要靠它来致富的，是要靠这个林子来发展他的生路的，但是又不能让他乱砍。希望你们对这些问题研究出一点办法、措施来，那么全国都可以按照这个办法、措施来做。

财政补助，是必须采取的办法，凡是由于停止砍伐木材所减少的财政收入，国家按实际情况给予补贴。由中央和地方财政来负担，中央拿大头。让我们共同努力，使四川省成为天然林保护工程的尖兵。

坚持不懈地打击经济犯罪*

（1999 年 9 月 25 日）

同意罗干同志的讲话。打击经济犯罪工作很重要，这次全国经济犯罪侦查工作会议一定要开好，各级党委、政府和有关部门都要热情支持各级公安机关的工作。我们不能看着成千万、上亿的国有资产和人民的血汗钱流入犯罪分子手中而熟视无睹。一定要保证公安机关的办案经费（财政部应有专门规定和专项渠道），这是必须付出的代价，要从政治上，而不只是经济上看到打击经济犯罪的重要意义。

最近一个时期，各级公安、政法机关打击经济犯罪很有成绩，把一些大案、要案的潜逃主犯，一个一个抓了回来，大快人心，增强了对犯罪分子的威慑力量，我代表国务院对公安、政法战线的同志们表示衷心的感谢，并予嘉奖。今后对破案有功的单位和个人，应有奖励制度和奖励办法。希望你们继续贯彻江泽民同志的重要指示精神，坚持不懈地重重打击经济犯罪，以取信于民，并保卫国家利益。

朱镕基

9.25

---

* 这是朱镕基同志在《罗干同志在全国经济犯罪侦查工作会议上的讲话（1999 年 9 月 23 日送审稿）》上的批语。

加快民族地区发展的几点意见*

（1999年10月3日）

加快民族地区的发展，特别是把经济搞上去，对于逐步缩小各地区发展差距，促进全国经济的振兴和发展，实现全国各族人民共同富裕，巩固和推进我国民族团结进步事业，都有重大而又深远的意义。

因此，我们对加快民族地区的发展，既要有高度的历史责任感和紧迫感，又要从实际出发，按客观规律办事。从现在起，就要抓紧研究和制定规划，采取更加有力的措施，有计划、有步骤地实施，分阶段达到目标。我就加快民族地区发展问题讲几点意见。

一、加强民族地区基础设施建设。

基础设施落后，是制约民族地区发展的一个主要因素。中央对民族地区的基础设施建设历来是重视的，多年来在民族地区陆续建成了一大批重点项目。比如，改革开放以前建设的兰新铁路、成昆铁路、青藏公路等，改革开放以来建成的南昆铁路、新疆塔里木油田、西藏拉萨机场、兰西拉（兰州—西宁—拉萨）光缆工程等。近两年，国家在实施扩大内需和积极的财政政策过程中，较大幅度地增加了对中西部地区特别是民族地区的基础设施建设投资。目前还有一批在建的国

---

* 1999年9月29日至10月3日，中央民族工作会议暨国务院第三次全国民族团结进步表彰大会在北京召开。出席会议的有各省、自治区、直辖市负责同志，中央有关部门负责同志以及受表彰的模范集体和模范个人代表。这是朱镕基同志在会议闭幕时讲话的一部分。

家重大项目，比如内昆铁路、川藏公路、宁夏扶贫扬黄灌溉工程、新疆引额济克工程等。这些建设已经并将对促进西部地区的发展发挥重大作用。在西部地区和民族地区搞基础设施建设，投资很大，许多项目本身在一定时期内不可能发挥经济效益，但也一定要搞。没有基础设施的建设，就没有少数民族和民族地区的发展。

今后，必须下更大的力量把民族地区基础设施建设搞上去。一要加快交通运输体系的建设，加强新疆、西藏、西南和东北边境地区的铁路建设，全国公路交通纵横主干线要覆盖更多的民族地区，还要因地制宜地发展水路、空运和管道运输。二要坚持把水资源的开发和综合利用放在突出位置，特别要抓紧解决农牧区人畜饮水困难的问题。三要继续加强能源特别是电力建设。四要加快通信建设，推进民族地区的信息化进程。这些不仅有利于民族地区当前的经济发展，而且能够为它们的长远发展创造条件。

二、加快产业结构调整，发展各具特色的民族地区经济。

这几年，我到过一些民族地区，深感民族地区自然资源丰富，有的地区有多个气候带、多种生物物种资源，发展各具特色的区域经济大有可为。要坚持以市场为导向，发挥当地资源优势，扬长避短，调整和优化产业结构。一是要大力调整种植业结构。充分发挥多种生物资源的优势，发展生态型的高产、优质、高效农业，因地制宜地发展多种经济作物。二是要加快牧区建设。切实把草原建设摆到与农田基本建设同等重要的位置，从根本上改变重农轻牧、重粮轻草的做法，促进畜牧业与农业协调发展。三是要充分发挥矿藏资源丰富的优势，建成一批国家重要的能源基地、有色金属基地、稀土基地和石油化工基地等。四是要大力发展旅游业等第三产业。总之，各地一定要从实际出发，着力培育能够发挥本地优势的各类产业，特别是支柱产业，形成新的经济增长点。

1999 年 10 月 3 日，朱镕基在中央民族工作会议暨国务院第三次全国民族团结进步表彰大会上讲话。右为中共中央政治局常委、全国政协主席李瑞环。（新华社记者刘建国摄）

三、切实抓好天然林保护工程与生态环境建设。

这是中央从我国现代化建设全局和实施可持续发展战略出发作出的一项重大战略决策。近些年来，我国南部一些地区水患频繁，险情加重，除了气候变异原因外，主要是因为大江、大河的上中游地区滥砍乱伐森林，植被遭到破坏，造成严重的水土流失。因此，如果不把江河上中游地区的天然林保护好，并通过植树造林恢复生态、保持水土，就不可能根治水患；同时，我国西北部地区日趋严重的干旱和荒漠化问题也不可能得到有效解决。去年长江流域发生特大洪涝灾害之后，中央就果断作出决定，停止长江、黄河上中游地区天然林砍伐，植树种草，防治水土流失。今年以来，我几次到西南、西北地区的一些地方，都反复强调了这个问题。搞好天然林保护和生态环境建设，也是实施西部大开发战略、加快民族地区发展的重大步骤。一定要全面规划，综合治理，标本兼治。长江、黄河上中游地区治理水土流失和实施天然林保护工程，要采取“退耕还林（草）、封山绿化、以粮代赈、个人承包”的措施，恢复林草植被。半农半牧地区要以水定耕，没有水源保证的必须退耕还草。禁止天然林砍伐、退耕还林还草之后，中央和省级财政对有关地区与群众要给予应有的补偿或补助。现在粮食总量供过于求，全国粮食库存达5500亿斤，加上农民手里的存粮，全社会存粮达1万亿斤，相当于全国一年的粮食产量。这是以粮食换森林、换草地的极好时机，一定要抓住而不能错过这个历史机遇。有关部门和地区一定要下更大的决心，抓紧制定和实行有效的政策措施，持之以恒地把实施天然林保护工程这项工作抓紧、抓实、抓好。植树造林、恢复生态，需要子子孙孙持久奋斗，但现在已经刻不容缓。“十年树木”，若干年后森林长起来，我国的生态环境就会有很大改观，就会为我国经济可持续发展创造十分重要的条件。

四、集中力量加大扶贫攻坚力度。

这几年，民族地区的扶贫工作取得了很大成效。1994年到1998年，民族地区有850万人解决了温饱问题。现在，我国扶贫攻坚已经进入关键阶段，全国农村还有约4000万贫困人口，主要分布在西南、西北少数民族地区。我们要从全局的、政治的高度，加大对少数民族贫困地区的扶贫力度。坚持以解决温饱为中心，以贫困村为主战场，以改善基本生产、生活条件和发展种养业为重点，多渠道地增加扶贫投入。一定要把扶贫攻坚的目标和措施落实到贫困村、贫困户。对解决灾害多发地区贫困人口、生态环境恶劣地区贫困人口和牧区贫困人口的温饱问题，必须采取一些特殊的政策措施。

前面讲到的实施天然林保护工程，也是帮助少数民族群众脱贫致富的一个措施和途径。居住在山区的少数民族群众要跑很远的路到山上种地，收的粮食往往不足以维持温饱。通过实行退耕还林（草）、以粮代赈、个体承包的办法，无偿供应粮食，鼓励植树种草，既可以很快解决群众的温饱问题，还可以改善生态环境、吸引众多游客，使旅游业和其他第三产业发展起来，一举多得。

五、实施科教兴国战略，积极推进民族地区经济和社会协调发展。

民族地区的发展要提高起点，走出一条新的路子，必须科教先行。要加大对民族地区的科技投入，促进科技成果向民族地区转移，提高民族地区的科技成果转化能力和科技创新能力。现在少数民族的教育存在一个很大问题，就是一些少数民族和贫困地区的学生要上高中、上大学很困难，一个重要原因是交不起学费。如果青少年不能够上学，没有知识，那么，改变民族地区的落后面貌就缺乏必要的基础条件，也就不可能实现。国务院已经把这个问题作为一个专题，研究解决的办法。要采取多种措施加快民族地区教育事业的发展，积极探索适合民族地区特点的办学机制和办学形式，鼓励和提倡多种方式的联合办学，切实解决一些民族地区办学难、上学难的问题。要加快医疗卫生事业发展，提高少数民族群众的健康水平。要结合少数民族的实际，搞好计划生育和优生优育工作。积极发展民族文化事业，保护和开发少数民族文化资源，结合时代精神，继承和弘扬少数民族优秀的传统文化。

加快民族地区发展，必须继续培养少数民族各级各类高素质人才。要努力造就德才兼备的少数民族干部队伍，既要注意扩大数量，更要注意提高素质、改善结构；同时，要大力引进人才。只有实行“人才加科技”，才能把自然资源优势转化为经济发展的优势。要建立有利于各类人才到民族地区工作的激励机制。国家要采取有关措施，鼓励大专院校毕业生到西部地区和民族地区工作，民族地区也要努力创造条件吸引各类人才，使人才愿意来，留得住，扎下根。

进一步推进国有企业改革和发展的几个问题*

（1999 年 10 月 15 日）

在昨天召开的中央政治局常委会上，江泽民同志特别交代，党的十五届四中全会通过了《中共中央关于国有企业改革和发展若干重大问题的决定》（以下简称《决定》），国务院要组织贯彻落实、督促检查，明年适当时候向中央政治局常委会汇报落实的情况。

今天我们已就如何分工协作，组织贯彻党的十五届四中全会精神，进行了讨论，同志们发表了很多很好的意见。从现在到明年年底，国务院工作的重点，就是使大多数国有大中型亏损企业三年脱困，并且在大多数国有大中型骨干企业初步建立现代企业制度。刚才大家把分工讲得很清楚了，我更要强调协作。国务院实行集体领导，国务院每一个领导成员，都要对党的十五届四中全会《决定》的贯彻负责，分工协作，密切配合。

现在，我讲讲贯彻《决定》精神比较难办的，也就是当前要重点抓的几个问题。

第一，国有企业的监管问题。监管本身包括三个部分：一是企业领导人的任免、考核；二是企业党的工作，包括纪律检查工作；三是对企业国有资产的监管、监督，保证国有资产不流失。这三项工作应

* 1999 年 10 月 15 日，朱镕基同志主持召开国务院总理办公会议，研究如何贯彻落实党的十五届四中全会通过的《中共中央关于国有企业改革和发展若干重大问题的决定》。这是朱镕基同志在会上讲话的主要部分。

1999 年 9 月 13 日，朱镕基考察邯郸钢铁集团。右二为河北省委书记叶连松。

（新华社记者李学仁摄）

该统一于一个机构，就中央直接管的企业来说，这个机构就是中共中央大型企业工委。我和胡锦涛同志初步交换了意见，中央国家机关工委今后不再管这些事了，光靠中央纪委和中央组织部也不行，恐怕还是统一由大型企业工委管理比较好。大型企业工委管理不包括金融企业在内的企业，也只是挑一部分企业来管，其他企业让地方按照我们的办法管。我不主张这个问题搞很多试点，各行其是，还是统一比较好，逐步统一。请吴邦国、王忠禹同志多考虑，同胡锦涛、曾庆红同志商量，看这么一个监管形式行不行。这与中组部管特别重要的大型企业的人事任免并不矛盾，其中一些还要通过中组部报中央政治局常委会讨论决定。大型企业工委同人事部分开，并且要加强，比方说中央国家机关工委的企业部可以合并过去，国家经贸委的国家局也可以把一些精明强干的人调过去。国家经贸委将来就是管行业规划、行业管理、行业标准，定政策，就不要再管企业了。我赞成稽察特派员将来向监事会过渡，但这个监事会一定是以国务院名义派出的（实际上是由大型企业工委管），人员可以加多一点，也不要搞得太大，查账应当利用中介组织，不可能都自己去审计。这是监管的问题，今年必须有一个办法。

第二，现代企业制度规范化问题。江泽民同志多次强调建立现代企业制度问题，《决定》也是把大多数国有大中型亏损企业三年脱困和现代企业制度的建立放在一起提的。什么叫建立了现代企业制度、如何规范化、有什么标准，要早点研究并提出一个意见，使每一个国有大中型企业都朝着一个很明确、具体的目标去努力。

第三，建设社会保障体系问题。现在对国有企业下岗职工实行发放基本生活费制度，资金来源实行“三三制”〔1〕，这是个过渡办法。应该赶快结束这个过渡，真正建立社会保障体系，与企业分离。就是说，因减员增效、下岗分流或者企业关闭而出来的职工，都到社会保障机构去领钱，跟企业脱离关系。企业也可以辞退不合用的人，被辞退的人不是没有生路，而是享受社会保障待遇。现在就要开辟社会保障基金的来源，这是一个很大的问题，但是这个代价一定要付。财政要调整支出结构，预算中要按一定比例拿出这个钱来。另外，把国有资产卖掉一些，在股票市场上市，还有其他种种资金渠道，筹集社会保障基金。总之，要变成一个社会的保障体系，而不是企业各自为政。如果企业各自为政，资金没有保证，好多人还是流离失所，引起社会不稳定。资本主义国家为了缓和阶级矛盾，在社会保障方面也付出很大代价。我们社会主义国家保障工人阶级的根本利益，对这个方

〔1〕 见本卷第14页注〔1〕。

面更不能忽视。这件工作还是以吴邦国同志为主，我也要参加。

上面讲的这三个问题是我认为最重要的，这里强调一下，其他还有很多重要问题。希望大家按分工负责、互相配合的原则，把《决定》贯彻好。明年 3 月前就要进行一次大检查，因为 3 月份要作《政府工作报告》，对国有企业的改革和发展、对党的十五届四中全会《决定》贯彻落实的情况，必须在向全国人大作《政府工作报告》以前向中央政治局常委会作汇报。

刚才大家讲到财政政策和货币政策问题，我们现在讲积极的财政政策，实际上是一种扩张性的财政政策。为了不引起争论，就说积极的财政政策。我认为，实施这个政策必须有相当长的时间。我看，明年发国债可能要超过 1000 亿元人民币，不然拉不动经济。今年的外

1999 年 2 月 26 日，朱镕基考察武汉钢铁集团。

国直接投资可能只有350亿美元，也就是说，比去年少100多亿美元，这个影响在明年会显现。如果不从扩大内需来弥补，经济发展就会慢下来，社会稳定的问题也会突出。请李岚清同志组织人研究多发国债的风险有多大。有人怕年年发这么多，将来财政是否承受得了；有些同志担心发生风险，把问题留给下一届政府。我认为不会发生这种问题，不会有多大风险。还有人说发了那么多国债，还是拉不动社会投资，作用有限。1998年，全社会固定资产投资28406亿元，主要是国家财政拨款、银行信贷资金和国有企业的自有资金。现在企业很困难，这部分投资肯定下降，企业不脱困，拉也拉不动，所以才要发国债。银行也不像过去了，没有效益就不会给贷款。因此，社会投资必然减少，但国有企业脱困以后，情况就会改变。我是担心国债发少了投资不足，影响国民经济稳定增长。今年就有一段脱节，7月份投资增幅出现较大下降，8月份零增长，9月份成了负增长。积极的财政政策要坚决执行，国务院要研究的是这样做风险有多大？能不能承受？让大家放心。

关于发挥货币政策的作用问题。我们始终没有提实行积极的货币政策，因为怕影响金融体制的改革。如果现在大量投放贷款，又会像1993年那样，后果是很严重的。因为现在投资方向很难找，只有基础设施比较可靠，但基础设施又不能单靠银行贷款搞。所以，如何发挥货币政策的作用，是一个很大的问题。我不主张提实行积极的货币政策，还是提进一步发挥货币政策的作用为好，在稳健的经营原则下发挥它的作用。怎么发挥呢？

第一，银行要积极配合国债安排的项目，充分地投资，不要有任何犹疑了。国家选定的项目，经过国务院讨论，银行就要积极配合，加大投资力度，哪怕回收期长一点，也得投进去。

第二，银行应该保证国有企业有效益的生产的流动资金需要。现在，国有商业银行收权收得太厉害，把流动资金的贷款权集中到省行来，甚至集中到总行来，这是不行的。只要生产是有市场、有效益的，就要让下面的分行去贷款、支持。上面要做好监督、检查工作，而不是去收权。不然的话，有效益的生产所需流动资金不能保证，经济就不能正常运转。

第三，注意对中小企业贷款。我一直强调银行要成立中小企业信贷部，现在虽然成立了，但银行强调风险大、没有担保，没有发挥应有的作用。风险确实有，但有时一些必要的风险也是要付出一点代价的，不然的话，一律收紧，风险没有了，生产也停滞了。就业最多的是中小企业，它们能不能生产，是影响社会稳定的一个重要因素。

第四，人民银行要发挥再贷款的作用，化解金融风险。这一两年的实践证明，为消除过去金融扩张时期形成的金融风险，现在是付出代价的时候了。这是一个最好的时机，因为没有通货膨胀，物价下降，银行能承受得了这个风险。这个风险现在不解决，遗留给下一届政府，解决起来难度更大。必须现在就把问题解决。靠什么解决？发票子。在目前情况下，发点票子没有风险，不会引致大的通货膨胀。现在要抓紧解决以下几方面的金融风险问题：一是农村合作基金会，现在的烂账在全国恐怕有上千亿元，不少是被地方基层政府乱花掉了，或者是花在乡镇企业上，或者是发了奖金、盖了大楼等等，这些钱就根本回不来了。但这钱是从农民那里集资的，现在要由中央银行给予由地方政府保证的、有信用的金融机构再贷款，让它们能把钱还给农民。目前农民是增产不增收，拿回这个钱等于增收。已经有几个省市开始这样做，四川、重庆、湖北、湖南、河北，一个一个批给它们再贷款，就是这个办法。归还这个再贷款的责任在地方政府，但要有思想准备，这个再贷款不能完全收回来。我们需要一点点通货膨胀，通货紧缩不好办，有点通货膨胀有好处。二是 1992 年以来乱批设的信托投资公司，多数是“败家子”，亏空严重。现在也要采用再贷款的方式，解决它们的债务问题，把钱借给地方政府指定的商业金融机构，还给投资人，把这些公司关闭。三是城乡信用社，也是问题很多。那些经营管理很差的、资不抵债的城乡信用社，都要关闭，用再贷款替它们还债。

第五，发展消费信贷。银行通过消费信贷来拉动生产，是非常重要的，一个是教育，一个是住房。现在好多贫困家庭的子女不能上大学，连高中也不能上，为此要开展教育信贷，让他们工作以后再还钱。当然，这会有风险，很可能将来有的人大学毕业了找不到工作，还不了钱，但多数的人是能找到工作的。“担保”就是看他是不是考取了学校，由学校给他出个证明；当地政府也要出个证明，证明他确实没有收入，交不起学费，这就行了。住房建设是中国经济新的增长点，住房信贷开展起来很有前途。有固定工资收入的人，都是有担保的，是可以还钱的。房子也跑不掉，房子本身就是抵押物，还不了钱，银行收回房子就完了。所以，教育信贷、住房信贷、大件商品的信贷，要大力开展。现在，积极的财政政策还可以进一步做文章，再扩大一点，货币政策也可以大做文章。现在不是通货膨胀的情况，不要过分地顾虑。当然，我不主张违反商业原则，破坏信贷制度。商业银行的经营方针还是需要稳健，不能随便贷款。现在金融系统出现的好多案子，都是贪污、腐化、诈骗、席卷巨款潜逃，损失惨重，令人痛心。银行在这方面的监管放松了，而对具体的经营业务又卡得那么紧，该研究的不研究，该支持的不支持，这就很不应该，一定要注意这个问题。明年要加大货币政策的作用，光靠财政拉动还是有一定的难度。

开发西部地区主要从三个方面着手*

（1999年10月29日）

这次我到西北地区来，跑了甘肃、青海、宁夏三个省区。前一个时期，我也跑了陕西、云南、四川等好几个省。主要是贯彻江泽民总书记提出的西部大开发这个大思路，落实这个大战略。

根据多次的调查研究，我认为，现在开发西部地区主要从以下三个方面着手：

第一，加强西部地区的基础设施建设，这是一个基础。西部地区都是山区、干旱的地区等等，如果没有发达的交通，不首先解决这个问题，就没办法赶上全国前进的步伐。这次我到西北地区，从甘肃、青海到宁夏，一直强调，起码先把公路都修通、修好，村村、乡乡、县县都得通公路。至于说路面达到什么级别，三级路、二级路、一级路还是高速路，这要根据各地的具体情况来做出规划。因此，我这次来宁夏以后，也向毛如柏〔1〕同志和马启智〔2〕同志提出，请你们赶快做个规划。国家要把西部地区的公路交通问题，作为一个特别的项目

---

* 1999年10月21日至30日，朱镕基同志先后在甘肃省、青海省、宁夏回族自治区考察工作。朱镕基同志在宁夏考察工作期间，先后考察了扶贫扬黄灌溉工程的泵站、灌区及移民点等地。这是朱镕基同志在听取自治区党委、政府工作汇报后讲话的主要部分。

〔1〕毛如柏，当时任中共宁夏回族自治区委书记。

〔2〕马启智，当时任宁夏回族自治区人民政府主席。

给予特别的支持，赶快修通。回去后，我还要跟黄镇东[1]同志讲一讲，希望交通部特别重视西部地区的公路建设问题，要来审查西部地区各个省区市提出来的规划。交通部不仅要考虑几纵、几横和国道问题，还要考虑村村、乡乡、县县都要通公路。对宁夏特别是南部地区来讲，这是扶贫的重点，不把公路修通，有粮食也运不进去，要赶快做一个规划。你们刚才提出修中卫—太原铁路，我支持，请铁道部门加快前期工作。对建设农村电网、村村通电等，国家下了很大的决心。去年，我们开始筹划这件事情，原来我说拿1800亿元，现在恐怕要拿2600亿元。要在三年以内在全国实现村村通电，改造农村电网。电都不通，怎么打开农村的市场？农民怎么脱困呢？宁夏的进展如何？（李荣融[2]："不算太理想。"）不算太理想！希望你们认真抓一下，一定要成立一个领导小组，必须有统一的领导，不然的话，这个事情很难推动。不要放任自流，那样就搞得慢。这是一个很重要的基础设施建设，希望把你们目前不太理想的状况，变成一个比较理想的状况。

另外，村村通电视、广播，这个事情也在做了，这不但是物质文明建设，也是个精神文明建设。我顺便问一句，你们是不是每个市、县都有电视台？（马启智："没有，只有银川有。"）我很明确地讲，除了省级电视台以外，其他的地市县都不要搞自己的电视台。搞了干什么？你就转播中央电视台、自治区电视台的节目，不就够了吗？你能搞的节目，我估计就两样：第一，为那些县长、市长树碑立传，一天到晚报道他们今天到这儿视察、明天到那里去剪彩。第二，就是播一些香港地区、外国那些又是打、又是闹的东西，就转播那些电影，你

〔1〕黄镇东，当时任交通部部长。

〔2〕李荣融，当时任国家发展计划委员会副主任。

办这个电视台干什么呢？劳民伤财，特别是对青少年一代起不到什么好的作用。

发展旅游业，也是经济结构的调整。西北地区是我们民族的发源地，它有很多的历史文化古迹，很值得参观，而且对下一代的教育意义特别大。昨天，我到西夏博物馆，就受到非常生动的、历史的、传统的爱国主义教育。所以，这方面还有发展的余地。

第二，改善生态环境，实行退耕还林还草的政策。西部地区一个很严重、很大的问题，相当可怕的问题，就是生态环境的恶化。不解决生态环境建设的问题，谈什么西部大开发呢？人才也不来呀！所以，我们现在要认真地执行中央已定的退耕还林政策。改善生态环境，保持水土，别把泥沙带到下游来，要把黄土给固住，这是造福全国人民啊！

昨天，看了扶贫扬黄灌溉工程，这个工程在确定上马时跟现在的情况已经不一样了。那个时候，粮食还不够吃，要的就是粮食。所以，这是做了一件好事，把西海固地区贫困的农民异地搬迁过来种粮食。但现在看，就种不起这个地了，这个项目就是个很大的包袱了，这不是否定过去，而是历史的评价。昨天，我们初步算了一下，光每年抽水用的电费就要几千万元。你们花了30亿元，才搞了200万亩地。1亩地得1500块钱吧？每年的水费几千万元，而打的粮食根本不值这么多钱，那么这粮食卖不出去，只能放在仓库里。宁夏也是粮食自给有余，再增加粮食，它卖不出钱来，你说这怎么办？将来，这灌区没有政府财政的补贴就没法维持。现在看起来，就是昨天马启智同志讲的，再像这样搬迁是搬不起了。搬不起，就别搬了嘛。西海固地区为什么贫困呢？因为那个地区粮食亩产很低，缺水啊。那就别种了，把粮食运进去，无偿地给当地农民吃，这不就是扶贫吗？然后，请他们退耕还林，种草种树，或者乔、灌、草相结合，改善那里的生

1999年10月28日，朱镕基在宁夏回族自治区扶贫扬黄灌溉工程红寺堡灌区大河乡四村移民家了解生产、生活情况。左二为宁夏回族自治区政府主席马启智。

态环境，尽管雨量很少，它还能涵养一点水分。另外，把黄土固住了。刚才我一问，这里黄河的泥沙主要是从西海固地区流下去的，把黄沙给固住就好了。要是种了树，把黄土固住了，就能够修水库了，那个平川地的粮食产量也就能够提高了。而且，增产的粮食比山上生产的粮食要多得多，这就叫以粮食换森林。

我讲这个话，是有科学根据的。现在粮食确实是多了，全国一年多几百亿斤；并且，今后也不会少，因为生态环境改善后，中下游地区增产的粮食会越来越多。而你们这里由于上游地区生态环境改善，平川地的粮食也会增产。所以，山坡地不要种粮是完全应该的，绝对不会造成粮食的缺乏。原来我们设想，无偿给退耕还林的农民提供粮食五年。现在，我们可以斗胆地说一句，需要无偿提供几年，就提供几年，八年、十年、二十年都可以。刚才，段应碧[1]同志讲得很形象，你现在说无偿提供粮食五年，五年后如果农民的生活还没有改善，收入也没有增加，你如果不供粮食了，他不就把树砍掉了，再退林还耕啊！所以，必须等农民把树林种起来，然后各种副业、产业能够发展，他有了收入，那时候，再改变无偿提供粮食的政策，让他拿

1999年10月28日，朱镕基在宁夏回族自治区扶贫扬黄灌溉工程红寺堡灌区与移民交谈。左三为宁夏回族自治区政府主席马启智，左五为国土资源部部长周永康，左六为国务院研究室副主任魏礼群。

〔1〕段应碧，当时任中央财经领导小组办公室副主任。

钱来买粮食。这个时间需要五年就五年，六年就六年，十年就十年，或者需要更长时间。我们有把握可以无偿供应粮食，从国家财政来讲，也负担得起。因此，这个政策是一举多得，既改善生态环境，也改善粮食的平衡。

实行退耕还林要因地制宜，各个地方政府要调查研究，制定适合于当地情况的政策，宜林则林，宜草则草。也不是什么地都不种粮食了，平川地产量很高，一亩地可以打七八百斤粮食，为什么不让种？我讲的是山坡地，不管是25度还是15度，都可以退耕还林。但是，退了以后应该种什么东西，是要很好地研究，而且要尊重农民群众的意愿。苗木还是国家出钱，由我们林业系统无偿提供。

这个政策如果让农民一掌握，马上就可以铺开，但是起步要稳，一开始不要搞得太多，你们提出一年退耕还林50万亩吧，不要搞那么多，搞10万、20万亩都不少，因为农民还没有掌握你的政策，对你还没有信心，你供不供他粮食，现在还没有一套制度。同时，还要有一套检查制度，农民不能拿了粮食不种树，那也不行。在办法还没出台前，如果搞得太急了，很容易造成中间挪用、侵吞，干部不给农民粮食，就怕发生这种情况。所以，一开始应该选择那些干部素质好、农民觉悟高的地方，土地还比较肥的地方，起到一个示范的作用。宁愿慢一点起步，不要搞得太快了、搞坏了，把这个政策搞臭了。

另外，这个退耕还林还不单是在山区搞。我昨天走了几百公里，就感觉你们宁夏的树还是种得不够，公路、铁路旁边都可以大力地种树嘛！房前屋后，每家每户的宅前宅后都应该种树。城市里面，要加强绿化，树种得也不够。要改变这个生态环境，西北地区必须来个全民动员，开展一个绿化运动，大家动手植树造林，不单是退耕还林，这个意识一定要非常的清楚。

我们回去以后，马上召开国务院的会议，来讨论这个“退耕还林、以粮代赈”政策。同时，也希望你们把意见和具体规划尽快报给我们。国务院讨论以后，还要向中央政治局常委会汇报，经过批准后，我想差不多今年年底就可以下发正式的文件。这样到明年春播的时候，就可以开始实施退耕还林了。

第三，调整经济结构。现在是经济结构调整的一个决定性时期，西部各省区市都要根据自己的不同气候特点、资源特点、市场特点，来调整自己的经济结构，建立有自己特色的产业结构，不调整结构是等死啊！今天上午，我们召开了宁夏国有企业座谈会。像宁夏化工厂就有很好的发展条件，有天然气，有很好的管理基础，有公用设施，可以进一步地发展。但是，你们汇报稿提出还要搞高密度聚乙烯、聚丙烯，这些就不要搞了，就搞化肥吧。搞那些东西，你们没有竞争力，原料路线也不行，生产化肥才是你们的优势。应该结合你们的资源优势，发展一些新型产业。这个问题是个大题目，确实需要很好地研究，在没有把市场摸透以前，不要轻易地上马。现在亏损又扭亏无望的企业，宁肯让它破产，也不要去救它。如果又去上一个项目，投资好几个亿，背上了包袱，不但救不活，而且包袱更重。就是把它关掉，把职工很好地安置了就行了。集中力量去发展一些新型的产业、有市场需要的产业。

高度重视质量技术监督工作*

（1999年11月2日）

完全同意邦国[1]同志报告，并请代为转达：祝贺全国质量工作会议的召开，向工作在质量技术监督战线上的同志们致以亲切的问候。要充分肯定全国质量管理和质量监督工作取得的成绩，不能过高估计，但确实来之不易。各部门、各地方的负责同志应该高度重视和热情支持质量技术监督工作，切实保证质量标准建设、计量检测体系和质量监督抽查所必需的投资和经费，促进质量工作再上新水平。当前，我们面临经济结构调整的关键时期，质量工作正是主攻方向。没有质量就没有效益。放任假冒伪劣，国家就没有希望。

朱镕基

11.2

---

* 这是朱镕基同志在《加大质量工作力度　提高产品质量总体水平——吴邦国副总理在全国质量工作会议上的讲话（送审稿）》上的批语。

〔1〕邦国，即吴邦国。

要热爱机关事务工作*

（1999 年 11 月 5 日）

党中央、国务院的领导历来十分重视机关事务工作。过去打仗时期，我们的部队有“司、政、后”——司令部、政治部、后勤部。没有后勤部，打不胜战争。现在虽然是和平建设时期，但是如果没有后勤工作的话，机关的队伍就不能稳定，机关的工作也不可能搞好。所以，机关事务工作是非常重要的。但这项工作又很不好做，众口难调，有时费力不讨好。当然，我们是为人民服务、为党工作，无所谓讨不讨好。机关事务工作很光荣，做这项工作的人应该说是品格高、修养好、最没有低级趣味的人。如果不具备这种优良的品德、良好的修养和任劳任怨的精神，谁愿意在这个岗位上待着？同志们几十年辛辛苦苦、默默无闻地干这个工作，这一点值得我们学习。

机关事务工作也要深化改革，要坚持管理科学化、保障法制化、服务社会化的方向，逐步建立适应社会主义市场经济要求和新时期机关建设需要的后勤保障机制。但是，改革也是一件很不容易的事，需要一个逐步提高认识和统一思想的过程。去年，根据全国人大代表的提案和群众来信的建议，搞了一个公务用车改革方案，由于情况比较复杂，这项工作还需要进一步认真研究，所以没有实施。这说明干好

* 1999 年 11 月 5 日，全国机关事务工作协会第二届代表大会暨机关后勤改革座谈会在北京举行。这是朱镕基同志在接见与会代表时的讲话。

机关事务工作不仅要有积极进取的开拓精神和改革意识，还必须有很好的工作方法，广泛听取大家的意见。住房制度改革更是一件很难办的事情，涉及广大干部职工的切身利益。中央国家机关住房制度改革主要由国务院机关事务管理局来实施。我看到很多人民群众来信，对住房制度改革有这样那样的意见，有要求购买现住房的，有要求调整住房的，情况很复杂，我批给了王忠禹、焦焕成〔1〕同志处理。当然，处理起来有很大的难度，但一定要积极稳妥地做好。

我希望做机关事务工作的同志们，要深刻认识自己工作的地位和作用，热爱机关事务工作。要有一种敬业精神、奉献精神、务实精神、创新精神，努力把机关事务工作做好。

1999 年 11 月 5 日，朱镕基在北京接见出席全国机关事务工作协会第二届代表大会暨机关后勤改革座谈会的全体代表。右一为国管局局长焦焕成。

〔1〕焦焕成，当时任国务院机关事务管理局局长。

会见美国贸易代表巴尔舍夫斯基等时的谈话 *

（1999 年 11 月 13 日、15 日）

一

（1999 年 11 月 13 日）

朱镕基：首先我要对来自美国的朋友们，对双方代表团表示诚挚的慰问。你们虽然很辛苦，夜以继日，但都是为了世界和平、为了国际合作和人类进步而工作，当然也是为了中美友好合作关系而奋斗，意义是重大的。

我向你们表示道歉，因为我今天凌晨才通知你们来会见，太晚了。但是我也要说明一个情况，最近两天的谈判，我跟你们一样忙，你们的发言我都得看，连斯珀林先生说了六个“不”我都知道。

斯珀林：我记得只说了四个。

---

* 1999 年 11 月 13 日上午 10 时 30 分，朱镕基同志在北京中南海紫光阁会见了美国贸易代表查伦·巴尔舍夫斯基和美国国家经济委员会主席吉恩·斯珀林率领的前来参加中美关于中国加入世界贸易组织问题双边谈判的美国政府代表团。11 月 15 日上午 9 时 50 分，朱镕基同志率副总理钱其琛、国务委员吴仪到对外贸易经济合作部，再次会见了美国政府代表团，并亲自与美方进行了谈判，达成了中美关于中国加入世界贸易组织的协议。这是朱镕基同志与美国政府代表团两次谈话的记录。

朱镕基：我把所有文件都看了。昨天麦克海〔1〕先生8点半见龙副部长〔2〕，根据你的信，我们开了会，半夜开的，凌晨3点才结束。我睡了几个小时，你们可以算得出来。但请记住一点，我70多岁了，比你们都大得多，你们在座的比我的女儿都还年轻。

现在，在说明我们的立场之前，是不是请我们尊贵的客人先讲一讲？但我提醒你们，你们讲得越长，我讲得越短。

巴尔舍夫斯基：只说“是的”就太短了。我们会讲短的。我清楚地记得我们上次在这里见面的情况。我觉得今年4月我们没有达成协议十分令人失望，我甚至将此形容为“痛苦的”。但我确实认为，要纠正当时的问题。这次斯珀林先生陪同我来华访问，这是具有非常意义的，是前所未有的。我只是说，他来是有诚意的。

我上次见你，当时我没有被授权与中方结束谈判。而现在，我与斯珀林有结束谈判的全部授权。我们面临的谈判的时间窗口只有一天。我认为，克林顿总统和江泽民主席理解我们的使命和任务。如你从两国元首通话的记录所知，如果不是要结束谈判，如果不是要达成协议，总统是不会派我们来的。克林顿总统付出了很多努力，表示有决心达成协议。他对中方的问题作出了立即和积极的回应。他在给江主席的信中表示，要收回一般保障措施、纺织品十年配额的要求。他在建议中还进一步显示了灵活性。我和斯珀林在这一基础上显示了更多的灵活性。总统不仅领导而且亲自起草了建议，但我们认为美方的灵活性未得到中方相应的反应。我认为你我面对的任务不太困难。只要我们有一个双赢的计划，最终达成协议是很自然的。

电信、保险、汽车三个领域，我们已采取了灵活的态度，在信中，

〔1〕麦克海，即威廉·麦克海，当时任美国驻华使馆临时代办。

〔2〕龙副部长，即龙永图，当时任对外贸易经济合作部首席谈判代表。

1999 年 3 月 4 日，朱镕基在北京中南海紫光阁会见美国贸易代表查伦·巴尔舍夫斯基（右二）。右四为美国驻中国大使尚慕杰。（戴增海摄）

美方表示可以与中方在这三个领域继续进行合作。

我们相信，中方深知美方的政治敏感性。我们必须保持4月10日减让表和文件的完整性，在议定书方面必须完全满意，同时也要认识到贵方表示出的对上述三个领域的全部关切。对于4月没有解决的问题，我们认为相对容易解决。对中国来讲，双赢是显而易见的。美国收回一般保障措施、纺织品十年配额的要求对中国来讲是巨大的胜利。我们甚至愿意前进一步，继续合作，这本身就表示我们是基于善意在磋商。我宁愿这样想，任何人都不能接受失败。

谈到这里，我想世贸组织协议已远远超过经济协议，它包括某种政治谅解，这种政治谅解是中美关系中缺少的东西，而且也会提供一个联结点。

如果你允许，请斯珀林讲几句。

斯珀林：感谢你的接见。你有非常好的、出色的谈判代表，这几天虽然争论不休，却是良好的谈判。总统让我来有三个原因：一是显示他本人对今年中国以好的条件加入世贸组织的承诺；二是表明美国政府是以一个声音在说话；三是他想让你知道，我们有结束谈判的授权。我们认为今天非常重要。我确信应当有一个双赢的局面。如果达成协议，我们全体内阁成员会为通过中国永久最惠国待遇而尽我们全部所能。即使接受现在的建议，我们也面临国内非常严重的反对，工会不会支持放松纺织品配额。但我们相信，我们全力以赴达成一个强有力的协议，一定能使中国获得永久最惠国待遇。我告诉你，如果不解决议定书的关键条款，不解决汽车、音像、保险等问题，就会受到这些产业的反对，如果它们失望，那么即使全力以赴，也不能赢。失败了不仅对总统有害，对双方都有害。

我强烈地感到，双方达成协议能够在各自国内获得支持。我本人原来认为，总统在获得中方让步前，不应在纺织品、一般保障条款上让步。但总统说服了我们，说需要作出例外的让步，使中国看到，我们愿意达成一个中国人民能接受的协议。我认为，应在今天达成一个双赢的协议。今天，历史要求我们达成一个双赢的协议。我们希望中方对美方提出的敏感问题也同样理解。

朱镕基：首先，我表示非常赞赏克林顿总统主动与江主席通电话，并派出有授权的强大代表团来北京，这表现了克林顿总统对达成协议的诚意。我非常赞赏克林顿总统在这三个问题上所作的承诺，这体现了他在这样一种政治环境下作出政治决断的能力。关于年度审议最惠国待遇和一般保障条款，我们从来认为是一种歧视性的条款，不符合世贸组织的原则。美方实际上接受了我们的说法，但一直未作出表示。这次作出了明确表示，是一种很大的进步。

关于纺织品配额问题，这次是美国主动作出的让步，当然是一个比较大的让步。但是也要看到，过去几年，由于美国歧视性的态度，使中国这样大的纺织品出口国，落在了墨西哥和加拿大之后，现在连世界第三的位置都保不住了。我们销毁了1000万纱锭，120万人失业，给我们造成了很大困难，现在国有企业中最困难的就是纺织企业。美国采取放弃配额的让步，能否使中国扩大对美出口，不一定！因为你们还有其他手段限制中国的出口。我们并未对此寄予更多的希望，因为现在纱锭砸掉了，工厂关闭了，也设法安置了120万下岗工人，但政府为此花费了巨大财力。当然，这一点并不影响我们对克林顿总统为此所表现的政治意愿和政治水平的看法，但实际上对我们没有什么经济意义。

为了回应美国的让步，中国是不是没有让步呢？请不要忘记，在这之前，甚至在4月之前，中国为加入世贸组织作了很大的让步。我相信你们应该记得。

我记得很清楚，4月7日到达华盛顿时，当晚克林顿总统与我谈到夜里12点，斯珀林先生也在。克林顿总统的判断是，双方不能达成协议，即使达成了，美国国会也不会批准。实际上，对中国在农业方面的让步，各界人士都是支持的。由于这一支持，克林顿总统改变了判断，并不是所有国会议员都不同意，尤其是来自农业发达州的议员。在当时，国会确实表现了实质性的让步。我也记得很清楚，加州的范因斯坦参议员每年都来中国，每次都谈水果出口，都不满意。4月以来，她对中方在农业方面的让步十分满意，表示支持中国加入世贸组织，这是她亲口跟江主席讲的。

所以你们这次来，说美国作了前所未有的让步，而中国没有作出相应反应，你们就大发脾气。我提醒一点，你们不知道我们在农业上作了多大让步。我为此而受到全国人民的指责，你们知道不知道？

我现在可以重申，我们4月在农业上的让步，我基本上不会后退，但如果这次不达成协议，那我们永远永远不会在农业方面让步！

关于“两个51%”的问题，就是增值电信和人寿保险的外资股比，我们坚持不能达到51%的问题。早在3月30日，我就在这里跟你讲：“你要求51%，如果你在其他方面都同意我们的条件并达成协议，我可以同意51%。”我确实这样说过，前提是其他问题你都同意我们的条件。我当时问巴尔舍夫斯基大使，你敢不敢现在就签字？你当时说：“我没有得到授权，不能签字。”我后来到华盛顿，克林顿总统说不能达成协议，因此“两个51%”就没有任何法律意义了。

我现在还认为，“两个51%”的问题不是一个很大的问题。我一再讲，我与萨默斯[1]先生也讲了，为了一两个百分点不达成协议，是非常愚蠢的。我们现在批准的保险业外资比例，有49%的，有50%的，也有51%的，你可以了解一下，有什么区别？没有区别！

〔1〕萨默斯，即劳伦斯·萨默斯，当时任美国财政部部长。

即使49%，也可以由外方管理。所以，一两个百分点没有实际意义。但为什么我们要坚持？不是出尔反尔，是环境已经变化了。这首先是因为，你们不应该轰炸我们驻南斯拉夫的大使馆。从那以后，整个大环境都变化了，你们有国会、有舆论，我们也有全国人大和全国政协，也有舆论。即使报纸上反映不出来，还会在互联网上反映，影响大得不得了。中国人从来就认为，一个信息产业，一个保险行业，是利益攸关的行业。他们认为我同意了51%，就是出卖了中国的利益，尽管我不那么认为。所以从那以后，国内外就有一种谣言，说“朱镕基要辞职，要下台了”。这是彻头彻尾的谣言，根本没这回事。但事实上，我是受到普遍批评的。这种批评来自于民间，他们不了解实际的情况。你们也不了解这种舆论。如果我不是在中国，而是在你们美国，那我早就下台了。我现在坚持这“两个51%”，就是向全国人民有所交代。所以，我很高兴你们不再强调51%了，虽然没什么实际意义，但你们帮了我们的忙。你们可以对保险业人士说50%或51%没什么大区别，在美国保险界，我认识的朋友比你们多，大的保险公司我没有一个不认识的，他们都找过我。他们会理解的。

我想江泽民主席等中国领导人，都是一贯积极地支持与美国达成世贸组织协议的，并未改变这一初衷。只要中美达成协议，我们就可以与其他国家解决遗留问题，我们与澳大利亚、日本等国已结束了双边谈判。这次江主席访问的所有国家，包括英国和法国，没有一个不赞成我们早日加入世贸组织的。所以请你们相信，今天我们非常希望与你们达成协议。

我得到江泽民主席的全部授权，但我也回忆起4月见到克林顿先生的情景，他当时很诚恳地讲，今天不能达成协议。我今天同样诚恳地讲，希望达成协议，也请你们考虑中方的情况。

那天晚上克林顿先生所表现的诚恳，我永远不会忘记，不管他是不是总统。

我认为，世界上所有国家都在看着我们能否达成协议。为了表示诚意，经过深思熟虑，我把主要的方面向你讲一讲，但不希望总有一种提法，即以4月10日的文件为基础。大家都知道，4月10日的文件，龙永图先生虽然签了个字，但并不是草签，如果要把这份文件当成法律文件，是没有道理的。因此，我们可以提4月10日的文件，因为其中一些是我们可以同意的，但只能参照，不能作为基础，这不是法律的文件。

我现在不按4月10日的文件讲，而按有分歧的地方讲，我们彼此清楚分歧是什么：

一、汽车。你们这次说这是克林顿总统的政治基础。斯珀林先生，我尊重你的意见，我让步，因为我尊重克林顿总统，即到2006年7月1日把进口关税降到25%，同意汽车信贷和汽车分销。这对我们来讲是重大让步，因为很多汽车厂商都向江主席投诉，不让我们同意这一条。具体问题上，2006年25%的税率怎么降法，这里你们使了一点花招，是不是卡西迪[1]先生出的主意？要求前两年几乎全部降完，我看六年平均减让比较能服人吧？我也不是坚持，小事情何必那么坚持呢！

二、特殊保障条款[2]保留年限问题。斯珀林先生，你发了那么大脾气，必须得到“回报”，我也准备让步，但15年是不是一点都不

[1] 卡西迪，即罗伯特·卡西迪，当时任美国助理贸易代表。

[2] 特殊保障条款，指《中国加入世界贸易组织议定书》第16条“特定产品过渡性保障机制”。该条规定：在中国加入世贸组织之日起12年内，如果原产于中国的产品在进口到世贸组织成员领土时，对该地生产者造成或威胁造成市场扰乱，受此影响的世贸组织成员可请求与中国磋商。如60天内未达成协议，则受影响的世贸组织成员有权撤销减让或限制进口。

能少？我们回应3年是太少了。是不是还可以商量？是不是一年也不能少了？10年行不行？我看很够了，那时中国如果还不是市场经济，那我也很悲观了。正如你说的15年不是一锤定音，我说10年也不是一锤定音，可以商量。反倾销条款也应该有一个时限吧，你们商量商量，说老实话，我不是反对"反倾销"，但不要有歧视性条款。

三、音像。我看了4月10日的文件，就把4月10日的文字写在协议中不就可以了吗？4月10日的文件讲得很清楚，音像分销是可以的，这次你们又要求的合资控股就不要加上了，按4月10日的办，不就可以了吗？我想我们中美关系中那么多重要问题，为了一个电影院、一个音像公司达不成协议，值得吗？是否就按4月10日的文件办，这个问题原则上就解决了吧。

分账电影，第一年进口17部，4月10日的文件中没有，也是你们这次新提出来的。我还是搞不清楚，是配额吗？我们现在没有配额，我们不限制，但我想任何一个国家都规定进口电影不能超过国产电影的比例，亚洲许多国家，像新加坡就有严格的规定。我们没有这种配额，但要按比例。每年可以进口那么多，但每年实际进口多少要取决于电影拍得如何、电影公司是否会买，在中美协议中规定那么详细是否有意义？

四、银行。4月10日文件，把外国银行的国民待遇包括在内了，讲得很清楚，除了地域限制和客户限制，对外国客户不作任何限制。同时我们也承诺，外国银行在两年内可向企业提供人民币业务，五年内向个人提供人民币业务。我想银行没有什么问题了，我们的出价够了！

五、证券。很明确，允许外资证券公司与中国公司做的是一样的，这就是国民待遇。但你们这次附加了中国公司都不能做的业务，那就不行了。

所有这些问题，是有分歧的最大问题，我基本上或原则上作了让步，我也只能作这些让步了。只有一个问题，今后也不会让步，那就是电信的国际出入关口的问题，一定请你们谅解。包括所有人士，甚至军方人士都不会同意。

就这么多了，感谢你们的耐心。

巴尔舍夫斯基：我想问你谈判如何进行下去？我可以提出初步的看法，或是在内部协商后，提出全面的看法。不知时间如何安排，是否今天就想结束谈判？

朱镕基：建议你不要马上答复我，好好研究，再来回应我，然后与石部长〔1〕会谈，石部长是江主席和我授权与你们谈判的。我今天讲的是我们方面的意见，应该说是最终的，但不要误会，并不是说不能再谈判，不过原则上不能让，但我不搞一言堂。

还要补充一点，我向萨默斯先生提出了三个要求：一个是永久最惠国待遇，一个是一般保障条款，还有技术出口的问题。关于技术出口这个问题，谈判的弹性是很大的，但如果你们没有表示的话，我们也无法向全国人民交代。建议考虑一下，是否以石部长与戴利部长〔2〕换文的形式，作出一定表示，是否可以这样做？

巴尔舍夫斯基：可否澄清几个问题？

朱镕基：我不是不礼貌，不是不让你回应，我认为你们应该商量以后再回应比较好，因为你现在提出问题，我也很难回应，也要问江主席。还不如你与石部长谈，石部长向我报告，我向江主席报告。

巴尔舍夫斯基：可否提最后一个问题？如果我们认为陷入了僵局，是否可与你再见面，最后达成协议？

---

〔1〕石部长，即石广生，当时任对外贸易经济合作部部长。

〔2〕戴利部长，即威廉·戴利，当时任美国商务部部长。

朱镕基：当然可以。

巴尔舍夫斯基：可否澄清一下银行的国民待遇问题？

朱镕基：我认为我讲得相当明确，我们同意两年内允许外国银行向企业提供人民币业务、五年内允许向个人提供人民币业务，很明确了。同时，我们同意按 4 月 10 日文件讲的，除地域和客户限制以外，外国银行进入中国市场没有任何其他限制。

巴尔舍夫斯基：好。我能不能问一个问题？你把关键性的问题分离出来了，我们昨天提交的文件是同意以 4 月 10 日的案文为基础的。这一理解很重要，如果问题不断出现，时间会很长，永远得不到解决。主要问题是重要的，可否将其他问题确定后放在一边，而解决大的问题，就可以达成协议了？

朱镕基：我刚才已经谈过，现在再重复一下。我们不同意以 4 月 10 日文件为基础。我已经把我们有不同意见的主要部分和中方的立场阐明了，对于其他还有不同意见的地方，请大使与石部长商量，在双赢的基础上，这些问题也能解决达成协议。我是认为双方最主要的问题都已解决了，其他问题本着互谅互让的精神，都能够解决。

我想知道，大使什么时候与石部长会面？

巴尔舍夫斯基：今天下午两点之前，建议双方尽快抓紧建设性的工作。

二

（1999 年 11 月 15 日）

朱镕基：你们很辛苦，我也很辛苦，昨晚一夜没睡。你们的奥尔布赖特国务卿在凌晨 3 点半要跟我通电话。现在，我们正在开一个非常重要的会议，江主席正在讲话，而我和钱其琛副总理、吴仪国务委员来到了这里。这个会议是由我主持的，江主席正在讲话，可主持人走了。会议是全国各地区负责人的会议，当然不是讨论世贸组织，是比世贸组织重要得多的问题。而我为什么要来？因为我昨天答应了你，你昨天要求见我。我已经研究了前天我与你谈话以后你们谈判的情况，石广生部长向我作了汇报。我们召开过一次最高层的会议，江主席作了指示，我们同意对你们的要求作出答复，并且授权石部长在会谈中将这些答复告诉你们。但是昨天上午10点钟找不到你了，下午4点钟才见面，但与石部长谈了半小时又中断了，你说要接克林顿总统的电话，此后你们就失踪了。我非常担心，我怎么向克林顿总统交代呀？看过电影《人间蒸发令》吗？你们蒸发了。我们很着急啊，我就请外经贸部、请外交部与我的老朋友麦克海先生联系，但你（指麦克海）也找不到人了。

麦克海：后来他们找到了我。

朱镕基：但你告诉我们，巴尔舍夫斯基大使明天早上8点就要走了，忽然消失，第二天早上又不辞而别，这是很不礼貌的！公使先生，你是有外交工作经验的啊。江主席到昨天晚上12点以后还给我打电话，问人找到了没有。他是持乐观态度的，本来还打算达成协议后会见你们。你们却打电话说，巴尔舍夫斯基大使在今早7点准备来见石部长，8点45分就要离开，10点钟的飞机。说句不好听的话，很像是一个最后通牒。到现在我还是莫名其妙，好像这不是谈判，是在捉迷藏。所以，我今天必须来见你，因为这是必要的！不然，我怎么向江主席交代呀？也不说达得成，也不说达不成，忽然就消失了，这在政治上是严肃的吗？因此，我就想当面问问你们，你们究竟想怎么办？谢谢。

巴尔舍夫斯基：我代表斯珀林、代表克林顿总统，向你们表示感谢。今天非常荣幸，看到这么多高明的中国领导人来接见我们，这是难能可贵的，真想照张照片放在相框里。

昨天是发生了误解。有两件不相干的事情同时发生了：第一件是石部长离开谈判桌处理与世贸组织有关的事，第二件是总统出访前要与我和斯珀林通电话。

朱镕基：他（指石广生）离开谈判桌，是给我打电话，把谈判情况告诉了我，我告诉了石部长我的看法，花了一些时间。

巴尔舍夫斯基：那时我们与总统通话时间很长。麦克海先生告诉外经贸部的官员，说我要回使馆等总统的电话。我回到饭店等了一个晚上。

朱镕基：石部长也把电话打到饭店去了，可电话打不通。

巴尔舍夫斯基：看起来我们认为你们要做的与你们真正做的脱了节，这不是有意的。这再一次说明，美国和中国并不总是一致的。

石广生：我要澄清一下，当时我在谈判间等你谈判，我们的司长追了出去，那时候你们马上要走，你（指麦克海）说要去接总统的电话，一会儿就回来。

巴尔舍夫斯基：我想发表一个最基本的看法，昨天发生的事与谈判策略无关。

朱镕基：坦白地讲，我们方面的谈判者认为，这是最典型的美国式的边缘战术。

巴尔舍夫斯基：我和斯珀林来此谈判，有达成协议的全部授权，但必须在一定的范围内达成协议。美国两个内阁成员为达成协议在一个外国待一周是很少见的，我们的机票改了四次，因为要全力以赴来达成这个协议。上次我见你时讲过，我们两人有共同的感觉，我对4月未达成双边协议，感到非常后悔，而且有些惊讶。自那时以来，我时刻想着这个问题，当然是我没有能说服总统向前进。他当时的所作所为是基于诚意的，他是100年以来美国最好的政治家。他当时觉得，除非有一个最强有力的协议，否则他不能向国会交代。他当时对协议成功的关切，使他处于政治压力之下，当时是无法达成协议的。我后来接受了他的判断，但那是极为不情愿的。所以在过去的五个月里，我个人花了相当多的时间，努力想如何能够达成协议。斯珀林在这些努力中发挥了关键性的作用，通过他和总统办公厅主任的努力，整个美国政府统一了口径，从同一个出发点出发。如果这几天我们有不得体的地方，你们可能不理解，但那不是我们不礼貌，也不表示我们不认真，更不表示我们现在不想达成协议。我们在此已经一周，正如我们所表明的，我们希望达成一个历史性的协议。

斯珀林：参加此次会见非常荣幸。克林顿总统派我来此，是为了不重蹈覆辙，不像在4月那样有任何误解。尽管如此，昨晚还是发生了误解。你可能不太了解我，我个人向你保证，我们是在真心真意地等待你们的电话。在那种情况下，使用任何谈判的战术都不是明智之举。你可能不相信，那么晚了，我11点半还在寒冷的夜里在外面散步，给在“空军一号”上的伯杰[1]和奥尔布赖特打电话。我非常的不高兴，我们没有得到你们的通知，不明白为什么，所以，我给奥尔布赖特打了两个电话。

朱镕基：那我就要抱怨你了，让奥尔布赖特给我打电话，半夜叫我起来，睡不着觉。

斯珀林：这全怪我，我得向你道歉。

朱镕基：既然是个误会，那我们就向前看吧。

斯珀林：我最后想说，在谈判的时候我有些立场没有亮明，我现在一定要说一说这些立场，因为外部的政治压力要求我必须这样做。有了协议，我们会替你们争取正常贸易关系，不久你就会在报纸上读到，有

〔1〕伯杰，即桑迪·伯杰，当时任美国总统国家安全事务助理。

人希望这种努力失败。但是你知道，我们是非常有诚意的，而且将竭尽全力解决任何遗留问题，因为我们不想失败。我们不会夸大政治压力，以此作为最后的谈判战术。我们会真实地告诉你们，总统面临的政治上的限制有哪些。达成协议是一个正确的办法，是符合两国长远利益的。

朱镕基：下一步怎么办？

巴尔舍夫斯基：我们昨天提出了有六个未决问题的单子，每一个问题在政治上都非常敏感，还有减让表的问题，其中农产品减让表已经全部解决。我们都强烈认为，总统也坚决认为，这次达成的是一个最终的双边协议，虽然还要经过在日内瓦的世贸组织秘书处核对。我们所列出的是实质性的未决问题，是在美国作出极大让步以后，我们最大限度缩短的一个清单，都是政治上敏感的问题。这不是假造的，也不是谈判战术的产物，我们认为解决这些问题将有助于总统在一般性保障条款、纺织品配额和对中方的三个额外要求作出让步后，达成协议。美国的让步已经反映在总统自己的建议中，并且还表明美国仍有灵活性，在一些方面，我们直接接受了中国的立场。在中国的一周时间内，我们提出了三份文件，要么进一步接受了中方的立场，要么在谈判那些未决的问题中表示了有灵活性的意愿。现在我们就剩几个问题了，但是我们不能低估它们对中国的困难程度，我们也真诚希望中国不要低估这些问题对美国的困难程度。对于减让表的问题，中方提出的实质性反对意见越多，美国越不可能与中国达成协议。我们绝对不是向中国提出最后通牒。发出最后通牒绝对不会取得进展，反之亦然。这并不意味着在每一个方面都绝对没有灵活性了，只是敦促中方认真研究这些问题和议定书的立场，以便能让我们达成一个最后的双赢的协议，在这里签署。

朱镕基：在前天的会见中，我对我们之间有重大分歧的问题作了明确的表态，只能到这个程度了，我们能作的让步就那么多了。在我看来，除了那些问题，其他的都没那么重要，至少不应该影响协议的签署。你们根据我的讲话又提出了要求，昨天中国的最高层领导人召开会议，作出了让步，现在不可能再作让步了。我看不出来你们有什么困难，我充分理解美国工商界和国会议员的要求，我每天都关注着他们的反应。如果今天因为这些小问题达不成协议，就是放弃了一个历史性的机会，今后不可能再有了。

音像方面，昨天我委托石部长告诉你们，首先在分账电影数目上，我们同意你们要求的每年进口 20 部。关于音像制品的分销，我们尊重 4 月 10 日的案文，“出版、制作、发行”是你们后来加进去的，我们只能接受 4 月 10 日的案文。我认为这对你们来说没什么困难，希望你们不要从 4 月 10 日的案文后退，我们也不后退。实际上，我们根本没有从 4 月 10 日我们承诺的立场上有什么后退，而且还前进了。分销问题就留待以后再解决好吗？

电影院你们要控股，我们同意成立合资企业已经很不容易了，谁都知道意识形态有多么敏感，控股就留着以后再说吧！这次就不包括在最后的协议里了。当然建立合资企业，也没有完全打消控股甚至独资的希望，我们没有把门关上。

关于“两个 51%”的问题，我们昨天又作了让步，增值电信可以到 50%，可你们又要求“管理控制权”，还要写成文字。我早就说过，49%、50%、51%在管理权上没有区别，但写在条文中是不可能的。要这么写就太荒唐了，这不符合国际惯例，不符合中国的法律，也没有实际意义。现在的合资企业在实践中可以有管理控制权，但写在条文里就是个大笑话了！

除了这些问题就没有别的问题了，不会影响公众的看法和利益，不存在什么主要的问题了。至于那些次要问题，双方代表团可以根据江泽民主席和克林顿总统通话的精神，本着互谅互让的原则，达成双赢的协议。让那些不重要的问题，成为我们达成协议的障碍是非常不明智的。巴尔舍夫斯基是我的老朋友。斯珀林先生我上次见面了解不多，这次了解更多了，印象也更深了。我现在没有时间跟你们谈判了，我必须在会议结束前赶回去继续主持会议。现在是不是可以达成协议了？双方发表新闻公报。如果能接受我们的条件，就可以达成历史性的协议，实现双赢，其他问题本着互谅互让的原则解决。能不能签字，希望明确表态，这不是最后通牒。我与斯珀林先生相比，平常脾气要大得多，但我没有对你们发火，可江主席也没有这个耐心了。

石广生：我昨天晚上离开就是为了搞新闻公报。

巴尔舍夫斯基：我不想再占用你的时间，但在回答你的问题前，我可否提几个问题做些澄清？希望你理解，先把丑话讲在前面。你记得关于分销的4月10日的文字我们是有保留的，是写在方括号里的，因为我们知道产业界是不会满意的。当时，我们要求允许百分之百的独资子公司从事音像和分销。今天在谈判中我们已经表明，我们不要求独资子公司，只要求51%的股权。

朱镕基：我讲得很清楚了，合资企业股比50%，不排除控股的可能性，但不能写成文字。

巴尔舍夫斯基：我不想就你刚刚澄清的这个实质性问题争论，但我们是有诚意的，没有提出新的要求。石部长已经同意讨论解决办法，如何用文字表述，现在还没有研究出来。关于寿险，我们想商量写一段文字，反映我们对持股50%的合资企业具有管理控制权的可能性。

朱镕基：无论如何不能写成文字，写上那就成了一个笑话，但实际上可以有这种做法。

巴尔舍夫斯基：寿险也不谈管理控制权？

朱镕基：一定不能写进去，要写进去，我无法向中国人民交代。具体的东西是不是就不要写了，让中国自己来定。

巴尔舍夫斯基：关于保险、电信取消地域限制的问题，石部长和我同意加快取消地域限制，这在我们放弃了管理控制权以后尤为重要。

朱镕基：可以，但不要写明，具体地点由中国政府决定。何必写得那么具体呢？

巴尔舍夫斯基：这样的话，就没有保证得到政治支持所需要的平衡。

朱镕基：我是搞技术出身的，现在就是跟你谈政治。我搞技术的知道，不管把技术谈得多么具体，都不能解决所有的问题。

巴尔舍夫斯基：我不得不说，这是从4月10日单子的又一个后退，我不能同意这个。

朱镕基：如核实是我们承诺过的，我们不会收回。增值电信和寻呼的股比是50%，不能写上管理控制权。

巴尔舍夫斯基：另外还有两个问题，一个是音像，一个是非市场经济反倾销条款的取消时间。石部长表示，还可以谈海关估价。

朱镕基：在音像的分销上明确表示没有包括“出版、制作、发行”，音像的合资企业没有控股权。

巴尔舍夫斯基：这太困难了，也许政治上同样困难的是非市场经济反倾销条款的取消，石部长提出12年。我与克林顿总统进行了长时间的讨论，因为美国的法律没有规定明确的取消时间，斯珀林和我都认为音像谈得不好，你们只提出了估价问题，但是分销中的出版你们坚持用4月10日的案文。我们告诉总统你们提出12年取消反倾销条款，他建议15年，如果能接受，我们在音像上就采取4月10日的文字。为了能把这个协议推销出去，他将单独会见音像产业的代表和国会的议员，因为20年是他与国会进行谈判的结果。

朱镕基：那么，是不是音像的分销你同意按4月10日的案文，电影院的股比取消51%的要求，取消反倾销条款我同意15年，就可以签协议了？

巴尔舍夫斯基：条件是减让表不后退，也不增加新东西。

朱镕基：我们现在没有后退。

巴尔舍夫斯基：我赞赏这种诚实的交换意见。那取消反倾销条款是不是就是 15 年？

朱镕基：是的。

巴尔舍夫斯基：那就能达成协议！

朱镕基：我也必须讲，中方同意的不会再撤回。补充一句，关于取消化肥专营权的问题，你们 4 月 10 日的单子里没有，这次是不是不坚持了？

巴尔舍夫斯基：这是个大问题！我理解不是额外的要求。

朱镕基：你们 4 月 10 日的单子里没有嘛！

巴尔舍夫斯基：这会失去美国整个化工行业的支持。虽然不了解细节，但是我知道我们将失去整个化工业，我不能这样做！我不能这样做！

朱镕基：是不是为了这一条，就不能签协议了？

巴尔舍夫斯基：这可是个大问题！化学工业是我们的第三大产业，数量级很大，这将影响到整个化工行业。如果规定具体的取消时间，哪怕多几年也好。这是一个很大很大的问题。

朱镕基：取消不取消专营要看以后，专营是现行体制的结果，在现行体制改变之前，我们就要保留。这与中国以后成为市场经济国家是一样的。粮食专营，但也同样从美国进口粮食，而且得到了美国农业界的支持。难道化肥的重要性比粮食还大？

巴尔舍夫斯基：这是个非常大的产业，与粮食的政治影响力一样大，情况就是如此。

朱镕基：反倾销条款也是一个非常非常大的问题，我这样尊重克林顿总统，难道你就不能尊重我一下？

巴尔舍夫斯基：我们已经把音像给了你们！

朱镕基：我们已经把农业给了你们！

巴尔舍夫斯基：我坐在这里，真是不知所措。我们的人要讨论一下，否则无法作出这个承诺。

朱镕基：请你们考虑，专营不止是一个化肥，还有其他七种，化肥并不比其他七种更重要。大家都应向前看，中国不可能承诺取消专营。

巴尔舍夫斯基：这是一个巨大的政治问题（美方译员误译成"节外生枝"），而且我一点准备没有。

朱镕基：4月份的单子里没有这个要求，你这次才提出来的。我没有节外生枝，是你们节外生枝。

龙永图：今早5点半才提出来的。

朱镕基：补充一条，克林顿总统给江主席的信中说，要给予中国永久最惠国待遇、收回一般保障条款和纺织品配额的要价，我们希望以某种形式的书面确认。

巴尔舍夫斯基：这个问题要请示总统。减让表能够反映出来双方的这个协议，没有十年的纺织品配额，但总统不可能宣布取消十年配额这件事，这在政治上是不可能的，虽然在法律上情况的确如此。我们可以在声明中称放弃十年配额，但要求适用于双边的纺织品协议。

朱镕基：我们不坚持写在协议文本中，不要求克林顿总统公开宣布，但这三条光凭嘴讲不行。我们可以换文，但不对外公布。

斯珀林：我愿意尽可能地找到一种方式，既可以帮助你们，也可以不使总统面临政治上的窘境。能不能趁我们还在北京期间，对中国的新闻界表示一下？

朱镕基：可以不一定对新闻界说，但必须有文字。

巴尔舍夫斯基：总统现正在欧洲，我们现在必须回去请示他。他在给江主席的信以及建议中已经说了这三条。

朱镕基：我不是不相信你们说的，但还是要找一个方法把它落实到文字上。

巴尔舍夫斯基：能不能搞一个不对外公开的书面记录？

朱镕基：可以，足够了。

巴尔舍夫斯基：化肥的问题我一点儿也没想到。

钱其琛：中国的专营商品有八种，但进口都不会受影响。在这个规定被取消之前，我们只能对八种商品保留国营贸易。在这个前提下，中美仍然可以进行化肥的贸易，美国的大公司也可以设立生产的合资企业，但在我们的法律改变之前，不能改变国营贸易的做法。

巴尔舍夫斯基：我提出以下建议，我们回到使馆，给总统打电话。这两个都是能破坏这一协议的问题。我实在弄不清时间了，现在希腊应该是几点？

钱其琛：时差是六个小时。

朱镕基：同意你的意见。我补充一点，三个让步写成文字的问题，不是一个大问题，这已经在日内瓦的议定书里写进去了，你们也参与了。现在以什么形式表达一下，由你们决定，我们并不坚持。

巴尔舍夫斯基：我表示感谢。建议与总统通电话，仅仅请示这两个问题。请示之后是直接跟你讲，还是跟石部长讲？

朱镕基：第一个问题很简单，关于化肥的讨论，已经写到议定书里，你们也同意，你们跟克林顿总统说一下，这个问题就结束了。至于这三个让步如何反映，我们完全尊重克林顿总统的意见。

如果这两个问题能够解决，我们什么时候能够签字？

巴尔舍夫斯基：尽快签署。今天必须在下午6点钟之前离开北京，我们需要赶回去准备西雅图会议，现在只有十天了。斯珀林和我一直留在这里，就是因为要核对，我们现在不可能这样做了，这只能使美国看上去很软弱。我们需要一个根本的谅解，不能从4月10日的案文后退。龙先生已经进行了核对，暗示有一些改变，我们不能根据这样的参数达成协议。

朱镕基：那就是以4月10日的文件为基础吗？

巴尔舍夫斯基：对。只要中方不再要求重大的实质性的变更，我们就签。

朱镕基：4月10日的文本我们从来没有承诺过，现在我们双方又作了新的让步，怎么能说以4月10日的文本为基础？只要你认账、我们认账，问题就解决了。

巴尔舍夫斯基：这个协议包括你和我谈的这些内容，还有减让表和议定书，除此之外没有其他的记录。

朱镕基：我再一次重申，中国代表团作出的承诺一概不后退。

巴尔舍夫斯基：我赞赏你的建议。我希望我们在此进行的不是理论性的辩论。

朱镕基：世界上哪一个总理能跟你讲得这样具体？

巴尔舍夫斯基：唯一的人是美国总统。他也了解很多细节。

朱镕基：他很聪明，但他与我辩论中国加入世贸组织问题，他不一定能赢。我刚才问你们几点签字合适，不是非签不可，而是我想在你们离开中国前，请江主席会见你们。你要告诉我个时间。

巴尔舍夫斯基：感谢你的礼遇。签字不要晚于下午1点半。有一班6点的飞机，如果有警车开道，我们最晚要在4点45分离开。

朱镕基：警车没问题，我就可以下命令。那就下午4点见江主席，在中南海。

巴尔舍夫斯基：感谢你、钱副总理、吴仪女士和石部长。

斯珀林：我们很幸运，能够在一周之内见到两个最强硬的谈判对手交锋。没有多少人能够近距离地看到这些。

朱镕基：她（指巴尔舍夫斯基）很能干，但是她和我谈了这么长时间都没达成协议，你一来我们就达成了。

斯珀林：我是“和平缔造者”，我一定告诉克林顿总统你对我们有多友好，以及你本人的领导才能。

朱镕基：我还要告诉你，你惹的麻烦，把我半夜叫起来，昏昏沉沉，没法接奥尔布赖特的电话。你要打个电话告诉她，说我很抱歉。

巴尔舍夫斯基：这是斯珀林的问题。

朱镕基：他不是“和平缔造者”，你是“麻烦的制造者”。

斯珀林：我会给奥尔布赖特打电话。本来要让萨默斯明天凌晨3点给你打电话，现在可以告诉他不用了。

在一九九九年中央经济工作会议上的讲话*

（1999年11月15日）

江泽民同志上午的重要讲话，对当前国际国内形势作了深刻的分析，全面总结了今年的工作，系统阐述了明年经济工作的指导思想、主要任务和要求，我们要认真地学习和贯彻。现在，我就上午江总书记的报告作一点补充。我有一个稿子，这个稿子经过国务院所有的领导成员审阅和修改，同时也经过中央政治局常委的审查和修改，江泽民同志亲自看过而且批了很多很重要的意见，会后印发给大家。我在这里就不念这个稿子了，就几个问题作一些补充和说明。

第一个问题，对今年经济形势的基本估计和明年宏观调控的预期目标。

今年是亚洲金融危机的第二年。去年好容易度过了，基本上没有伤筋动骨。今年，暴露出来的问题更多、更明显了，当然这是在去年基础上发生的。目前我们取得这样的成绩，确实很不容易。今年经济增速估计超过7%，主要不在于速度，而在于效益确实提高了。国有企业可以说已经度过了最困难的时刻，一些行业已经全行业扭亏为盈；财政收入有很大的增长；外贸出口去年是零增长，今年上半年是

---

* 1999年11月15日至17日，中共中央、国务院在北京召开中央经济工作会议。出席会议的有各省、自治区、直辖市和计划单列市、新疆生产建设兵团的党政主要负责同志，中共中央有关部门、国务院各部委和有关单位的主要负责同志，解放军四总部和武警总部负责同志。这是朱镕基同志在会上的讲话。

1999 年 11 月 15 日，朱镕基在中央经济工作会议上讲话。（新华社记者刘建国摄）

负增长，但从 7 月份以后，就扭转过来了，出口变成正增长，现在 1 到 10 月份全国的出口比去年同期增长 4.4%；物价还在继续下降，但是降幅有所减小；外汇储备在这么困难的情况下，依然是上升，现在是 1528 亿美元。1998 年我们采取了宏观调控措施，增发了 1000 亿元的国债，对拉动国民经济增长起了决定性作用。在 1999 年计划里面，也安排了 500 亿元的国债，但是到今年 4 月份，我们看到国债投资的拉动作用已经快要结束了，固定资产投资的增幅不断降低，到第三季度已经是零增长了，9月份单月是负增长，比去年9月份下降2.8%。中央在4月份及时发现了这个问题，同时倾听了各方面的意见，决定今年再增发600亿元国债。这600亿元投下去，包括银行配套贷款，实际上相当于2000亿元，到今年第四季度的末期一定会推动国民经济增长，在明年会进一步发挥作用。吸取这个教训，我们决定明年继续发行1000亿元国债，而且及早地动手安排。通过这个措施，明年经济增长7%的宏观调控目标完全可以实现。但是我并不认为这个7%是主要的，效益和质量才是主要的，结构调整才是主要的。当然，不要速度也不行，没有速度就意味着生产水平要下降，下岗职工要增加，社会稳定也可能发生这样那样的问题。但是，必须是有效益的速度才能够达到解决问题的目的；没有效益的速度，仓库里积压的产品越来越多，重复建设越来越严重，刚才讲的这一切问题都解决不了，而且麻烦会更多。所以，加工工业的重复建设不能再搞了，再搞还会有更多的人没有饭吃。我们去年这1000亿元完全是投入基础设施建设，同时，我们今年总结了去年宏观调控的经验，吸取了世界上其他国家对付通货紧缩的经验，不单是从基础设施建设、从生产方面来拉动需求，而且注意了从消费方面来拉动需求。为此国家花了540亿元，用来增加工资、还欠账，特别是增加低收入阶层的收入，有8400万人受益啊，其中绝大多数是低收入阶层的群众。我想这个措施是非常得人心的，同时又极大地推动了市场需求的扩大。我们还了低收入群众离退休费的欠账，提高了基本生活费标准，他们都得到了好处。这一方面提高了他们的生活水平，另一方面，促进了消费，拉动了生产。但有一点要搞清楚，我们不能靠发国债、发钞票来增加消费，那是不行的。我们发国债不管是去年1000亿元也好，今年计划500亿元，后来又增加600亿元也好，全是用于基础设施建设，包括今年有一部分用在科技、教育上，这也都是基础设施，没有用于发工资。540亿元增加工资的钱完全是靠增收节支来的，请同志们放心。

有些同志担心，去年发1000亿元国债，今年发500亿元不够，又增发了600亿元，明年预计还要发1000亿元，这样年年发国债，增加赤字，有没有危险啊？没有什么危险，同志们。首先，我们国家发国债，绝对数是很少的，占国内生产总值的比例是没有超过国际警戒线的。其次，目前我们还处在经济结构的调整期，老百姓看到社会的种种问题，对改革的预期也有不正确的理解，认为每一种改革都在使他们增加支出，所以不敢大胆地消费，把钱都存在银行里了。另一方面，银行要付给他们利息，那银行利息从哪里来？它必须用贷款获得的利息来弥补，但它又贷不出去，没有什么好项目可以贷。因此，存贷差不断地扩大，银行大量地亏损，这种亏损也还是挂在财政的账上，是国家的亏损。这就是说，银行里的钱你是不用白不用。现在国家通过发国债的形式，把这个钱用在发展国民经济上面，一点没有增加日常消费支出，相反，进行基础设施建设拉动了国民经济，增加了国家税收。国家增加了财政收入，就有能力还国债。这没有通货膨胀的危险啊！目前是中国历史上最好的、物资丰富的时期，不但生产能力富余，而且库存充足，大搞基础设施建设，没有物资匮乏的危险，不会发生通货膨胀。有的同志又问了，这么年年靠发国债，还不如拉动其他的投资呢？同志们，不是永远的要靠发国债，这几年是不靠不行啊。为什么呢？同志们查查每年固定资产投资规模的构成就知道了。去年是2.8万亿元，第一是国家拨款，发国债就是国家拨款的性质；第二是银行贷款；第三是企业的自有资金，主要就是这三个部分。现在的问题就在于第三部分，目前国有企业大部分是亏损，工资都发不出去，它哪有什么自有资金投资啊。怎么才能拉动国有企业投资呢？要在国有企业改革见效以后。所以，国有企业改革和脱困的目标没有实现以前，你不用国家拨款和银行贷款来弥补的话，那么固定资产投资就要大幅度下降，并且会导致生产速度下降。生产速度下降，下岗工人增加，社会就会不稳定。银行贷款要增加是很容易的，无非就是多发票子，但后果严重得不得了。同志们，所有的部长都知道在银行贷款问题上，我是抠得最紧的，因为我知道这里面风险最大。银行贷款一撒开后果不得了，你别看现在是通货紧缩，要变通货膨胀也容易啊。因此，只有通过发国债来增加投资。当然，发国债说到底也是利用银行贷款，也是利用银行里闲置的存款，但我认为这样做没有什么风险。

随着国有企业状况好转，它的自有资金投资就会增加，国债就可以少发。但是现在看起来，国有企业脱困还需要一段时间的努力。所以，发国债的政策我看还要继续。

外资的投入是个很大的问题。邓小平同志改革开放的政策大家看得很清楚，特别是沿海地区这么富裕，应该感谢邓小平同志改革开放的政策。外国的直接投资去年是458亿美元，很不容易啊！458亿美元乘上8.2，就是3700多亿元人民币，投到了中国。相当于我刚才讲的要发国债1000亿元，加上银行贷款2000亿元，共3000亿元，差不多啊。但是去年外资投入已经开始有减少的趋势，今年可能只有350亿美元，这和整个国际经济形势有关，但也有些政治的因素。减少了100多亿美元，差不多相当于减少了1000亿元人民币啊，正好把增加的1000亿元国债给抵消了，这也是今年4月份以后生产往下降的一个原因。所以，我们现在不能不有所防备啊！

我觉得今年这一年很不平凡，这证明了以江泽民同志为核心的党中央在掌握经济的宏观调控方面可以说是成熟的。比方说，去年发生那么大的水灾，如果没有向银行发国债搞基础设施建设，拉动国民经济，真不知道会是什么样子。今年我们在去年的基础上，又增加了宏观调控的内容，不但从生产上拉动，也从消费上拉动，不但搞基础设施建设，而且搞技术改造。宏观调控的内容大大丰富了。因此，我相信在总结了这两年的经验以后，我们在明年一定会搞得更好。大家要有信心，坚信中央的政策是正确的。

第二个问题，坚持实行扩大内需、促进发展的宏观经济政策。

实行积极的财政政策，一定要选准项目，用好资金。这不仅对增加国民经济发展的后劲有重要意义，而且对避免扩大财政赤字和国债规模带来的风险也具有重大意义。如果项目没有选好，重复建设或者建设质量不高，管理不善，就会带来新的矛盾和负担，将来也会影响财政偿还债务的能力。回顾这两三年搞的基础设施建设，是历史上从来没有过的，成绩是巨大的。花了2100亿元，还没有完全花完，完全可以报得出账来的，这个账都是为了子孙后代的，它的社会效益是很大的。

货币政策我们没有讲“积极的货币政策”，我们从来也不提“积极的货币政策”，积极的货币政策就意味着大发票子，实际上就是停止我们的金融改革，那不得了！我们只讲进一步发挥货币政策的作用，这包括一些什么内容？第一，国有商业银行应该配合国家的积极财政政策，配合国家安排的这些国债项目进行贷款。刚才讲1000亿元国债资金可以带动2000多亿元银行贷款，没什么犹豫的。这些项目都是经过严格的审查，都通过国际工程咨询公司各级咨询机构、国家计委把关，在这个基础上，国务院非常慎重地确定这些项目，银行就得配合贷款，没有多大的风险。第二，保证企业有效益的生产对流动资金贷款的需要。保证流动资金，这是银行的任务，一定要把这个工作做好。现在有些银行把流动资金的贷款权收得过紧，这个不好。不能收权收得过大，还是要发挥基层银行的作用，供应流动资金。当然，流动资金绝对不能挪用去搞基本建设，而且只能搞有效益的生产，不能增加积压。现在我们对某些亏损企业采取封闭贷款的办法，其目的也是要增加有效益的生产。但是，我要提醒银行的同志注意，这个问题还没有解决好。你们坐在北京的同志要下去调查调查，要把这个问题抓好，这是个很重要的任务。第三，特别要注意增加对中小企业的贷款。我一直强调每个银行都要设立中小企业贷款部，也确实设立了，但是没有搞好，强调要担保。只要生产的产品有销路，就有担保了。中小企业对安置人员就业还是有很大好处的。特别要扶持科技型的中小企业。我们对中小企业的理解要放宽。过去那种乡镇企业尽搞一些市场多余的产品、非常初级的产品，现在很多大型企业都已经在搞了，你能跟它竞争吗？很显然是没有出路啦。所以，要向科技型、向配套型、向有特色的方向发展。银行在这方面要大力支持，即使有一点风险，也应该去支持。第四，就是大力发展消费信贷。住房信贷一定要大力开展，我讲过多次这是一个新的经济增长点，真正的需求是要靠这个东西。要大力开展住房信贷，使房屋商品化。大件商品也都可以搞消费信贷。我想，商业银行把刚才讲的这几方面的工作做好，就是进一步地发挥了货币政策的作用。

还有一个大的方面，就是由人民银行出面，利用货币政策来消灭或者解除金融的隐患。什么叫隐患？就是过去乱设金融机构、乱集资、高利吸储，把这个钱都贪污了或者搞了重复建设，现在一个钱都收不回来，因此老百姓起来挤兑，要还钱，天天在那里闹。我们伤脑筋，每天不知道看多少简报，好消息不多，全是闹事啊。这个问题趁着我们现在宏观经济形势比较好的时候，赶快把它解决了，消灭这个闹事的根源、社会不稳定的根源。不要留到下一届政府啦。有这样几种情况：第一，农村合作基金会乱集资，基层干部、农民把钱存进去，到现在都花光了，现在他们都来挤兑啊！第二，信托投资公司，

1993年一年就批了好几百个，乱七八糟，一亏就几十亿元，现在还不关它怎么办啊？第三，城乡信用社，这个问题也是比较复杂的。有些是地方搞的，有的是中央银行直接管的，情况很复杂。也是高利吸储、乱贷款，最后一塌糊涂，现在不断地闹事。还有城市合作银行，这完全是地方办的，现在刚办了几年就出现大量的亏空。现在我们已经确定了一系列的政策，消除这些隐患。首先从农村合作基金会开始，由人民银行借钱给地方政府所保证的一个金融机构。它根据地方政府的指示，把这个农村合作基金会的账都给还了，保证支付。把农民的本钱还了，但利息不能够完全按照高利息支付，那是不可能的，高利息是违法的，只能保证它的合法权益。这个事情已经全面地铺开了，从四川、重庆开始，然后一个一个省搞。这项工作进行得比较顺利。国际信托投资公司也是要关闭的，它欠老百姓的钱也是由中央银行把钱借给地方，然后由它再了结。这样也就保证了支付，防止了闹事。我估计为了解决金融的隐患，主要是地方商业银行、地方金融机构，要花几千亿元。我认为这几千亿元要花，不花的话老百姓一天到晚闹事，最后还把这个问题留给下一届政府，问题会越来越严重。花了这几千亿元，把这个问题解决了，不会发生通货膨胀，取得一个很好的教训，把那些乱七八糟的机构都关闭了，把人员都遣散了，消灭了很多隐患，那么金融改革才能够顺利地进行，这就叫积极发挥货币政策的作用。

第三个问题，大力推进国有企业的改革和发展。

对这个问题，我想讲一句，就是我们必须坚定实现国有企业三年改革和脱困目标的信心。我过去曾说，如果三年后大多数亏损的国有企业不能够摆脱困境、扭亏为盈的话，我就下台。谁知道这个话说得过火了，结果到处都说我要下台了。其实，我这样说是表示我的决心，我学项羽，叫破釜沉舟啊！我现在有把握地说，我不会下台，因为到明年年底，国有企业三年改革和脱困的目标可以实现。纺织工业给我们树立了一个榜样，纺织工业全行业亏损很明显是由于重复建设。我在1991年调到北京来当副总理，管工交，当时有3000万纱锭，我就提出压锭改造，压掉1000万锭。但可惜的是，他们都不听我的。最后1000万锭不但没有压掉，还增加了1000万锭，变成4000万锭了，那才有今天这个困难的局面。现在提压1000万锭，到今年年底能压减920万锭，分流人员110万。通过压锭再加上改造，到今年年底就可以实现全行业转亏为盈，三年目标两年完成。纺织工业是最困难的吧，我相信只要我们下定决心，坚定信心，三年脱困目标是能够实现的。另外一个很重要的措施就是债转股，对于有些企业，它们的资本金很少，大都靠银行贷款，负担很重，但是它的产品有销路，设备还不错，管理也不错，那我们现在吸取外国的经验，由银行成立资产管理公司，把这部分贷款变成股权，也就是企业可以不付利息了，变成银行的投资了，这样马上就可以扭亏为盈。这个工作经过两年的筹备，现在已经开始了。但这种做法绝对不能搞滥了，一哄而起那是不得了的，要发生道德危机。我上次在石家庄、邯郸开会，参加座谈会的十个企业都不亏损，但这十个企业都要求债转股。我说你们甭想了，你们都已经脱困了，都扭亏增盈了，还想债转股，这个怎么得了啊？如果全国的企业都可以把债权转成股权，都大赚其钱，赚了谁的钱？赚了银行的钱，赚了老百姓的钱，那我们中国政府就要垮台了。这绝对不行！我希望各省区市领导同志要向下面讲这个精神，我们要靠自力更生，要建立现代企业制度，这是最主要的。还要很好地选拔企业领导人员。把企业办好，还得靠自己，而不能依赖债转股。

另外，强调一下，结构调整是非常重要的。今天，我们已经面临一个经济结构大调整的时期、一个转型期、一个过渡期。如果我们不抓紧这个时期，大力地调整经济结构，中国没有希望。“发展是硬道理”也会变成一句空话。现在东西都多了，你还要拼命去发展，你怎么发展呢？必须调整结构。产品要调整，要搞市场需要的东西；质量要调整，那些低质量的、假冒伪劣的东西，不能让它们在社会上存在；技术含量要调整，尽搞那些粗放型的、劳动密集型的产品没有前途。一定要搞知识型的、技术型的产品。

第四个问题，加大农业结构调整的力度，努力增加农民的收入。

现在中国的农业特别是粮食生产，已经达到了一个阶段性的、相对过剩的阶段。这本来是件大好事，大家都吃饱了，多年以来想做到而没有做到的事情，现在做到了。但是粮食多了以后，粮食价格不断地下降，农民增产不增收，有的地方甚至减收，国家的负担越来越重，这就变成问题了。所以，现在必须调整结构。常规早籼稻不能再种了，没人要了，放在仓库里都陈化了。有些粮食品种不能再种了，再种的品种一定要是优质的。原以为新疆是发展棉花最好的一个地方，它是少数民族地区，又没有别的产业，为了让新疆的农民富起来，让他们多种棉花。结果产量上去以后质量并不好，有相当一部分糖分很高，掺杂纤维的问题也没解决，现在卖不出去。无论如何，棉花不能再这么种下去了，要调整结构，扩大优质棉花的产量，大大地缩小不好的棉花、劣质棉花的种植面积，总体上是只能减少，不能再扩大了。糖也是多了啊，价钱越来越便宜，特别是甜菜糖，甘蔗糖都销不了，你还种甜菜呢，你这种了有什么用啊？所以，如果我们的农业不朝改良技术、改良品种、优质的方向发展，也是没有出路的。农业也进入到结构调整的关键时期了。

第五个问题，抓住时机，着手实施西部大开发的战略。

西部大开发，这是邓小平同志的一个重要战略思想。两个大局：第一个大局，沿海地区先富起来；第二个大局，再让西部地区富起来。现在这个贫富的悬殊越来越大，沿海跟内地的差距越来越大。西部大开发的时机已经成熟，条件已经具备了，一定要开始干了。所以，我们这两三年在基础设施建设方面是向西部地区倾斜的。今后每年发的1000亿元国债，让西部地区多搞基础设施建设。公路、铁路、农村电网的改造，城市的基础设施建设，特别是新疆的油气资源到了要开发的时候，但是要开发新疆的油气资源，不把它送出来是没有前途的。所以，我主张把新疆的油、气都送出来，收资源税，这个能源就是清洁的能源，老百姓受益，城市空气好了，那么西北地区不也富了吗？这一修管道，经济马上就繁荣起来了。基础设施建设向西部地区倾斜，国务院各有关部门要认真地贯彻落实。

我对退耕还林问题有点发言权，因为我最近跑了六个省区，来研究退耕还林、改善生态环境问题。切实地加强生态环境建设，到时候了。我到四川、甘肃这些地方去看了，那里过去因为没有饭吃，把山上的树砍了种地，一直种到山巅上。一下雨，水一冲全是黄土，所以长江、黄河的水灾是越来越严重。我也到了陕北，延安地区那些黄土高原，都没树。有一些梯田，根本承受不住冲刷啊，一下雨黄土跟着就下来了。这次我跑了西北几个省区，包括宁夏、青海、甘肃，他们的粮食不但是自给而且是有余。我们全国是个什么概念呢？最近几年，年粮食产量都保持在1万亿斤左右，据国家计委的估计，每年消费不了这么多，年年有些富余，现在大量地补贴出口也出不去。所以，现在是调整结构的大好时机，西部少种，东部支援西部。1929年，美国当时也是粮食多了，它是烧掉了、倒掉了。我们不能干这个事。美国当时采取休耕制度，我认为可以借鉴，就是你不要种了，一亩地每年给你补贴多少钱。现在我们最好的办法就是退耕还林。只要我们以愚公移山的精神把这项事业搞下去，我相信有10年到20年，中国的森林覆盖率可以提高一倍，中国的生态环境会发生很大的变化。同

1999 年 10 月 22 日，朱镕基在甘肃省定西县考察九华沟小流域治理工程。右三为甘肃省委书记孙英，左三为甘肃省省长宋照肃。

时，我们东部的产品也有市场、有销路啦，然后就能够共同富裕啦。所以，我们希望有关省区市把这个事情好好抓一抓。

下面，有两个部分我不念稿子，也不再讲了，一个叫做积极扩大出口和利用外资，一个叫做加快实施科教兴国的战略。我不讲不是因为它们不重要，相反的，这两个问题非常重要。我们中央领导同志从总书记开始到李岚清同志、温家宝同志都讲得很够了，我也讲不出新东西来。我只能说这两个部分是非常重要的。

我再强调一下搞好社会保障体系建设问题。这个问题太重要了，国有企业能不能改革得好，关键还在于社会保障体系能不能很好地建立起来。现在我们搞下岗职工再就业服务中心，保证下岗职工的基本生活费，是一个过渡的办法。在新的制度没有建立以前，“三三制”[1]一定要搞好，财政要兜底，地方兜不了，中央要兜，这个代价不付出，会整天闹事，以后谁还敢改革呢？谁敢减人增效、下岗分流？但从长远来讲，要建立一个完全独立的社会保障体系。也不能够太长远，要马上动手。也就是说，企业可以根据生产需要，精减人员，提高效率，保证效益。而这些精减的工人，只要是离开工厂，他们就能领到社会保险金，这样社会就稳定了。我们一定要做到这一点。这个体系是不依附于企业的，而是社会的，是国家资助的。

最后，讲一下加入世贸组织问题。

我跟大家宣布一个刚刚收到的消息，今天下午三点半，中美关于中国加入世贸组织问题的谈判已经签订了协议，宣告成功地结束了。四点钟，江主席会见美国的巴尔舍夫斯基大使和总统特别助理斯珀林，会见后他们就打道回府了，这个问题就算告一段落了。我昨天一个晚上没有睡觉。今天上午江主席讲话的时候，我开小差了，开小差到哪儿去了？到外经贸部去了。可以说我去了以后就“强迫”他们签字，也可以说是水到渠成。

我国加入世贸组织的谈判，始终是在中央特别是江主席的亲自领导下进行的，是按照有理、有利、有节，针锋相对的原则来进行这次谈判的，在原则问题上我们没有作任何让步。我发现有很多省区市的同志，包括各部门的同志有误解。

第一，认为在农业方面作了太多的让步，美国的农产品会向中国倾销。完全不是这个情况。我们作的是什么让步呢？过去我们买粮食，因为美国的小麦有矮腥黑穗病，因此我们就限定粮食只能够从几个没有矮腥黑穗病的州进口。这个限定本来也是没有什么道理的，因

---

[1] 见本卷第 14 页注 [1]。

为矮腥黑穗病发生在美国，怎么能够保证这个州有、那个州就没有啊？我们坚持检验和索赔就可以。我只要检验出你有矮腥黑穗病，我就拒绝进口，而且对这批小麦，我们完全可以运到海南岛那个不种小麦的地方加以处理，或者在秦皇岛加以烘干，高温消毒，就可以解决问题。我们作了这个让步以后，那些原来不许它们出口小麦的州高兴得不得了，都拥护了。水果同样是这样的，因为有地中海果蝇，不许进口，结果也是加强严格的检验，就可以解决这个问题。进不进口的主动权完全在我们这边，并不是说我们非要进口不行。所以这一次我们提高了进口的关税配额。比方说小麦，关税配额是 700 万吨，也就是在 700 万吨进口量之内，使用一种关税；超过 700 万吨，那关税是高的。很多同志就误会了，以为我们定了这个关税配额就是每年必须进 700 万吨，不是这样的。这个配额是一回事，你买不买是另外一回事。我们去年才买了几十万吨小麦。而且我们规定得非常清楚，粮食、棉花、植物油、糖、化肥、成品油、原油、烟八种产品实行专营。什么叫专营？就是只允许国家的贸易公司进口，不但你外国的贸易公司进不来，中国的私营贸易公司也不允许它经营，粮食进口就中国粮食进出口公司一家。买不买都得听我们的，不是说关税配额多少就是一定要进口多少，我也可以一吨也不进口啊。而且我们保留了专营，进不进在我，对这一条我们是抠得紧紧的。

第二，我们降低了一些产品的进口关税，汽车的关税降低了一点，还有其他工业产品的关税也降低了一点。一些省区市党政领导同志就讲了，现在，我们的企业一定要自力更生，否则一参加世贸组织，外国产品一进来，我们都垮了。如果是这个情况，我们还参加世贸组织干什么？一参加世贸组织，外国东西全进来，我们都垮了。不是这么个情况，没这么可怕。但是从另一方面讲，我们自己的企业也确实应该自强，应该改善经营管理，提高自己的竞争力，加入世贸组织是通过竞争促进我们进步，这个是完全对的。其实，参加世贸组织是很好的一种良性作用，就是有些外国产品进来，它们价廉物美，我们比不上它，这样就促进我们改进。

所以，我认为参加世贸组织有利有弊，但是利大于弊。参加进去是有好处的，对吸引外国的投资、提高我们的国际声誉、参加制定国际贸易的游戏规则，都能发挥我们的作用。总之，这一次中美签订中国加入世贸组织的协议，是我们外交政策的一次胜利。至于大家的一些顾虑，我们会尽量地想办法来减少这种弊端。我们估计这种弊端是不会影响我们国家发展的。

在一九九九年
中央经济工作会议上的总结讲话*

（1999 年 11 月 17 日）

这次会议开得很好。经过热烈讨论，大家的认识达到了新的高度一致。同时，大家也提出了很多好的意见和建议。根据会议讨论中提出的问题，我再讲几点意见：

第一，关于坚持实行扩大内需的方针。明年的经济工作搞得好不好，很重要的是看我们如何启动国内需求。当然，现在中美关于中国加入世界贸易组织的谈判已经达成了协议，如果没有什么重大变化，今年或明年上半年我们就可以加入世贸组织。这样，对于整个的投资环境会有好的影响，外国直接投资可望有所增加，至少不会减少。但是，我们不能对这方面期望过高，因为国际形势，包括美国本身的经济，都还存在不确定因素。我们还是要主要立足于国内，立足于自力更生。可以说，当前需求就是速度，需求就是效益，需求就是稳定。没有市场需求，国民经济就不能发展，只会造成祸害。如何启动需求？中央有明确的方针政策，并且在近两年经验的基础上不断地改进，这在江泽民同志的讲话中都已讲清楚了。

我想补充强调一个问题，就是如何影响人民群众的心理预期，这对刺激需求有很大作用。现在人们并不完全是因为没有钱来消费，不少人是把钱存在银行里不消费或少消费，原因是他们总觉得不知道哪

* 这是朱镕基同志在中央经济工作会议上总结讲话的主要部分。

一天可能下岗，也不知道医疗、住房改革要增加多少支出等等。如何把人们存在银行里的钱动员出来，是启动内需的一个非常重要的方面。我再一次提醒各地负责同志要关注这个问题，多做一点调查，去了解民间疾苦，分析群众心理，引导居民的心理预期，让他们敢于大胆地去消费。我看，要注意抓好以下几点：

一要保障低收入阶层居民的收入稳定增长。今年下半年，我们做了很大努力，明年要继续把这项工作做下去，而且要做得更好。比方说，下岗职工的基本生活费，一定要发到个人的手里，今年增加的30%明年要保证发，要代他交医疗保险和养老保险，这个钱是必须花的。在还没有建立一个独立于企业之外的社会保障体系之前，国有企业下岗职工的基本生活保障还是要按照现行的规定切切实实地保证。按“三三制”〔1〕原则筹措资金，企业和社会那部分没有保障的，财政一定要补上，一定要兜底，绝对不能对这部分职工的生计不管；否则，会影响社会稳定，也是对人民不负责任。所以，财政要大大压缩一切不必要的开支来保支付，一定要兜底。我再次说明，原来由中央统筹的 11 个行业下放给地方后，遗留的养老金问题由中央负责，这个钱经过审查核实后由中央财政解决。欠发机关和事业单位职工的工资，统统都要发。这个钱无论如何都应该挤出来。绝不要再拿去搞重复建设了，可以拿那个钱先保发工资，保障社会稳定。

二要改变群众对改革的心理预期。我们已经宣布，推进改革要考虑不致影响大多数群众的生活水平下降。比方说住房制度改革、医疗体制改革，中央已有了明确的政策、原则，具体做法由地方分散决策。由于各地情况不同，全国出一个统一的办法是不可能的。拿住房改革来说，住房商品化、货币化，停止福利分房，这都早已宣布了。

---

〔1〕 见本卷第 14 页注〔1〕。

至于怎么个做法，由各地决策、分散实施。不少地方搞得不错，要总结经验继续搞下去，特别是银行贷款分期还款，要大力地搞下去。住房商品化是一个很大的市场，是推动国民经济发展的一个很大的动力。医疗改革，总的政策该讲的都讲了，各地要根据本地区情况组织实施。医疗改革包括医院的改革，医院不改革，人员臃肿，开方子必须在医院买药，那个药又贵得很；患者不需要照 CT 的，非要你照，一照就是几千元。这样搞下去，医疗公积金再多也不够。每一项改革都要考虑原来由国家负担的不要转嫁到群众身上，需要增加负担的要相应增加工资，这样人心就稳定了。

三要减轻农民负担。现在农民负担过重，我问了好多省份的负责同志，他们都赞成尽快实行农村税费改革，变费为税，就收一个规范的农业税，取消各种收费。这对农民是一大福音，对于启动农村需求也是一件好事。国家提出农村“费改税”的原则性要求，至于如何有计划、分步骤地实行，由地方决策。通过“费改税”，实行“收支两条线”，把农业税收上来，然后，乡干部发工资、村干部发补贴都从财政出。对这个问题国务院还要研究，经党中央批准后，再发文件。

关于公路税费的改革，国务院本来把它当做“费改税”的突破口，做了大量工作。最近，全国人大常委会已经通过修改后的《公路法》，将公路收费改为收税，法律方面的障碍消除了，可以进行这项改革了。但是现在时机不好，就是石油涨价。前几天国际市场的原油价格还是 23 美元一桶，这几天是 25 美元一桶，预计到年底可能是 30 美元一桶。国内的油价已同国际接轨，当然也要跟着涨。在石油大涨价的时候收燃油税，把已经很高的油价再加高，我们担心老百姓承受不了。我们更担心的是，收了税以后，原来那些费还照旧收，这在一些基层干部素质和我们监管水平不高的情况下，是完全有可能的。如果石油大涨价，又加燃油税，那边公路还收费，影响就大了。同时，加税之后燃油价格还这么高，也会增加打击燃油走私的难度。所以，这项改革如何实施和什么时候出台为宜，国务院还要慎重研究。但是，我们认为，农村“费改税”已经到时候了，不会有多么大的风险，但改税之后必须坚决取消摊派、收费。当然，我们还是要谨慎从事，就是刚才讲的有计划、分步骤，先试点，再推开。

这里，还要讲一下进一步发挥货币政策作用的问题。我在前天的讲话中说过，现在不少地方金融机构面临着不能保支付的风险，中国人民银行可以利用再贷款的方式，把钱借给地方金融机构，来解决保支付的问题。大家听了很高兴，说这样做可以缓解金融危机，稳定社会。但你们恐怕有一点误会，就是我说的是中央银行把钱借给你，而不是替你还债。地方政府应该承担的债务，不能让中央来承担。一定要明确债权、债务的关系，否则就会发生道德风险，如果借银行的钱可以不还，那要出大问题。中央银行是把钱借给你所指定的、保证的金融机构，今后你是要把这笔钱还给中央银行的，是要付利息的。农村合作基金会也好，信托投资公司也好，城乡信用社也好，城市商业银行也好，凡是不能保支付的，经过一定程序的审核批准可以用向中央银行借债这个办法来处理，但是都要还钱的。考虑到地方目前财政的困难，再贷款的利息可以降低一些，还本的期限根据各个省的财政状况可以放宽一点，但是钱一定要还。这就是契约，没有契约就没有社会秩序。如果从中央借钱不要还，地方花钱没有压力，金融机构不整顿，金融犯罪不追查，亏损源不取缔，管理依然落后，腐败更加盛行，那就是把钱扔到了水里。债权、债务关系绝不能含糊，这一点我再次说清楚，别误会了，以为过去地方金融机构欠的债务都由中央还了，这不可能。

第二，关于国有企业的改革和发展问题。国有企业三年改革和脱困的目标是不能动摇的，实现这个目标是明年经济工作的重中之重。

我们讲发国债不是一年两年的事，但我们发的是能把国有企业振兴起来的国债。国有企业的经营状况好转了，企业增发工资和扩大投资的自有资金多了，财政国债就可以少发了。中央提出的国有企业三年改革和脱困的奋斗目标，并没有给各省、自治区、直辖市下达硬性的数量指标。只提出“大多数”，并没有规定具体比例；要求“摆脱困境”，并不都要求“扭亏为盈”。我这并不是说全国大多数国有大中型亏损企业不能扭亏为盈，我相信可以扭亏为盈。我只是要指出，中央提出的目标是有弹性的，有利于调动群众的积极性。现在有个别地方提出这个目标三年完不成，要改为四年，这个提法不妥。我们理解有些地方困难很大，遗留问题很多，任务确实艰巨，但还是要服从全国的目标。只要你们工作有显著起色，困境比以前有所改善，就说明你们已尽了力，为实现中央提出的国有企业三年改革和脱困目标作出了贡献。各地要对国有企业进行分类、排队，摸清情况，找出亏损的原因，有针对性地进行工作。关键是要认真实施现代企业制度，加强对国有企业的监督，整顿领导班子。工作要做细，信心要坚定。

另外，企业扭亏不能依赖债转股，而要靠自己主动开拓市场，转换机制，加强管理。对境外企业尤其如此。经中央政治局常委会议讨论，为了加强党的领导，中央管理企业的体制要改革。中央直接监管163个大型企业，其中39家的领导班子由中组部管，这些企业的党政一把手，要由中央政治局常委会议讨论决定。为了加强对国有大型企业的领导，中央决定成立中央企业工委，从人事部完全脱离出来。它主要有三项任务：一是决定国有大型企业领导班子的任免，二是加强国有大型企业党的建设和党的工作，三是监督国有资产的保值增值和经营管理。根据党的十五届四中全会的决定，稽察特派员要向监事会过渡。国有独资企业的监事会，履行出资人的监管职能，要以国务院的名义派出，由中央企业工委管理。国务院已提请全国人大常委会

1999 年 10 月 17 日，朱镕基考察天津钢管公司，并就债转股问题听取汇报。右一为国家经贸委主任盛华仁，右三为天津市委书记张立昌，右四为天津市市长李盛霖。

修订《公司法》，明确国务院派出的监事会的法律地位。163 个大型企业以外的国有企业由地方管理，希望各省、自治区、直辖市参照中央的办法设立机构，管好企业。

第三，关于农业问题。我想再次强调农业的重要性。现在粮食确实是多了，其他农产品也都是供过于求。粮食的库存包括社会库存足够一年的产量，如果没有特大的自然灾害，每年还会继续增加。粮多价跌，谷贱伤农，现实的困难摆在这里。但是，我们必须认识到粮多是好事，12.5 亿人的吃饭问题，我们终于解决了，这是多少年梦寐以求的目标，是了不起的成绩。当然，这种解决还是低水平的，叫做“阶段性的相对过剩”，因为我们蛋白质的消费水平还是比较低的。粮多是好事，但粮多也带来了困难，每年要补贴几百亿元，粮食放在仓库里，陈化粮越来越多。但这是我们必须负担的，不负担就没有今天的大好形势，忽视了这个问题，大好形势就可能逆转，对这一点一定要认识清楚。现在有些地方粮食丰收了，头痛得不得了，认为这是坏事，绝对不能这么看。我们宁愿多修仓库，把粮食储存起来。我担心由于年年丰收，农产品供大于求，会导致大家忽视和放松农业，现在已经有这个苗头。我还很担忧谷贱伤农，农民收入下降，那还能扩大什么内需？中央规定的粮食流通体制改革的三项政策，即按保护价敞开收购农民的余粮、顺价销售、收购资金封闭运行，是完全正确的。问题是粮食供过于求会给这些政策的贯彻带来相当大的难度。有些地方由于放松对农业的领导，对这三项政策贯彻得很不好，那里的粮食购销企业在收购粮食的过程中，压级压价、限收拒收，这是完全错误的。东北地区经过协调，今年降低一点玉米收购的保护价，这是给农民一个信号，告诉他们玉米太多了，让他们多种点大豆，用价格手段推动调整种植结构，这是可以的。但有些地方不是降几分钱，而是降了一角到两角，这就不得了啊！我们有今天这样好的形势，就是靠农业政策调动了农民的积极性，五年中曾三次提高粮价、两次提高棉价。你现在一下子把价格降下来，人家就不种粮食了。农民的积极性一下来，粮食供应就会出问题，就会造成全社会恐慌。这是我几十年搞经济工作的体会。我再一次呼吁大家，一定不要放松对农业和农村工作的领导，当前一定要贯彻按保护价敞开收购余粮的政策，不能打折扣。这并不是说不要优质优价，玉米的水分高就得扣水分，早籼稻就得降低价格，优质稻就得加一点价，以鼓励调整结构。但一定要按保护价敞开收购，关键是对粮食购销企业的财政补贴一定要到位，希望各地领导同志充分重视这件事。请国家计委会商财政部等有关部门后，通知组织一次全国性的大检查。

现在解决粮食供过于求的主要出路，一是调整农产品种植结构，二是加大粮食的转化力度。这都需要一个相当长的时期。在这个过程中，就得把该收的粮食收购进来，储存起来，这个代价必须付出，我们这一代人要把这个愉快的负担背起来。大家回去以后要开展全面大检查，补贴到位，敞开收购余粮，一定要把这个政策贯彻到底。然后再想办法调整结构，别再去种早籼稻了，玉米别种那么多了，要多种大豆；同时，加快粮食的转化，我到很多省区调查都有这个经验，就是以公司带农户。日本人喜欢吃芥末，原料是辣根。云南一个公司就跟日本人做生意，供给日本辣根，从而带动农民种辣根，收入要比种粮食多好多倍。利用这种公司带农户的办法，促进种植结构调整。这样，随着人民生活水平的提高，粮食转化越来越多，这个供过于求的问题就解决了。在这个过渡时期，我们要背上这个沉重的负担，绝对不要把它当成一个坏事。同志们，中央全力支持你们做好这件事情。

第四，关于西部大开发。在讨论中，大家都说拥护实施西部大开发战略，但是东部和中部地区一些同志的认识还是不太统一，我觉得确实还要提高认识。我们要更好地学习邓小平同志的战略思想和江泽民同志最近多次关于西部大开发的讲话。最重要的问题是，中国经济正面临结构调整的关键时期。结构不调整，经济不能再前进。如果还发展那些落后的东西，好多都积压在仓库里面，这种增长速度有什么用？但结构调整需要时间，现在要拉动经济必须开拓新的市场，有了市场，市场经济才能发展。东部地区的经济要再上一个台阶还需要一定时间，而东部地区的产品现在的最好市场是在中西部地区。中西部地区的大开发，将为沿海地区提供广阔的市场和发展的余地，这是一举几得，大家都得益。

为什么要向西部地区倾斜呢？第一，西部地区是少数民族地区。西方敌对势力总是想利用少数民族地区的问题来颠覆我们的国家。第二，它是边疆地区，有些还是很敏感的涉外地区。第三，它是贫困居民比较多的地区。我们不能让地区经济发展的差距越拉越大，那样会出大问题。现在向中西部地区倾斜，尤其是向西部地区倾斜，已经成为东部地区发展的一个必要条件。东部地区支持西部地区，实际上是促进自己更好、更快地发展。尤其是基础设施建设，也到了该向西部地区倾斜的时候了。对西部地区有优势、有市场的那些产业，也要支持其发展，形成各有特色的支柱产业。当然，对东北地区的老工业基地也应该倾斜，这是另外一个问题。中央政治局常委会议讨论要成立一个西部大开发领导小组，办公室设在国家计委，准备近期就要开会，把西部大开发落实好，包括退耕还林等等。关于退耕还林，最近准备发个文件，希望同志们抓紧落实。要按照江泽民同志讲的，有计划、分步骤地进行，要因地制宜，一开始要稳当，试点范围不可过大，要贯彻农民自愿的原则。

最后，希望大家从现在至年底前的40多天里，继续抓紧抓好今年的各项工作，不能放松。第四季度是投资的高峰期，对资金拨付、工程质量、工程进度都要加强督促检查。要进一步组织好工农业生产，不能有丝毫松懈。要强化税收征管，今年的财政和税收工作是做得不错的，但还要继续努力，千万不能大意。同时还要提醒一下，接近年终，绝不要为了追速度，不顾市场需求，盲目突击生产。煤炭、钢材、水泥、玻璃、一些化学产品都大量积压，必须坚决控制总量。关于“千年虫”〔1〕的问题，大家也要注意。本来，我们今年12月31日是不放假的，现在准备调一下，提前在12月31日放假，避免电脑系统在这一天出毛病。这个工作一定要做好，做到万无一失。要更好地关心群众生活，特别是关心困难企业职工、城乡贫困居民和灾区群众的衣食冷暖。国有企业下岗职工的基本生活费、企业离退休人员的基本养老金，以及城镇居民的最低生活保障金，一定要按时足额发放。

---

〔1〕“千年虫”，指计算机当时使用的年份是用两位十进制数来表示，因此当系统进行（或涉及）跨世纪的日期处理运算时，就可能会出现错误的结果。

1999 年 9 月 17 日，朱镕基参观 '99 中国国际金融（银行）技术暨设备展览会，了解金融行业如何应对计算机“千年虫”以及“金卡工程”的情况。前排左二为中国人民银行副行长尚福林。

一些地方拖欠教师和机关干部的工资，要抓紧补发。要认真解决群众过冬取暖和看病就医等实际困难，帮助他们过好元旦、春节。要做好拥军优属工作。

同志们，做好明年经济工作的意义重大。让我们在以江泽民同志为核心的党中央领导下，坚定信心，振奋精神，齐心协力，开拓进取，把明年的经济工作做得更好。

致出席全国计划会议全体同志的信

（1999 年 11 月 18 日）

请培炎[1]同志代我向出席全国计划会议的全体同志表示亲切的问候。

我对国家计委和计划工作是有感情的，这是我参加工作四十八年的起点和教育、陶冶我时间最长的熔炉。我祝愿同行们更快成长。

一年多来，你们认真贯彻中央的各项决策，因应形势变化，自觉转变观念，丰富了宏观调控的经验，促进了国民经济发展，确实取得了显著的成绩，我向你们表示衷心感谢。

我对你们的希望是：对中央已定的经济工作方针、政策，要坚信不疑，坚定不移，贯彻到底，不为风言风语所惑，众志成城，金石为开；对工作进度要抓得更紧、更具体，不要拖拉，不要怕得罪人，正气凛然，鬼神辟易；对工作方法要更加讲究，深入实际，调查研究，虚心听取不同意见，如实反映民间疾苦，一切决策方案都要考虑群众利益，妥善处理各种矛盾，实事求是，讲求实效，力戒浮夸，切莫弄虚作假。我愿与各位同行共勉之。

朱镕基

11.18 午夜

〔1〕培炎，即曾培炎，当时任国家发展计划委员会主任。

中华人民共和国国务院办公厅

请培炎同志代我向出席全国计划会议的全体同志表示亲切的问候。

我对国家计委和计划工作是有感情的，这是我参加工作四十八年的起点和教育、陶冶我时间最长的熔炉。我祝愿同行们更快成长。

一年多来，你们认真贯彻中央的各项决策，因应形势变化，自觉转变观念，丰富了宏观调控的经验，促进了国民经济发展，确实取得了显著的成绩，我向你们表示衷心感谢。

我对你们的希望是：对中央已定的经济工作方针、政策要坚信不疑，坚定不移，贯彻到底，不为风言风语所惑，众志成城，金石为开；对工作进度要抓得更紧、更具体，不要拖拉，不要怕得罪人，正气凛然，鬼神辟易；对工作方法要更加讲究，深入实际，调查研究，

中华人民共和国国务院办公厅

虚心听取不同意见，如实反映民间疾苦。一切决策方案都要考虑群众利益，妥善处理各种矛盾，实事求是，讲求实效，力戒浮夸，切莫弄虚作假。我愿与各位同行共勉之。

朱镕基
11.18.午夜

钢铁工业要控制总量、调整结构*

（1999 年 12 月 6 日，2000 年 2 月 27 日、4 月 8 日）

一

（1999 年 12 月 6 日）

完全同意邦国〔1〕同志意见，要认真落实。这两年，每年生产 1.1 亿—1.2 亿吨钢，还进口一千几百万吨钢材，我是不相信都用上了。钢铁工业重产量轻质量、重生产轻效益的偏向应该纠正了。大项目现阶段不要搞了，技术改造也应该立足于改善质量管理，少花钱多办事。替代进口搞了这么多年，进口钢材反倒越来越多，经验教训值得总结。关键是在品种、质量、技术水平上要达到国外先进水平，尤其是成本价格要低于进口，否则想替代也替代不了。至于数量，不一定都由国内满足，那样，外贸也没得生意做了。高估需求往往是项目投资不能回收、成本降不下来的重要原因，也是我们搞计

---

* 这是朱镕基同志关于钢铁工业要控制总量、调整结构的三次批语。

一、这是朱镕基同志在国家经济贸易委员会副主任王万宾、国家冶金工业局局长蒲海清《关于落实国务院领导对宝钢发展问题批示的情况汇报》上的批语。

二、这是朱镕基同志在《冶金工业情况》第 5 期《国家冶金工业局召开 6 家超产严重企业经理座谈会》上的批语。

三、这是朱镕基同志在国家经济贸易委员会副主任石万鹏、国家冶金工业局副局长单亦和关于钢铁工业控制总量、调整结构的情况汇报上的批语。

〔1〕邦国，即吴邦国。

划经济的老毛病，该改了。多唠叨了几句，因为宝钢“财大”，希望警惕“气粗”。

朱镕基
12.6

二

（2000 年 2 月 27 日）

邦国同志：

总量控制方针是对的，但着重行政办法，下限产指标，办法不好，也不一定有效。我已对华仁〔1〕、海清〔2〕同志讲了。此件可不下批。

（还是要加紧市场调查，同银行合作对产品积压企业，从生产资金源头上限制）

朱镕基
2.27

〔1〕华仁，即盛华仁，当时任国家经济贸易委员会主任。

〔2〕海清，即蒲海清，当时任国家冶金工业局局长。

三

（2000年4月8日）

请培炎[1]、华仁、怀诚[2]、相龙[3]同志阅。大厂限产，小厂增产，这不符合产业结构调整的精神。财政、银行应该支持冶金工业部门的调整工作，支持地方关停小企业，对消耗高、质量不合格、积压滞销的产品应从信贷资金上限贷、停贷。（抄报国务院领导同志，抄送各商业银行行长）

朱镕基

4.8

---

〔1〕培炎，即曾培炎，当时任国家发展计划委员会主任。

〔2〕怀诚，即项怀诚，当时任财政部部长。

〔3〕相龙，即戴相龙，当时任中国人民银行行长。

请培炎、华仁、怀诚、相龙阅处：

大厂限产，小厂增产，这不符合产业结构调整的精神。财政、银行应该支持冶金工业部门的调整工作，支持地方关停小企业，对消耗高、质量不合格、积压滞销的产品应从信贷资金上限贷、停贷。（抄邦国、家宝同志，抄送各商业银行行长）

4.8.

邦国副总理并镕基总理：

去年钢铁工业未能实现较上年减产 10% 的目标，钢产量由 1998 年的 1.14 亿吨增加到 1.24 亿吨，钢材价格平均每吨下滑 150 元。根据镕基总理和邦国副总理的指示精神，国家经贸委把钢铁作为今年总量控制、结构调整的重点，力争钢产量控制在 1.1 亿吨，钢材产量 1 亿吨以内。

从 1 月份总量控制实施结果来看，钢产量增长过快的势头有所遏制，大企业控制产量目标完成较好，但仍有一些地区和企业超过控制目标，其中河北、山西、江苏、浙江四省超过目标 8% 以上。根据经贸委党组决定，我们于 2 月 28 日主持召开了这四个省副省长、经贸委和冶金主管部门负责人参加的座谈会，要求明确责任，制订措施，确实做好总量控制工作。从 3 月 22 日开始，我们用了近 10 天的时间，又到浙江、江苏两省

1

关于当前的财政政策 *

（2000 年 1 月 14 日）

我今天要讲的话，中心思想是大家要有忧患意识，在大好的形势下要看到风险。不能再去大把地花钱，要树立勤俭的观念。

昨天，我看了《焦点访谈》节目。那个题目选得非常好，叫做《穷吃，吃穷》。我看了以后，心里有无限感慨，别穷吃了！现在农村时兴做寿、办红白喜事。孩子满十岁也要做寿，请一帮亲友来吃喝。我很佩服《焦点访谈》，那些吃喝的场面是怎么拍到的？种种的庆典，把亲戚朋友都请来吃喝。农民现在很穷呀！你去问农民，谁都说不愿意这么干，一年花几百、几千元在这个上面，但是我们已经形成这个习惯了，不这么干已经不行了。“我已经吃了别人的，轮到我的时候，我不请对不起别人”，农民讲的都是心里话。这种陋习再不改革，就不是共产党领导的天下了。这里讲的都是老百姓，不是讲我们的官员。我们官员吃的那就是“高科技”了，不能比了。这种奢靡之风不改，怎么得了啊！国家这么搞下去怎么得了啊！

再看看县市以上办的种种的“节”，广东有“荔枝节”、海南有“芒果节”、北京有“西瓜节”、四川自贡要办“国际灯节”等等。到时

---

* 2000 年 1 月 12 日至 19 日，中共中央在中央党校举办省部级主要领导干部财税专题研讨班。参加研讨班的有各省、自治区、直辖市党委书记、省长（主席、市长），军队各大单位的负责同志，中央有关部委的主要负责同志。这是朱镕基同志在研讨班上讲话的主要部分。

2000年1月14日，朱镕基在省部级主要领导干部财税专题研讨班上讲话。左一为中共中央政治局候补委员、中组部部长曾庆红，左二为中共中央政治局委员、北京市委书记贾庆林，左三为中共中央政治局委员、广东省委书记李长春，左五为中共中央政治局常委、国务院副总理李岚清，左六为中共中央政治局委员、山东省委书记吴官正，左七为中共中央政治局委员、上海市委书记黄菊，左八为国务委员兼国务院秘书长王忠禹。

（新华社记者饶爱民摄）

候，美籍华人可能会来两个，来了还得要县长给他们优惠，“先征后退”，把税都退给他们，然后他们赞助你搞这个节。那你还不是花自己的钱吗？此风不可长！我们不能跟外国人比，比这个东西干吗？你以为这样搞，人家就看得起你呀？你手上有“杀手锏”，人家才看得起你。大型的、综合的文艺晚会更是不得了，人海战术，搞那个东西干什么？还有印书，印纸的不行，要印金箔的、竹简的、丝绸的，谁买得起呢？还不是送人吗？什么人都可以出书，我就不相信能卖得掉。还是要提倡朴实无华，埋头苦干比较好。

总之，我希望大家增强忧患意识，树立勤俭观念，加强廉政建设，打击贪污腐败。

关于财税问题，我想讲三点：

第一，要坚定不移地实施积极的财政政策。

财政属于分配的范畴。经济是财政的基础，经济决定财政，反过来，财政也促进经济。对不同的情况，在不同的历史条件下，要采取不同的财政政策。在当前国内需求不足的时候，就需要采取积极的财政政策。这种政策不是从我们开始的。人家说我是凯恩斯主义者，是“罗斯福新政”的崇拜者，可见早就有这种主张，也早有这个实践。现在日本也实行这种政策，但是实行得不连贯，决心也不大，效果还看不出来。

我们实行的积极的财政政策，成效明显。主要表现在以下几个方面：

一是拉动了经济增长。据有关部门估计，1998 年，积极的财政政策拉动经济增长 1.5 个百分点，1999 年是两个百分点，如果没有积极的财政政策的拉动，去年和前年的经济增长速度仅为 5%到 6%，如果再扣掉水分，那就很困难了。

二是基础设施在这几年得到了迅速的发展。据统计，国债投资共 2100 亿元，即：1998 年 1000 亿元，去年 500 亿元，后来又追加了 600 亿元；再加上银行贷款配套 4200 亿元。尽管有一些项目还没有完全建成，但从已完工的情况看，加固长江、黄河、太湖堤防 6200 多公里，这是历史上没有的。新增公路通车里程 8 万公里，其中高速公路 5500 公里，这是我国修公路的高峰期。投入运行的铁路新线 1900 公里、复线 1796 公里，这是很大的成绩。城市基础设施和环保建设也大大加快，很多城市发生了翻天覆地的变化。400 多个县完成农村电网改造，建设和改造高、低压线路 50 万公里，平均 1 度电的价格降低了1角钱，农民得益200亿元。降低电价是稳定农村、开拓农村市场一个非常重要的措施，我们是下了决心的，三年要完成这个任务。建成中央粮食储备库容约500亿斤，准备再修库容200亿斤的粮库。

三是促进了消费需求的增长。去年，国家财政花了540亿元，用于提高低收入阶层人民的生活水平，有8400万人得益。另外，降息、提供消费信贷、延长假日等措施，对刺激消费需求也发挥了积极作用。

四是支持了外贸。我们三次提高了出口商品的退税率，使出口能够大幅回升。

五是促进了产业结构的优化和调整。

同时，我们也注意配合积极的财政政策，发挥货币政策的作用，但我们始终不提积极的货币政策，那样做风险太大。我们按发行1000亿元国债、银行配套2000亿元贷款的比例，把基础设施的国债项目搞上去。目前，银行很难找到有效益、能还款的项目，如果银行不给国债项目贷款配套，就搞不出什么名堂来。对流动资金，特别是有效益生产的流动资金，银行要保证。钢铁行业必须压缩，许多是无效劳动，但压缩不能采取行政手段关门的办法，首先由国家冶金工业局和银行配合开展全国大检查，跟踪调查，出厂的钢铁到哪儿去了？积压在哪个环节？用事实来证明钢多了。然后就挑出那些效益不好的、还不了款的、产品积压的工厂，银行停止给它们贷款，这样才能达到压缩总量的目的。你用行政命令，说什么255立方米以下的高炉都得关闭，没有达到生产规模的钢材设备都得把生产停下来，这种行政命令手段是不行的。现在是搞市场经济，你就看它生产的钢材销售掉没有？能不能给银行还钱？不能还钱，就不要给它贷款，让它根本没法生产，非关不行。然后再辅之以财政政策，比如工厂关门以后工人怎么安置等一系列的问题，要帮助它解决，要给政策，并不是简单地一关了之。

另外，银行要支持科教兴国，这方面虽然有点风险，但不支持不行。现在很多人下岗，还有很多人退休，身体还挺好，又有知识，就支持他们去发展中小型企业。不分所有制，只要是填补市场经济的空白，能够提高产业的技术水平，就给予贷款支持，冒一点风险也要贷。别往那些生产过时的、没有人要的产品的企业里投，就支持科技型的、以知识分子为主的中小企业的发展。当然，劳动密集型的、符合社会需要的企业都可以发展，银行信贷都可以支持。就是绝对不可以支持盲目重复建设和生产积压产品的企业。

这几年的实践，使我们积累了两种经验。在此以前，我们积累的是治理通货膨胀的经验，可以说我们已经有一套成功的经验。这两年，我们又学会了如何防止通货紧缩，但现在还没有到总结的时候。我认为积极的财政政策至少还要搞三年，因为国有企业扭亏为盈，盈得不多，如果不靠国家的拉动，还是搞不上去的。现在来总结治理通货紧缩的经验言之过早，但是关键的四点我们是可以总结的：第一点是取向。就是究竟是采取从紧的财政政策，还是采取积极的财政政策？首先要看清形势，什么时候采取适度从紧的政策，什么时候采取积极的政策，我们已经有了一定的经验。第二点是力度。发多少国债，我们是经过反复考虑的，开过好多座谈会。经济学家们对发1500亿元、2000亿元，还是发1000亿元，意见不一致。我们始终采取谨慎的态度，哪怕是拉动的力量不足，也不要过犹不及，不想搞得太厉害。现在看来，发1000亿元的力度差一点。第三点是来源。用国家投资拉动国民经济，不能采取财政透支的办法。在1993年以前，我们采取透支的办法，每年都要从银行无偿地拿200亿元来弥补赤字。从1993年以后，我们作了规定，不能从银行无偿透支，现在采取的办法是由财政部向银行发行国债。因为银行的钱贷不出去，那就让财政来用，财政给银行付利息，这就改善了银行的经营管理。而对国家来说，这肯定是一个风险，因为这些基础设施项目最后能发挥多大的作用，谁也无法预料。但是，我想这不会失败，因为它们不是重复建设，是能够发挥作用的，是会促进财政收入增加的。第四点是投向。钱投到哪儿去？一定是投到基础设施建设上。基础设施绝对不搞重复建设，也不搞竞争领域的建设，因为在竞争领域，如果国家支持你这个企业，对别的企业的发展就不公平。基础设施建设是为整个社会谋福利的，一般商业贷款不会去搞，就得靠政府来搞，所以，投向也是非常重要的。比方说，去年和今年增加工资，是靠财政收入的增长实现的，不是拿1000亿元国债来发工资，如果用国债作为增加工资的来源，那是非常危险的。

关于财政风险问题，我也要说一说。对风险绝对不能否定，必须有点忧患意识。我认为，这种风险在平常时期，是在可控制的范围以内的，可以说基本上不会出什么问题；但是一碰到突发事件，一有风吹草动，这个风险就相当大。1997年，我们的赤字已经缩小到500多亿元，本来想把这个赤字分几年消灭，打算一年减100亿元，但由于发生了亚洲金融危机，出现了通货紧缩的趋势，使我们转而采取积极的财政政策。国债增发了1000亿元，赤字就增加了，1998年增加到1500亿元，1999年达到1800亿元。现在，对这个风险作些分析。去年全国财政总收入是11000多亿元，其中中央财政近6000亿元，占50%多一点。这6000亿元中有2000多亿元返给地方，中央可支配的不到4000亿元。财政支出包括国防、外交、公务员工资、国家拨款搞建设等等，都在这里面了。现在赤字一年是1800多亿元。国债的余额是多少呢？去年是1.3万亿元，其中1.2万多亿元是内债，近700亿元是外债。这些债是每年要还本付息的，因此1800多亿元赤字加上过去国债的还本付息，一年要多发4200亿元的国债。也就是说，去年整个中央的财政开支4000多亿元，全是靠发国债，要是这个国债发不出去，我们大家就只好回家吃库存了，吃电冰箱里的东西。这不是危言耸听，事实上摆着的就是这种情况。如果有突发事件，有风吹草动，人心会不会动摇呀？可见，不能不说潜在的风险还是存在的。问题在于这种情况还要延续三年，不然缓不过来。一年4000多亿元国债发下去，还要还本付息，大体三年后国债是2万亿元，比现在增加一倍，发国债的数量越来越大，风险也越来越大。我们希望在这三年中间，国有企业好转得更快一些，不需要再发这么大的国债来拉动经济增长，风险就可以减下来。

第二，财政政策应该更好地为经济结构的调整、国有企业的改革等重大任务服务。

目前，财政和银行对国企改革的支持主要应体现在债转股。其他如兼并、破产等政策都已经有了，兼并政策的执行效果不好，基本上没有改变企业的经营状况；破产的效果比较好，但代价也不小。现在搞债转股是怎么回事呢？就是好多国有企业，它们根本没有资本金，完全靠借钱搞建设，投产以后所赚的那点利润，根本不足以支付借的钱的利息，原因是这些企业在建设的时候没有按照规定办事，既没有自有资金，又不可能有那么高的利润回报率，因此还不起银行的贷款。现在只好承认现实，让国家来承担历史的欠账，把一部分银行贷款转化为国家银行对它的持股，不要它付利息了，等它盈利，有股息了，银行再收回一部分钱。这就是债转股。但是，我们不希望这个政策变成“免费的午餐”，实行这个政策必须有条件：企业领导班子是比较健全的，企业的设备、技术、工艺是先进的，产品是有销路、有竞争力的，不付利息后能够转亏为盈。如果那个企业根本是不可救药的，把它债转股，钱还是等于扔到水里面去了，我们不能这样做。这个工作，建设银行走在了前面，去年年底前就把该转的转过来了。中央定了一个数，债转股1万多亿元，把贷款转为股权。其他三个银行，看看今年第一季度能不能完成核定的债转股工作。希望这个工作能够顺利地完成，相信这对国有企业脱困是很有帮助的。

关于财政支持结构调整问题。首先是产业结构调整，我这里不准备详细讲，只想着重讲讲地区结构调整，就是西部大开发。首先应加强西部地区的基础设施建设，一定要有倾斜政策。比方说新疆，它是多民族聚居又与诸多国家相邻的地区，由于周边国家一些势力的支持，民族分裂活动越来越严重，甚至出现了武装劫持等破坏活动。稳定新疆历来是一个很难的问题。没有解放军，没有新疆生产建设兵团，新疆根本不可能稳定。过去我们曾想把发展棉花作为新疆发展经济的一个支撑点，暂时看来还不行，生产的棉花许多积压在仓库里，离内地又那么远，质量也不见得比内地的好，没有竞争力。新疆有石油、有天然气，原来想在那里生产化肥，现在化肥也多了，把化肥从新疆运过来，更卖不出去。现在只好修天然气管道，把气输送到东部地区。塔里木盆地现在至少已勘探出1万亿立方米的天然气，将来可能达到10万亿立方米或者更多，就能保证一年输送250亿立方米给东部沿海地区。我们要下决心修这条管道，修了管道可以部分解决东部的能源供应和环境污染问题。修这条管道要花1000亿元，不花不行，要赶快动手，这对稳定新疆意义非常重大。最近我们已经决定动手，先从青海的西宁把管道修到甘肃的兰州，这一段距离短一点，但是作用很大。兰州已经污染得一塌糊涂，如果用上了天然气，污染就可以减少。西部大开发的第二项任务是退耕还林。现在粮食多，我们完全可以把粮食无偿补偿给那里的农民，让他们去植树、种草，改善生态环境。做这件事情一定要有计划、分步骤，而且要尊重农民的意愿，完善补偿政策，先试点、后铺开。西北地区的基础设施建设发展起来了，生态环境改善了，这本身对东部地区就是支援。东部地区当然有很大一部分产品要出口，但是还有很大一部分常规性产品现在没有市场，只有西部地区大发展起来，这些产品才能找到市场，这是一个战略性措施。很多同志提出西部大开发还要在科技方面、教育方面、人才方面努力，这是对的，也要采取一些积极的措施。

关于社会保障制度问题。现在社会保障制度还很不完善，覆盖面太小，缴费率很低。这是由于国有企业困难，缴纳不起，因此欠账越来越多。这个问题不解决，国有企业改革是无法完成的，社会也无法稳定。现在“三三制”〔1〕是不落实的，对这个问题要下很大工夫来研究，最重要的是开辟资金来源，没有钱，空话一句。要提高收缴率，不管是合资企业、私营企业，什么企业都得缴。建立社会保障的资金来源无非是这几条：第一条，财政要在预算里拿钱；第二条，收税，收利息税等就是为了建立社会保障基金；第三条，通过股市来筹集资金，就是把好的国有企业的股份，在股票市场上去变现，把这个钱拿回来补充社会保障基金。比如说，国有企业上市，原来是把 25%的股份卖给大家（上市），筹集资金来改造和发展自己；现在允许卖 30%，把那个 5%交给财政，用于充实社会保障基金。我希望这样经过几年的努力，如果能够把国有资产变现 5000 亿到 1 万亿元，用以建立社会保障基金，就可以基本解决社会保障基金问题了。

关于调节收入分配、增加工资问题。“十五”计划即将编制，要考虑工资的增长。增加工资，不是今年就增加，最快也要到明年。我们不是只靠工资、靠物质刺激来提高公务员的积极性，还要强调

---

〔1〕 见本卷第 14 页注〔1〕。

提高大家的事业感、荣誉感和历史使命感。作为人民的公仆，应该发扬为人民服务的精神，应该廉洁奉公，应该吃苦在前、享受在后。古代的范仲淹说过“先天下之忧而忧，后天下之乐而乐”[1]，《史记》上讲“周公吐哺”[2]的故事，我们大家应该学习和发扬这种精神。我曾经讲到“薪以养廉”的重要性。我们现在讲“高薪养廉”还言之过早，没有这个实力，但是总要使我们的“薪俸”有助于公务员保持廉洁的作风吧。我们虽然不能要求每个人都有共产党员的高尚品质，但是总得有一个机制来保证、促进他们养廉吧。现在的工资水平是不足以养廉的，特别是分配差距的悬殊现象越来越严重，很多高官有各种补贴的途径、额外收入的来源，很不规范。我到新加坡访问，原来以为新加坡的工资比香港高得多。但是李显龙[3]对我说，新加坡的实际工资并不比香港高，因为新加坡只有这个工资，其他补贴都没有，而香港还有很多补贴。比如香港的领导人退休以后，要发给他好多钱；他还可以出国旅游，费用由公家报销。李显龙说他们没有这些，新加坡绝对不给公务员配备房子和汽车，这些都打在工资里边了。我觉得这个做法对养廉是很有好处的。我们原来有个专车改革方案，后来误传说要把专车全取消了，就给一点钱作为补贴，引起议论纷纷。有的老同志说，我上车还得要人扶，没有人扶，我怎么打出租车呢？这一下子惹起“公愤”了，后来我们只好不搞了。实际

---

〔1〕见范仲淹《岳阳楼记》。

〔2〕“周公吐哺”，见《史记·鲁周公世家》：“周公戒伯禽曰：‘我文王之子，武王之弟，成王之叔父，我于天下亦不贱矣。然我一沐三捉发，一饭三吐哺，起以待士，犹恐失天下之贤人。子之鲁，慎无以国骄人。’”出自东汉曹操的《短歌行》：“周公吐哺，天下归心。”后用做在位者礼贤下士的典故。周公姓姬名旦，是周文王第四子，曾两次辅佐周武王东伐商纣王，并制礼作乐，使天下大治。因其采邑在周，爵为上公，故称周公。

〔3〕李显龙，当时任新加坡副总理。

上，我们根本不是这个意思。我们提出两种方式任你选择：你要保留专车，你就保留专车，司机还给你配；你要选择拿钱，一个月给你增加几千块钱。我们是想通过规范的办法来消灭浪费，这里面有许多需要改革的东西。现在公务员的工资水平太低了，不足以调动干部的积极性，以致他们该管的不管，大笔的钱从他们手中流失了。要增强干部的荣誉感、使命感，就要有点措施，使他们有这种感觉。如果他们觉得低人一等，哪有这种感觉?！所以，我觉得提高工资是非常必要的。当然，问题也来了，钱从哪里来？我想，只要我们把这个改革目标确定了，把这个改革的理由搞清楚了，钱总是能够找出来的。举个例子说，北京出租汽车司机每天要向公司交 150 元钱的车份儿。照这样下来，公司两三年就可以把买车子的钱收回来了，但司机还要继续交下去。出租汽车公司还老是给他们摊派，叫他们装这个装那个，卖给他的东西又贵得要命。而且，所有这些交给出租汽车公司的钱只打一张“白条子”，这意味着出租汽车公司根本不交税。说得难听一点，出租汽车公司那帮人简直就是“把头”，是上海解放前戴墨镜、穿香云纱的那种人。偷税、漏税，这里面有多少钱呀！可见，加强征管就可以出钱。另外，少搞重复建设。国务院对防止重复建设是尽责的，凡是国债项目和要通过国家计委审批的限额以上项目，都要经过中国国际工程咨询公司评估，最后由国务院会议一个一个地通过。到目前为止，这几年国务院没有批准过一个加工工业项目，批的全是基础设施建设项目。但是，地方就很难说了。搞了一些虽然在你们那里是缺门，但在全国是能力过剩的重复建设项目，其结果是事与愿违，不但没有效益，还背上了包袱。重复建设浪费几百亿元你们也不心疼，现在我们想给大家加工资，你们就觉得困难了。我相信大家都主张加工资，加工资的钱从哪儿来？还不是主要从你们那儿来！我看还是要先吃饭后建设，先把发工资的钱扣下来，然后才谈得上搞建设。刘仲藜[1]同志提了个意见：以后发工资，年初就把它留下来，存在银行账户里，到时大家自己去银行取，就不会有发不出工资的情况了。总之，大家要下这个狠心，加工资。加多少？我冒叫一声(这不是政策，也不是要求)，三年翻一番，而且不是像去年那样基础工资加30%，而是全部收入加30%。当然，有些人工资高，不需要加那么多，那我们也不要一刀切。其实，这个钱不是很多，全国的机关干部也就是五六百万人，不需要很多钱。事业单位人多，有5000多万，其中2800多万是教育系统的。好多乡村民办教师不合格，要整顿，不合格的让他们回去种地，不然真正的教师不能得到应有的待遇。整个工资改革有很多问题要研究，但还是要比较大幅度地增加工资，这对各方面都有好处，工资差距可以缩小一点，也有利于引进人才。特别是参加世界贸易组织后，如果没有一批熟悉国外做法的人，我们要吃很大的亏。银行、证券、保险系统必须大量吸引从外国回来的人才，在这种情况下，工资不增加也不行。

第三，深化财税体制改革，加强财政税收管理。

财税体制改革，在1994年做了两件大事：一件是实行中央和地方分税制，这已证明是非常有效果的；另一件是建立以增值税为核心的税制系统，但现行增值税太复杂了，伪造增值税发票也是个很令人头痛的问题。要进一步改革和完善增值税制度，并利用高新技术来防止伪造税票。当前财税体制改革的重点是“费改税”。现在收费太厉害了，特别是在农村。据统计，1997年，全国行政事业性收费和政府性基金共有6800多项，收费金额达4200多亿元，相当于整个中央财政的预算开支，其中大部分是乱收费。它的危害是挤占了财政，助长了贪污腐败，加重了人民群众的负担。过去我们曾就农业收费开了

〔1〕刘仲藜，当时任国务院经济体制改革办公室主任。

一个单子，明确哪些项目不能收，但没有用，下面改一个名字再收。现在必须明确，一切费用都不许收，就只收一个农业税，这就好检查。为此，我们最近开了一些座谈会，希望有自告奋勇的省来试点，但大家都觉得这件事情的难度太大了，积极性不是太高。安徽和甘肃的积极性高一点，我们初步想在这两个省试点；其他各省可以指定一两个县市，搞地区性的试点。经过测算，我们设想，各种费用都不收了，将农业税增加到5%。座谈会上大家说不够，要增到7%，附加税再加20%，对此我们也同意。现在有个问题要研究，就是费用都取消之后，由种地的人来全部负担村、乡镇政府的各种开支，这不公平。这样做，起码有三种人没有考虑进来：一是搞副业、搞农林特产的人，你没有收他们的税，只收农场、农田的税；二是在乡镇企业工作的人，他们的收入已比种地的农民高，却把他们应承担的税款转嫁给种地的人；三是外出打工的人，他们一年汇回去好多钱，都没有缴税，这也不合理。所以，搞试点时应该把这几种情况都考虑进去，不能只收一个种田人的农业税。如果有办法把上述三种人的税收上来，农业税也用不着提高到7%，附加税也不用再加20%。希望这项改革今年在安徽和甘肃试点，取得经验后，明年或后年就能够全面推开。这是保持社会稳定、开拓农村市场、发展农业经济的一个非常重要的措施。至于公路“费改税”，全国人大常委会已通过《公路法》修正案，同意将收费改为收税。我们正积极修订改革方案，准备实行，但有一个出台时机的选择问题。

最后要指出，财税工作应该加强管理，加强征管力度，反对偷税、逃税、抗税、骗税、欠税；还必须加强支出管理，进一步强化财政的监督职能。现在什么资金都敢挪用，扶贫经费敢挪用，水利资金敢挪用，粮食的储备资金也敢挪用，把这些钱都挪用去盖大楼，简直是天良丧尽，不严肃处理是不行的。全国人大常委会在去年12月份通过《刑法》修正案，对隐匿或故意销毁依法应当保存的会计凭证、会计账簿、财务会计报告等，情节严重的，处五年以下有期徒刑。就是要严格监督，不准造假账，不准销毁会计凭证。今年国有企业加强管理的措施之一是派总会计师，总会计师不受企业一把手指挥。如果总会计师听了一把手的话做假账，将来出了问题，他终身不得在会计部门任职，还得接受刑事处分。严格财政监督制度，才能把国有企业搞好。

实施西部大开发战略意义重大*

（2000 年 1 月 22 日）

实施西部大开发战略，加快中西部地区发展，是党中央根据邓小平同志关于我国现代化建设的战略思想，统揽全局、面向新世纪作出的重大决策。80 年代末和 90 年代初，邓小平同志多次深刻论述我国现代化建设“两个大局”的战略思想。“一个大局”，就是沿海地区要充分利用有利条件加快对外开放，较快地先发展起来，从而带动内地更好地发展，内地要顾全这个大局；“另一个大局”，就是发展到一定的时候，可以设想在本世纪末全国达到小康水平时，就要拿出更多的力量来帮助内地加快发展，沿海地区也要服从这个大局。这“两个大局”的思想，是根据我国各地区条件不同和发展不平衡的实际情况提出来的，是邓小平同志关于我国现代化建设战略思想的重要组成部分。

江泽民同志十分重视加快中西部地区发展问题，并明确提出了实施西部大开发战略。1997 年 8 月，他在一份关于西北地区治理水土流失、改善生态环境的调查报告上作出重要批示：对“历史遗留下来

---

* 2000 年 1 月 19 日至 22 日，国务院西部地区开发领导小组在北京召开西部地区开发会议。出席会议的有各省、自治区、直辖市和新疆生产建设兵团的负责同志，中共中央、国务院有关部门的负责同志。朱镕基同志在会上的讲话，曾发表于《十五大以来重要文献选编》中册，原标题为《统一思想，明确任务，不失时机实施西部地区大开发战略》。编入本书的是讲话的一部分。

的这种恶劣的生态环境，要靠我们发挥社会主义制度的优越性，发扬艰苦创业的精神，齐心协力地大抓植树造林，绿化荒漠，建设生态农业去加以根本的改观。经过一代一代人长期地、持续地奋斗，再造一个山川秀美的西北地区，应该是可以实现的”〔1〕。1999年以来，江泽民同志又多次提出实施西部大开发，加快中西部地区的发展。他明确指出：实施西部大开发，是全国发展的一个大战略、大思路，是我国下个世纪发展的一个重大战略问题；加快中西部地区发展的条件已经基本具备，时机已经成熟；在继续加快东部沿海地区发展的同时，必须不失时机地加快中西部地区的发展；从现在起，要作为党和国家一项重大的战略任务，摆到更加突出的位置。在党的十五届四中全会上，他再次强调：实施西部大开发和加快小城镇建设，都是关系我国经济和社会发展的重大战略问题，应该提上议事日程，进行全面的调查研究，拿出方案，加紧实施。

世纪之交，我国现代化建设即将全面实现第二步战略目标，并向第三步战略目标迈进。在这个时候实施西部大开发战略，加快中西部地区发展，具有重大的经济意义和政治意义。第一，这有利于逐步缩小地区之间的发展差距，促进各地区共同繁荣、共同富裕。避免两极分化，逐步实现共同富裕，是社会主义本质的要求。没有西部地区的现代化，也就没有全国的现代化。第二，这有利于对整个经济结构实施战略性调整，促进国民经济持续快速健康发展。西部地区拥有丰富的资源和巨大的市场，发展潜力很大。实施西部大开发，是扩大国内需求，加快我国经济结构调整的重大举措，可以为全国经济的持续快速发展增加新的活力和后劲。第三，这有利于增进民族团结，维护社

〔1〕见江泽民《再造一个山川秀美的西北地区》(《江泽民文选》第一卷，人民出版社2006年版，第659—660页)。

会稳定和巩固边防。西部地区是少数民族聚居的地区，又是边疆地区。国外敌对势力一直利用我国西部地区的民族和宗教问题，搞渗透和分裂活动。加快西部地区的发展，也就是加快民族地区的发展。这些地区经济发展了，人民生活改善了，就能够增强整个中华民族的凝聚力，实现国家长治久安。

有的同志提出，现在实施西部大开发战略，条件是否具备、时机是否成熟？对此，应当给予肯定的回答。第一，新中国成立50年特别是改革开放二十几年来，我国综合国力显著增强，全国人民生活接近小康水平，东部沿海地区有了很大的发展。国家有能力加大对西部地区发展的支持力度。特别是当前正在实施扩大内需的积极财政政策，国家可以通过安排建设项目，用更多的财力直接支持西部地区发展，把扩大内需与实施西部大开发战略结合起来。第二，由于党的农业政策的成功、科技的进步，我国的粮食综合生产能力明显提高，不仅基本解决了全国人民的吃饭问题，而且出现了粮食总量阶段性的供过于求。这是在生态脆弱地区有计划、分步骤退耕还林（草），改善生态环境的大好时机。我们一定要抓住而不能错过这个时机。这样做，既可以改善生态环境，又可以缓解粮食供求的总量矛盾，还能带动经济结构的调整，加快贫困地区农民脱贫致富，一举多得，利国利民。第三，随着我国加入世界贸易组织进程的加快，对外开放进入了一个新的阶段。西部地区也将像东部沿海地区一样更加开放。这为西部地区引进资金、技术、管理经验和人才，加快发展，提供了良好的机遇。第四，经过多年的建设，特别是近几年国家用于建设的投资逐步向西部地区倾斜，已经建成或正在建设一批重大基础设施项目，为加快这些地区的发展创造了更好的条件。总之，实施西部大开发战略，加快中西部地区发展，现在是恰逢其时，机遇难得。我们必须充分认识和抓住当前的有利时机，增强历史责任感，坚定不移地贯彻落实党中央的重大战略决策。

有的同志认为，西部地区基础差，投入产出率低，国家对西部地区投入 5 元的产出效益，不如对沿海地区投入 1 元的产出效益。这里需要指出，强调投资效益和经济效益是对的，但要全面地、辩证地看待效益问题。一是不能只从单个项目看效益，还要看实际综合效益。就建设一个项目来说，东部地区的成本可能低一些，但现在东部地区产业结构矛盾已经相当突出，国家如果不增加对西部地区的投入，东部地区传统产业的产品，如钢材、水泥、玻璃等就没有市场，哪里还有效益可言？二是不能只看当前效益，还要看长远效益。在西部地区投资，有些是近期就可以有明显效益的，有些是需要一定时间效益才能充分发挥出来。三是不能只看局部效益，还要看整体效益。国家对西部地区增加投资，不仅有利于西部地区的发展，也为全国经济协调发展创造了条件，应当从经济发展全局看效益。四是不能只看经济效益，还要看社会效益。加强西部地区的基础设施和生态环境建设，对改善全国的投资环境和生态环境都是很重要的，有利于促进全国经济与社会协调发展。五是不能只看到西部地区的薄弱环节和不利条件，还要看到它们的优势。比如，有些地方自然和地理条件得天独厚，能源、原材料资源丰富，有些地方也拥有雄厚的科技和人才力量，有不少当地特色产业。在这些有优势的地方投入同样的资金，经济效益不见得比东部地区差。当然，推进西部地区开发，也要重视提高投入产出效益，合理使用建设资金，用较少的钱办更多的事。

有的同志担心，实施西部大开发会不会影响东部沿海地区经济进一步发展？对这个问题也应作出明确回答：不会的。这是因为，国家实施西部大开发战略，加快中西部地区发展，不是要改变对东部沿海地区的政策。东部沿海地区仍然要继续发挥自身优势，推进改革开放，加快发展，有条件的地方要率先实现现代化。同时，实施西部大开发战略，加快中西部地区发展，是振兴全国经济的大战略，不仅对中西部地区有利，而且为东部沿海地区提供了更加广阔的市场和更多的投资机会，也是沿海地区经济进一步繁荣和发展的新机遇。还要看到，东部沿海地区支持西部地区，是扬长避短，优势互补，相互促进，共同发展。东部沿海地区可以利用这个机遇，更好地发展和壮大自己。

总之，我们要用全局的观点、战略的观点，从振兴整个国家经济、实现现代化建设宏伟目标的高度，充分认识西部大开发的重大意义，把思想和行动统一到中央的战略决策上来，协调步伐，不失时机地推进西部大开发。

化解和防范金融风险，加强金融管理和监督*

（2000年1月25日）

一、抓紧化解和防范金融风险

我们对防范金融风险的极端重要性和长期性、艰巨性，务必保持十分清醒的认识。应当充分利用现在的好时机，积极做好以下一些工作：

（一）采取切实有力措施，减少国有商业银行不良资产，加快减亏增盈。国家将继续逐步补充国有商业银行资本金，制定符合国际通行做法的呆坏账准备金制度。更重要的是，银行自身要努力。一方面，要积极消化已经形成的不良资产，依法加大清欠、回收力度，大力提高收贷率和收息率。另一方面，要努力提高新增贷款质量。国有商业银行在剥离了不良贷款后，从今年起，必须使不良贷款比例不再上升，并做到逐年有所下降。对今年起发放的贷款，要参照国际标准和根据我国实际情况所确定的每类不良贷款控制比例，按季监测，按

* 2000年1月25日，朱镕基同志出席全国银行、证券、保险工作会议并发表讲话。参加大会的有全国银行、证券、保险工作会议部分代表，以及中共中央、全国人大常委会、国务院等有关单位的负责同志。朱镕基同志在会上的讲话，曾发表于《金融工作文献选编（1978—2005）》，原标题为《继续推进金融改革和整顿，突出抓好金融管理和监督》。编入本书的是讲话的一部分。

2000 年 1 月 25 日，朱镕基在全国银行、证券、保险工作会议上讲话。

（新华社记者王新庆摄）

年考核。国有商业银行要千方百计改善经营，努力减亏增盈，提高经营效益。人民银行要抓紧研究全面考核商业银行的办法，制定一套科学的指标体系，对各个商业银行的经营状况作出正确评价，真正做到奖惩严明。

这里需要强调，国有商业银行无论如何不能发生挤兑。一旦发生挤兑，各级领导干部都要迅速赶赴现场，发布安民告示，做好工作。应该说，我们现在有足够的实力解决好这类问题。但千万不能因为思想麻痹和工作疏忽，而让挤兑事态扩大，酿成大祸。

（二）抓紧化解中小金融机构和非银行金融机构的风险。这方面的清理整顿工作绝不可半途而废。对有严重问题的中小金融机构和非银行金融机构，特别是地方的信托投资公司，该撤并的要坚决撤并，该关闭的要坚决关闭。这两年，一些地方对于清理农村合作基金会、处理城市非法金融活动、化解有严重问题的金融机构的风险，已探索了一些好的做法，要认真总结经验。在处理非法的和有严重问题的金融机构过程中，一定要多方面紧密协调配合，做好过细的工作，及早防止偏差，保持社会稳定。这两年来，整顿地方中小金融机构工作取得了阶段性成果，但各地方进展不平衡，在整顿中存在失之于宽、处理偏轻等问题，有些难点还有待突破。国务院将对进一步清理整顿工作进行具体部署。

人民银行采取发放再贷款的办法，帮助地方化解金融机构的风险，是为解决历史遗留问题而采取的迫不得已的措施，一定要正确加以运用。一是必须专款专用，严禁挪用。例如，用于解决农村合作基金会问题的再贷款，绝不能用在其他方面。如果发现挪用资金的情况，一定要严肃惩处。二是严格控制再贷款的使用范围，把握好时机，避免出现严重挤兑现象。在处理问题时，要根据情况，区别对待。对从事正常金融活动的，要尽可能使群众的合法利益不受损害；对参与非法金融活动的，群众也应依法承担风险损失。三是依法严惩违法犯罪分子。在清理整顿工作中，必须依法彻底查处违法犯罪分子，绝不能让他们趁机“解套”溜掉。涉案人员不论跑到什么地方，都要缉拿归案、依法查办。同时要明确，借给地方的再贷款是要偿还的，期限虽然可以长一点，但要按季付息，按年还本。各地要毫不松懈地做好这方面清理整顿工作，不能有松劲情绪，更不能单纯依赖向人民银行申请再贷款。要抓好清产核资、催收清欠和组织后期兑付资金等工作。

股份制商业银行也要高度重视化解风险。坚决防止和纠正银行股东分光利润、“竭泽而渔”的错误行为，强化银行股东责权利的统一，及时补充银行资本金。人民银行要严格把好设立商业银行的审批关。

（三）努力办好金融资产管理公司，切实做好债转股工作。债转股工作既要帮助符合条件的国有重点企业减轻债务负担，促进企业转换经营机制，推动国有企业改革和脱困；又要减少银行不良资产，化解金融风险。有关方面要密切配合，严格执行国家的有关政策。实行债转股的，应该是那些减轻了利息负担就能转亏为盈的企业。这就要求企业产品是有销路的，设备、技术、工艺是先进的，领导班子是比较健全的。如果那个企业产品无市场，扭亏无望，就不能实行债转股。一定要防止形成新的"道德风险"和赖账机制。要完善金融资产管理公司的政策和制度，加强对金融资产管理公司的监管，建立健全资产回收和经营效益考核制度，争取尽可能多地回收金融资产。

（四）认真防范证券、保险市场风险和涉外金融风险。要进一步采取措施，彻底解决证券公司挪用客户保证金的问题。严厉查处虚假包装上市和其他"暗箱操作"等严重违法违规问题。进一步改进保险资金运用办法，逐步解决人寿险的利差亏损问题。允许符合条件的股份制保险公司增资扩股或上市。近几年一些地方出现很大的结售汇逆差，很大程度上是进口高报、出口低报和其他逃汇、套汇、骗汇等各种违法违规行为所造成的，这暴露了外汇管理方面存在的问题。要尽快完善外汇管理体制，加强各有关部门之间的合作，建立外汇管理协调机制。要健全规章制度，进一步加强海关与外汇管理部门以及银行之间的电子网络建设，加强对银行结售汇业务真实性的审核。加大对违规外债的查处力度。密切注视和防范国外游资和各种金融衍生产品对我国金融市场的冲击。

二、切实加强金融管理和监督

要继续按照中央既定的部署，把各项金融改革推向前进。银行、证券、保险方面的重要改革措施都已出台，今年要狠抓落实并不断完善。为了把中央确定的各项方针政策和任务真正落到实处，各行各业和各个方面都要突出抓好管理。银行、证券、保险在国民经济中发挥着十分重要的作用，同时又是高风险行业，尤其应当强化管理和监督，一定要在这方面下大工夫、硬工夫、真工夫。关键是要严字当头，从严治行，从严治市，进一步整顿和规范金融秩序。既要从外部加强管理和监督，又要健全金融机构的内控机制。要按照建立现代金融制度、显著提高金融竞争力和抗风险能力的需要，坚持高标准、严要求，建立严格的制度，实施严格的管理，进行严格的监督，实行严格的奖惩，使整个金融系统的每一个机构和岗位、每一项工作和程序、每一道步骤和环节，都真正体现从严治理的精神，都符合金融法律、法规、规章和纪律。当前，要突出抓好以下几项工作：

一是抓紧成立国有重点金融机构监事会，加强对国有重点金融机构的监管。监事会由国务院派驻，对国务院负责。监事会不代替人民银行、证监会和保监会的职能和作用，而是代表国家对国有金融机构的资产质量及国有资产保值增值状况实施监督。监事会以财务监督为核心，对金融机构的财务活动及经营管理行为实施监督，确保国有资产及其权益不受侵犯。国务院已原则通过《国有重点金融机构监事会暂行条例》，有关方面要抓紧组织实施。

二是银行、证券、保险系统的所有机构，都要加强内控制度建设。特别是要加强和完善信贷、会计、结算、重要凭证和现金管理等方面内控制度和机制的建设，建立健全和严格执行复核制度，真正恢复“铁账本、铁算盘、铁规章”的“三铁”信誉。各金融机构要全面认真地查找管理漏洞和薄弱环节，制定和落实相应措施。人民银行、证监会和保监会都必须把金融监管的重点，放到更有效地指导、推动和监督金融机构加强内控制度建设上来，包括督促和指导金融机构建章立制、严格监督金融机构按照审慎原则和规章制度开展业务、加强和完善对金融机构内控制度落实情况的全面考核。对管理松懈、内控制度不健全或不落实的金融机构，要及时采取警告、限期整顿、停办有关业务和停止审批新的机构等处罚措施。要加强对上市公司和证券机构的有效监管，坚决查处各种扰乱证券、保险市场秩序的行为。进一步加强外汇市场监管，严厉打击各种逃汇、套汇、骗汇的行为。要重视和加强对境外中资金融机构的管理和监督。

三是人民银行、证监会和保监会系统首先要管好自己，实行严格的管理和监督责任制。要加强对金融监管人员的考核，奖惩分明。对责任心不强、缺乏监管能力、严重失察失职的监管人员，要离岗培训或及时撤换。今后金融机构出现问题，不但要依法查处该金融机构有关人员，而且要严肃追究有关监管人员的责任。财政、审计等部门要加强对国有金融企业的财务监督和审计。同时，要充分运用社会中介机构，加大对金融机构的外部监督力度。

四是大力整饬社会信用，严肃结算纪律。银行要依法催收到期贷款本息，依法维护金融债权。对各种逃废银行债务的行为，要坚决抵制和防范，并予以曝光。现在仍然有不少企业多头开户，逃废银行债务，逃避银行信贷监督，一定要进一步清理和规范账户管理。

加强金融管理和监督，最重要的是，要以对党和人民高度负责的精神，敢于坚持原则，动真格的，不怕得罪人。要坚决反对庸俗作风、好人主义，严肃查处各种违法违规案件和人员。要通过强化管理和监督，明显提高我国金融系统的整体素质和经营管理水平。

在国务院第五次全体会议上的讲话*

（2000 年 1 月 26 日）

一、严字当头，把工作着重点放到加强管理上来

前不久召开的国务院第 56 次总理办公会议确定，今年各部门、各单位都要把工作重点放到加强管理上来。这里说的管理，包括加强监督和进行整顿。不仅企业要加强管理，工业、农业、财税、金融、贸易、科技、教育、文化、卫生等各行各业都要加强管理。政府机关更要突出抓好管理，进一步转换职能，转变工作方式和作风，大力提高服务水平和工作效率。总之，各部门、各单位必须在加强科学管理上下大工夫、真工夫、硬工夫，向管理要效率、要质量、要效益，通过加强管理，切实贯彻落实中央的方针政策和各项改革措施，促进经济和社会事业健康发展。

应当充分认识到，全面加强管理是当务之急。这是因为现在在生产、建设、流通以及其他各个领域，普遍存在着管理松懈、纪律松弛、制度形同虚设、工作秩序混乱的现象，严重影响到中央方针政策的贯彻落实，阻碍着各项改革的顺利推进，已到非下决心整治不可的时候了。更要看到，我国加入世界贸易组织以后，对外开放将进入新

* 2000 年 1 月 26 日，朱镕基同志主持召开国务院第五次全体会议。出席会议的有国务院全体会议组成人员，有关部门、单位的负责同志列席了会议。这是朱镕基同志在会上讲话的主要部分。

的阶段，我们面临着日趋激烈的国际竞争环境，如果不在管理上高标准、严要求，就难以提高我国经济的竞争力和抗风险能力。也就是说，无论是认真贯彻落实既定的方针、政策和措施，还是适应形势发展的需要，我们都必须狠抓管理，并且尽快取得明显成效。

根据大家讨论中提出的意见和建议，今年需要突出地抓好以下几个方面。

第一，切实加强企业的科学管理。我在几年前讲过，我国国有企业的改革和发展没有轻巧的道路可走，只能眼睛向内，从严治企，老老实实地改善和加强经营管理，建立一套现代企业制度，实现改革和脱困的目标，否则就无法适应市场经济发展的要求。企业管理要重点抓好以财务成本管理和质量管理为中心的各项管理。在推进政企分开的同时，抓紧做好国有大中型企业监事会和总会计师的委派工作，切实加强对国有企业的监管。要进一步整顿企业领导班子，特别要选择一些德才兼备的年轻干部充实到企业领导班子里面去。最近，重大安全事故时有发生，根子也在管理不严。必须高度重视和切实加强安全生产管理，及时消除各种事故隐患。

第二，突出抓好财经管理，严肃财税和金融纪律。要坚持依法治税，维护税法的统一性和权威性。要加强预算外资金管理，认真实行执收执罚部门“收支两条线”的规定。要继续清理和整顿各种名目的乱收费、乱罚款、乱摊派，特别是要清理整顿农村、企业、教育等方面的“三乱”。要切实加强金融机构的外部监管和内部监控。国有大中型企业和重点金融机构设立监事会的工作要抓紧进行，监事会由国务院统一派驻，对国务院负责，并代表国家对国有金融机构的资产质量及国有资产保值增值状况实施监督。人民银行要抓紧研究全面考核商业银行的办法，制定一套科学的指标体系，对各个商业银行的经营状况作出正确评价，以真正落实责任制，做到奖惩严明。要大力整饬

2000 年 1 月 26 日，朱镕基主持召开国务院第五次全体会议并讲话。右一为国务委员司马义·艾买提，右二为中共中央政治局委员、国务委员、中央政法委书记罗干，右三为中共中央政治局委员、国务院副总理温家宝，右四为中共中央政治局常委、国务院副总理李岚清。（新华社记者刘建国摄）

社会信用，严格结算纪律。认真清理和整顿经济鉴证类社会中介机构，切实解决乱办、乱管、乱执业等突出问题。要更好地发挥行政监察和审计部门的监督作用。

第三，进一步整顿、规范流通秩序和建筑领域秩序，强化市场监管。要依法严厉打击制售假冒伪劣商品、走私贩私和其他商业欺诈等违法活动。要坚决制止各种分割、封锁市场的地方保护主义和不正当竞争行为。现在，建筑领域的问题相当严重，非大力整顿不可。要健全和规范有形建筑市场，严肃查处建设单位规避招标或搞假招标的行为，坚决制止勘察、设计、施工、监理等单位转包工程和违法分包的做法。今年要在整顿建筑市场方面取得明显成效。要加强对建设工程全方位、全过程的监督管理，确保建设工程质量，建设单位和勘察、设计、施工、工程监理等各单位都要对建设工程质量负责，对违反工程质量规定的，必须坚决依法惩处。

第四，各行各业、各单位都要大力整章建制，标本兼治，建立健全严格的责任制。不以规矩，无以成方圆。必须做到有章可循、有章必循、违章必究。这样，各项管理也才能落到实处。加强管理，最重要的是要以对党和人民高度负责的精神，敢于坚持原则，敢于碰硬，坚决反对庸俗作风、好人主义。否则，加强管理就只会成为一句空话。

二、进一步加强廉政建设，深入开展反腐败斗争

江泽民同志前不久在中纪委全体会议上发表了重要讲话，强调“治国必先治党，治党务必从严”。国务院各部门、各单位一定要认真贯彻中纪委这次会议和江泽民同志重要讲话的精神，把加强廉政建设和反腐败斗争作为从严治政的一项重要内容。春节以后，国务院将专门召开廉政工作会议进行具体部署，这里着重强调以下几点：

第一，切实把反腐倡廉作为政府工作的重要任务。加强廉政建设，惩治腐败，事关国家兴衰。本届政府一开始就提出了建设廉洁、勤政、务实、高效政府的要求。廉洁是第一位的，首先是廉政，其次才是勤政，没有这两点，就根本对不起人民。没有廉政，也就谈不上勤政、务实、高效。今年要加大工作力度，全面贯彻《廉政准则》[1]，

〔1〕《廉政准则》，指中共中央于 1997 年 3 月 28 日印发的《中国共产党党员领导干部廉洁从政若干准则（试行）》。

继续执行“约法三章”[1]和“五条要求”[2]。我们的政府是人民的政府，人民政府的根本职责是全心全意为人民服务，廉洁从政是最起码的要求。古人早就说过：“政者，正也。子帅以正，孰敢不正？”[3]各级政府机关和每个工作人员，都要做到清正廉明，恪尽职守，不辜负人民的殷切期望。

第二，坚持突出重点，务求实效。各部门、各单位都要抓紧反腐倡廉。特别是财税、金融、证券、房地产、土地批租、物资采购、审批项目、进出口配额和医药制售等管理方面，更要加大工作力度。这些都是腐败现象发生频率较高的地方，群众的意见很大，必须作为重点领域来抓。对群众反映强烈、确有问题的，必须一个一个地揭露出来，一个一个地严肃查处。要抓紧查处大案要案，特别要坚决查处内外勾结作案、诈骗、走私、偷税、骗汇等违法犯罪活动，对腐败分子要严惩不贷。

第三，国务院组成人员和各部门的领导干部，要做出表率。“其身正，不令而行；其身不正，虽令不从。”[4]自身不正，谁会听你的？所以，各级领导干部要做到高风亮节，廉洁自持，带头遵纪守法，抵制腐败现象；同时，要管好自己的亲属和身边工作人员。

反腐倡廉也必须从严格加强管理抓起。腐败现象之所以屡禁不止，一个重要原因，就是有些部门、单位对干部失于教育、失于管理、失于监督。必须进一步深化行政管理体制改革，强化监督制约机

---

〔1〕“约法三章”，指朱镕基同志在1998年3月24日国务院第一次全体会议上提出的“约法三章”，见《在国务院第一次全体会议上的讲话》（本卷第9—10页）。

〔2〕“五条要求”，指朱镕基同志在1998年3月24日国务院第一次全体会议上提出的“五条要求”，见《在国务院第一次全体会议上的讲话》（本卷第4—6页）。

〔3〕见《论语·颜渊》。原文是：“季康子问政于孔子。孔子对曰：‘政者，正也。子帅以正，孰敢不正？’”

〔4〕见《论语·子路》。

制，严格执行各项规章制度，从源头上预防和治理腐败。

三、大兴勤俭节约之风，反对奢侈浪费

各级政府机关和工作人员特别是领导干部，都要有忧患意识和勤俭观念，时刻把国家利益和人民群众的疾苦放在心上。一些机关、单位不顾中央三令五申，还在违反规定扩建、新建办公大楼和其他楼堂馆所，并且进行豪华装修；还在用公款请客送礼，大吃大喝；还在用公款旅游；等等。这些行为已引起人民群众强烈不满，必须采取切实措施，坚决加以制止。挥霍浪费国家资财是一种犯罪行为，要抓住典型，严肃处理，公开曝光。

要大力精简会议和文件。前几天，国务院征求各部门对今年政府工作的意见和建议时，反映比较多的问题就是各种会议太多、文件太多。这个问题确实需要认真对待。国务院办公厅要认真研究精简会议的问题，要立个规矩：今后各部门能不开的会议坚决不开，部署工作要尽量利用现代通信和传播工具；不得召开没有准备、没有明确主题、不解决实际问题的会议；必须召开的会议，也要尽量缩短时间、减少与会人员。国务院办公厅和各部门要严格把关。这里重申，国务院领导同志今后原则上不参加部门召开的会议，也不给部门的会议写信、作批示，希望大家共同遵守。今后国务院开会，尽可能少请部门的同志参加，使大家可以省出时间来研究、思考和解决实际问题。

农业结构调整必须贯彻“三为”*

（2000 年 2 月 12 日）

请陈耀邦[1]、段应碧[2]同志阅。农业结构调整必须以市场为依归，政策为导向，农民意愿为归宿，行政命令是不行的。

朱镕基

2.12

---

* 2000 年 2 月 12 日，新华通讯社《国内动态清样》第 77 期《部分干部对农业结构调整有“三种担心”》一文反映，中共中央提出做好 2000 年的农业和农村经济工作关键是抓好农业和农村经济的战略性调整。有的农业干部对此存在一些顾虑：一是担心农业基础地位受削弱；二是担心农民受折腾；三是担心资金、政策不落实，结构调整成空话。这是朱镕基同志在此文上的批语。

〔1〕 陈耀邦，当时任农业部部长。

〔2〕 段应碧，当时任中央财经领导小组办公室副主任。

让优秀文化艺术世代相传*

（2000年2月13日）

中华民族有着悠久的、灿烂的文明，我们要十分珍惜和爱护。比如四川的三星堆文化遗址，我去看过，真是赞叹不已。对这些文物要切实保护好、管理好。这不但是对人民群众进行爱国主义教育的课堂，也可以成为展示中华文明的文化中心和旅游中心；既会有很高的社会效益，又会有很高的经济效益。总之，文物工作很重要，一定要把它做好。

目前，我们正在研究编制“十五”计划，要对未来五年或者更长一段时间的国民经济和社会的全面发展做出规划，其中就包括了文化事业建设。很多人参观了埃及的博物馆，都赞叹不已。我们国内有些博物馆也办得很好，如陕西历史博物馆、上海博物馆，虽然规模不算很大，但很有自己的特色。我国文物很多，要有地方集中展示出来。现有的中国历史博物馆、中国革命博物馆、故宫博物院还不够，还要考虑建一个能够展示我们五千年灿烂文明的国家博物馆。这件事在本届政府任期内要做好准备工作。一定要招标聘请世界一流的设计师（包括中国人）来设计。我们已经着手建造国家大剧院，而建造国家博物馆，在某种意义上讲，有其更重要的意义。

现在，音像制品走私、盗版很严重，打击仍嫌不力。有关部门要

---

* 这是朱镕基同志在听取文化部部长孙家正工作汇报时的谈话。

1999 年 12 月 30 日，江泽民、朱镕基、李瑞环、胡锦涛、尉健行等中央领导同志在北京中南海怀仁堂观看新年京剧晚会后与演员合影。前排左二为刘长瑜，左四为李维康，右二为叶少兰，右四为耿其昌。（新华社记者饶爱民摄）

密切配合，集中力量打击走私、盗版。同时，要形成强大的舆论，向世界表明我国在保护知识产权方面的立场和态度；否则，对国家的形象很不利，对扭转社会风气很不利。很多黄色的、低级下流的东西是通过走私、盗版进来的，不能让这些东西毒害社会风气，影响社会主义精神文明建设。有些人认为盗版可以节省引进国外科学技术的费用，这是一种短视行为。不保护知识产权的国家，不可能有知识的创新。

要下决心促进各种艺术门类的繁荣，不要再一窝蜂地搞综艺晚会了。一些大杂烩式的综艺晚会，形式是从外面传进来的，带有很浓的商业色彩，我们不要去效仿。春节前，中央政治局常委观看了解放军总政治部组织的晚会，一改歌伴舞、舞伴歌的流行做法，唱歌时一般不伴舞，跳舞时一般不唱歌，给人以欣赏艺术的空间。当然，歌舞结合也是一种表演形式，不是不好，但是不宜流于时尚，何必逢歌必舞呢？若说不足，就是有时台上的演员偏多，令人目不暇接，精彩的艺术湮没在人群中了。当然也并不是说，综艺晚会一概都不能搞，如去年国庆 50 周年，搞一点大型晚会也是必要的，能够形成热烈的气氛。现在的问题是综艺晚会太多太滥了。老演员受到观众的热烈欢迎，但也不能总是老面孔，艺术要创新，要不断地推出新人。

我们仍处于艰苦奋斗的建设时期，文化艺术应该激励人民为国家的富强、民族的振兴，同心同德地艰苦奋斗。文艺活动本身也要体现勤俭节约精神，提倡清新简朴的风格，反对讲排场、比奢华的风气。现在有些社会风气不健康，老百姓对这种腐败现象深恶痛绝。你们一定要把各种艺术门类真正繁荣起来，引导、鼓励文艺工作者创作更多充满真情的优秀作品，反映时代精神，传递高尚情操，扭转社会风气，振奋人民精神。如对电视连续剧《渴望》、《孽债》，虽有不同的评价，但它们反映了那个年代的社会矛盾，刻画了一些典型人物，激发观众的真情，确实很有感染力。

文化工作不仅要重视专业艺术创作，还要关心群众的文化生活，眼光不能老是集中在城市，要关心农村，关心农民的生活。农村电影放映队很重要，农民欢迎，应该办好。电影发行、放映均在文化系统，文化部门与广电部门要密切配合做好这方面工作。总之，一定要使基层群众的文化生活丰富起来，精神振奋起来，充满理想和热情地去建设自己的新生活。

关于这两年对外文化交流的总体思路，我是赞成的。既要引进一些高水平的文化艺术，让人们了解世界优秀文化；同时，也要花大力气繁荣我们自己的民族艺术，把我们民族真正优秀的东西介绍给世界。如京剧，要把京剧的经典剧目和优秀唱腔介绍到国外，不能老是演《三岔口》，更不要使外国人误以为京剧像杂耍和杂技。艺术当然要创新，要有新的表现手段，要利用高新技术手段和多姿多彩的舞台效果来丰富艺术的表现力，但千万不能丢掉优秀传统。京剧也要创新，否则青年人很难接受。但改动太大就不是京剧了，比如京剧不用京胡而用交响乐伴奏，就不大像京剧。京剧要重视唱腔，特别是一些

1996年9月15日，中共中央政治局常委、全国人大常委会委员长乔石，朱镕基，中共中央政治局委员、中宣部部长丁关根（第一排左二），全国人大常委会副委员长王光英（第一排右二），全国政协原副主席谷牧（第一排右一）观看京剧名家名段演唱会后与演员合影

第一排左一为李世济，左三为袁世海，左五为张君秋，右三为吴素秋；第二排从左至右依次为：景荣庆、马长礼、杜近芳、梅葆玖、谭元寿、尚长荣、张学津、刘长瑜、叶少兰、孙毓敏、李崇善；第三排左一为赵葆秀，左二为王晶华，左三为杨秋玲，左四为冯志孝，左五为杨春霞，左七为于魁智，左八为孟广禄。

中老年的观众，喜欢听京剧的唱腔，所以人们常说听京剧而不是看京剧。把民族艺术好的传统、好的特色保留下来，这与创新是不矛盾的。

要把优秀传统文化向青少年推广，例如，学一点古文，读一点古诗词，对于了解历史、增长知识、提高修养，很有好处。中国的成语典故，言简意赅，意味深长，准确、鲜明、生动，充分反映出我们民族语言的优美，对青少年这方面的教育应该加强。如果不注意继承和发扬民族文化传统，那么，赖以维系中华民族五千年的精神纽带和凝聚力就会被削弱了。

国家级院团要下大力气办好，财政上要拿出一点钱来，每年拿 2000 万元支持艺术创作，支持优秀作品，支持民族文化精粹，把这个钱花好是值得的。如果不搞那些综艺晚会，也可以把钱省下来，支持真正的艺术创作。要帮助艺术院团适当改善条件，同时鼓励它们大胆改革，走向市场。这方面，国务院是支持你们的。

对老艺术家要关心爱护。艺术家和科学家都是国家、民族十分宝贵的财富。要发挥他们传帮带的作用，让优秀的文化艺术世代相传；同时，要对他们的生活给予适当的照顾，对各类老艺术家给予适当补贴，此事由文化部拟订具体方案。文化建设很重要，文化事业经费原本就不多，增加一点钱是应该的，我原则上赞成，可以按程序申报。

对政策研究工作的几点要求*

（2000年2月13日）

我今天来看望大家，给同志们拜个年，希望大家在新的一年里取得更好的成绩；同时，也通过你们，向你们的家人拜年，转达我的问候。你们的家属都很支持你们的工作，平时多承担了一份家务，确实辛苦一点、累一点。这是一种贡献，也是一种奉献。我除了对他们表示感谢外，更希望他们能更多地理解、谅解和支持你们的工作。

过去一年，同志们做了大量的工作，完成了大量的文稿起草任务。每一篇讲话、每一份文稿，你们都是很认真起草，一级一级地审核。每当看到你们起草的那么厚一本文稿，我就感到你们要付出多大的劳动啊！我刚才看到你们办公室里都摆着床，就体会到你们的生活是很不规律的，经常加班加点。你们工作非常辛苦，完成了国务院领导交办的各项任务，作出了应有的贡献。在这里，我代表国务院向你们表示衷心的感谢！

下面，我对大家提几点希望和要求：

第一，思想要新，要赶得上时代的潮流。要多看东西，拓宽信息渠道。我平时非常注意多看东西，不管是外国的新闻，还是各方面的报纸、材料都要看。我最希望的是文稿中有新思想、新见解、新材料，因为对一般性的问题我都能够想得到，我脑子里面都有数，我需

---

* 这是朱镕基同志在看望国务院研究室全体工作人员，并与他们座谈时的讲话。

要的是新观点、新见解。你们提供的那些新的东西，我都是吸收的。我很赞成加强信息网络建设，这是非常重要的。我建议大家都要上网，对信息非常灵敏，注意学习，开拓思路。希望你们帮助我收集各方面的信息，用新的思想、新的观点来研究新的问题和新的情况。

第二，要加强自己的语言文字修养。大家要注意学习一些中国语言文字的基础知识。我在家里跟孩子们说话有时喜欢用成语。他们说，我们现在还勉强听得懂，因为小时候受过熏陶，读过一点古文、古诗词，可是再过几年，就没有人听得懂您的话了。不要把语言文字看成是次要的东西，语言文字是维系一个民族存在和发展的重要手段。中华民族有丰富的文化遗产，应该一代一代传下去，这特别需要

2000 年 2 月 13 日，朱镕基与国务院研究室工作人员座谈。前排右一为国务院研究室主任桂世镛，右三为国务委员兼国务院秘书长王忠禹，右四为国务院研究室副主任魏礼群。

加强语言文字方面的修养，没有这方面的修养就写不出好文章。写文稿不仅要把问题提高到理论的高度，而且要有文采，这一点我对大家寄予很大的希望。当然，也不是只靠一个人就能做到的，要靠大家集体创作，才能够把它提到更高的水准。在这方面，我对大家的要求很高，但我相信这对大家有好处，有压力就更有利于提高。

第三，要紧密围绕本届政府工作和当前急需解决的问题，多思考和研究一些重大问题。例如，今天上午，我同孙家正[1]同志谈了加强文化市场管理和文化设施建设问题。当前，盗版问题严重，必须加大打击力度，切实加以解决。可是有的人却认为盗版对我们有好处，不盗版就要花很多钱去买专利。这是非常短视的。通过盗版进来的东西并不见得是好的东西，很多是坏的东西。好的东西不花钱去买，自己没有知识产权，国家是不可能兴旺发达起来的。这件事情现在宣传得还很不够。要大力宣传，把保护知识产权作为一项国策。当然，任何一个国家也难以完全消灭盗版问题，但是政府必须有明确的态度，严厉打击盗版行为，切实加强文化市场管理，促进文化事业健康发展。同时，要搞好重要的文化设施建设。我国是一个有五千年悠久历史的文明古国，但我们的博物馆建设还不如埃及，更谈不上与巴黎相比。五千年的中华文明史值得我们骄傲啊！应该展现出来，以此教育我们的后代，树立爱国主义情操和历史使命感。本届政府要作出决策，修建一个国家博物馆。这是一件必须办好的事情。

在改革方面，国有企业改革必须进一步深化。党的十五大提出，要积极探索公有制的多种有效实现形式。这需要进一步贯彻落实。国有大中型企业尤其是优势企业，宜于实行股份制的要通过规范上市等形式，改为股份制企业，其中重要的行业和企业由国家控股，其他不

〔1〕孙家正，当时任文化部部长。

一定都要国家控股。为此要大力发展股票市场。现在的股票市场还很不规范，老百姓对它没有信心。因此，在通过发行股票集资方面要做极大的努力。企业要上市，首先要盈利，现在很多国有企业都亏损，它们怎么上市？这就要进行企业重组，把一部分不良资产划出来，因为这是历史原因形成的。通过重组，把包袱卸下来，使企业变成盈利，就可以上市。但卸下来的包袱怎么解决呢？那就要建立社会保障体系。建立社会保障体系的资金从哪儿来呢？包括从股票交易中收税，或者是减持部分国有股份等，从这些钱里拿出来一部分来补充社会保障体系所需的资金，把那些下岗、分流的人养起来，并帮助他们再就业。今后三年必须解决这个问题，否则，国有企业改革是很难深化的。

对国有企业特别是重要行业的国有企业，要实行严格监管。办法一个是由国务院向国有企业派出监事会，另一个是由国家指定总会计师。这样，才能真正地对国有企业实行有效的监督。党的十五届四中全会在这些方面作了一些规定，确定了一些原则，但如何具体地实行，还有一定的困难，需要进一步研究和落实。对每一个商业银行，国家都应派出监事会。从这一任开始，对每一任行长都要进行考核。现行的商业银行考核体系是极不科学的，一定要建立一个完善、科学的考核体系。如果银行的不良贷款的比例还在连续上升，亏损还在增加，行长就得换人，不能让一个行长在连续亏损的情况下还一届两届当下去。不然，这还叫什么社会主义市场经济啊？还有什么监管啊？这是不行的。这些基本制度都要逐步建立健全起来。

税收制度也要改革。增值税税制要进一步完善，防止偷税漏税。银行和税务部门应该联合起来，建立和推行存款实名制度，使银行掌握是谁存的钱，才能避免偷税漏税，才能实行利息税的累进税制，税收才会有很大的增加。信用卡必须实行全国联网。不然，这个银行发的卡，在那个银行用不了，信用卡就没法全面推行。

还有其他急需解决的问题，希望大家多做深入的调查研究，提出有情况、有分析、有观点的建议来。

同志们，你们的工作是很光荣的，也是很繁重的。希望你们在新的一年里，再接再厉，加强学习，改进自己的工作，提高工作效率和水平，把国务院研究室的工作做得更好。

发挥好信访工作的三个作用*

（2000年2月13日）

过去一年，信访局的同志们没有辜负党中央和国务院的信任，非常努力，工作很出色，作出了重大的贡献。全年共收到人民来信48万多件，都做了处理，其中很多都给予了回复。这对党中央、国务院的工作是很大的推进。所以，我上次在你们的文件上批了几句话："信访局任务繁重，工作辛苦，办事得力，成绩很大，特表慰问和感谢！"

今天我还要给大家带来一个好消息，中央已经批准，你们局升格为副部级单位，名字改为"国家信访局"。这也是对同志们工作的一种肯定。向大家表示祝贺！

党中央、国务院对信访工作非常重视，当然，这也是我们党的一贯传统。信访工作起什么作用呢？我归纳为以下三点：

第一，信访工作是民意的"寒暑表"。通过人民来信来访可以看出，我们党和国家的政策产生了什么样的效果、人民群众有什么反应，工作做得好做得坏都有人在评判。我记得在中央政治局常委会上，有的同志讲，现在人民群众意见最大的是经济问题，如下岗职工、离退休职工的养老金等等。我当时就根据你们的分析说，情况已

---

* 这是朱镕基同志看望中共中央办公厅、国务院办公厅信访局工作人员时，在处级以上干部座谈会上讲话的主要部分。

2000 年 2 月 13 日，朱镕基看望中办、国办信访局干部职工。左三为中办主任王刚，左五为国务院副秘书长崔占福，右一为中办、国办信访局局长周占顺。

（新华社记者李学仁摄）

经发生了变化，第一位的是干部作风，特别是农村干部的作风问题，下岗职工、离退休职工的养老金等经济问题已经退居第二位。“寒暑表”的升降，说明我们对离退休职工养老金、职工下岗等问题已经采取了一些措施，产生了效果，所以这方面的反映就少了些。它曾经是第一位的问题，但是如果还停留在老概念上，就可能没有看到当前干部作风问题很严重、危害很大。刚才我看你们对来信来访的分类，第一类是农村干部作风问题；第二类是下岗职工、离退休职工等经济问题；第三类是治安问题；第四类是社会各方面和政府的不正之风问题，这也是个作风问题。第四类和第一类加起来，占了绝对多数。原来我记得是经济问题居第一位，约占三分之一，现在它已经下降了。当然，我没有认为经济问题不重要的意思，它还是很重要的，也还是老百姓关心的一个重大问题。我们这方面的工作做得还不够，还要继续努力。我们就是要根据人民群众对我们的政策产生效果的一些反映，来评估我们自己的政策。看民意，就要听真正的民意，不要去听那些基层干部给你歌功颂德。人民来信来访可以不同程度地真实反映人民群众的意见，当然有的时候可能讲得过火一点，有的时候也不完全是事实，但总的说起了个“寒暑表”的作用。

第二，信访工作是政策的“调节器”。例如你们刚才讲的粮食收购体制问题，说老实话，我很重视这个问题。这几年我反复地思考，做了很多调查。农业从来都是一个最重大的问题，大家议论最多的是粮食收购体制，很多人提出过不同意见。我认为，如果把粮食收购完全放开，在当前粮食供过于求的情况下，农民的利益根本不能得到保证。当然，粮食统一收购不可避免地会带来补贴增加、吃“大锅饭”思想上升，导致没有竞争。但是，实践证明这种补贴是必要的，因为工农业产品价格剪刀差始终是存在的，就是要对农民给予补贴嘛。如果不采用这种办法而采用别的办法，就不能保证粮价不下降；粮价一下降，农民利益都要受到损失，种田积极性就降低了。如果放开收购，就等于不收购，谁去收购啊？粮食这么便宜，无利可图嘛。这种带倾向性的问题，你们反映了以后，我们马上就警惕起来，采取措施，调节政策的松紧度。就好像高压锅炉，里面气太足的时候，从压力表一看快要爆炸了，那个调节阀门的弹簧一压缩，气马上就冒出去了，锅炉就减压了，不至于爆炸了。我们的政策力度是太大了还是太轻了，都要直接听人民群众反映的意见。如果完全相信干部一层一层的上报、汇报，那是不可靠的。通过人民来信来访来检验我们的政策正确与否，这是一个非常重要的渠道，它起了个政策“调节器”的作用。它告诉我们，政策不能绷得太紧，也不能太松，要适度。

第三，信访工作是我们与人民群众联系的“民意窗”。我们通过这个窗口接近群众，听取群众意见，也为他们申冤。群众往往投诉无门，我们不开这个窗口怎么行啊？“民意窗”是一个非常重要的民主渠道，它一方面说明我们工作中的问题越来越多，另一方面说明群众敢说话、敢来揭露问题了，因为我们过去帮他们解决了一些问题。特别是人民群众的积极建议越来越多，更增强了我们的信心。

现在，我上下班的路上常常遇到“拦轿喊冤”的事。有一次很危险，从这边跑过来一个人，我的司机一转方向盘避开了他。这时从另一边又跑出来一个人，差一点儿把他撞倒。后来，我就对司机讲，遇到这种情况你就停车，接他的“状子”嘛。没有什么可害怕的。包公还接“状子”呢，何况我们还是共产党员哩！

因为发生过这种情况，警卫系统就加布了岗哨，又是武警、又是交警，还有便衣，三步一岗，五步一哨，车还没有到就提前封了路，这样造成人民群众很大的不方便。很多同志提出来，这是扰民啊，在群众中的影响是很不好的。所以，我下定决心，一定不要封路。但是公安警卫系统不同意，说这都有规定的，他们做不了主。后来，我亲自到公安分局，同公安、武警、交通管理等人员开会。我说，同志们，你们负责保卫中央领导同志的安全，工作是很辛苦的。你们非常有责任感，做法也是正确的，但你们也要考虑我是总理，我不能够老扰民啊！老封锁街道是不行的。对告状的人，你们不要怕。告状的人一拦，我就停车，但我不打开车门，安全没有问题。后边警卫车过来，把他的告状信接下，我再走。我说通过这个事情表现一下我们亲民的作风嘛！老百姓有冤屈，好办，我停车了，我接你的信，回去批。我还讲过几次，对待这些“拦轿喊冤”的人，一定不要打他们，不要推他们，他们是人民群众，要礼貌地对待；另外，他们的状子一定要交给我批。凡是“拦轿喊冤”的人的告状信，我都作了批示。后来有人对我说，你老是批，批了又见效，这样拦车的人就会越来越多。我说，越多就越多嘛。别的事我办不了，批几个字总还可以吧。

就怕批了这几个字下去，人家也不当回事。如果我批下去真正起到了作用，为老百姓，哪怕是为个别的老百姓办了一件好事，也算是我的一点贡献吧。现在问题很多，完全解决是不可能的。解决一件算一件。如果这成了一种作风，代代相传，我相信法治还是有希望的。

我这次来，不仅是向同志们道个辛苦，表个慰问，表示一下我心底里对同志们的感激；还希望能够使各级党委和政府的领导都来重视信访工作，都来做信访工作，都像党中央、国务院一样重视人民群众的来信和来访。这样，我们就能够逐步地、比较好地走上法治的道路。信访工作是我们联系群众的纽带，是发扬民主、了解民意的一个窗口，我们要十分重视。要保证我们的政权不变色，保证我们的党始终与人民群众联系在一起，没有信访这个渠道是不行的。所以，我希望同志们在机构升格、信访工作的地位提高以后，更加热爱这个工作，把这个工作做得更好。我去年来了，今年又来了，明年还想来听你们的意见。

海关要重振雄风*

（2000 年 2 月 20 日）

现在海关总署正在召开全国海关关长会议。本来部门召开的工作会议，我们国务院的领导同志是不参加的，这是我们的规定。但是，考虑到海关目前所面临的形势，暴露了海关在打击走私方面的一些重大问题，社会舆论和各方面有许多看法，面临着如何继续鼓足干劲建设好海关这样一个非常艰巨的任务。所以，今天，国务院的领导同志采取座谈会的形式，和同志们谈谈心，是想向大家表明：国务院是信任你们的，是肯定你们的工作成绩的，是正确评价你们工作中的缺点的。我们希望你们重振雄风，再创新高，把海关工作搞得更好，完成把守国门的任务。

我想讲四点意见。

第一点，1998 年以前，走私活动越来越猖獗，直接地影响了国民经济的发展，造成了重大的损失。据估计，直接损失每年可能有几千亿元人民币。1998 年上半年，对外贸易的顺差为 435 亿美元，但是真正结汇拿回来的只有 47 亿美元，差不多有 300 多亿美元流失了。也可能不一定流失这么多，因为有虚报出口的因素，但是大量骗取了出口退税。下半年大张旗鼓打击走私，情况就有很大的好转。这可以

---

* 2000 年 2 月 20 日至 23 日，海关总署在北京召开全国海关关长会议。这是朱镕基同志与会议部分代表座谈时的讲话。

2000 年 2 月 20 日，朱镕基在北京中南海与出席全国海关关长会议的部分代表座谈时发表讲话。右一为中共中央政治局常委、国务院副总理李岚清，右三为中共中央政治局委员、国务委员、中央政法委书记罗干，右四为国务委员兼国务院秘书长王忠禹。

（新华社记者王新庆摄）

从 1999 年的情况来反证，1999 年的贸易顺差为 293 亿美元，实际结汇达到 235 亿美元，两个数字比较接近了。这说明打击走私的成绩是很大的，同时也说明以前的问题是非常严重的，白白地流失了上千亿甚至几千亿元人民币的国有资产。这个计算方法对不对，希望你们总结经验时好好研究一下。记得 1995 年，江泽民同志叫我同谢非同志、朱森林〔1〕同志谈过一次话。当时，我们进行了外汇大检查，我们原来的印象里广东是创汇大省，但外汇大检查表明，广东实际上是一个用汇大省，半年时间外汇逆差达到 55 亿美元之多，不但没有创汇，还把国家的外汇套走了。我说了这个问题以后，他们两位都表示很震惊，但是他们又说，海关是中央管的，外汇管理局也是中央管的，我

〔1〕朱森林，当时任广东省省长。

们没有办法。如果中央不严厉打击走私，地方确实没有办法解决这个问题。1996年、1997年，问题越来越严重。经过1998年严厉打击走私，1999年广东省就有60亿美元的顺差了。这是一个很大的变化。从过去近60亿美元的逆差，变成60亿美元顺差，可以看出打击走私的重要性。

从现在揭发出来的问题看，更严重的是已经形成了一条走私的链条，或者说一张走私的网络。在这个网络或链条上面，只要有一个环节坚持原则，走私就走不成。但是从湛江、厦门的情况看，问题的严重性在于，这个链条上的每一个环节都被走私分子打通了，都有人掉进去了，以致走私通行无阻。这是很可怕的。走私货物进来，先要经过运输环节和港务理货，这是交通部门的事。这是一个很重要的关口啊，一条船上明明装了1万吨钢材，他报成1000吨，这不就是走私吗?！然后是商检。商检原来由外经贸部管，现在归海关管。海关的"三检"人员被买通了，一上船，睁一只眼闭一只眼，就过去了。下面到税务部门，要有增值税发票，发票是造假的！再到中国银行去骗汇。外汇管理局不是一个必经的环节，情况稍微好一点，也不一定没有问题。最后是到工商部门，开的是假发票。在整个链条上如果有一个环节、有一个好人，就打不通。如果链条上面都有坏人，就会全给打通了。这是一个很深刻的教训，是很典型的腐败，我们要很好地警惕呀！

这个腐败的面有多大呢？相当的大。从出问题的湛江、厦门这些关口来看，大约百分之二十几的人陷进去了，而且确实造成了重大的损失，这还不值得我们海关的同志们警惕吗？我们要看到问题的严重性，要正确地对待，吸取教训。如果再不打击、不治理，就像江泽民总书记讲的会亡党亡国。

第二点，党中央、国务院采取了一系列措施来打击走私腐败犯罪活动。特别是在1998年，我们看到问题越来越严重，因此，党中央、国务院在北京召开了全国打击走私工作会议。7月13日，第一天上午，江泽民总书记作了一个非常重要的讲话。他很激动地指出，打击走私的斗争，不仅是重大的经济斗争，而且是严肃的政治斗争。他要求我们决心要大、行动要快、措施要硬、惩治要严，依法打击走私、腐败等犯罪活动。他还特别强调，军队、武警部队、政法机关必须一律停止一切经商活动。当天下午，吴仪同志在会议上讲话。7月15日下午会议结束时，我去讲了话。在党中央、国务院强有力的领导和组织下，全国打击走私活动的斗争迅速开展起来了。当时我形容打击走私斗争的形势是“势如破竹”，接连地把一个个案子揭露了出来。统一指挥，联合作战，工作很得力，哪一点问题都不放过，凡是违法犯罪的人，都抓了起来。要是没有那一次“廉政风暴”，今天的问题不知道会严重到什么地步，我们在经济上也不可能取得这样好的成绩。去年一年海关的税收就增加了711亿元，差不多增加了一倍。这是对财政增收和经济发展的极大支持。

所以，我们应该全面、正确地看待这个问题：第一，我们揭露出海关的问题是很严重的，这个链条上各个环节揭露出的问题也是很严重的。第二，海关在严重的问题面前，坚持工作，坚持斗争，取得了很大的成绩，对这一点也必须充分肯定。我们全力以赴地把案件查清楚了，把罪犯抓出来了，说明海关队伍的主流是好的。你们在强大的政治压力下，坚持工作，把税收上来，这是了不起的。要从这两个方面来看，辩证地来看。要把思想上的压力，变成继续搞好我们海关工作的动力。

第三点，要继续查办海关的大案要案，彻底粉碎走私网和走私链，毫不留情，绝不松懈。大家一定不能松劲！问题还会有，更大的问题还可能发生。务必请各位关长把这一点当做当前的首要任务。一定要查到底，这是一个关系到国家和民族生死存亡的问题，在这个问题上如果我们放松的话，后患无穷呀！大家不要抬不起头，不要没劲啊！应该站起来，站得坚挺一点，振奋精神，理直气壮，坚决把那些大案要案查下去。

为了把这项工作做好，我们要争取大多数，集中力量打击主犯，把主犯的问题查得清清楚楚。对于从犯，要讲政策。如果他彻底坦白交代，应该减轻处分；如果他不但彻底坦白，还揭发了别人，就是立了功，可以免予处分。有的人是初犯，如有的关长，在黑白两道的威逼利诱之下犯了错误，这当然是不应该的。但也要分析当时特定的历史环境和条件，在他有悔过、立功表现的时候，就立即解脱他。我想这一点我们要注意，不要什么人都怀疑，把自己的圈子收得很窄，那是不可能彻底把问题搞清楚的。但是这要有一个前提，就是一定要把主犯打击了，把这个案子揭穿了。没有这一条，自查是查不彻底的。问题并没搞清楚，主犯还没有抓出来，从犯的坦白一定是不彻底的，他也一定不可能彻底揭发别人。只有把案子基本上查清楚了，主犯抓出来了，才能够解放大多数。我想，这件事情要请中纪委、中央政法委、海关总署共同来研究，一起制定明确的政策。你们刚才讲，实际上已经这么做了，已经体现了这个政策的威力了。但是要把政策搞明确一点，否则不能团结大多数。“左”也不行，右也不行，政策明确了，工作时心里有底，就不会搞错啦。

第四点，要从法制上、体制上、政治思想上和技术手段上加强海关的建设。首先，要加强领导干部廉洁自律，加强思想政治工作，这一条是非常重要的。海关揭发出来的问题，反映了我们过去的思想政治工作是薄弱的，是业务挂帅，不是政治挂帅。政治挂帅，现在好像很少讲啦，但是我觉得还是要讲的。“三讲”的第一讲就是讲政治。讲政治，第一位的是领导干部要廉洁自律。本来我们这些领导干部，在加入中国共产党的时候，就已经确立了自己的无产阶级世界观和人生观。我们都宣过誓，要为解放无产阶级和全人类而奋斗，要为实现共产主义而奋斗。除了这个目的以外，我们还有什么别的目的呢？山珍海味，一天无非是吃三顿嘛；高档宾馆，晚上无非也就是一张床嘛。你现在究竟图的什么东西呢？刚才有同志讲，是嘴巴害的，一天到晚吃吃喝喝。同志们，那样吃吃喝喝，血管是要硬化的。最近，我看到台湾报纸上登的王永庆〔1〕的养生之道。他说，养生之道就是简单，越复杂越活不长。他吃饭时，不吃山珍海味，以小菜为主，有时候吃一个鱼头，吃几片藕、一碗稀饭。一天到晚，这里赴宴，那里赴宴，究竟有什么好处？自己跟自己过不去呀，帮助自己加速死亡呀！

同志们，把这个事情想开一点，还是回到我们的无产阶级世界观、人生观上来。常言说："赤条条来去无牵挂。"你来的时候赤条条，你走的时候不也是赤条条吗？你还能带什么东西走呢？只有当你为共产主义事业奋斗的时候，才真正感到生命的意义嘛。现在，无论你干什么事情，不要说是干坏事，即便是干的不那么恰当的事情，后面都会有人议论你。也不管你是什么领导干部，背后总会有人评说你、检验你的行为对不对、好不好。不要以为人家看不清楚，你做一些非分的事情，惹来的是后面的一堆骂名，你干什么呀?！我想作为一个共产党员，我们确实应该端正自己的世界观、人生观。特别是我们现在是人民的公仆，总要想办法多为老百姓办一点事情，多为国家争取一些利益。至于待遇高一点、低一点，官位提得快一点、慢一点，有什么意义呢？党政一把手，只要你们端正了自己的世界观、人生观，站稳了立场，那就腐败不起来，至少不会发生严重的问题。这一点是最重要的。所以，我觉得海关应该极大地加强思想政治工作。

〔1〕王永庆，中国台湾地区台塑集团创办人。

海关经过这一次大的整顿，有些人落马了，恐怕应该大力地补充一些干部。在这次斗争中，不少同志站稳了脚，经受了考验，要从这里把年轻干部特别是业务干部提拔上来。但是这还不够，不能够只考虑业务干部，还要从外面挑选一些优秀的、政治思想水平比较高的、经过一些考验锻炼的同志，成为海关的骨干，一开始可以着重做思想政治工作，当副关长、党委副书记，逐渐熟悉业务以后，再提拔或者轮换。我想这是很重要的，应该赶快采取措施。各个部门要支援一些同志来加强海关。

其次，要从法制上、体制上帮助这些领导干部避免犯错误。这就要建立一系列制度，例如复核制度。新中国成立以前的银行都是有复核制度的，现在用了电子计算机就不复核了，这是不行的。过去提要有"三铁"：铁账本、铁算盘、铁规章。我一再要求银行一定要坚持这个好传统。现在强调得很不够，始终没有很好地重视这个问题，连一些领导干部都不知道"三铁"。现在造假账的很多呀，这里面就有贪污腐败的现象。一个银行行长手头可以随便支配的钱很多，不入账，个人说了算，这不是造成他腐败吗？最近我从互联网上看到农业银行杭州分行发生了一个笑话，后来一问果然是真的：一个打工的人到这个分行用一个信用卡存进去几百块钱，再一查，卡上面的数字是6.2亿。他想，这是真的还是假的，试试看。先提几百块钱，果然就提出来啦。于是，他就大买什么金银首饰等贵重物品，后来当然被发现了。怎么回事呢？本来，使用信用卡第一次是输入账号，第二次是再输入多少钱，有这么一个程序。银行的操作员第一次把账号输了进去，第二次又把这个账号输入一次，账号的数字就是6.2亿，他根本就没有复核。结果就出了这个问题，这说明没有复核制度是不行的。最近，香港联交所发生了一次停电20分钟的大事故，造成几百亿元港币的损失。什么原因呢？本来这个系统是自动切换电源的，如果主电源停电，备用电源就马上自动切换上去。但是，操作人员没有仔细看过设备说明书，当停电时，他马上按了一下切换按钮，把本来自动切换变成了不能切换，于是就一直停电了。报纸上说，这使香港好蒙羞啊，一个世界级的经济中心，居然工作人员连设备说明书都没有好好看。后来他们就制定了一个制度：按下按钮的时候一定要两个人，不能一个人按。海关的业务是不是也应该有个复核制度呀？总是要有人监督，要两个人相互制约，才能少犯错误。

另外，我认为还要坚持离任审计制度。最近对四大国有商业银行的行长进行调换、交流，干部的年轻化大大加强了。这样做，可以帮助这些同志不犯错误。一个领导干部，在一个岗位待久了，周围“抬轿子”的人太多啦，会促使他犯错误。对这次调动工作的同志，还要进行认真的离任审计。这不是对谁不信任的问题，而是国家的一项制度，必须这样做。

我已经要求人民银行赶快设计一套对商业银行工作的评价指标体系出来，从现在就开始考核行长的政绩，谁搞得好、谁搞得不好，通过指标来说明问题。那就不能造假账了。要明确地对这些行长讲，你们必须配合审计署，把前任行长的离任审计做好。如果你不做，将来他的问题全算在你的账上，这一点要说清楚。这绝对不是信任谁、不信任谁的问题，你审计前任行长的账，你原单位审计你的账，都要审计，这样才能从体制上面保证你不犯或少犯错误。这个制度一定要坚持。审计署要集中力量突破重点，面不要铺得那么开，一下子审计多少万个单位，那样虽然能抓出一点东西来，但不解决问题，意义没有这个大。对这些领导干部，特别是有影响的领导干部，一律要进行认真的离任审计，这是国家的一项重要制度。对海关关长要进行离任审计，对副关长也要进行离任审计。不是只有对第一把手才进行离任审计，也不是干部级别越高就越不需要审计。今后对每一个领导干部特别是对副部长以上的干部都要进行离任审计，这很重要，否则责任不清。这是从法制上、体制上帮助领导干部不犯或少犯错误的措施。当然，领导干部自己首先要提高觉悟，提高政治思想水平，提高修养，廉洁自律，这样才能保证我们队伍的纯洁、廉洁。

此外，我们要从各个方面加强打击走私的工作。比方说，海关缉私警察怎么跟公安部密切配合去打击大案要案？今后要从体制上想办法。打击走私抓了那么多人，海关没有那么大的力量，没有公安部门的配合是不可能取得这么大的成绩的。现在要打击的腐败案件主要是这么几个方面：一个是走私，一个是银行的金融犯罪，还有是涉税的犯罪，要采取措施把这几个方面问题处理好。海关的缉私警察，需要增加一些服义务兵役的，可以轮换。这可以从制度上保证缉私警察总是充满斗志，是一个比较好的做法。过去缉私，没抓几个人；去年缉私警察3000人抓了走私分子3000人，这是了不起的成绩。

最后一点，是要加强技术手段。我在1998年到广州，看到他们的联网系统，海关同外经贸部、国家外汇管理局共同联网。报关单一核对，马上就能够知道是假的还是真的。我听说，你们正在研究更先进的计算机体系和网络。这要攻关，完全靠人有时查不出来或者难以核对出来，就得靠这些最先进的技术。1998年上半年查出的假报关单，货值达110亿美元。这个网络建立以后，侦破率就大大地提高了，很多问题在还没有作案以前就被消灭了。所以，海关一定要采用高新技术，建立一个高技术的、非常严密的计算机体系，要吸收一些懂技术的人才进来。先进的手段加上懂技术的人，这样才能把海关工作搞好。海关透视集装箱用的检测仪，是清华同方股份有限公司试制成功的，是我们自己研制出来的，你们可以提出意见让他们改进，将来要给予他们奖励。汽车一经过集装箱检测仪，马上就能看出里面有没有东西，手枪、毒品都能看出来。现在走私，从香港出关时账是真的，要瞒骗香港海关比较难一点；但一上我们的岸就变了，1万吨变1000吨了，因此必须跟香港海关核对一下，一联网，这个问题不就解决了吗？香港现在已经回归了，很多事情都可以通过技术手段来解决了。

最后，我衷心希望我们海关的全体同志，特别是领导同志，一定要振奋精神，重振雄风，再创新高，把海关工作提到一个新的水平。党中央、国务院是信任你们的！我们认为，海关这支队伍是经得起考验的，尽管犯了严重的错误，它的主体还是好的；绝大多数领导干部是立场坚定的，也是廉洁的。虽然有一些蛀虫，有一些不法之徒，但现在把他们抓出来了，海关更加纯洁了。我们不能因为发生了严重的走私案件，而否定改革开放的成绩。在任何一个国家都会发生这些问题的。我们很庆幸比较快地发现了这些问题并解决了这些问题。不能因为厦门出了一个这么大的走私案子，就否定经济特区的开放政策；更不能因为有一小撮蛀虫和不法之徒，就否定整个海关队伍的性质。海关队伍的主流是好的。同志们，希望你们振奋起来，头要抬起来，胸要挺起来，站得稳稳的，把工作抓起来。我们对你们去年打击走私所取得的经济成绩、经济效益，表示感谢。你们要坚持工作，不能够松懈。据说因为现在受到严重的压力，有些人对你们的看法不好，有的同志心里有委屈，服务态度就差了，就向客户和过关的人发脾气。这样不好，一定要严格地杜绝这种情绪，要对这些同志进行正面教育，不要有委屈。中央是讲政策的，对犯了错误的同志的处分是宽严有度的，对主犯，该枪毙的一定要枪毙；对从犯，坦白得好的从轻处理；对揭发有功的人，免予处分。希望大家振奋精神，吸取教训，把全体海关的同志们团结起来，把工作做好，共同完成党中央、国务院交给你们的任务。

搞好农村"费改税"试点工作*

（2000 年 3 月 13 日）

目前，粮食出现了阶段性的供过于求，价格下降，以粮食生产为主业的农民的收入受到了影响。要保证农民的基本收入，就必须敞开收购，而敞开收购需要财政补贴保管费用和占用资金的利息，这方面的负担是很重的，去年中央财政就补贴了 600 多亿元。当然，从全国来看，由于地区不一样，农民所从事的产业不一样，打工的人数不一样，乡镇企业发达程度不一样，离城市远近不一样，各地农民收入增长放慢的程度也不一样。前几年，为了保护农民种粮的积极性，国家先后三次提高了粮食收购价格，粮价已经高于国际市场的水平。尽管现在市场粮价在下降，但与国际市场相比还保持在较高的水平。不管怎样，与前一两年相比，农民收入的增长比较慢。这个情况要引起我们的高度重视。

怎么办？第一，还是要坚持既定的粮食购销政策，国家还是要给补贴，否则种粮的农民受不了。第二，要调整农业的种植结构，鼓励农民去种那些优质的品种、适合市场需要的品种。为此，要调整按保护价收购的粮食品种，东北地区准备少种玉米、多种大豆，可以鼓励全国中小学生都来喝豆奶。但这个事情不能着急，不能盲目地搞，强迫命令是绝对不行的。要根据市场发展的需要，帮助农民开辟增收的

* 这是朱镕基同志在九届全国人大三次会议安徽省代表团全体会议上的讲话。

门路。第三，除了执行党中央、国务院一系列的农村政策外，减轻农民负担就是最大的政策措施。减轻农民负担就意味着增加农民收入，这是目前能使农民真正增加可支配收入的有效办法，全国都要认识到这个问题的重要性。

现在不少地方收费名目繁多，农民的负担绝对不是只占其收入的5%。我们曾经想过很多办法来解决这个问题，把农民的各种不合理负担开了个单子，有二百几十种之多，然后在电视、广播上公告，宣布取消。但事实证明这种做法的作用不大，你取消了200种，地方又加了300种，名目和以前的不一样就是了。可见，用行政命令规定什么费不能收，即使发了几十份文件，还是没有多少用。不下最大的决心，从法制上加以根本治理，这个问题就解决不了。这不是说干部都是贪官污吏，而是一个风气问题、法制问题。首先是政府机构臃肿，招进了那么多人，他们要吃饭，有的还要讲排场，不精简政府机构，农民负担不可能减轻。所以，本届政府从国务院系统开始精简，减少了50%的人员，这样财政开支就减少了。现在各省区市的政府机构改革方案也已经批准了，省级政府机构的人员编制大体上也要减少50%，我相信这是能够执行的。问题在于县以下的机构，精简起来很不容易，但不容易也得精简。精减下来的人员如果分流不了可以养起来，这总比占着职位花钱少，还可以提高工作效率。乡镇干部也要精减，有的人可以回去种地，不能种地的人想办法给予安置。总而言之，政府工作人员不能太多。还有，事业单位包括学校的人员也很多，在有的地方的学校里，小学程度的甚至文盲也能当教师、领工资；还有的弄虚作假，吃空额。县和乡镇的干部精减工作，要结合整顿事业单位和教师队伍，把那些不合格的人调整出去，让从乡镇干部里减下来的合格人员去当教师。教师是人类灵魂的工程师，不当干部了去当教师是很光荣的。总之，精简机构、减少农民供养的人员，是从根本上减轻农民负担的必要条件。

减轻农民负担最重要的一条措施，是实行“费改税”，来个一揽子解决。不管有多少种费，只要是收费就一律不允许。只收农业税及其附加，其他所有费都取消。制定农业税的征管办法，千万要注意不要让种田的人吃亏。外出打工的人、搞家庭副业的人、做买卖的人，他们都不种田。如果对他们都不收税，让农业税都落到老老实实种田的人身上，那不行，那样种田人的税负就会很高。所以，一定要严格区分这些情况，对不种田的那几种人也要采取适当形式收税，这些人在农村还是比较富裕的。这项工作一定要非常细致地去做。

农村的“费改税”是涉及九亿农民的大事，是减轻农民负担的一个根本性的政策。要慎重行事，先搞试点。我们组织力量调查了一年多，制定了方案，开了全国性会议，原先想请四个省在全省试点，其他省区市自己找一两个县试点。但这四个省把试点任务领回去以后，只有安徽省坚持下来，其他三个省都打了退堂鼓。我们总得走这条路，总得这么干，要干就得有人先来试点。安徽省愿意承担这个任务，有这个勇气，我认为是好的，应该表扬。这次我的年度《政府工作报告》，文字一再压缩，但安徽省搞“费改税”试点这个事，非要把它写进去不可。大家都记得，万里同志当安徽省委书记的时候，搞包产到户，成为中国农村改革历史上的一件大事，开创了全国农村生产关系的变革。农村“费改税”这件事情的意义，不亚于“包产到户”。如果安徽省把这件事搞成了、搞好了，就是对历史作出了又一项重要的贡献。我们必须认识到这个问题的重大意义。但是，说老实话，我也有些担心。安徽省在历史上发生过浮夸风，1998 年我到南陵县就有过亲身的体会。因此，你们必须谨防浮夸，扎扎实实地搞试点，为全国农村进行税费改革积累经验。中央一定支持你们。

农村“费改税”以后，税负不要搞得太重了。如果把税负搞得和原来收费一样重，那又何必改革呢？因此，这里面就包括了要搞精简机构，从源头上减轻农民负担。如果不从源头上下大力气抓精简机构、抓干部作风的转变，不刹住干部铺张浪费乱花钱的风气，不整治贪污受贿，“费改税”就搞不下去，就不可能取得成功。所以，这个任务是很艰巨的，要做大量艰苦细致的工作，谨防说假话、虚报。中国共产党经历了几十年各种风浪和斗争的考验，最根本的成功经验就是实事求是。我们要按照党的光荣传统和优良作风来办事，不搞虚夸，不说假话，不铺张浪费。我希望安徽省委、省政府首先自己要改进领导作风，深入实际，深入基层，深入群众，多搞调查研究，好话坏话都要听，不要只听那些好听的话，这样才能够把事情办成。这个事是有风险，但风险也不是太大，就怕不去好好办实事。全国只有安徽一个省试点，如果搞不好，“费改税”在全国推行就得拖后几年，农民就得多受几年苦。做好这项工作首先要解决思想认识问题，一定要把各级干部特别是基层干部的思想搞通，这是第一位的。具体办法是第二位的，是可以改进的。我衷心地希望安徽省上下齐心，团结一致，勇敢地承担起党中央、国务院交给你们的任务，真心实意地去为农民办好事。一切个人得失都要置之度外，一心一意去想怎么减轻农民负担，把这件大事办好。

安徽省有个很不利的条件，就是灾害频繁。去年 7 月汛期时，我到过安庆、池州，从长江北岸到南岸，站在高处看洪水滚滚的长江，顿时触景生情，想起了苏东坡的《念奴娇·赤壁怀古》：“大江东去，浪淘尽……”但是，当时想的不是浪淘尽千古风流人物，我不考虑什么千古风流人物，我考虑的是“大江东去，浪淘尽万民的血泪、黎民的生计”呀！我说了这样一句话：这么多年受灾，真是搞得民穷财尽哪！安徽省地处中原，是一个非常富庶的地方，文化也非常发达，但频频的水患把沿江群众搞得这么苦。所以，现在要下定决心，在几年之内把长江堤防治理好，沿江的堤防无论如何要达到规划的标准，一定要办成这件事情。水利建设绝不能头痛医头、脚痛医脚。不能总是来水灾就多投资、没水灾就不投资，这样不行。水利建设的力度只能逐年加强，不能减弱，一定要保持很强的投资力度。那些铁路、高速公路建设都很重要，但是比起水利建设还是第二位的。如果农民一年有一百多天上堤抗洪，那还种什么地呀？湖南、江西、湖北省都有这种情况。大江大河大湖治理、退田还湖、移民建镇等工作的力度，绝对不能够降低。国家发那么多国债，不首先搞水利搞什么！国家加大治理水患、兴修水利的投资力度，就是为了减轻农民的负担。我一直主张不要向农民摊派义务工、劳动积累工。农民实在是太苦了。国家多拿出一点钱，把其他的基本建设项目资金挤掉一点，就可以解决这个问题。安徽省搞试点最好把这“两工”去掉。你要农民干活，就要给钱。标准可以稍微低一点，但当场就要给钱。水利工程建设一定要用机械化的队伍施工。由一家一户去承包，光靠人挑肩扛、手提车拉是不行的，不仅不能保证施工质量，也不利于实行监理制度。

我还希望中央各个部门，都要想方设法来支持安徽省的试点工作，切实地减轻农民负担。在党中央、国务院的正确领导下，只要安徽全省上下坚决贯彻中央的方针政策，精心组织，周密安排，加上中央各部门的大力支持，税费改革试点工作就一定能够成功，一定能够为安徽省的农民真正办一件实事，安徽省的各项工作也一定会做得更好。

粮食保护价必须高于种粮成本*

（2000年3月19日）

家宝[1]同志：

要十分警惕这个苗头。可否请农村领导小组办公室、农业部、计委等有关部门组织几个省的调查，检查粮食购销和价格政策的执行情况和备耕准备。要告诫各级党政领导，农业始终是国民经济的基础，任何政策措施都不能影响农民种粮的积极性，否则后果严重。保护价的制定必须高于种粮的成本，也不能只实施“劣质低价”，而不实行“优质优价”，使农民的总体收入过多下降。

朱镕基

3.19

---

* 2000年3月18日，新华通讯社《国内动态清样》第696期《吉林农村出现“弃耕”苗头》一文反映，不少农民因粮价下调，觉得种地不合算，准备在2000年放弃耕种。这是朱镕基同志在此文上的批语。

〔1〕 家宝，即温家宝。

在陈祖涛同志来信上的批语*

（2000年3月23日）

陈祖涛同志并告春旺[1]、丽兰[2]、广生[3]、家璇[4]并肖扬、杼滨[5]同志。经查，我跟此事毫无关系，一无所知，同原被告均不认识。我们共产党员应该有一个基本行事准则，实事求是。凡是打着我的旗号办事的人，如果你没有看到批语，你就不要相信，而且要追查。其实很简单，打个电话给我的秘书就查清楚了。大家知道我的为人，我最痛恨的是逢迎，我最敬重的是抵制我的错误缺失的人。（抄送长春[6]、瑞华[7]同志）

朱镕基

3.23

---

* 陈祖涛同志转送的一封群众来信反映，有人打着朱镕基同志的旗号，干扰地方司法工作。这是朱镕基同志在陈祖涛同志来信上的批语。陈祖涛，曾任中国汽车工业总公司总经理等职。

〔1〕春旺，即贾春旺，当时任公安部部长。

〔2〕丽兰，即朱丽兰，当时任科学技术部部长。

〔3〕广生，即石广生，当时任对外贸易经济合作部部长。

〔4〕家璇，即唐家璇，当时任外交部部长。

〔5〕杼滨，即韩杼滨。

〔6〕长春，即李长春。

〔7〕瑞华，即卢瑞华，当时任广东省省长。

会见欧盟贸易专员拉米时的谈话*

（2000年3月29日）

朱镕基：非常高兴与拉米先生见面，过去我跟布里坦〔1〕爵士打过多年的交道，现在又碰上你了。我想我们是谈判的对手，也是合作的伙伴，同时也会成为亲密的朋友。

我一看就知道你是一个很难对付的谈判对手，因为你跟我们的石部长〔2〕一样，谈判都把头发谈光了。我想这预示着你会比布里坦更厉害一点，但是我想越是这样，越能成为更好的朋友。

我想先说几句话，把气氛缓和一下，然后我们再进行激烈的谈判。

拉米：总理，谢谢你能够说这番友好的话，而且能够抽出时间来见我们。

你提到了我的前任布里坦爵士，我要说他为了使中国能够加入世贸组织做了很多工作，在这方面我们要对他表示敬意。如果在过去的那些年间他没有朝着这一方向亲自作出努力的话，就不可能达到今天这个地步。

朱镕基：打扰你一下，你讲得非常好。我刚才只是想开一个玩笑，没有提到布里坦先生所作出的贡献。我完全同意你的看法，只是开个玩笑。

---

* 这是朱镕基同志在北京中南海紫光阁会见欧盟委员会贸易专员帕斯卡尔·拉米率领的欧盟代表团时的谈话。

〔1〕布里坦，即利昂·布里坦，曾任欧盟委员会副主席、贸易专员。

〔2〕石部长，即石广生，当时任对外贸易经济合作部部长。

2000年3月29日，朱镕基在北京中南海紫光阁会见欧盟委员会贸易专员帕斯卡尔·拉米。
（新华社记者王新庆摄）

拉米：总理，我想我们已经很接近通向正确方向的那一个地方。在两年之后我又能重新来到中国，看到这里一派繁荣、信心很足，这是一个很好的征兆，预示着你们能够发挥很好的领导作用。我们看到中国所制定的内部政策使人们能够凝聚在一起，同时我们也看到你们为了加入世贸组织所发挥的作用。

正如你所知，在我们双边谈判中还有一些问题需要解决，我想简单地跟你讲讲谈判的主要精神。我们非常希望中国加入世贸组织，因为我所提到的这些原因，还需要我们进行多轮的双边谈判。在去年11月你们与美国达成双边协议，给这个进程开了个好头。我们非常欢迎这个协议，因为它极大地推动了事情的发展。但我们之间仍有一些问题需要共同解决。对于我们来说，你们与美国的双边协议不应该成为唯一的参照物。这主要有两个根本原因：一个是政治原因，一个是技术原因。政治原因是基于中国与欧盟之间的一种共同谅解，也就是关于世界政治体制应该是什么样的，世界应该是多极化的，而中国与欧盟的关系同中国与美国之间的关系是不一样的。这对于欧盟成员国和欧盟国家的公众舆论来讲都是不一样的。我们朝着这个方向前进，也是由于有更多的技术上的问题。正是由于这样一个基本的事实，你们在与美国进行谈判过程中有些重要的问题，对于我们来说就不那么重要了。在谈判中，中方接受了美国可以在更长的时间内保持它的贸易保护措施，而这对于我们来说就不需要那么长时间。你们与美国之间达成的平衡影响到我们，这种平衡对我们来说不太方便。在一些具体的领域，我们也理解中国在这个过程中有必要渐渐地引入一些东西，渐渐地取消一些东西，主要是汽车、电信、保险、国营贸易。我准备在这些问题上表现一些灵活性，以适应中国的关注，也就是逐步取消或逐步放开。

总理先生，如果你同意，我可以与你或在下午与石部长会面，共同探讨解决办法。我们是现在谈，还是以后谈，还是今天下午与石部长谈，我都听你的。关于剩下的问题的解决，我有一些想法。

朱镕基：关于中国加入世贸组织的问题，我们需要与37个成员进行双边谈判。现在剩下8个成员还没有达成协议，其中有5个成员实质上已接近签字的程度；余下3个未达到结束谈判的程度，欧盟是其中主要一个。

鉴于欧盟与美国一样，是我们最大的贸易伙伴之一，我们不希望看到欧盟是最后一个与我们结束谈判的，也不想看到欧盟不愿签署协议。因此与欧盟的谈判虽然是很激烈的，但也是很友好的。

我同意你的想法，就是不把中国与美国达成的协议作为唯一的参照，我们知道欧盟关心的问题与美国关心的问题不同，各自有各自的特点。比方说，美国关心小麦、柑橘的出口，你们大概关心葡萄酒和橄榄油的出口，是这样的吧？还有什么东西？

我们充分理解欧盟的成员组成，我们作了很大的让步。石部长说，我们对150个税号中的125个已经作了很大的改善，在降低关税方面作了大量的让步。我们并没有向美国作出这种让步。当然，我也要对你的话作一个补充。尽管各个国家有各个国家的特点，但是我们对一个国家作出的让步，也是对所有国家的让步。也就是说，我们对美国作出的让步也是对你们的让步，我今天向你们作出的让步也是对美国的让步。我们不能出现两种政策。

你提到的汽车关税、电信和保险的控股比例问题，这些问题既是今天你们提出的问题，也是当初我们与美国争论最激烈的问题，我看不出来你们之间有什么区别。

我记得去年我们跟美国的协议，几乎是在边缘上达成的。最后一次谈判，他们四次改了机票、退了房子。是不是真的要走，我也不知道，但确实是四次改了机票、退了房子。最后一次，也就是达成协议的一次，早上告诉我说他们10点钟就要走了，因此我9点钟就赶到他们谈判的会场。他们坚持的几个问题就是你们今天所坚持的几个问题：第一是汽车关税的问题，第二是电信股比的问题，第三是保险股比的问题，第四是八个产品国营贸易的问题。现在你们坚持的是四个产品，美国当时坚持的是八个产品。就是在他们要走的那一天，我9点钟到他们的会场上去，跟巴尔舍夫斯基、斯珀林谈判，在这四个问题上，我没有让步。我让步让的是什么呢？就是特殊保障条款和反倾销条款，我们同意延长了几年。而在这四个问题上面，我没有作任何让步。

这是因为，这都是我们各部门统一的意见，全国一致认为应该坚持的意见，所以我也不能让步。允许我开个玩笑，拉米先生，你再改五次机票、五次退掉房子，我也不会让步！

拉米：我可不是这样的人。

朱镕基：我还没有讲完，你就接下去了。我要讲的那句话就是你要讲的。你作为欧洲人，与美国人的性格是完全不一样的，你不会这样做的。我只是开个玩笑。

但是我也要说明一点，我们在这四个问题上也不是永远不让步，而是要给我们一个过渡的时间。也就是说，等我们自己的监管能力能够到位，中国自己的企业能够具备一定的竞争能力，我们一定会在这些问题上作出让步。我本人认为，在这四个问题上过一段时间以后作出更大的让步是完全有可能的，对中国也没什么威胁。但是在目前只能做到这一点，这是目前中国人所能接受的限度。请你允许给我时间，不要马上要求这样做，如果一定要求这样做，那么我们在这个问题上就卡壳了。这也是1999年11月15日我给巴尔舍夫斯基讲的：我们何必为了这几个问题，而使中美两国的关系、使中国加入世贸组织的谈判就这样不愉快地结束了呢？我们大家都应该顾全大局，这四个问题不是什么了不起的问题，只是一个时间的问题。

请你帮我想一想，当时我们对美国都没有让步，这些问题并不是像葡萄酒和橄榄油一样，如果我们今天对你们让步，那我们岂不是自己打自己的耳光吗？

这些问题不要看得太严重了，根本就不是葡萄酒和橄榄油的问题。我可以说，这些问题属于一般性质的问题，对任何国家都是同样关心、同样重要的问题，不能再开任何口子了。其他问题都可以作出让步，我们授权石部长与你们谈判。我们一定会顾全大局！请你把其他方面要谈的问题也谈一谈。

拉米：总理，谢谢你所作的说明。我有两点评论：

第一，这四个问题是政治性非常强的问题。中国在这四个问题上一点都不能让步是因为对美国没有让步，对这个理由我们在政治上是不能接受的。据我们看来，欧盟与中国的关系并不是这样一种关系。我们已经充分考虑了中国与美国在讨论这四个问题时遇到的困难，因此，我们的要求不同于美国的要求，我们所提出的要求更为具体、更有针对性、时间更长。比如保险业，我们只要寿险，在这方面欧盟的竞争力大于美国。对于电信，我们只要移动通信，而不要固定电话、卫星电话和国际互联网服务，这是因为我们欧洲的手机很好用，我就有一个，在北京打得很好，在华盛顿就不行。我们提出的问题是不一样的，我们在看到你们与美国谈判的内容之后，就没有提出同样的要求。这就是为什么我请你允许我们在与石部长讨论的时候，再看一看我们的立场，并且发挥灵活性。当然，你刚才说你们由于要对等的原则，不能作出进一步让步，但是我们所要求的并不是非常大的让步，而是出于政治和技术上的一些原因，要求来照顾一些欧洲的个别的利益。我要对欧洲议会和欧盟理事会负责，如果我没能够让你们清楚地注意到我们的立场的话，我就无法交代。我可以显示灵活性，但是需要能够解决这几个重要问题。

朱镕基：拉米先生，我们是第一次见面，我本来想用诚恳的、坦率的、非常轻松的态度，同你做朋友，但是你把属于经济的问题提高到政治高度，使我提高了警惕。我希望你更用心地听我的讲话，并且不要曲解我的讲话。我没有讲对美国没有答应的东西也不能够对欧盟答应，我们答应你们改善的125个税号，不是作出了让步吗？我们没有向美国作出的让步，不也向你们让步了吗？怎么能说我们在政治上面对欧盟有什么歧视呢？

我刚才是这么讲的，关于电信、保险等等这四个问题，这是我们对任何国家都设立的底线，不是对美国，也不是对欧盟设立的底线，而是对所有国家设立的。因此既不能向美国让步，也不能向欧盟让步。这不讲得很清楚了吗？没有任何的政治上的含义。我希望拉米先生你要注意，中国现在与欧盟的关系是非常好的，在政治和经济领域各个方面都是非常好的，不存在任何政治问题。

关于这四个问题，我看不出来欧盟和美国有什么区别。你说你们在保险、在移动通信方面比美国的竞争力强，我就不相信。当然，我也不相信美国对你们有优势。是的，目前欧洲的移动电话在中国市场上占有优势，这主要是当时美国对我们封锁，我们跟芬兰的诺基亚公司进行合作而造成的结果。在寿险方面，主要是美国国际集团，它最先是在中国的上海创立的，后来到美国去了，当时它提出进入中国市场时还没有欧洲公司提出申请，我们批准了美国的公司，因此，美国的公司占了中国市场的优势。但是，我们从来没有说美国的公司一定比欧洲办得好，欧洲的公司一定比美国办得好，我从来不这么认为。不按国家来划分、不按地域来划分，而是按公司来划分。因此，你让我判断哪一个是美国的优势、哪一个是欧盟的优势、哪一个是日本的优势，来制定出相应的条款，来满足大家的要求，我们做不到这一点。

所以，我们目前只能是这样，就是只能在几个最关键的问题上确定一般的原则，对任何国家都适用。同时，我们针对每一个国家的特点，可以给一些特殊的照顾，但是这种照顾，话说回来，也适用于所有国家，不能单独对某一个国家。

不知道我讲清楚没有，你听清楚没有？希望你有不清楚的地方提出来，不要造成误解。

拉米：我非常认真地听了你的讲话。对不起，如果我讲得太直白了的话，只能证明我没有经验。我想讨论的主要有这样几点：汽车、寿险、移动电话和国营贸易，在这些领域，你们是不是能够有针对性地以过渡期非常长的方式来满足欧盟的要求？

我同意你讲的，这些是敏感的问题。这是为什么我们允许你们有一个很长的过渡期，而且很高兴有机会与石部长进行讨论。

讲到保险业，美国在中国的市场份额要大一些，美国国际集团设立的时间较长、市场份额大。这是为什么要在中国加入世贸组织之前，我们在保险公司数目上要与美国保持平衡。

关于国营贸易，欧盟不是要求取消这种做法，而是希望以平稳的、渐进的方式引入其他的从业者。我想你能理解我们的立场，也希望能够把话讲得更清楚，就是不要求让中国政府作出一些承诺而使它处于困难的境地。我希望你们也显示灵活性，也不要使我们处于不利地位。

我想请求你同意指导我们下一步谈判的一般性原则，即中国与欧盟之间的协议要明显地有欧盟的特征。

而这一点只有在我们没有任何先决条件的情况下，讨论了所有的议题、分析了双方的立场之后，才能做到。我希望能够结束谈判，但谈判达成的结果必须有欧盟的特征；否则，鉴于欧盟的成员国、鉴于欧洲的议会，我的授权是不足以完成这一任务的。

所有我对你的请求就是在你给石部长指示的时候，不设先决条件，没有不能谈的问题，在讨论每一个问题时都要看欧盟方面是不是取得了一些平衡。

朱镕基：如果你一开始就像刚才讲得这样清楚的话，也许我们谈判的气氛就会更加轻松一点。我也很抱歉，我对你的话也产生了一些误解。但是因为我们对于“政治”这个词是非常敏感的，我们是很害怕把一个经济问题变成一个政治问题，而使事情复杂化。正如你刚才讲的，我想我们在这四个问题上是可以趋于一致的。

比方说，关于寿险的问题，我讲得很清楚，股比的问题，现在不能让步，但是将来一定会改善。保险公司的数量问题，我们从来没有说美国保险公司的数量一定要比欧洲多，因为什么？美国是一个国家，你们是 15 个国家，你们应该比美国多嘛。现在是美国的多，那么我们继续批欧盟的嘛。继续增加！符合条件的我们就批。

关于专营的问题，这个问题在 1999 年 11 月 15 日我们最后一次跟美国谈判的时候，巴尔舍夫斯基说，克林顿总统与她通电话说，一定要我们取消对化肥的专营，如果不取消的话，那么克林顿总统不好向美国企业界的人士交代。我没有同意。我对巴尔舍夫斯基说，你去跟克林顿总统解释，我不能让步，现在先签字，以后再谈。正如你刚才讲的一点，我完全同意你的意见，在今后一定会逐步考虑这一问题。我们甚至可以在配额的问题上面，向欧盟作某种程度的让步。至于说，你刚才讲，中欧协议没有欧盟的特征，你就回不去了，不好交代了。不过我想，拉米先生，我们现在谈判的成果已经具有相当大的欧盟特征，我们没有对美国作出那么多降低税号的让步。当然在汽车关税上，我们不能再作让步了，如果再让步，美国的工业会把我们冲垮的。现在不是我们自己担心，包括你们德国的大众汽车公司也很担心，美国的通用汽车公司也担心呀！

石广生：欧洲的企业在中国最多。

朱镕基：但在其他问题上面，授权石部长与你们进行坦诚的谈判，尽可能地作出让步，使我们这个协议能够带有更大的欧盟特征。但是也请你们谅解我们，我们不能一次作出这么大的让步，因为我们作出的让步，不仅要适用于你们，也要适用于美国。你们也要帮我们考虑能不能承受。如果中国的经济由于参加世贸组织而受到负面的影响，我想对世界、对任何跟我们合作的伙伴都是不利的。

拉米：总理，有一点欧洲是认同的，就是中国的经济正处于转轨过程中，中国做得很成功。

欧盟委员会把中国不仅仅看做是一个市场，而且看做一个未来重要的伙伴，但这种伙伴需要培养、需要呵护，这是为什么最后达成的协议要清清楚楚地有欧盟的特征。你提到了关税出价，中国的确作了改善，但是中国对美国出价的加权平均税率要比对欧盟出价的加权平均税率明显低得多。

朱镕基：（问石广生）是这样吗？

他（指石广生）没有计算过，那我们再交换资料吧。

你还是很精明的，我没有看到布里坦爵士提出这样的问题。

石广生：因为他当过银行家。

拉米：布里坦当初是个律师，而我是一个商人；布里坦是自由派，而我是社会党人。

在欧洲、在法国，我发现社会党人有两种：一种知道数字是什么，一种不知道数字是什么。你刚才讲到汽车这一点，我也是完全同意的。对中国的一些汽车厂，如欧洲公司投资的大众和雪铁龙，它们对降低关税和逐步放开合资企业并不特别热心。具体地说，我要跟石部长把具体的问题都讨论一遍。在讨论的时候，有必要的话，我们也请你来作一下判断，看我们要求得是否平衡。

朱镕基：我看你们可以进行全面的、坦诚的、诚恳的谈判，什么问题都可以谈，但我还是希望你能够在这一次历史性的谈判之中完成你的任务。

最后还是要说一下，我们和欧盟各个国家的关系是非常好的，特别是在政治上非常好。我们一定把欧盟作为和我们最友好的地区之一。如果说我们的关系不是比中美关系更好的话，至少不比中美关系差。我可以举出事实，我们与美国的关系也是时好时坏，过程是曲折的，但我们与欧盟的关系不一样，从建交以来，与欧洲国家的关系就是好的。在这次中国台湾地区所谓的“选举”当中，只有克林顿总统一个人发表声明，向台湾地区领导人表示了祝贺，而没有一个欧洲国家表示祝贺。所以，我们感谢欧盟支持我们在一个中国问题上的立场。我们既是政治上的好朋友，也是经济上的好伙伴。我们不愿看到欧盟成为最后一个与我们签署关于中国加入世贸组织双边协议的地区。因此，我们对拉米先生寄予很大希望，希望你在争辩的同时，也表现一点灵活性，把这项任务完成好。谢谢。

经济上要防范三个风险*

（2000年4月18日）

在今年全国“两会”期间，全国各地闹事的情况大量增加，示威游行啦，阻断铁路、公路啦，煤矿死人啦，等等。江泽民总书记和我都非常着急，连着几天晚上都睡不好觉。我向江总书记汇报和商量时，提出要很好地防止三个风险：一是国有企业的风险，或者说社会就业的风险；二是潜伏着的金融风险；三是农村和农业的风险。我是从经济上来讲，而不是从政治上来讲这个问题的。带着这个问题，我们到江苏来调查研究，到今天告一段落。我们在江苏得到了很大的启发，也印证和丰富了我们原来的一些思路。

一、关于国有企业的风险

国有企业三年脱困的目标，应该说今年可以实现，但是脱困并没有解决国有企业的问题。国有企业问题的根本解决，要有三个东西才能到位：第一个是要有一个好的机制，主要是实现公有制的多种形式。根据党的十五大精神，要实行股份制，让企业的产权明晰，政企分开，经营管理公开透明，走向市场，接受市场的监督。不然的话，

---

* 2000年4月12日至19日，朱镕基同志在江苏省考察工作，先后考察了徐州、淮阴、扬州、南京等地。这是朱镕基同志在听取省委、省政府工作汇报后讲话的主要部分。

吃“大锅饭”的机制很难改变。第二个是要有一套好的管理制度，即现代企业管理制度。第三个是要有一个好的、成熟的管理方法，即科学选拔和监督企业领导班子的方法。现在我们的国有企业还没有做到这三条，还要经过好多年的努力。做到这三条的一个非常重要的问题，是建立社会保障体系。1997 年，我们曾提出“规范破产，鼓励兼并，下岗分流，减员增效，实施再就业工程”，但我们实际上并没有主动地去做“下岗分流，减员增效”这个事情。现在仍然是三个人的饭五个人吃，甚至十个人在吃。为什么？因为还没有建立社会保障体系。企业只有能够随时根据生产的需要、管理的需要精减人员，才能办好，没有这个机制就办不好，这就必须有一个社会保障体系。现在再就业服务中心实行的“三三制”〔1〕，是过渡性质的措施，因为企业负担不了，失业保险金也不够，财政兜底也有困难，实际上也没有真正到位，特别是一些经济比较困难的省。所以，必须建立一个独立于企业之外的社会保障体系，社会化地来发放救济，否则就不能保持社会的稳定。而要建立这样一个社会保障体系，首先要解决资金问题。现在就准备争取在今年内解决建立体系的前提，在明年内建立起这个体系。这个社会保障体系是低标准的、中国特色的，让下岗工人有饭可吃，生活过得去，但还不能吃得很好。过去提出再就业服务中心对下岗职工只管三年，这恐怕不行，得把他们养起来，一直到他们重新找到工作为止。所以，必须有一个全国统一的标准、统一的发放制度、统一的筹集资金的办法。首先，省一级要统筹，省内要赶快做好这个基础工作。现在的“三条保障线”（基本生活费保障、养老保险制度、城市的最低生活保障）一定要搞好，要保证。然后，要把逐步纳入省级统筹的一系列办法搞好，提高收缴面，提高征缴率。如果

〔1〕见本卷第 14 页注〔1〕。

这一套制度能够完善，而且做到百分之百的社会化发放，那么实行全国性统筹、解决资金问题，就比较好办了。解决资金问题，只要中央下决心，也不是不可以做到的，无非是以下几个途径：第一个是财政预算，把社会保障基金打够；第二个是完善现行的社保资金的征缴办法，把这个钱收够；第三个是可以把一部分税收比如利息税等划给社会保障基金，建立全国性的社会保障基金，保证基金有固定的收入；第四个是减持或者变现国有资产，企业无论到境外上市还是在国内上市，募集的资金都要拿出10%交给国家，建立社会保障基金；最后一个是对社会保障资金实行经营管理，许多国家都有这方面的成功经验。所以，我们相信这个社会保障基金是能够建立起来的，我们现在有这个能力来建立这个基金。我们有了这个基金，不但能够保证国有企业获得一个好的机制，根据需要来减员；同时也能保证社会稳定，减少闹事。镇江发生闹事以后，我曾经指出，现在阻断交通已经成风了，这不行，我们应该把问题分开。你们闹事一定是由于我们工作有缺点，我们要改进工作。比如农村合作基金啦、供销社股金啦，如果没有兑付，我们出个安民告示，保证兑付，把你们的问题解决。但是，你们不能阻断交通。如果阻断交通，就毫不客气地法办，并且要查清幕后策划者。不然的话，一天到晚到处交通阻断，秩序怎么维持、经济怎么发展？问题归问题，我们一定给你们解决；但你们阻断交通、破坏公共秩序，就应该予以刑事处理。

我们这次到江苏来，在这个问题上得到了一个启示。就是国务院今年作的决定，《政府工作报告》里也讲到，下岗职工由企业再就业服务中心保障基本生活逐步转向享受失业保险，逐步并轨。现在看起来马上开始试点的条件还不足。还没有解决资金来源问题，怎么能并轨呢？当时决定在东部一些省和某些城市进行试点，不够慎重。但在个别地方，比如说在深圳、厦门这些经济实力雄厚的地方，也许有这个可能，不过这样的地方不会太多。所以，现在我们决定先不马上搞试点，有条件的省自己也可以试，主要是完善现有的社会保险制度，把“三条保障线”真正落实到位，这就很不错了。然后，着力扩大覆盖面，提高征缴率，加大管理的力度，实现社会化的发放，搞清楚养老金拖欠多少，不要虚报等等。把这些基础工作做好，为明年实施国务院统一的社会保障体系做准备。明年恐怕也要先在几个省进行试点，马上要在全国推开恐怕还有一些困难，因为全国的经济发展程度不一样。国务院统一作了规定以后再实行并轨，才能逐步建成一个社会化的保障体系。

2000 年 4 月 15 日，朱镕基在江苏省高邮市武安乡向农民了解当地农民负担情况。

（新华社记者李学仁摄）

二、关于潜伏的金融风险

金融风险恐怕是最大的风险，因为我们有几十年的欠账，特别是1993年经济某种程度上的过热所留下来的乱摊子。全国银行有10万亿元的存款、9万亿元的贷款，其中有40%到50%是不良贷款，这是一个很大的风险。你怎么能把老百姓的存款都花掉呢？老百姓如果都要提款，你拿什么来兑付呢？就是印票子也印不过来呀。当然，问题还没到马上就要爆发那么严重，因为现在我们的经济还能稳定地发展，老百姓对我们党、我们政府还有信心，不至于都拿着存款折子来挤兑。但是，如果不注意这个问题，不良贷款的比例还在升高，就很危险了。这个问题，我们将分层次地解决。

首先是国有商业银行的问题。国有商业银行的贷款占到全部贷款的80%。它的不良贷款率高的问题不解决，一系列现代金融管理的机制和制度、考核和监管，包括领导干部的调任、离任和在任的审计等就很难进行，银行就办不好，而且非常危险。农业银行的不良贷款率最高，达到47%。中国银行也高达45%，我觉得很惊奇，中国银行怎么也这样胡搞？要好好地查一查，总结一下经验。这些不良贷款的形成，行长有责任，在座诸公也有一定责任哪！我们不能光怪银行，政府对银行的干预也很厉害。银行的素质差，没有一套风险管理的制度，又不懂经济、不懂生产，就银行论银行，不知道什么是重复建设，不知道什么东西投进去就变成不良贷款，我觉得这是银行最大的缺点。再加上地方领导频频打电话来要贷款，银行只好照贷。成克杰很大的一个问题，就是给当地银行行长打电话，要银行给他指定的公司贷款，这些公司差不多都是私营公司，公司拿到贷款后，回扣就进了成克杰的腰包。

一般说来，地方党政领导的干预是从发展本地的经济出发的，是好意，当时也认为是有效益的，事后才知道好多是重复建设，钱都收不回来，结果好心办了坏事。所以，银行一定要建立风险评估制度，绝对不能接受外来的干预，对此行长要负责任。这次银行行长大调动，要进行离任审计，追究责任。一笔贷款几十亿、几百亿元，谁拍的板？有别人的责任，也有行长的责任。

金融风险还表现在乱集资。问题主要是来自农村合作基金会、供销社的股金部，还有各种信托投资公司、证券公司等。证券公司现在有90个，整顿了28个，剩下60多个，基本上都是各个银行系统自己搞的。不少证券公司污七八糟，有问题你找鬼去啊！我们现在尽量把一些风险在本届政府内解决掉，不然遗留下去，问题会越来越大。我们决定采用再贷款的方式，帮助地方解决农村合作基金会的问题，第一家是四川。最近开始解决供销社股金部的问题，你们江苏是第一家。最近对股金部做了一个调查，我冒估了一下，中央不拿出100亿元，江苏供销社股金部的问题就解决不了，你们得有思想准备。全国为此付出的代价要上千亿元，那就只能印票子。我们以后绝不能再干这种傻事了，100个亿可以干好多事嘛，长江大桥都可以修八九座了。你们用30亿元修长江二桥，其实拨款也就只有10亿元，还包括国债和各种基金，其他用的是国家开发银行的贷款。所以，大家今后再不要搞乱集资了。昨天，我看了一份材料，有一个省，各级政府负债之多使我大吃一惊，村和乡政府、县政府向农民摊派，平均一个村欠债50万元，一个乡欠债400万到500万元。对这个问题，现在许多“县太爷”还不太清楚，好多是他前一任干的，到了有一天风吹草动、老百姓要来挤兑的时候，他才能发现呢。江苏省的金融状况一点不比其他地方好，你们地方搞的乱集资，严重程度也不比别的地方差。今后一定要充分注意到这个问题。我们过去这么多年，干了很多傻事，现在要为此付出代价。付出这个代价买点教训，今后不要再搞了！正规地搞嘛，那就能多快好省；搞邪门歪道，是花冤枉钱，也搞不出一点名堂。

对农村信用社的改造问题，我们这次在江苏受到了启发，使我们原来的想法更加具体化、更加深刻，就是农村信用合作社是最好的联系农民的金融纽带，应该把它真正办成帮助农民解决生产、生活需要和调整农业结构的金融机构。现在，农民调整产业结构所需要的资金没法解决，缓解生产、生活困难的资金也解决不了，哪一个银行都不肯给农民贷款。农村信用社目前也起不了这个作用，一是它的包袱很重，负债累累，很大一部分是过去跟农业银行分家时甩过来的包袱。我们这次回去以后一定要把农村信用合作社的这个包袱甩掉，实行分账处理，历史问题要分开解决，不能把这个负担加在现在的农村信用社身上，使它不能正常经营。二是农村信用社的信贷方向不应该放在县城里，而应放在农村。它在农村的存款资金不能流入城市，应该从城市流回农村。农村信用社县联社的营业部要改变方向，把钱贷到农村去。在县城里面的存款也应该贷到农村去，不应该在县城里做文章。因为县城里面有的是各银行的分支机构，而农村没有人管。这个改变当然很不容易，但一定要改变。三是把农村信用社县联社办成一个法人，乡村的由它直管，作为它的办事处或分支机构。这样就便于统一调度县里的资金，来帮助农业生产的发展和农村产业结构调整。还可以考虑在地市甚至省里成立一些联社或者协会。这要慢慢来，先把县联社整顿好，改变它的信贷方向，充实它的资金。为此，我们还探讨了一条路子，就是把现在农村的邮政储金统统返还给农村信用社，由人民银行来办。邮政储金只能储款，不能贷款，因为一贷款就跟农村信用社发生矛盾。譬如说，你们江苏的县和县以下的农村邮政储金有 10 亿元，都上缴给人民银行，上缴以后全部作为再贷款如数返还给农村信用社，返还利率要降低。县和县以下的邮政储蓄如数返还给农村信用社，城市里面的邮政储金则有其他用途。再就是农村信用社本身要整顿，要减人。现在农村信用社亏损，江苏省累计亏损 20 多亿元，这是不行的。你是金融机构，就是把存款变成贷款，中间收一道手续费，怎么会亏损呢？毫无理由可讲。问题在于人多，养的人太多了。所以，一定要精简机构、减人，把农村信用社变成在新的历史条件下发展农村金融的一支主力军，要赋予它这个历史任务。我们回去以后，要经过进一步的调查研究，形成一个文件，报请中央政治局常委会审定后发出。国务院决定，在中央文件还没有出来以前由江苏省先行试点。我原来心里一直有一个问题，就是农民的资金需求怎么解决，一直没有想到好的方式。现在认为，农村信用社正好能担当这个历史任务，其他银行就不要再在农村搞了，都从农村撤出来，在县城以上的城市搞，有的县城也不必要搞。农村信用社的贷款对象不是乡镇企业，贷款给乡镇企业，你一定会亏损，因为你没有评估乡镇企业风险的能力。连农业银行也要很慎重，现在农业银行亏损，大部分是由于乱七八糟地支持一些乡镇企业，钱收不回来。我昨天开玩笑说，我甚至于怀疑农业银行还有没有存在的必要，一年亏几百亿元，要你干啥！干脆把这几百亿元分给农民算了。如果农村信用社搞好了，农民需要的资金能解决了，农业银行存在的价值真的就不是很大了，因为你们贷款给工业项目的工作完全可以由工商银行来做啊。但是，请农业银行的同志放心，我绝没有要撤销农业银行的意思，这是我对你们发出的警告。如果你们再不自力更生的话，就有被淘汰的危险！

三、关于农村和农业的风险

解决了吃饭问题，是我们取得的历史性成就之一。美国艾奇逊的白皮书[1]曾预言，中国人解决不了自己的吃饭问题。如今，我们解决了这个问题，而且粮食供过于求。现在粮食企业的库存粮食有5160亿斤，相当于一年产量的55%。如果加上农民手里的余粮，大体上有1万亿斤。中国人民现在是丰衣足食啊！但是，带来的问题是粮食不值钱，增产不增收，甚至收入下降。如果这个问题不解决，就会影响农民的种粮积极性。农民一弃耕，马上就会发生危险。当然，现在对这个危险还不是那么太害怕，因为我们有了缓冲的余地了。但不可以不重视，我们在苏北的大量调查证明，现在解决这个问题的办法还是敞开收购，还是"三项政策，一项改革"。现在粮食价格我们之所以没有控制住，顺价销售也有困难，是因为我们敞开收购的政策没有落实好。根据全国的调查，现在只收了农民余粮的三分之二，还有三分之一在农民手里没有收。江苏好一点，收了80%，这是你们讲的。这次聂振邦[2]在扬州做了调查，结论是扬州的粮食工作做得很好，但是他们的汇报有点水分，事实上也没有收购到80%，还差几个百分点，也没有做到常年挂牌敞开收购。我亲自向一些农民调查，他们反映粮食部门压级压价，实际上收不了，农民等着钱用时不得不把余粮卖给私商。在江苏这种商品粮比较多的地方尚且如此，可见在河南、河北这些产区的余粮就更难做到敞开收购了。全国收购了农民余粮的三分之二，真是不错了，这三分之二就稳住了粮价，但是

---

〔1〕美国艾奇逊的白皮书，指美国国务院在1949年8月5日发表的、由国务卿迪安·戈德拉姆·艾奇逊主持编写的、题为《美国与中国的关系》的白皮书。艾奇逊在这部白皮书编好后，于1949年7月30日致信美国总统杜鲁门。艾奇逊在信中说："中国人口在十八、十九两个世纪里增加了一倍，因此使土地受到不堪负担的压力。人民的吃饭问题是每个中国政府必然碰到的第一个问题。一直到现在没有一个政府使这个问题得到了解决。"转引自毛泽东：《唯心历史观的破产》，《毛泽东选集》第四卷，人民出版社1991年版，第1510页。

〔2〕聂振邦，当时任国家粮食局局长。

毕竟还有三分之一没收。国有粮站不收，私商就收，他们一收就压价。我在河北调查时，玉米 1 元 3 斤；在徐州调查时，小麦 3 角 8 分到 4 角一斤。我怀疑这个价格农民未必肯卖，太低了。之所以市价这么低，关键是国有粮站不收购。在粮食基本上供过于求的情况下，这个问题不是什么“放开收购”所能解决的。放开收购，私商进村，他们会以高于我们的保护价去收购吗？不可能嘛！他们只会压价。为了防止私商压价，解决的办法，就是在国有粮站挂一块牌子，一年 365 天，天天按保护价收粮食，这样，价格就稳定了。当然，不能压级压价，也要坚持按质论价。在这种情况下，再放开收购就一点危险都没有了，谁去收购粮食都没有关系。为什么呢？因为农民不会傻到那个程度，明明这里敞开收购 6 角钱一斤，还非要按 3 角 3 分一斤卖给私商，那才怪呢！放开收购是我们执行中央粮食政策的一个结果，最后是可以放开收购的，但并不是解决当前农民“卖粮难”的手段，我们不提高收购率就不能放开收购。因此，我们准备在夏收前召开全国粮食工作会议，明确这个问题，进一步落实敞开收购政策，增加财政补贴。国有粮食企业为什么不愿敞开收购呢？它赔不起啊，那就给补贴，这是国家一个“愉快的负担”呀，必须补贴，任何一个国家都补贴，何况中国呢？为此，必须补充粮食风险基金。现在基本上定了一个保护价，小麦大概是每斤 5 角 7 分到 5 角 9 分，已经有所下降了。有些省要求价格还要下降一些，我们考虑不能下降太多了，否则会影响农民的收入，使农村不稳定。这个价格将影响农民少收入 80 亿元。我现在初步决定把这 80 亿元退回去，补充给粮食风险基金。粮食风险基金现在大概有 250 亿元，补充 80 亿元就等于增加了三分之一。这样就可以由现在收购三分之二变成收购 90%。如果我们能够收购到 90%以上，农村的粮价就不会掉下来了，农民的利益就能够得到保护了；粮食企业顺价销售就比较容易，不会再出现亏损了。这都是很有好处的。这80亿元怎么解决呢？还是采取现在的比例，中央补助多少，地方相应拿出多少。地方确有困难时，中央只好用再贷款的方法借给地方钱。当然，这一系列问题都还要认真研究和落实。比方说，这个补贴能不能到达基层，会不会被层层挪用、克扣，就是个很大的问题。恐怕要由财政搞清楚补贴情况，开出账单，把钱一下子拨到基层，不能层层拨钱、分钱，分到最后也到不了基层。只有保证中央粮食风险基金真正拨到基层，才能够真正地增加收购。关于这个问题，我们通过这次在江苏的调查，有了很大的收获，更坚定了对“三项政策，一项改革”的信心。苏北有些地方做得还是不错的，要进一步做好。还是要减人。另外要政企分开，江苏省已经成立了粮食公司。县粮食局应该同粮食公司分开，应该去监督它，不应该“吃”它，“吃”它还得了啊！要监督它敞开收购，不能压级压价。粮食局同国有粮食公司不能搞在一起，政企不分就是垄断，一垄断就会滋生腐败。必须有个政府在旁边监督它。总之，我认为农村和农业是国民经济的基础。这个问题不妥善处理，我们的经济发展长久不了，会存在极大的风险。

我讲的这三个问题，是国务院最关心的三个问题。我们通过这次到江苏来调查研究，受到了很大启发。同志们做了大量的工作，给我们提供了经验和教训，使我们能够形成一些对全国有指导意义的政策。在此，我向同志们表示感谢。

“三农”问题的严重性不容忽视*

（2000年5月4日）

请锦涛〔1〕、岚清〔2〕、家宝〔3〕同志阅示，并请计委主任、财政部长认真看看。抄报贾志杰〔4〕、蒋祝平〔5〕同志。“农民真苦，农村真穷，农业真危险”，虽非全面情况，但问题在于我们往往把一些好的情况当做全面情况，而又误信基层干部的“报喜”，忽视问题的严重性。

朱镕基

5.4

---

* 2000年3月22日，国家信访局《群众反映》第28期，以《一位乡党委书记对农村现状的忧思》为题，摘登了湖北省监利县棋盘乡党委书记李昌平就当前农村工作中存在的问题致朱镕基同志的信。信中说：“现在农民真苦，农村真穷，农业真危险！”2000年3月27日，朱镕基同志指示农业部派人调查。经调查，李昌平反映的问题属实。这是朱镕基同志在农业部的暗访调查报告上的批语。

〔1〕锦涛，即胡锦涛。

〔2〕岚清，即李岚清。

〔3〕家宝，即温家宝。

〔4〕贾志杰，当时任中共湖北省委书记。

〔5〕蒋祝平，当时任湖北省省长。

缅怀李富春、蔡畅同志*

（2000年5月22日）

今年5月22日和5月14日，分别是李富春、蔡畅同志诞辰100周年。李富春同志是我们党和国家的卓越领导人、我国社会主义经济建设的奠基者和组织者之一，蔡畅同志是我国妇女运动的先驱和卓越领导者、国际进步妇女运动的著名活动家。这一对同年同月诞生的终身革命伴侣，是久经考验的忠诚的共产主义战士、杰出的无产阶级革命家，为中国革命和建设事业作出了不可磨灭的重要贡献。今天，中共中央在这里举行纪念座谈会，回顾他们的生平，追思他们的业绩，以表达对他们的缅怀和敬仰之情。

李富春和蔡畅同志在法国勤工俭学期间，由于共同的信仰和志向产生真挚的感情，1923年结为伉俪。这以后，两位革命家相濡以沫，把深厚的情感融入对真理的孜孜追求和为崇高事业的不懈奋斗之中，成为党内外的楷模。

追思他们的业绩，我们应当学习他们爱国主义的伟大精神，为民族振兴、祖国富强而贡献力量。李富春和蔡畅同志出生在八国联军占领我国首都北京、整个中华民族蒙受奇耻大辱的年代。他们青年时期就爱国忧民，毕生以国家独立、民族振兴、社会进步、人民幸福为己

---

* 这是朱镕基同志在中共中央纪念李富春、蔡畅同志诞辰100周年座谈会上的讲话。

任。为了中国的独立和人民的解放，他们在革命战争的岁月中出生入死，奋不顾身；为了新中国的繁荣和富强，他们在和平建设的年代里呕心沥血，殚精竭虑。我们要以李富春和蔡畅同志的爱国主义精神激励全党和全国人民，始终坚持以经济建设为中心，努力把中国建设成为富强、民主、文明的社会主义现代化国家，实现中华民族在21世纪的伟大复兴。

追思他们的业绩，我们应当学习他们对党和人民的无限忠诚，坚定对马克思主义的信仰、对社会主义的信念，增强对改革开放和现代化建设的信心、对党和政府的信任。李富春和蔡畅同志很早就接受并信仰马克思主义，是中国共产党最早的党员之一。一旦确立了这个信仰，他们就义无反顾，坚贞不渝。无论是反动势力的白色恐怖，还是二万五千里长征的艰难困苦；无论是建设时期曾经发生的严重困难，还是“文化大革命”的巨大浩劫，都丝毫没有动摇他们对党和人民的赤胆忠心。即使受到某些误解甚至身处逆境，他们也是既坚持真理，又顾全大局。我们要像李富春和蔡畅同志那样百折不挠，不怕任何困难和挫折，坚定建设有中国特色社会主义的共同理想，在改革攻坚和经济发展中，充满信心地完成历史和时代赋予我们的崇高使命。

追思他们的业绩，我们应当学习他们实事求是、求真务实、勤勤恳恳的思想作风和工作作风，脚踏实地做好各项工作。在长期领导经济工作的过程中，李富春同志以实干家在党内外著称。他注重实践，深入基层，足迹遍布祖国的大江南北、工矿农村。他从实际出发，不断总结经验，在经济工作中提出许多适合国情的思想和政策主张，对我国经济建设和社会发展产生了重要作用。蔡畅同志在妇女工作的领导岗位上，多次深入基层调查研究，了解妇女的疾苦和困难，帮助她们解决实际问题。我们要大力发扬这种实事求是、注重实干的作风，

2000 年 5 月 22 日，朱镕基在中共中央纪念李富春、蔡畅同志诞辰 100 周年座谈会上讲话。右一为中共中央政治局原常委宋平，右三为中共中央政治局委员、国务院副总理温家宝。（新华社记者樊如钧摄）

在改革开放和经济发展的过程中，不断研究来自实际的新情况、新问题，力戒表面文章和形式主义，不务虚名，讲求实效，把中央确定的各项方针、政策和任务落到实处。

追思他们的业绩，我们应当学习他们谦虚谨慎、严于律己、艰苦奋斗、大公无私的崇高情操，保持共产党人的革命气节和高尚品格。李富春和蔡畅同志德高望重，功勋卓著，但待人谦和，从不居功自傲。对于“大跃进”中出现的问题，李富春同志多次从国家计委主任的角度主动承担责任。他们身居党和国家领导的高位，却平易近人，节俭朴素，既严格要求自己，也严格要求女儿和亲属，始终保持人民公仆的本色。李富春同志在弥留之际与蔡畅同志相约，在他去世后将

相伴永远

李富春和蔡畅

为了纪念李富春、蔡畅同志诞辰 100 周年，北京电影制片厂拍摄了反映他们一生坎坷历程的电影《相伴永远——李富春和蔡畅》。图为朱镕基应邀为该片题写的片名。

生前的全部积蓄作为党费上交给中央；蔡畅同志病中留下遗嘱，后事从简，不举行遗体告别仪式，不开追悼会。他们都在生命的最后时刻再次表现出共产党人的高风亮节。我们要以李富春和蔡畅同志为榜样，在全党特别是党的各级领导干部中间牢固树立正确的世界观、人生观和价值观，按照“讲学习、讲政治、讲正气”的要求，加强党性修养，倡导廉洁自律，反对腐败奢靡，自觉抵制各种腐朽思想的侵蚀，进一步端正党风，并带动整个社会形成健康、积极、向上的良好风气。

同志们，缅怀李富春和蔡畅同志的丰功伟绩，我们欣喜地看到老一辈无产阶级革命家开创的事业已经大大向前推进，前途无限美好。让我们高举邓小平理论的伟大旗帜，紧密地团结在以江泽民同志为核心的党中央周围，忠实地代表中国先进生产力的发展要求、中国先进文化的前进方向和中国最广大人民的根本利益，努力落实党的十五大提出的各项任务，抓住机遇，开拓进取，在新世纪继续创造建设有中国特色社会主义伟大事业的光明前景。

坚持按保护价敞开收购农民余粮的政策*

（2000 年 5 月 25 日）

自 1995 年以来，我国粮食连续五年丰收。目前国有粮食企业库存粮食 5160 亿斤，加上农民自己的存粮，大体上有 1 万亿斤，相当于全国一年的产量。我们已基本解决了 12 亿多人口的吃饭问题，这是一个了不起的伟大成就。取得这样的成就，从根本上说，是由于中央制定和实施了一系列正确的农村政策，同时，农业科技进步也对农业生产发展发挥了重要的作用。

三年前，中央实施了以“三项政策，一项改革”为重点的粮食流通体制改革。在这期间，针对粮食生产和流通中出现的新情况，又对粮改政策不断加以完善，各地做了大量工作，取得了显著的成效。

粮改政策是否正确，农民最有发言权。最近，中央农村工作领导小组办公室和国务院有关部门组织调查组，做了比较广泛、深入的调查，有些还采取微服私访的形式。在调查中，农民衷心拥护中央的粮改政策，特别是按保护价敞开收购农民余粮的政策。如果没有这样的政策，农业和农村不可能有今天这样好的局面。

---

* 2000 年 5 月 25 日，国务院在北京召开全国粮食生产和流通工作会议。出席会议的有粮食主产区的常务副省长，各省、自治区、直辖市和计划单列市、新疆生产建设兵团主管粮食工作的副省长（副主席、副市长、副司令员），计划、农业、财政、粮食、物价、工商管理部门和农业发展银行的负责同志，中共中央、国务院有关部门的负责同志。这是朱镕基同志在会上讲话的一部分。

当前粮食生产和流通出现了一些新情况、新问题，主要是有些地方农民卖粮难，市场粮价下跌，农民增产不增收。不少地方的农民减少农业投入，放松田间管理，甚至出现了撂荒、弃耕现象，一些种粮大户要求退出承包。

出现这些问题的原因，主要是中央关于按保护价敞开收购农民余粮的政策没有得到完全落实。有的地方只在一段时间内按保护价敞开收购，其他时间停收、拒收，没有做到农民随时交、随时收；有的地方只按保护价收定购粮，定购以外的部分则按市场价随行就市收购，实际收购价比保护价低得多；还有的地方在收购中压级压价，没有执行优质优价政策。对粮食生产和流通中出现的这些问题，必须采取切实措施加以解决。

关键是要进一步落实和完善粮食流通体制改革，特别是按保护价敞开收购农民余粮的政策。既要解决思想认识问题，又要解决实际困难，概括起来说就是："统一一个认识，完善三条措施。"

首先要统一认识。按保护价敞开收购农民余粮的政策，是中央粮改政策的基石与核心。这项政策不仅符合我国粮食生产和流通的现实情况，有利于解决当前面临的矛盾和困难，而且符合深化粮食流通体制改革的方向，是国家保护农民利益和保障农业持续发展的法宝。我们在农村调查时，广大干部群众都说："保护价政策千万不能变。"

只要国有粮食购销企业坚决贯彻这个政策，挂牌标明保护价格，一年 365 天，天天收购，粮价就不可能下跌，农民就不可能以低于保护价的价格把粮食卖给私商，农民的利益就可以得到有效保护，国有粮食购销企业就可以做到顺价销售，国家财政负担也就可以减轻。因此，一定要把"敞开"与"放开"的关系搞清楚：放开粮食收购市场的前提是，国有粮食购销企业真正做到按保护价敞开收购农民的余粮。对于实行保护价的粮食品种，如果国有粮食购销企业没有做到按保护价敞开收购，就不能“放开”。简言之，只有“敞开”，才能“放开”。对于这一原则，从上到下都必须十分明确。

有的同志说，为什么不利用价值规律呢？粮食多了放开价格，价格下来了农民就少种，市场供求就平衡了，要用“无形的手”，而不要用“有形的手”来指挥农业生产。实际情况并不这么简单。我国有9亿多农民、19亿亩耕地，农民不种地干什么？而且，调整产业结构和农业种植结构不可能那么容易，需要科学技术、市场调查、资金投入和其他许多配套条件，要有一个过程。不是粮食价格一降低，农民就可以不生产粮食而去生产别的东西，就能马上起到调节生产的作用。如果停止按保护价敞开收购农民余粮，粮价继续下跌，农民种地不划算了，他们就会弃耕，农业生产能力就一下被破坏了。这种教训不少，我们是经不起这种折腾的。

按保护价敞开收购农民余粮的政策没有得到很好落实，除了认识上的原因外，也有客观条件的因素，主要是粮食风险基金缺口较大，粮食仓容不足。针对这种情况，国务院决定进一步完善以下三项粮改配套措施：

一是增加粮食风险基金，解决财政补贴不到位问题。粮食生产多了，市场价格下降，就要给农民以补贴，这是世界上许多国家的做法。美国政府用在农业上的补贴在全世界是最多的。我们在农业上的补贴并不算多，即使增加一些补贴，也是值得的。我多次讲过，这个财政负担是一个“愉快的负担”。据有关部门匡算，再增加80亿元，就可以基本满足敞开收购的需要。

二是继续增加储备粮库建设，解决仓容不足问题。1998年，国家决定用国债资金建设500亿斤仓容的国家储备库，已基本完成。今年和明年要再分别安排200亿斤仓容的粮库建设。这项工作必须抓紧，所需资金应尽快全部安排下去，修得越快越好，但要切实保证工

2000 年 4 月 14 日，朱镕基在江苏省淮安市考察二堡国家粮食储备库。右一为江苏省省长季允石，右四为江苏省委书记回良玉。

程质量。今年已安排的 200 亿斤仓容建设，争取年内完成；明年 200 亿斤仓容建设，今年年底以前要把前期工作做好，定好点，做好准备。这样，到明年年底，我们就可以增加 900 亿斤仓容，这就主动多了。要利用现代化仓库来推陈储新，保证国家储备的粮食都是新粮、好粮。把粮食保管好，需要时能用得上，灾荒时就不怕粮荒了。为缓解当前粮食主产区基层收粮库严重不足的困难，农业发展银行要安排简易建仓贷款给以支持，由省级财政统一贴息。农业发展银行要保证国有粮食购销企业收购粮食的资金需求，并继续做好封闭运行工作。

对于如何处理陈化粮的问题，要采取很慎重的态度。去年，有的粮食购销企业把不是陈化粮的粮食以陈化粮的名义低价销售，发生了很多问题。收购来的粮食不一定要马上卖出去，小麦存放两三年后再卖质量可能更好些。要采取推陈储新的轮换办法逐步加以解决，陈粮新价，也算做顺价销售。先不要大规模地处理陈化粮，否则新粮也销不出去，而且会造成大量的国有资产流失，滋生腐败现象。总之，一定要慎重行事。另外，绝不能以处理陈化粮为名，降价销售粮食，套取中央补贴。

三是落实和完善适当“放开”的政策，拓宽粮食购销渠道。上面已讲过，只要国有粮食购销企业真正做到按保护价挂牌敞开收购农民余粮，放开收购市场是没有危险的；但完全放开现在还做不到，只能适当“放开”。要根据粮食的不同品种，采取不同政策。第一，对仍然被列入保护价收购范围的粮食品种，收购渠道可进一步适当拓宽，允许和鼓励经省级工商行政管理部门审核批准的用粮企业、粮食经销企业，直接到农村收购粮食，发挥它们搞活粮食流通的积极作用。这样，有利于减轻财政和粮食部门的压力，有利于粮食的加工和转化，促进粮食生产向优质、专用方向发展，推进国有粮食企业转变经营机制，改善服务。第二，对于退出保护价收购范围的粮食品种，允许经地市或县级工商行政管理部门审核批准的用粮企业、粮食经销企业，直接到农村收购粮食，这方面也不要把门槛抬得太高。要注意解决早籼稻等粮食品种退出保护价收购范围的后续问题。国有粮食购销企业要按照“购得进、销得出”的原则，积极组织收购，农业发展银行要给予贷款支持。第三，集贸市场要常年开放，鼓励农民通过集贸市场出售自产的粮食，不受数量限制。经县级以上工商行政管理部门批准的用粮企业、粮食经销企业和私营、个体粮商，可以到农村集贸市场批量购销粮食。粮食收购市场适当放开以后，工商行政管理部门要加强市场管理，严禁无照和违规经营，维护正常的市场秩序。

调整农业结构，是促进农业和农村经济健康发展的关键，也是增加农民收入的一个重要途径。各地一定要在这方面下很大的工夫。农业结构不调整，农村经济很难有较大发展，农民收入很难有较快增长。当前，我国粮食充裕，为调整农业结构提供了难得的时机和条件。农业结构调整，主要是抓好以下三个环节：一是优化粮食品种结构，二是优化农业产业结构，三是优化农业和粮食生产布局。

调整农业结构、优化粮食区域布局，关键是要坚持面向市场，适应市场需求的变化，充分尊重农民的生产经营自主权。各地要加强对市场需求的预测，引导农民适应市场变化，调整生产结构，防止一哄而起、形成新的产品积压。特别是绝对不能搞行政干预和强迫命令。昨天晚上，中央电视台《焦点访谈》节目报道了重庆市巫山县部分乡镇“铲苗种烟、违法伤农”的事件，我看后心里久久不能平静。这些地方的农民不愿多种烤烟，尤其反对不留足口粮田、强行烤烟净作[1]的做法，而县、区、乡镇为了多收农业特产税，也不管烟叶销路如何，层层下达烟叶种植任务。农民不愿意铲青苗（粮食），区、乡镇领导就带领包括武装部干部、治安人员在内的工作组进村入户突击铲苗，还对阻止铲苗的农民进行殴打和体罚。有个农民逃走了，镇干部将他抓回来，揍了一顿后还是强迫他种烟叶。这是一起违反党在农村的基本政策、侵犯农民合法权益、危害农民人身安全的严重事件。我已责成国务院办公厅尽快组织有关部门前去调查处理。历史上曾多次发生强迫农民种这种那的现象，造成了十分严重的后果。殷鉴不远，教训深刻，绝不允许再干这类荒唐的事。

〔1〕烤烟净作，指在规划种植烤烟的区域内不准种植其他作物。

完善社会保障体系的几个问题*

（2000 年 5 月 26 日）

建立统一、规范和完善的社会保障体系，是有中国特色社会主义事业的一项带有根本性的制度建设，也是一个开拓创新性的重大改革任务。党的十四届三中全会、党的十五大和十五届四中全会已经提出了社会保障体系建设的目标、原则，我们要坚决贯彻落实。

一、明确社会保障体系建设的工作重点和范围。

社会保障体系包括社会保险、社会福利、社会救济和社会优抚等项内容。当前和今后一个时期，社会保障体系建设的工作重点是：搞好城镇职工基本养老保险、基本医疗保险、失业保险和城市居民最低生活保障制度的建设。城镇职工基本养老保险的范围要覆盖城镇各类企业，实行企业化管理的事业单位也要包括在内；失业保险的范围除了要覆盖城镇的各类企业外，还要覆盖各类事业单位；基本医疗保险的范围要覆盖城镇全部企业、事业和机关单位的所有职工。公务员的养老保险办法有别于企业事业单位，但也要同时抓紧进行研究。

对农民的社会保障办法应该不同于城镇居民。目前，我国农村尚

---

* 2000 年 5 月 26 日，朱镕基同志在北京中南海主持召开进一步完善社会保障体系座谈会。出席会议的有国务院有关部门和北京、河北、内蒙古、辽宁、陕西等省区市有关负责同志。朱镕基同志在会上的讲话，曾发表于《十五大以来重要文献选编》中册，原标题为《加快完善社会保障体系，切实保证国家长治久安》。编入本书的是讲话的一部分。

不具备普遍实行社会保险的条件。农村实行家庭承包责任制，承包到户的土地是农民的基本生产资料，也是农村居民基本生活的重要保障。农民养老以家庭保障为主，与社区扶持相结合。有条件的地方，根据农民自愿，也可以实行以个人储蓄为基础的商业养老保险。

二、完善社会保障体系的目标和要求。

建立统一、规范和完善的社会保障体系，必须按照社会主义市场经济体制的要求，有利于保障劳动者的合法权益，有利于推进改革和发展，有利于维护社会稳定。总的目标是，建立独立于企业事业单位之外、资金来源多元化、保障制度规范化、管理服务社会化的有中国特色社会保障体系。基本内容应包括以下几个方面：

第一，必须建立真正独立于企业事业单位之外的社会保障体系。企业事业单位只履行依法缴纳社会保险费的义务，不再承担发放基本社会保险金和管理社会保障对象的工作。

第二，社会基本保障的标准要与经济发展水平以及各方面的承受能力相适应。要借鉴和吸取国外的经验教训，合理确定社会基本保障的标准。我国现在处于社会主义初级阶段，生产力发展水平比较低，社会基本保险的缴费水平和待遇水平都不能过高。否则，各方面承受不起，也会影响国家经济发展和企业竞争力。欧洲有些国家一度把社会福利水平搞得过高，使国家财政出现巨额赤字，最后被迫降低标准或加税，引起了社会公众、企业的不满。当然，标准也不能太低，否则社保金领取者就难以维持基本生活。具体来说，基本养老保险的标准，要使职工在退休以后能够维持中等生活水平；失业保险的标准，要使失业人员能够维持基本生活，过高就会形成养懒汉机制，不利于激励他们积极寻求再就业；基本医疗保险的标准，要能够满足职工一般的基本医疗需求；城市居民最低生活保障的标准，要能够保证贫困居民的基本生存条件。高层次的社会保障需求，应通过补充保险和商业保险来解决。要制定全国大体统一而又有地区差别的社会基本保障支付标准、项目和范围，以利于促进劳动力的合理流动。

第三，由近及远，首先完善和规范“三条保障线”，即完善和规范社会基本养老保险制度、下岗职工基本生活保障和失业保险制度、城市居民最低生活保障制度。要结合我国国情，进一步规范、完善社会统筹与个人账户相结合的企业事业单位职工基本养老保险制度。今后，企业事业单位职工退休后，养老金的待遇水平要与他们在职期间的缴费情况挂钩。目前，在国有企业建立再就业服务中心，企业为下岗职工发放基本生活费和缴纳社会保险费，是一个过渡的办法。要进一步加强失业保险制度建设，逐步使下岗职工由现在先进入再就业服

2000 年 4 月 24 日，朱镕基在辽宁省大连市桂林街道社区服务中心了解社会保障工作的情况。左三为辽宁省委书记闻世震。（新华社记者李学仁摄）

务中心领取基本生活费，转为领取经济补偿金并与企业解除劳动关系，直接享受失业保险。失业保险期满后未实现再就业的，可以进入城市居民最低生活保障制度。城市居民最低生活保障制度是保证生活困难人员得以温饱的“最后保障线”。没有进入再就业服务中心，以及没有参加社会保险的各类企业职工下岗或失业后，凡是符合规定标准的，都可以进入这条保障线。要改进和完善城市居民最低生活保障制度。例如，保障对象不能只限于鳏寡孤独，要扩大到所有下岗职工和失业人员。对保障对象实际收入水平的了解要准确，申请、评审和发放最低生活保障金的程序要规范。要严格审查，张榜公布，接受监督，做到公开、公平、公正。

第四，实现社会保障对象管理和服务的社会化。退休人员、失业人员要与企业事业单位脱钩，由社区组织统一管理，社会保险金实行社会化发放。社会保障管理和服务的社会化工作，应当依靠街道办事处、居民委员会和社区组织来做。这些基层组织可以发挥很重要的作用。例如，为退休人员提供生活和其他服务，帮助下岗职工和失业人员实现再就业，落实城市居民最低生活保障以及社会救助责任等。前不久，我在辽宁省本溪、抚顺、鞍山和大连市召开社会保障工作座谈会时，专门请了街道办事处、居民委员会负责人介绍他们做社会保障工作的情况，听取他们对完善社会保障体系的意见，在大连市还实地考察了社区服务中心和居民委员会。这些基层组织贴近群众，对每个家庭的情况都很了解，不仅帮助贫困居民解决生活困难，而且千方百计帮助下岗职工推荐工作，还通过发展社区服务创造了不少就业机会。他们组织严密、工作细致、服务周到、待人体贴、效率很高，群众很欢迎，称他们是小巷“总理”。他们的工作，体现了社会主义的社会准则和道德风范，也符合中华民族的传统美德。古人说：“老吾老以及人之老，幼吾幼以及人之幼。”[1]扶贫济困、抚老恤幼、家庭和睦、邻里互助的风尚，应该大力弘扬。要大力加强社区的组织建设和基础设施建设，强化社区服务功能，提高社区管理和服务水平。在这方面，民政、劳动和社会保障以及财政等有关部门，要给予更多的帮助和指导，积极支持基层组织搞好社会保障工作。

第五，健全社会保险基金的监管和保值增值机制。社会保险基金收缴、支付及营运要规范化、制度化，做到公开、透明、安全。同时，还要考虑如何使社会保险基金通过投资运作实现保值增值。在这方面，国外有不少经验，要抓紧研究。根据我国国情，借鉴国外成功经验，提出切实可行的办法。

第六，广泛运用现代信息技术手段，建立覆盖全国的社会保障服务信息网络。完善的社会保障体系必须实行现代化管理，用传统的管理手段和方法不能保证社会保障体系的顺畅运行，也不利于实施有效的监管。比如，现在各地企业拖欠的基本养老金到底有多少，就很难说清楚，影响正确决策，对漏报、误报甚至虚报冒领的现象也难以发现和纠正。因此，大力采用现代信息技术手段，实行现代化管理，是完善社会保障体系的重要环节。要建立一个功能齐全、覆盖面广、规范透明的社会保障信息网络。社会保险资金的缴纳、记录、核算、支付以及查询服务，都要纳入计算机管理系统，并逐步实现全国联网。这样，既能方便保障对象，又能做到有效管理和监督。

第七，加强社会保障体系法制建设。要依法规范和管理社会保障工作。这几年，国务院已经出台了一些有关社会保障的行政法规和规章，比如《失业保险条例》、《城市居民最低生活保障条例》、《社会保险费征缴暂行条例》等。现在的问题是有法不依，执法不严。例如，

---

〔1〕见《孟子·梁惠王上》。

不少地方不按规定向外资企业、私营企业征收社会保险费，对欠缴户追缴不严。要加大执法力度，同时要进一步加快社会保障立法进程，将社会保障体系建设纳入规范化、制度化、法治化的轨道。

加紧培养科技人才 *

(2000 年 6 月 7 日)

为适应新形势的挑战，当前一个重要问题是人才培养。没有人才，一切等于零。国有企业的问题，固然与机制不健全、制度不完善有关，但很大一部分原因是一些企业领导人的无知，他们不知管理为何物。我讲过“管理科学是兴国之道”，而有的人连什么叫企业管理制度都不清楚。现在科技人才的竞争非常激烈，虽然我们加大了对教育和科技的投入，特别是加大了在人才培养方面的投入，但是有一个很大的问题，就是培养出来的人才许多出国了。有一个统计说，微软公司 60%的员工是亚裔，而亚裔员工的 70%来自于中国，其中大多数是北大、清华的毕业生。也就是说，微软公司全部技术人员中有 42%是中国人，等于我们从小学一直到大学无偿地替它培养人才。据说清华、北大的学生出去以后许多人都不回来了，即使回来也是以外国公司驻华代表的身份回来的。这些和我们打交道的人，早就把我们的情况了解透了，跟他们打交道时我们往往会吃亏，因为他们是最优秀的，而且他们最了解中国。听说现在有些外国大公司又在打你们院士身边的秘书和助手的主意了，你们要小心呀。

---

* 2000 年 6 月 5 日至 9 日，中国科学院第十次院士大会、中国工程院第五次院士大会在北京召开。这是朱镕基同志在北京人民大会堂为两院院士所作形势报告的一部分。

但是，我们不能因此就不鼓励留学，问题的关键是我们在鼓励留学的同时，也要有适当的政策能够把他们吸引回来。我们从去年开始就在研究这个政策，最近要发一个文件，搞一些试点。文件内容大体包括两个方面：其一，对于银行、证券、保险行业和国有大中型企业，允许它们吸引在国外的中国留学生回来，工资待遇由它们自定，国家不加控制。一是根据留学生本人的真才实学，二是根据行业、单位的承受能力，你觉得应该给多少工资就给多少工资。没有这一条，人才吸引不回来。特别是银行、证券、保险等部门，业务人员不熟悉国际金融那一套就会老吃亏。这些方面不培养出一批国际的、顶尖级的人才，我们休想在国际社会立足。所以，得付出一点代价，花钱把人才请回来。国有企业也是这样。这方面我们将要完全放开。其二，科研和教育部门同样要吸引人才回来，这也要根据真才实学，应该给多少工资就给多少工资。但是，因为科教部门是吃“皇粮”的事业单位，需要按程序报批。花国家的钱不报批不得了，一个研究所所长或者一个研究院院长随便就决定给某个科学家年薪100万美金，这恐怕不行，因为这100万美金不是这个单位自己创收的，而是从国家财政口袋里拿出来的，要按照一定的程序报批。当然，我们也可以采取其他形式提高待遇，比如企业可以给管理人员一定的股份，可以试行年薪制等等。再者，我们一定要注意平衡。就是说，虽然现在可以给新回来的留学生比较好的待遇，但不能让早先归国的留学生觉得早回国的不如晚回国的。还是要根据他们对国家作出的贡献，给予相应的待遇。

在我去年12月访问新加坡时，李光耀[1]对我说，不一定要花那么多钱才能把留学生吸引回来，工资只要比国内高两倍就可以了。他

---

〔1〕李光耀，当时任新加坡内阁资政。

讲的还是有一定道理的：首先，在外国工作，毕竟不像在国内，总会受到各种各样的歧视。即使你的地位很高，但人家看你的眼光也不一样，谁也不愿意一直在那样的环境里工作和生活。一般来说，如有机会，留学生还是希望能回来为祖国效力。其次，国内外的生活水平不一样，同样的生活所需要花的钱是不一样的。比如说，质量完全相同的房子，在深圳只要 100 万元，在香港地区就要 1000 万元。再者，出国时间稍久一点的留学生，在有了一些存款能保证基本生活的情况下，更重视的还是事业和归宿感，所以，一般还是愿意回国的。因此，我们可以考虑利用国内的各种有利条件来吸引国外的人才，而不一定要给予像在外国那样高的待遇。

所以，要稳定人才，我看归根到底还是应该提高工资。现在的

2000 年 6 月 7 日，朱镕基在北京人民大会堂接见出席中国科学院第十次院士大会、中国工程院第五次院士大会的科学家。

工资虽然还很低，但保证大家的基本生活是没有问题的，当然生活确实还不富裕。特别是国家公务员、知识分子，如果不给他们相应的待遇，跟外国人一比差那么多，好像中国人比别人矮一头，那也不太好。虽然从某种意义上说这是不可比的，但是确实也应该提高工资。

电力体制必须改革*

（2000年6月13日）

请泽民〔1〕同志参阅。二滩电站大量弃水，并不是由于电价高(发电成本低，由于投资贷款利息高，导致还本电价高)，因核定电价0.31元/度，实际上网电价只执行0.18元/度，这样便宜也不让发，1998年弃水电量15亿度，1999年弃水81亿度，今年可能弃水120亿度。造成如此大的浪费，主要是电力体制改革滞后，必须改变省为实体的现状，实行跨区设公司，厂网分开，竞价上网，多发水电，限制火电，关停小电厂，这样每年可能节约发电成本以百亿元计。

朱镕基
6.13

---

* 二滩水电站位于四川省攀枝花市，是为满足川渝地区电力增长需要而建设的，1999年12月全部建成投产。由于电力市场的变化和管理体制的原因，二滩水电站从1998年8月第一台机组投产以后，发电效益一直未能得到有效发挥，电站被迫大量弃水，二滩开发公司正常经营受到了严重影响。这是朱镕基同志在《二滩水电站有关情况》一文上的批语。

〔1〕泽民，即江泽民。

请泽民同志阅。二滩电站大量弃水并不是由于电价高（发电成本低，由于投资贷款利息高，导致还本电价高），因核定电价0.31元/度，实际上网电价只执行0.21元/度，这样低价也不让发，1998年弃水电量15亿度，1999年弃水81亿度，今年可能弃水120亿度。造成如此大的浪费，主要是电力体制改革滞后，必须改变省为实体的现状，实行跨区公司，厂网分开，竞价上网，多发水电，限制火电，关停小电厂，这样每年可以节约发电成本以百亿元计。

朱镕基

6.5

二滩水电站有关情况

二滩水电站位于四川省攀枝花市，是雅砻江上建设的第一座水电站，总装机容量 330 万千瓦(6 × 55 万千瓦)，多年平均发电量 170 亿千瓦时，是我国目前已建成的最大的水电站。现将二滩电站的概算、上网电价及有关情况汇报如下：

一、关于概算问题

二滩水电站于 1991 年 9 月正式开工建设，1999 年 12 月全部建成投产，但二滩水电站从 1986 年最初审查初步设计以来，工程概算几经调整，投资总额增幅很大。具体情况是：

(一)1986 年初步设计概算审定工程投资为 37 亿元，当时是按 1985 年价格水平计算的，且按全部内资拨款建设，未计入建设期利息。1987 年决定利用世行贷款后，于 1990 年编制了利用世行贷款的项目概算，按 1989 年价格水平，其静态投资为 63.5 亿元(含外资 6.28 亿美元，按 3.7314 汇率折合人民币 23.4 亿元)，计入价差预备费后总投资为 75 亿元(未计入建设期内资利息)。

(二)1993 年二滩水电站在土建工程国际招标并主体工程全部由外国承包商中标后编制了内外资概算，当时按 1991 年价格水平计算，其静态投资为 105 亿元(其中内资 63.11 亿元，外资 7.77 亿美元，按 5.4478 汇率折合人民币 42.33 亿元)，动态总投资为 210 亿元。动态投资比静态投资高出一倍的原因是 93 年正是物价和银行贷款利率的高峰时期(物价上涨指数为 10%，贷款利率为 9.9%)，仅建设期还贷利息就达 66 亿元，价差预备费 39 亿元。

农村合作基金会等机构的债务主要由地方偿还*

（2000 年 6 月 25 日）

要严加控制，绝不能挪用。也要明确告诉地方，农村合作基金会、信托投资公司、供销社股金部、城乡信用社的债务主要应由地方自力更生偿还（尽管人民银行失于监管，也有一定责任），并且认真清理、整顿，追究责任，追捕罪犯。绝不能靠中央发票子来替贪污腐化分子补窟窿。

（最近看到一个简报，恩平事件〔1〕中的犯罪分子又跑到其他县诈骗，后患未除，鲁难未已）

朱镕基

6.25

---

* 2000 年 6 月，农业部、中国人民银行、财政部《关于锁定地方政府清理整顿农村合作基金会借款和审批四川省兑付农村合作基金会个人存款再借款的请示》反映，2000 年以来，四川、山东等农村合作基金会融资规模大的省市为解决个人兑付问题，要求中央再次给予借款支持；并建议再安排一批专项借款，借款总额锁定在 150 亿元。这是朱镕基同志对此事的批语。

〔1〕恩平事件，指 20 世纪 90 年代，广东省恩平市的主要领导为了筹集资金上项目，擅自制定引资奖励办法，鼓励单位和个人引资，从而引发大规模的引资活动。为了保证兑付，恩平市领导又出面干预，令银行高息吸存、高息放贷，造成恶性循环。1997 年 4 月，国务院派出工作组进驻恩平市调查处理此案，整顿金融秩序，事件的主要责任人均受到法律惩处。

责任编辑：李春林　郑海燕　阮宏波
责任校对：吴海平　王　惠　阎　宓
装帧设计：曹　春

图书在版编目（CIP）数据

朱镕基讲话实录. 第三卷 /《朱镕基讲话实录》编辑组 编.
－北京：人民出版社，2011.9
ISBN 978－7－01－010126－2

I. ①朱…　II. ①朱…　III. ①朱镕基－讲话　IV. ① D2-0

中国版本图书馆 CIP 数据核字（2011）第 154933 号

朱镕基讲话实录
ZHU RONGJI JIANGHUA SHILU
第三卷

《朱镕基讲话实录》编辑组 编

人民出版社 出版发行
（100706　北京朝阳门内大街 166 号）

湖南凌华印务有限责任公司印刷　新华书店经销

2011 年 9 月第 1 版　2011 年 9 月北京第 1 次印刷
开本：700 毫米 ×1000 毫米 1/16　印张：33
字数：396 千字　插页：2

ISBN 978－7－01－010126－2　定价：49.00 元

邮购地址 100706　北京朝阳门内大街 166 号
人民东方图书销售中心　电话（010）65250042　65289539

中国财政经济出版社参与发行